늑대왕,
루프스

늑대왕, 루프스 4

초판 1쇄 펴낸 날 | 2018년 1월 5일

지은이 | 윤하영
펴낸이 | 서경석

편집책임 | 조윤희 편집 | 이은주, 이예진 디자인 | 신현아
마케팅 | 서기원 경영지원 | 서지혜, 이문영

임프린트 | MUSE
주소 | 경기도 부천시 부일로 483번길 40 서경B/D 3F (우) 14640
전화 | 032-656-4452 팩스 | 032-656-4453
이메일 | roramce@naver.com 블로그 | bolg.naver.com/roramce
홈페이지 | http://www.chungeoram.com

발 행 처 | 도서출판 청어람
출판등록 | 1999년 5월 31일 제387-1999-000006호
어람번호 | 제11-0074호

ISBN 979-11-04-91567-3 04810
ISBN 979-11-04-91563-5 (SET)

뮤즈는 도서출판 청어람 단행본사업본부의 임프린트입니다.

늑대왕,
루프스
IV
윤하영 장편소설
MUSE

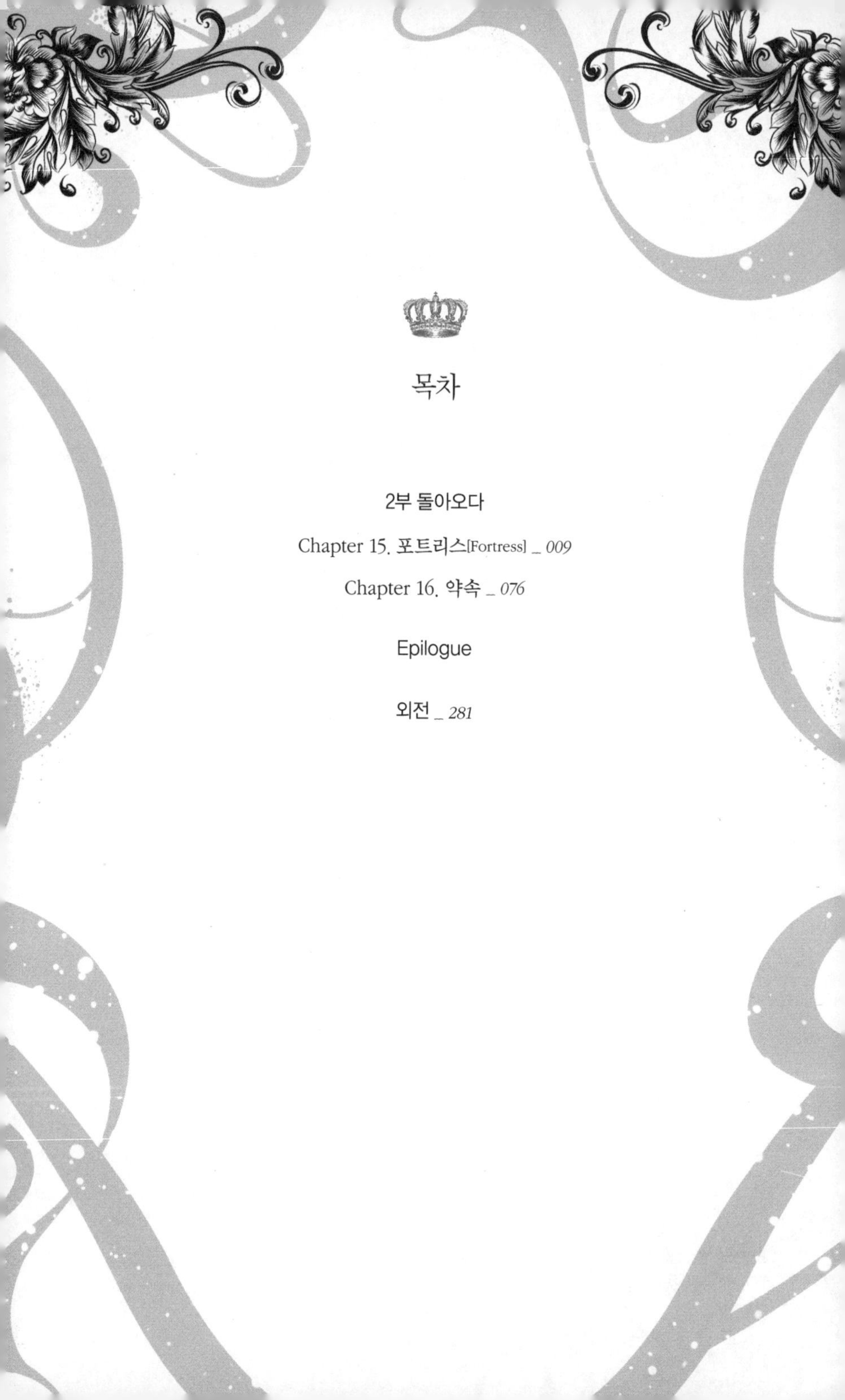

목차

2부

돌아오다

Chapter 15
포트리스 [Fortress]

하늘은 어둡고 새벽빛을 내고 있었다. 유채는 찬 바닷바람을 맡으며 포트리스에 발을 내디뎠다. 번화했던 토스 호무스와는 다르게 이곳은 소박한 풍경이었다. 유채는 로브를 뒤집어쓰고 프레드릭이 알려준 집을 찾아 빠르게 걸음을 옮겼다. 프레드릭이 경고했던 대로 혹시 감시하는 사람이 있을까 조심스럽게 움직이며 최대한 사람들의 시선을 피하려 했다.

'어! 저기다!'

유채는 프레드릭의 집을 발견했다. 잠시 떨어진 곳에서 몸을 숨기고 그의 집 주위에 사람이 있는지를 살폈다. 아무도 없다는 판단이 든 후에 유채는 빠르게 그 집으로 다가갔다. 창문 틈으로 안을 살폈지만 아무도 없는 것 같았다.

"부엌, 깔개 밑에 통로가 있습니다."

집 안으로 들어간 유채는 프레드릭의 말대로 부엌의 깔개를 들추었다. 그리고 그가 알려준 시동어를 읊었다.

"클라위스."

그러자 아무것도 없던 것 같던 바닥에 지하실의 문이 나타났다. 유채가 문을 열자마자 날카로운 창이 아래서 솟아올랐다.

"엄마야!"

유채는 가까스로 창을 피하고 옆으로 굴렀다. 자칫 잘못했으면 턱이 뚫릴 뻔하였다. 유채가 안도의 한숨을 쉬고 있는데 계단을 올라오는 듯한 소리가 들리더니 화려한 금발머리에 눈이 퉁퉁 부어 있는 여자가 얼굴을 드러냈다. 여자는 올라오자마자 유채의 목에 창을 들이대었다. 유채는 공격할 의사가 없다는 표시로 손을 들어 올렸다.

"누구야?"

여자, 레이라가 낮게 물었다. 유채는 오해를 풀기 위해 다급이 입을 열었다.

"프레드릭 씨가 보내서 왔어요!"

"프레드릭?"

레이라의 창끝이 파렌티아와 부딪쳤다. 레이라는 여자의 목에 걸린 목걸이가 무엇인지 바로 알아보았다. 파렌티아였다. 그제야 그녀가 누구인지 알아차린 레이라가 창끝을 거두었다.

"레티티아? 아니 유채라고 불러야 하나요?"

"제 이름은 한유채예요."

"난 레이라예요. 반가워요."

레이라는 머뭇거리더니 아까부터 목 끝까지 차오르던 것을 물었다.
"프레드릭이랑 알렉스는 무사한가요?"
"예. 둘 다 무사해요."
"다행이다. 정말 다행이다."
안도한 레이라는 그 자리에 주저앉아서 울기 시작했다. 유채는 레이라를 안고 그녀의 등을 토닥여 주었다. 레이라는 유채의 품에 안겨서 어린아이처럼 울었다. 그동안 그녀가 얼마나 마음고생을 했을지 알 것 같아서 유채도 눈물이 나려는 것을 꾹 참았다. 얼마나 프레드릭과 알렉스를 걱정하고 불안해했을까.
한참을 울던 레이라는 겨우 감정을 추스르고 유채의 어깨를 잡았다.
"누가 이곳에 들어올 수도 있으니까. 지하실에서 이야기해요."
"알겠어요."
유채는 레이라보다 먼저 지하실로 내려갔고 레이라는 바깥을 경계하면서 유채가 덮개를 들추기 전의 상황으로 만들어놓고 아래로 내려갔다.
지하실은 생각보다 아늑했고 넓었다. 마치 지하 벙커 같은 느낌이었다. 유채는 지하실을 둘러보다가 침대에 곤히 잠들어 있는 갓난아이를 보았다.
"내 딸 레베카예요."
유채는 레베카가 깨지 않도록 숨을 죽였다. 아이는 엄마가 어떤 걱정을 하고 있는지도 모르는지 그저 새근새근 잠들어 있었다. 레이라는 한결 편안한 표정으로 레베카를 돌봤다. 유채는 레베카를 보다가 문득 생각난 것이 있어 가방을 뒤졌다.
"프레드릭 씨가 이거면 자신이 살아 있다는 증거가 되어줄 거라고 했어요."

레이라는 유채가 내미는 손수건을 받아서 펼쳤다. 삐뚤빼뚤한 솜씨로 프레드릭의 이름이 수놓아져 있는 손수건이었다. 레이라는 픽 웃음을 흘렸다. 프레드릭이 증거랍시고 내놓을 만한 것이었다.

"난 평생 사냥 일만 해서 수놓는 것 같은 여성스러운 일은 잘 못해요. 이건 내가 프레드릭에게 선물하고 싶어서 겨우겨우 고생해서 만든 거예요."

"아. 그런 거였구나."

유채는 둘 사이의 감정이 얼마나 깊은지 알 수 있었다.

"새벽에 왔으면 졸리겠네요."

"아니에요. 괜찮아요."

유채는 손을 저었다.

"그러지 말고 좀 자두는 것이 어때요. 지금 굉장히 피곤해 보이는데요."

유채는 레이라의 말에 눈두덩을 문질렀다. 독에 중독되었다가 겨우 해독제를 먹고 또 쉴 틈도 없이 움직였다. 피곤하지 않다면 당연히 거짓말이었다.

"그래도 지금은 쉴 시간이 없어요."

"무슨 일인지는 모르겠지만, 뭐든 하기 위해서는 몸도 생각해야죠. 몸이 피로하면 어떤 일도 할 수 없어요."

유채가 망설이는 사이 레이라는 그녀의 어깨를 매만졌다. 꼴이 말이 아니었다. 비쩍 마른 몸에 창백한 입술, 핏기 없는 얼굴색까지. 막 병석에서 일어난 병자라고 해도 믿을 꼴이었다. 이렇게 움직이다가는 금방 쓰러질 것 같아 보였다.

"좀 자요. 유채 양은 지금 쉬어야 해요."

"괜찮을까요……."

"괜찮아요. 정 불안하면 내가 아침 준비할 때 깨워줄게요."

지금껏 정신력으로 버텨온 유채는 결국 레이라의 말에 수긍하고는 침대에 누웠다. 그러고는 금세 깊은 잠에 빠져 곯아떨어졌다.

죽은 듯 미동도 않고 자고 있던 유채는 레이라가 깨우는 소리에 겨우 눈을 떴다. 레이라가 유채에게 스프를 건네었다.

"먹어요. 배고프잖아요."

"감사합니다."

유채는 간만에 잠도 실컷 자고 배도 채웠다.

레이라는 옆에서 레베카에게 젖을 물렸다. 순한 아이인지 칭얼대지 않고 엄마 말을 잘 듣는 편이었다. 유채는 앞에서 손을 흔들어 보이는 등 아이에게 재롱 비슷한 것을 떨었다. 레이라도 모처럼 기분 좋게 웃었고, 아이는 엄마의 젖을 먹고 또 다시 잠에 들었다.

"저, 레이라 씨……."

유채는 자신이 알고 있는 이야기를 레이라도 알 필요가 있다고 느꼈다. 레이라는 프레드릭의 부인이니 그가 진짜 누구이고 어떤 위치에 있었는지 알아야 했다.

"놀라지 말고 잘 들으세요."

레이라는 유채의 말에 머리를 갸웃거렸다. 잠시 후 유채의 이야기를 들은 레이라의 표정이 점차로 심각해졌다. 프레드릭과 알렉스가 사실 베니니타스의 아들들인 벤자민과 프리드이며, 라일라는 헤임달의 공작에 의해서 죽었고, 형제는 헤임달의 하수인인 란텔에 의해서 위험에 처했다가 살아남아서 지금은 전쟁을 멈추기 위해서 움직이고 있다는 얘기였다.

"헤임달!"

레이라는 외마디 비명을 질렀다.

"그자가 나도 죽이러 왔었어요!"

"예?"

놀란 유채에게 레이라는 그간 포트리스에서 있었던 일을 설명했다. 형제의 죽음이 한 벨라토르가 벌인 일로 알려져 포트리스에서는 전쟁에 대한 여론이 높아졌고 결국 전쟁이 벌어졌다는 것이었다. 레이라는 자신이 무슨 일을 겪었고 왜 이 지하실에 숨어들었는지를 설명했다. 유채는 헤임달 일당의 악행에 말이 나오지 않을 지경이었다. 헤임달은 확실하게 전쟁을 일으키기 위해서 레이라까지 자살로 위장시켜서 죽일 생각이었던 것이다.

"헤임달은 내내 알폰소와 세라를 보내서 이 집을 감시했어요. 나는 프레드릭이 걸어놓은 마법으로 밖을 살필 수 있었기에 알아요. 그들은 나를 죽이려 했고 지금 그들은 이곳에 있는 수인과 인간들 전부를 죽이려고 하고 있어요!"

"수인과 인간 전부를요?"

유채는 놀란 얼굴로 물었다. 레이라가 고개를 끄덕였다. 혹시나 도움이 될 만한 정보를 얻기 위해서 레이라는 대담하게 그들의 대화를 엿들었다.

"그들은 당신을 인질로 붙잡아서 모든 수인들을 에클레시아로 불러들이고 마법을 이용한 폭탄으로 그들을 모두 죽이려고 하고 있어요. 폭탄의 재료로 헬라의 목걸이를 사용해야 하는데, 헬라가 목걸이를 내놓으려고 하지 않아서 골치라고 하더라고요. 간신히 헬라가 목걸이를 주어서 서랍에 고이 보관하고 있다고 했어요.

헬라는 그 목걸이를 뺏어야 한다면서 저 혼자 발만 동동 구르고 있었어요."

"하. 세상에."

유채는 외마디 탄식을 하였다. 그들은 사람이 아니었다. 사람이라면 그런 짓을 할 수 있을 리가 없었다. 사람의 목숨보다 더 중요한 것이 뭐라고 학살에 가까운 미친 짓을 벌이려는 것일까. 헤임달의 계획이 성공하면 이 스티폴로르는 끝장날 것이 분명했다. 지금 전쟁으로 리와인더의 조각이 얼마나 오염되었을지 알 수 없는데 그런 일까지 벌어지면 걷잡을 수 없어질 게 분명했다.

한시가 급했다. 유채는 자리에서 일어났다. 지금 당장 리와인더의 조각을 찾아야 했다.

"나도 같이 가요. 먼저 필립 장로님의 집에 들러서 이 이야기를 전해 드려야 해요. 온건파 중에는 필립 장로님이 가장 행동력이 빠르시니까 우리에게 도움이 될 거예요."

"필립 장로요?"

유채는 지난번에 본 적 있는 노인을 떠올렸다. 회담장에서 저를 깎아내리는 말을 했던 그 꼬장꼬장한 노인이 분명했다.

"괜찮아요. 성격이 괴팍해도 잔정 많으신 분이고 유채 양의 말을 믿어주실 거예요. 그러니 필립 장로님부터 설득하고 가요."

유채는 고개를 끄덕였다.

⚜

루크레치아는 루프스의 막사에 들어가자마자 크게 놀랐다. 분명 어제의 싸움에서 잘려 나갔던 그의 왼쪽 팔이 완벽하게 원상

복구되어 있었다.

루프스는 왼쪽 주먹을 쥐었다 펴기를 반복했다. 루프스는 자신의 몸이 완벽하게 회복되었음을 깨달았다. 본래의 능력을 발휘할 수 있게 된 것이다. 루프스는 유채를 잃는 대가로 회복된 몸에 쓰게 웃었다.

"어떻게 된 것인지 궁금하겠지만, 묻지 마라. 내가 나중에 알려 주겠다."

루프스는 제 입으로 유채가 저를 고쳐 주고 떠났다는 말을 할 수가 없었다. 유채가 떠났다는 사실을 인정할 수가 없었다.

"공격보다는 방어로 태세를 전환해라."

"예? 그게 무슨 말씀이십니까? 여우 일족을 벌하지 않으시겠다는 말씀이십니까?"

"피해를 줄이겠다는 말이다."

유채의 말에 따르면 전쟁은 곧 멈출 것이다. 그리고 그 헤임달이라는 마레 위르를 처벌하고 과거, 독단적으로 명령을 내려 일을 키운 플로서스를 벌해야 했다. 그러니 더 이상의 희생은 불필요했다.

"피해를 줄이기 위해서는 전쟁을 빨리는 끝내는 것도 하나의 방법입니다."

"전쟁은 곧 멈출 것이다."

루프스는 제 입으로 플로서스와 헤임달의 관계를 폭로할 수 없었다. 로보의 아들인 제가 그런 말을 해보았자 자식이 부모의 허물을 감싸려고 하는 거라고, 수인들은 그 누구도 그의 말을 믿지 않을 것이다. 플로서스의 독단이라고 발표를 해도 로보의 명에 그가 죄를 뒤집어쓴 것이 아니냐는 말이 나올 것이 뻔했다.

유채가 말했다. 곧 카넬리안이 인디키움을 통해서 정식 발표를 할 것이라고. 인디키움의 말이라면 수인들도 믿을 것이다. 전쟁은 멈출 수 있다.

"그게 어떻게 가능합니까."

"이번 전쟁은 개인의 원한에 의해서 발생한 것이니, 그 원한이 풀리면 당연히 멈추겠지."

"예?"

루크레치아는 영문을 알 수 없는 말에 고개를 갸웃거렸다.

"잠시만 혼자 있겠다. 일이 있으면 그때 불러라."

루크레치아는 별말 없이 나갔다. 루프스는 루크레치아가 나가자 품속에서 반지를 꺼냈다. 울다가 지쳐서 잠든 것은 어릴 적 이후로 처음이었다. 루프스는 잠에서 깨자마자 유채를 찾았다. 모두 꿈이기를 바랐지만 현실은 늘 그를 배반했다.

남은 것은 그녀가 두고 간 반지뿐이었다. 루프스는 그제야 부정하고 싶었던 현실을 직시했다. 루프스는 침대에 앉아 반지만 매만졌다. 이 반지가 그의 마음이었다. 그의 연정이었다.

"……너에게 나는 그저 스쳐 지나가는 바람과 다를 바 없겠지."

루프스는 조용히 읊조렸다. 자신은 여기서 그녀의 불행을, 눈물을 모두 받아줄 것이니, 유채는 그곳에서 오롯이 행복 속에서 웃으며 살기를 원했다. 이럴 줄 알았으면 어제 이름을 불러줄 것을. 그는 마지막까지 그녀를 '유채'라고 부르지 못했다.

본능적으로 안 것이었다. 그녀를 '유채'라고 부르면 그날부터 그녀에 대한 소유권도, 그 무엇도 주장할 수 없음을. 그래서 겁이 나서 부르기 싫었던 것이다. 레티티아라는 이름은 유채를, 그녀를 잡아둘 수 있는 마지막 보루였다. 그래서 루프스는 끝까지 유채의 이름을 부를 수가 없었다.

"유채."

차마 겁이 나서 부르지 못했던 이름을 불러보았다. 그 이름에 그리움과 애틋함을 담았다. 울지 않으려 했는데 눈물이 다시 비집고 올라왔다. 루프스는 반지를 꽉 쥐었다.

"유채."

유채의 이름은 사랑과 그리움이라는 단어의 또 다른 표현이 되었다. 그의 눈앞에 유채의 얼굴이 되살아났다. 겁에 질려서 떨던 모습, 제게 화를 내던 모습, 차갑게 돌아서던 모습, 무표정하니 냉랭했던 모습, 저를 안쓰러워하던 모습, 울면서 애원했던 모습, 모두가 죄책감이 되었고 미안함이 되었고 슬픔이 되었다. 제가 기억하는 유채의 모습이 이런 것밖에 없다는 것에 미칠 듯한 후회가 밀려왔다.

유채가 환히 웃는 모습을 본 것은 손에 꼽을 수 있을 정도로 적었다. 그녀의 미소는 루프스에게 기쁨이 되었고 행복이 되었고 사랑이 되었고, 아쉬움이 되었다. 조금만 빨리 알아차릴 것을, 조금만 더 따뜻하게 대해줄 것을. 그랬다면 유채도 그렇게 눈물을 흘리지 않았을 것이다. 그렇게 괴로워하지 않았을 것이다. 유채의 웃는 모습을 기억할 수 없다는 것보다 제가 유채에게 그런 상황을 만들어주지 못한 것이 더 미안했고 슬펐다.

"사랑해."

수없이 속삭였던 말을 다시 말했다. 그렇지 않고는 이 넘치는 마음을 주체할 수 없을 것 같았다.

'나는 여기서 너를 위해 불행해지겠다.'

그렇게라도 해서 유채의 마음이 풀린다면, 그녀가 덜 괴롭다면 기꺼이 불행을 감내할 것이다. 그게 유채에게 사죄하는 길이고 그녀가 행복해질 수 있는 길이라면.

"네가 나를 스쳐 지나가도 나는 이곳에서 홀로 너를 그리며 살아가겠다."

마치 유채를 앞에 둔 것처럼 루프스는 담담히 읊조렸다. 이 말을 들으면, 유채는 웃을까? 아니면 조금은 안타까운 얼굴을 할까? 아니, 이젠 어느 쪽도 상관없었다.

평생을 걸려도 잊지 못할 것이다. 가만히 앉아 있다가도 그리움에 눈물을 흘릴 것이고 그녀의 흔적을 찾아 맴돌 것이다. 제 기억 속에 유채는 언제나 젊고 싱그러울 것이며 사랑스러울 것이고 아름다울 것이다. 그는 유채를 제 세상의 중심으로 기억할 것이다.

'평생 너만을 사랑하고 너만을 그리며 살아가겠다.'

루프스는 감은 눈을 떴다. 그 어디에도 유채는 보이지 않았다. 막사 안에 남겨진 것은 그 혼자였다. 앞으로의 삶도 그럴 것이었다. 유채는 제 곁에 없을 것이고 그는 그녀를 추억하며 수없는 불면의 밤을 홀로 외롭게 보낼 것이다.

"그러니, 너는 그곳에서 행복해라."

루프스는 입술을 깨물었다. 슬프고 슬프지만 그의 진심이었다. 그것이 그의 남은 삶이었다.

⚜

블루벨은 케릭스가 있는 전선으로 왔다. 카신은 케릭스를 인질로 삼아 플로서스에 대적하려고 이곳까지 그를 데리고 온 것이었다. 제 아들이 루프스 측에 인질로 있는 상황에도 플로서스는 별

동요가 없었다. 그런 아버지의 대응에 대해 들었을 때, 케릭스도 마찬가지였다. 카신은 이렇게 삭막한 부자 관계가 있을까 싶었다.

"그래서, 블루벨 양."

카신은 저를 찾아온 귀여운 토끼 수인 소녀를 보면서 관자놀이를 문질렀다. 다짜고짜 찾아와서는 케릭스를 만나게 해달라는 저 토끼 수인이 케릭스의 연인이라는 것은 카신도 알고 있었다. 그간 어찌나 케릭스가 싸고돌았는지 카신은 그가 유난을 떤다고 생각한 적도 있는 것이다.

"케릭스를 만나고 싶다고?"

"예. 전해 드릴 말이 있어서요."

순진한 건지 아니면 멍청한 것인지. 카신은 해맑은 표정으로 케릭스를 만나겠다고 하는 블루벨의 말에 머리가 아플 지경이었다. 못 만나게 할 것은 없지만, 저 아이가 저 해맑은 얼굴 뒤에 무슨 속셈을 숨기고 있을지 알 수가 없었다. 블루벨은 카신의 마음을 읽은 것인지 좀 전과 다를 것 없는 얼굴로 또 다른 제안을 했다.

"제가 케릭스님을 데리고 탈옥할까 봐 걱정되시면, 같이 계셔도 돼요."

"왜? 케릭스에게 할 이야기가 있다고 하지 않았느냐? 개인적으로 해야 하는 이야기가 아닌 건가?"

"모두가 알아야 하는 이야기이지만, 케릭스님이 가장 먼저 아셔야 하는 이야기예요."

그의 아버지에 대한 이야기였다. 블루벨은 케릭스가 플로서스에 대한 이야기를 다른 이에게 듣고 충격받기를 원치 않았다. 케릭스는 생각보다 마음이 여렸다. 만약 그가 아버지의 죄를 여과 없이 듣게 된다면, 그는 분명히 힘들어 할 것이었다. 그래서 제가 먼저 알려주고 그를 위로하고 싶었다. 플로서스를 막겠다는 핑계를 대었지만, 블루벨에게는 그것보다 케릭스가 더 중요했다.

"그렇게 해라. 카신, 정 불안하면 그 아이 말대로 같이 가서 감시하면 되지."

막사의 천막을 들추고 빅터가 들어왔다. 블루벨은 전대 카니스인 빅터를 보고 고개를 깊게 숙였다. 빅터는 블루벨을 힐끔 돌아보았다. 소문으로 듣기에 유채의 유일한 버팀목이라고 하였다. 이 아이가 하고자 하는 일은 곧 유채에게 도움이 되는 일일 것이 분명했다. 빅터는 본의 아니게 유채가 다시 루프스에게 끌려가게 되는 계기를 만든 것 같아서 그녀에게 미안해하고 있었다. 그래서 이번에는 그녀를 다시 돕고자 하는 것이다.

카신은 블루벨이 여전히 탐탁지 않았지만, 빅터가 그러자고 하는 데에 뭐라고 할 수가 없었다. 카신은 블루벨을 데리고 케릭스가 갇혀 있는 막사로 갔다. 막사 안에는 손목과 발목에 쇠고랑을 차고 있는 케릭스가 있었다. 케릭스는 블루벨을 보자마자 벌떡 일어났다.

"블루벨!"

케릭스가 움직이자 무거운 추가 질질 끌리는 소리가 났다. 케릭스는 얼른 블루벨의 앞으로 다가섰다.

"괜찮은 거냐? 어디 다친 구석은 없고?"

"예. 전 괜찮아요. 어디 다친 곳도 없어요. 유채님이랑 무사하게 궁을 빠져나왔는걸요."

"다행이다. 다행이다."

케릭스는 안도했다. 블루벨이 유채와 함께 달아났다는 말을 들었을 때 얼마나 놀랐는지 모른다. 그리고 한편으로는 유채에게 질투심이 들었다. 블루벨의 우선순위는 유채인 것 같아서, 자신은 그녀에게 아무것도 아닌 것 같아서 정말 비참하기도 했었다. 그 와중에 아버지가 반정까지 일으켰다는 데에 케릭스는 순식간에 모든 의욕을 잃어버렸다.

블루벨은 거뭇거뭇한 수염이 가득한 케릭스의 턱을 만졌다.

"관리 좀 하시지."

"네가 걱정되어서 그랬다."

"흠. 흠."

카신이 크게 헛기침을 했다. 노총각인 그는 블루벨과 케릭스의 건전한 애정행각이 심히 거슬렸다. 카신은 헛기침을 두어번해서 주의를 제 쪽으로 돌렸다.

"블루벨 양. 얼른 용건을 말해주었으면 하는데."

"아, 예. 죄송해요."

블루벨은 케릭스에게 카넬리안과 프레드릭, 알렉스가 들려주었던 모든 이야기를 말했다. 케릭스뿐만 아니라 카신과 빅터도 그 이야기에 크게 동요했다.

케릭스의 손이 볼썽사납게 떨렸다. 그는 블루벨이 증거로 가지고 온 서류들을 벌벌 떠는 손으로 살폈다. 명백하게 플로서스의 짓이었다. 빅터 역시 쓰러질 것만 같은 몸을 간신히 지탱하고 서 있었다.

로보의 잘못이 아니란다. 로보는 억울하게 누명을 쓴 것이란다.

빅터는 로보가 라일라를 살해하라 시켰을 거라고 믿었다. 그래서 베니니타스의 말에 넘어갔고, 그에게 길을 열어주었다. 하지만 아니었다. 로보는 그저 피해자일 뿐이었다. 빅터는 무고한 로보의 죽음을 사주한 것이다. 그리고 그 결과로 블랑카가 죽었다.

그때, 로보를 믿었더라면……. 블랑카의 일에 눈이 멀어 그를 믿어보려고도 하지 않았던 빅터는 질투심에 사로잡혀 스스로의 행동을 합리화했었다. 베니니타스가 로보를 죽여주길 바랐다. 그때 제가 조금만 더 생각하고 그들을 믿었다면 이런 비극까지는 오지 않았을 것이다.

"그러니까…… 아, 아버지가……."

그래서 반역을 일으킨 것이었다. 케릭스는 고개를 푹 숙였다. 아버지는 결국 과거의 잘못이 드러나 제가 죽을까 봐 루프스에게 반기를 든 것이었다.

블루벨이 손이 케릭스의 볼에 닿았다.

"……내가 어떻게 해야 할까? 블루벨."

케릭스는 블루벨의 손을 잡았다. 그리고 그 역시 알고 있는 답을 다시 물었다.

"케릭스님이 생각하시기에 옳은 것을 선택하세요."

블루벨은 케릭스의 볼을 잡고 들어 올렸다. 케릭스의 눈이 블루벨의 눈과 얽혔다. 케릭스는 블루벨의 손에 얼굴을 기대고 눈을 감았다.

"내가 이 사실을 밝히면…… 나는 네게 아무것도 해줄 수 없을 거다. 잘생긴 것도 아니고, 집안이 좋은 것도 아니고, 네게 맛있는 것도 제대로 사줄 수 없게 될 텐데 그래도 넌……."

"사랑해요, 케릭스님."

케릭스의 눈을 번쩍 떴다.

"제가 케릭스님을 사랑한 이유는 케릭스님의 외모도, 재력도, 권력도 아니었어요."

물론 먹을 것 때문에 가까워지기는 했지만요. 블루벨은 장난스럽게 덧붙였다. 케릭스는 먹먹한 눈으로 블루벨을 바라보았다. 블루벨은 예의 그 따뜻한 미소를 지으며 그를 끌어안았다.

"저는 보잘 것 없는 토끼 수인 궁녀가 죽을까 봐 냉궁을 몰래 살펴주시던 친절한 케릭스님이 좋았어요."

그가 말한 것처럼 외모가, 재력이 그를 좋아하게 된 이유였다면 이런 상황에서까지 일족이 다른 그에게 이렇게 절박한 마음은 되지 않았을 것이다. 유채를 위험하게 했던 케릭스를 마음에 담아서 수많은 번민에 휩싸이지 않았을 것이다. 블루벨은 그만큼 케릭스가 좋았다. 그의 순수한 마음과 배려가 좋았다.

"제가 좋아한 건, 보잘것없는 소녀를 배려해 주신 케릭스님이지, 늑대 일족의 차기 이인자가 될 케릭스님이 아니었어요."

블루벨은 케릭스의 볼을 쓸었다. 케릭스는 다정하고 부드러운 블루벨의 마음에 눈물을 글썽거렸다. 이래서 블루벨이 좋았다. 작은 호의에도 기뻐하고 그에 대한 보답을 해주려 하는 블루벨이 좋았다.

"제가 감옥에 있을 때 케릭스님이 도와주셨잖아요. 이번엔 제가 도와드릴게요. 저한테 맛있는 것 못 사주시면 어때요. 이제는 제가 만들어 드리면 되지요."

블루벨은 헤헤 웃었다.

"그리고 유채님 말이 저희 집 가난한 거 아니래요. 그러니까 저희 집으로 오세요. 엄마가 사위를 마음에 안 들어 해서 구박은 하시겠지만 제가 막아드릴게요. 그러니까 저희 집으로 오세요. 우리 둘이 살아요."

생전 울어본 적 없을 것 같은 케릭스의 눈에서 눈물이 또르르 흘러내렸다. 블루벨은 그의 눈물을 닦아주었다. 케릭스는 블루벨의 손에 입을 맞추었다. 그리고 결심을 한 것인지 허리를 곧게 폈다.

"카신님. 아버지를 만나게 해주십시오."

"뭐?"

"아들로서 아버지가 죗값을 받을 수 있도록 설득하겠습니다. 그러니 도와주십시오."

"그랬다가 네가 플로서스에게 붙지 않는다는 확신이 있나? 플로서스는 네 아버지야! 너, 네 아버지의 말을 거역할 수 있나?"

"아버지의 죄를 제게 책임지라 하신다면 기꺼이 하겠습니다. 하지만 그 전에 이 대치를 끝내야 하는 것이 우선입니다."

카신과 케릭스가 팽팽한 의견 대립을 보였다. 그 사이에서 블루벨이 슬며시 손을 들었다.

"케릭스님을 보내주시면 제가 인질이 될게요."

"블루벨!"

케릭스가 고함쳤다. 블루벨은 싱긋 웃었다.

"괜찮아요. 전 케릭스님을 믿어요."

"좋아. 저 아가씨가 대신 남는다면 너를 보내주지."

카신은 블루벨이 케릭스의 약점이라고 생각했다. 블루벨의 목숨을 담보로 삼으면 케릭스도 쉽게 플로서스 편에 붙지 못할 것이다. 케릭스 역시 늑대 일족의 수컷이니까. 카신은 단호한 눈동자로 케릭스를 바라보았다.

케릭스는 번민했다. 블루벨은 괜찮다며 웃었지만 여기에 블루벨을 혼자 두었다가 안 좋은 꼴을 당할까 걱정이 되었다.

"블루벨이 걱정이라면 내가 그 아이를 보호하마."

빅터가 제안했다. 케릭스의 눈빛이 흔들렸다. 빅터를 믿어도 되는 것인가?

카신은 성급한 얼굴로 케릭스에게 말했다.

"어차피 저 아가씨가 다치면 레티티아님 때문에 나도 죽을 거다. 그러니까 걱정 말고 갔다 와. 나도 담보 하나는 있어야 널 보내주는 데 명분이 있을 것 아니냐."

케릭스는 그제야 고개를 끄덕였다.

"그 대신 작별 인사는 할 수 있게 해주십시오."

카신은 케릭스의 제안에 동의했다. 그가 손목의 쇠고랑을 풀어주자 묵직한 철이 바닥으로 떨어지며 큰 소리를 냈다. 손이 자유로워지자 케릭스는 블루벨의 볼을 붙잡고 입을 맞추었다. 블루벨의 눈이 커졌다. 카신은 속으로 욕을 하면서 고개를 돌렸다.

케릭스는 블루벨의 허리를 꼭 끌어안고 그녀의 입술에 가볍게 입을 맞췄다. 처음으로 하는 입맞춤에 블루벨은 당황했다. 하지만, 처음임에도 그가 얼마나 자제하고 신사적으로 나오는 것인지는 충분히 알 수 있었다. 긴 입맞춤 끝에 케릭스는 입술을 떼었다. 블루벨의 얼굴이 토마토처럼 붉게 물들었다.

"금방 다녀오마."

"기다릴게요."

블루벨은 발돋움을 하여 케릭스의 입술에 쪽 하고 입을 맞추었다. 내내 기다리던 카신은 눈꼴셔 하며 이제 그만 좀 하고 얼른 떨어지라고 훼방을 놓았다.

빅터는 내심 흐뭇한 표정이었다. 그래, 사랑이란 것은 그런 것이었다. 상대를 믿고 기다리는 것. 블랑카를 무작정 제게 데려오려고만 할 게 아니라 그녀가 행복하기를 바라고 혹시라도 기회가 된다면 그녀가 스스로 제게 오게 되기를 바라야 하는 것이었다.

하지만 불행히도 그는 질투에 눈이 멀어 로보를 없애려는 마음을 품었다. 그래서 블랑카는 저를 선택하지 않은 것이었다.

이 비극은 바로 자신의 잘못이었다. 빅터는 주먹을 말아 쥐었다.

제 죄를 갚아야 할 때였다.

⚜

파렌티아를 목에 건 계집애와 죽은 줄 알았던 레이라가 제 집에 나타났을 때, 필립은 그날이 제 제삿날인줄 알았다. 레이라가 죽었다는 말에 술을 마시며 얼마나 울었던가? 필립은 레이라를 아꼈다. 꼬장꼬장하고 괴팍한 늙은이라고 모두가 피하려고만 하는 그에게 유일하게 밝게 인사해 주고 말벗이 되어준 아이였다. 필립은 레이라가 살아 돌아왔다는 사실에 기뻤고 헤임달이 저지른 짓에 분노했다.

"그러니까 아가씨 말은, 헤임달 놈이 십사 년 전의 내전부터 그 모든 일을 기획했다는 것이지? 레프스 사건까지?"

"예."

"헥터를 조종해서 아가씨가 몹쓸 일을 당하게 해 수인들의 세력 균형을 무너뜨린 것도?"

"예."

필립은 머리카락을 거칠게 헤집었다. 불행 중 다행인 것은 레이라라는 확실한 증인이 있고, 프레드릭과 알렉스라는 또 다른 증인도 살아 있다는 것이었다. 하지만 문제는 이미 전쟁이 벌어졌다는 것이고 프레드릭과 알렉스가 나타나 자신들이 살아 있음을 밝히기 전까지는 헤임달의 죄를 증명하기 어려웠다.

무모하게 나섰다가 헤임달 놈이 역습을 하면 그것도 큰일이었다. 그가 무슨 힘을 숨기고 있는지도 모르는 상태에 모든 전력이 지금 전쟁에 참여하고 있는 이상 일단은 몸을 사려야 했다. 온건파 장로들에게 이 이야기를 전할 생각을 하니 골치가 아팠다. 필립은 노구를 의자에 앉혔다.

"일단 레이라 너는 내 집에 숨어 있어라. 아가씨도 마찬가지야."

섣불리 나섰다가는 레이라의 목숨만 위험해질 것이다. 이렇게 엄청난 일을 벌인 배짱이라면 일이 틀어졌다는 것을 알았을 때 어떻게 나올지 알 수 없었다. 포트리스에 남아 있는 이들을 모두 죽이려 할 수도 있고 유채를 붙잡아 루프스를 상대로 협박을 하려 할 수도 있었다.

"아니요. 전 헤임달의 집에 가서 찾아야 할 것이 있어요."

그런 엄청난 일을 저지르려는 사람에게 조각이 있다. 조각의 악기가 더 심해지기 전에 그것을 찾아야 했다.

필립은 턱을 쓸었다. 그놈들의 목적이 전쟁을 일으키는 것이라면 저 아이는 아주 좋은 미끼가 될 수 있을 터였다. 그럼에도 위험한 일을 하려 했다. 무엇 때문이냐고 물어도 유채는 대답을 하지 않다.

필립은 고개를 절레절레 저으며 한숨을 쉬었다.

"젊어서 무모한 것인지. 아니면 겁이 없는 것인지. 아무튼 요즘 젊은것들은 조심성이 없어요."

"필립 장로님!"

필립이 이해를 못 하겠단 듯이 중얼거리는 말에 레이라가 질겁을 했고, 유채는 화를 내지 않았다.

"무모해서 그래요. 그리고 급한 일이라 지체할 시간이 없기도 하고요."

"지금 아가씨 처지가 어떤지는 알아?"

필립이 담뱃대에 불을 붙였다. 그는 심각한 표정으로 입을 열었다.

"아가씨는 지금 루프스가 제 목숨보다 소중히 여기는 사람이야. 즉 아가씨만 붙잡으면 루프스를 원하는 대로 부릴 수 있다는 것이야."

"……저도 알아요. 그들에게 붙잡히면 아무것도 하지 못하겠죠."

"제 분수를 잘 아는군. 그럼 몸이나 사려. 괜히 나서서 상황을 더 심각하게 만들지 말고. 헤임달 놈을 벌하고 싶거든 전쟁이 끝난 다음에 해도 늦지 않고 그 물건도 전쟁이 끝난 다음에 찾아도 늦지 않아."

"그러면 늦을지도 몰라요. 기다릴 시간이 없어요."

필립은 끙 하는 소리를 내었다. 처음 보았을 때도 어렴풋이 느꼈지만, 확실히 강단 있는 아가씨였다. 아무리 말려도 하겠다고 결심했으면 몰래라도 나가서 할 아가씨였다. 그렇다면 조금이라도 위험할 가능성을 줄여주어야 했다.

"아가씨, 헤임달은 곧 배를 타고 고기를 낚으러 갈 거야. 그놈의 의동생인 알폰소가 같이 갈 거고. 그럼 집에는 헬라와 세라만 남고, 그 둘도 밭일을 나갈 거야. 그럼 그때 집이 비겠지."

필립의 말에 유채는 눈을 크게 떴다.

"머리가 있으면 내 말이 무슨 뜻인지 알겠지?"

유채는 고개를 끄덕였다.

"물건을 찾으면 어떻게 할 거야?"

"바다에 버릴 거예요."

"그리고 그 다음에는?"

여신은 일을 다 하고 난 다음에는 어떻게 해주겠다는 말은 한 적 없었다. 유채는 일이 끝나면 그녀가 곧장 저를 부를 것이라고 생각했다. 셀레네가 제 힘을 조금이라도 아끼려면 저를 빨리 돌려보내는 것이 이득이었다. 그 짧은 시간 동안 유채는 블루벨과 마지막 인사를 하기로 결심했다.

"친구에게 마지막 인사를 하러 가야 해요. 일을 마치면 전 원래 살던 곳으로 돌아갈 거거든요."

"유채 양, 그래도 유채 양 혼자 가는 건 위험해요. 그리고 위험해지면 우리가 구해줄 수도 없잖아요."

"저 혼자 가야 자유롭게 움직일 수 있어요. 헤임달이 물건을 잃어버렸다고 길길이 날뛸 테니 제가 성공한 건 금방 아실 수 있을 거예요. 실패하면 조용하겠죠."

유채의 말에 필립이 덧붙였다.

"그건 걱정 마라, 레이라. 헤임달은 저 아이를 죽이지 못해. 루프스를 협박하려면 저 아이가 살아 있어야 하거든. 헤임달 고것은 지금 그 누구의 의심도 받지 않고 있고 전쟁을 더 크게 키우는 것이 목적이니. 저 아이를 붙잡으면 장로들에게 알릴 거야. 내가 잘 알아보마."

장로들은 그녀를 이용하여 포트리스를 보호할 수 있을 것이라고 생각할 것이다. 그리고 확실한 방어 수단이 생겼으니 포트리스에 남겨놓은 병력마저 렉스에게 합류시킬 것이다. 전쟁이 더 커지는 것이 헤임달이 바라는 바이니 그는 분명히 유채를 잡으면 장로에게 알릴 것이다.

“그러면 다행이구요.”

“그렇다고 해도 위험한 건 사실이잖아요. 저랑 같이 가요.”

“아니에요, 레이라 씨. 레이라 씨는 레베카를 돌봐야죠.”

레이라는 유채가 레베카를 언급하자 입술을 짓씹었다.

“그럼 장로님. 혹시 장로님이 움직일 수 있는 병사라도 붙여주시면 안 되나요?”

“그건 위험할 거다. 병사들이 움직이면 헤임달이 눈치채고 오히려 우리가 당할 수 있어. 지금은 아무도 움직여선 안 되는 상황인데 저 아가씨가 고집을 피우는 거다.”

“시간이 없다고요!”

남의 속도 모르고 움직이면 안 된다고만 하는 필립의 말에 유채는 답답해서 속이 터질 것 같았다. 지금 이러고 있는 순간에도 리와인더의 조각이 악기를 품고 언제 터질지 몰랐다. 머뭇거리고 있을 틈이 없단 얘기였다.

“그래. 알고 있으니까 일단 때를 기다려. 오늘은 때가 좋지 않으니 내일 가. 오늘은 위험해. 네 입장에서도 더 안전한 것이 낫지 않니?”

“알겠습니다. 하지만 더는 못 미뤄요.”

유채는 결연한 표정으로 말했다. 필립은 유채를 말릴 수 없다는 것을 깨닫고 한숨을 푹 내쉬었다.

유채는 권능으로 헤임달의 집 근처로 이동했다. 헤임달의 집은 사람들이 모여 사는 곳에서 멀리 동떨어져 있었다. 유채는 근처의 창고 그림자에 몸을 숨기고 그의 집을 살폈다. 이내 헤임달과 알폰소가 하품을 늘어지게 하면서 집에서 나오는 것이 보였다. 그들이 사라진 후 이번에는 통통한 몸집의 여자 둘이 집에서 나왔다.

유채는 그들까지 멀리 사라지는 것을 확인하고 헤임달의 집으로 향했다. 조심스럽게 창문 안쪽을 살피는데 갑자기 등골이 오싹해지는 기분에 유채는 황급히 고개를 돌렸다.

"꺄악!"

유채는 자신을 향해 날아오는 주먹에 반사적으로 몸을 숙이고 바닥을 굴렀다. 빠르게 중심을 잡고 선 유채는 눈에 긴 상처가 있고 엉덩이에는 잘린 꼬리가 달린 수인을 보았다. 유채는 직감적으로 그가 바로 란텔임을 알아보았다.

"윽."

란텔은 유채가 마법을 쓸 시간도 주지 않고 공격했다. 유채는 그를 피하려다가 바닥에 넘어지고 말았다. 유채는 덜덜 떠는 척을 하면서 앉은 채로 뒤로 슬금슬금 물러났다. 뒤로 숨긴 손으로 흙을 한 움큼 움켜쥐었다. 굳이 그를 이기려 할 필요가 없었다. 유채는 란텔이 가까이 올 때까지 기다렸다.

"으윽!"

유채는 란텔의 얼굴에 손에 쥐고 있었던 흙을 뿌렸다. 그사이 유채는 집 밖으로 달아났다. 란텔을 따돌렸다고 생각한 유채는 곧장 공간을 열어 아까 보아둔 헤임달의 집 안으로 이동했다.

유채는 다급하게 물건을 찾았다. 설마 그런 물건을 가지고 다니진 않을 것이다. 분명히 이 집 안에 있을 것이다. 유채는 레이라의 말을 믿고 서랍을 뒤졌다.

"잡았다. 이 쥐새끼!"

미처 놀랄 틈도 없이 유채는 뒷목에 충격을 받고 그 자리에 쓰러졌다.

"형님 말이 맞았어. 진짜로 우리가 나갔을 때 찾아오네."

일을 나가는 척했던 헤임달과 알폰소도 집 안으로 들어왔다. 알폰소는 유채의 몸을 뒤집었다. 투영된 그림으로 보았을 때보다 훨씬 더 예뻤다.

"운이 좋았어. 안 그랬으면 큰일 날 뻔했지."

헤임달이 중얼거렸다. 유채가 무사히 프레드릭의 집으로 들어가 레이라를 만난 것은 알폰소가 세라와 교대를 위해서 자리를 비운 사이였다. 만일 그 지하실에서 유채가 쉬지 않고 곧장 움직였다면 헤임달 등은 영영 유채가 포트리스에 온 것도, 레이라가 거기에 숨어 있었다는 것도 몰랐을 것이다.

하지만, 운은 헤임달의 편으로 돌아왔다. 알폰소와 교대하고 프레드릭의 집을 감시하던 세라는 프레드릭의 집에서 레이라와 웬 여자가 같이 나오는 것을 보고 급하게 뒤를 쫓았다. 그들은 곧장 필립의 집으로 향했고, 세라는 도청마법으로 모든 것을 들었고 그것을 헤임달에게 알렸다.

헤임달은 이야기를 듣고 진심으로 분노했다. 설마, 설마 했는데 베니니타스의 아들들이 살아 있을 줄이야. 그가 정교하게 짜놓은 작전들이 그들의 생존으로 모두 망가지기 직전이었다. 헤임달은 이를 갈았다. 하지만, 아직 기회가 있었다. 루프스를 이용하면 되는 것이다. 그렇게 하기 위해서는 유채가 필요했다. 헤임달은 유채를 잡아들이기 위해서 집을 비우는 척을 했다.

다행히 란텔이 있었기에 일이 쉬워졌다. 헤임달과 알폰소는 배를 타러 나가는 척을 했고 헬라는 환영 마법으로 자신과 세라가 집을 나가는 환영을 만들었다. 그리고 작전대로 유채를 붙잡았다.

"약부터 먹여서 몇 시간은 일어나지 못하게 해."

헬라는 수면제를 꺼내서 유채의 입술을 벌려 목 안으로 흘려 넣었다.

"란텔."

란텔은 늑대로 변해서 유채의 등을 깊게 할퀴었다. 피부가 찢어지며 유채의 등이 피로 범벅이 되었다.

헬라가 찢어진 옷을 거칠게 벗겨내었다. 그리고 그 옷을 등의 상처에 비벼 잔뜩 피를 묻혔다. 헤임달은 만족한 듯 고개를 끄덕였다.

"오빠. 바지는 그냥 둬?"

"그래. 알폰소, 확실하게 말해두는데 이 애를 건드릴 생각 마. 베르나도테 공작의 지원을 받기 위해 이 애는 처녀인 상태여야 해. 란텔, 늑대로 변해서 저 옷을 물어뜯고 밟아서 망가뜨려. 알았지?"

알폰소는 심기가 편치 않은 얼굴로 툴툴거렸다. 본래라면 알폰소에게 주어도 괜찮았을 것이지만, 유채에 대해 알게 된 공작이 그녀에게 눈독 들였다. 알폰소는 왜 약속을 어기냐며 반발했지만, 공작의 환심을 얻어야 한다는 헤임달의 설득에 하는 수 없이 동의했다.

란텔은 옷을 가지고 밖으로 나갔다. 헤임달은 작전을 바꾸었다. 그의 목적은 최대한 많은 수인과 인간을 죽이려는 것이었으나 일이 약간 틀어져 그렇게 하기에는 시간이 부족했다. 그 대신에 주력부대와 실력자만 제거하는 쪽으로 방향을 바꾸었다. 그렇다 보니, 처음의 예상보다 더 많은 지원이 필요했다. 베르나도테 공작이 지원을 줄지 안 줄지 모르는 상황이니, 저 아이를 공작의 침실에 바쳐 그의 환심을 사야 했다.

"세라. 리차드가 어디쯤 도착했다고 했지?"

리차드는 헤임달이 세라, 란텔과 함께 기른 아이들 중 하나였다. 그는 렉스의 부대에 있으면서 렉스의 일거수일투족을 헤임달에게 알려주었다.

"라나투스 호무스를 통해서 에클레시아로 가고 있어요. 에클레시아에서 여우 일족과 협공해 늑대 일족을 포위하기로 약속한 상태라 몰래 가서 함정을 준비하고 전열을 다듬어야 한다고 하더라고요. 루프스를 에클레시아로 유도하는 것은 여우 일족이 맡기로 하고요."

에클레시아라면 여우 일족과 말 일족과 가까운 거리에 있었다. 수로 압도를 해서 루프스를 포위해 끝장을 내겠다는 것이었다. 늑대 일족은 현재 세 무리를 상대하느라 루프스가 속한 부대는 인원이 적은 편에 속했다. 승산이 높았다.

"편지와 함께 옷을 리차드에게 보내."

"알았어요."

헬라는 귀중한 상품이 될 유채의 상처를 깨끗하게 소독해 주고 약을 바르고 붕대를 둘러 치료해 주었다. 헤임달은 만약의 사태를 대비해 프레눔으로 만든 마력 구속구를 유채의 목에 채웠다. 마법을 쓸 줄 안다는 것을 알았으니 애초에 마법의 사용을 원천 봉쇄하려는 것이었다. 그리고 유채를 포대 안에 집어넣어 입구를 묶었다. 숨구멍은 뚫어놓았으니 죽지는 않을 것이다. 일단 이 아이를 제가 데리고 있다는 것을 감춰야 했다. 어업을 끝내고 들고 오는 포대자루를 이상하게 생각하는 사람은 없을 것이다. 또 저 아이에게 물어볼 것도 많았다. 혹시 그들에게 중요한 정보를 저 아이가 가지고 있을지도 몰랐다. 헤임달의 유채의 몸이 들어 있는 포대를 들쳐 메었다.

"헬라 너는 밭일 나갔다가 돌아오는 척을 하고는 집에 도둑이 들었다고 호들갑을 떨어. 알겠지?"

"알았어, 오빠."

"형님. 공작이 안 받는다고 하면 나 주는 것 잊지 않았지? 너무 험하게 굴지는 마. 숨구멍 제대로 뚫어놨지? 죽으면 안 된다고."

알폰소는 포대 안에 들어 있는 유채의 몸을 더듬었다. 헤임달은 알폰소의 행동을 제지하고 배로 가서 포대를 거칠게 배 위에 내던졌다. 그리고 곧 배를 출항시켰다.

헬라는 약속대로 도둑이 들었다고 온 포트리스에 광고를 하고 다녔다. 그리고 그 소문은 필립의 귀에도 들어왔다.

"헤임달 씨 집에 도둑이 들었나 봐요. 헬라가 목걸이가 없어졌다고 하소연하더라고요."

"에이. 그 집도 참. 하여간 그 여편네는 칠칠맞지 못하다니까."

필립은 혀를 차면서 속으로는 안심했다. 레이라도 소식을 듣곤 유채가 성공한 것에 안심을 하며 가슴을 쓸어내었다. 부디 유채에게 이제는 험한 일이 없기를 바랐다.

⚜

루프스는 호위로 아리아만을 데리고 렉스를 만나러 갔다. 렉스가 진실을 알아서 저를 부르는 것이 아닌가 싶었다.

렉스는 자신의 최측근 몇 명만 데리고 서 있었다. 그는 저를 향해 걸어오는 루프스를 보았다. 한눈에 보아도 마른 것 같은 그 모습에 렉스는 제가 들고 잇는 것을 한번 내려다보았다.

"오랜만이군, 렉스 뮈어."

루프스는 여상스러운 목소리로 말했다. 로보의 억울함을 처음 알았을 땐 베니니타스와 렉스를 용서하지 못할 것 같았다. 하지만 막상 그를 마주하게 된 지금은 담담하기만 했다. 그 역시 누군가의 음모에 휘둘린 가련한 처지라는 것에 동질감이 들어서인지, 아니면, 유채로 인해 닳고 닳아버린 마음이 더 이상 누군가를 원망할 정도로 회복되지 않아서인지 알 수 없었다. 루프스는 렉스를 담담한 눈으로 마주했다.

렉스는 예상외의 태도를 보이는 루프스에 당황했다. 그가 왜 이렇게 차분한지 알 수 없었다. 그러다 곧 생각을 바꿨다. 그가 어떤 태도를 보이든 중요한 게 아니었다.

"받아라."

렉스는 그를 향해 손에 들고 있던 것을 던졌다. 루프스는 그가 던진 천 조각을 받았다. 루프스의 눈이 커졌다. 유채의 옷이었다. 흙바닥에 구른 듯이 망가지고 찢어진 데다 누군가에게 공격을 받은 것인지 피가 덕지덕지 묻어 있었다. 루프스의 눈이 이글거렸다.

"……네가!"

"나는 아무 잘못 없다. 난 그저 다친 여인이 피를 흘리며 쓰러져 있는 것을 구해줬을 뿐이지. 네 녀석의 파렌티아가 걸려 있는 여인이더군. 그 레티티아던가?"

루프스는 다급하게 물었다.

"괜찮은가? 괜찮은 건가?"

"상처가 심각해서 숨만 겨우 붙어 있더군. 치료하고 포로들을 가두어놓는 곳에 두었다. 살아 있으니 걱정 마라. 좋은 인질이지 않나?"

렉스는 엊그제 여우 일족으로부터 레티티아가 탈출했다는 소식을 전해 들었다. 그리고 어제 리차드를 통해서 헤임달의 편지를 받았다. 포트리스 근처에서 웬 여자의 시체를 발견했는데, 시신이 심각하게 훼손된 상태라 얼굴도 확인하기 힘들었다고 했다. 하지만 목에 파렌티아가 걸려 있는 것을 보고 마틴의 술주정으로 들은 그 레티티아가 아닌가 싶어서 도움이 될까 하여 옷을 벗겨서 보냈다는 것이었다.

렉스는 그 편지를 읽곤 혀를 찼다. 레티티아의 존재는 장로들 중 몇몇만이 알고 있었다. 전쟁이 끝나고 그 가여운 아이를 보호하기 위해서 헤르티아에게 받아온 정보를 장로들에게만 넘겼는데, 마틴이 또 술김에 정보를 흘린 것이다. 그래도 나름 전화위복이라고 생각했다. 그렇지 않았다면 헤임달이 이런 귀중한 것을 보내지 못했을 테니까.

렉스는 왜 헤임달이 장로들에게는 알리지 않았나 싶었지만, 그는 그것에 대한 설명도 덧붙였다. 장로들에게 알렸다가는 신원을 확실하게 확인하자는 명목 하에 제때에 그 사실이 렉스에게 전해지지 않을 것이 겁이 났다는 것이었다. 제때 소식이 닿지 않아 리차드가 죽을까 걱정이 되어서 장로들에게 알리기 전 먼저 전한다고 적혀 있었다.

"예쁘더군. 네가 왜 안달을 내는지 알 수 있을 정도였지."

"제발! 이제 그만하자!"

루프스는 유채의 옷자락을 움켜쥐었다. 괴롭히려면 저만 괴롭히면 될 것이지 왜, 유채까지 끌어들이느냔 말인가!

"너도 듣지 않았나? 내 아버지는 라일라님을 살해하지 않았다!"

루프스는 유채에게 들은 이야기를 모두 렉스에게 말했다. 하지만 렉스는 그 말에 몸을 부들부들 떨었다. 감히 누구 앞에서 그런 거짓말을 지껄이는 것인지. 렉스는 화가 머리끝까지 차올랐다.

"헛소리 집어치워!"

렉스가 쩌렁쩌렁 소리 질렀다.

"네놈이 알렉스와 프레드릭을 죽여놓고, 그 애들의 이름을 빌어서 거짓을 고해? 감히 나에게? 네놈은 정말 상종할 가치도 없는 놈이구나. 제 죄도 모르고……."

"사실이다! 내가 왜 이런 말을 굳이 너에게 하겠는가. 그러니, 이제 그만하자. 더 이상의 피는 무의미할 뿐이다. 그러니 이제 제발 그만하자."

루프스는 잔뜩 지친 표정이었다. 렉스는 루프스의 연기에 소름이 돋을 지경이었다. 저 가증스러운 입을 찢어놓고 싶었다. 렉스는 이를 갈았다. 감히 프레드릭과 알렉스의 이름을 올리며 그들이 프리드와 벤자민이라고 말하는 저 뻔뻔한 태도에 흔들리면 안 된다. 저놈의 세 치 혀가 하는 거짓말에 휘둘려 일을 망칠 수는 없었다.

렉스는 검을 움켜쥐었다.

"네 소중한 여자를 돌려받고 싶다면, 앞으로 사 일 뒤 에클레시아로 와라. 너 혼자. 그럼 그 여자를 돌려주마."

이것은 함정이었다. 그리고 루프스도 바보가 아니니 그것을 알 것이다. 그래도 루프스는 올 것이다. 그게 늑대 놈들의 사랑이었다. 렉스는 그가 혼자 올 것이라는 기대는 하지 않았다. 아니, 그는 혼자 오려고 하겠지만 늑대 수인들이 그를 혼자 보내려 하지 않을 것이다. 렉스는 루프스와 그의 부대를 제거하는 데에 포트리스 병력의 절반을 소모할 각오까지 했다. 그만큼의 희생을 감수해야 하는 일이었다. 렉스는 쓴웃음을 흘렸다. 괴물을 잡기 위해서는 괴물이 되는 방법밖에는 없었다.

"출발한다. 목적지는 에클레시아다."

렉스는 낮은 목소리로 명령했다. 렉스와 함께 움직인 사람들 사이에 있던 리차드는 몰래 매를 날려 헤임달에게 보냈다. 이것이 헤임달에게 보내는 마지막 보고가 될 것이다.

루프스는 얼굴을 쓸어내었다. 여우 일족의 본진과 가까우며 심지어 여우 일족과 연맹관계에 있는 말 일족과 가까운 곳이 에클레시아였다. 분명히 포위 섬멸전이 될 것이다. 루프스는 입술을 깨물었다. 그렇다고 유채를 버려둘 수는 없었다.

"아리아."

루프스는 아리아를 불렀다. 더 이상의 출혈을 바라지 않았지만, 어쩔 수가 없었다. 그는 한 명의 수인이기 이전에 루프스였다. 늑대 일족을 책임져야 하는 군주였다.

"루크레치아에게 전해라."

왜, 운명은 이렇게 가혹한 것일까? 폭력을 좋아하지 않던 소년을 살인자로 만들고, 친구를 원수로 만들고, 누구보다 착했던 여동생의 선량했던 오빠는 복수귀가 되었다. 루크레치아의 말이 맞았다. 전쟁을 빨리 끝내는 것이 피해를 줄일 수 있는 또 다른 방법이었다.

"여우 일족에 대한 공격을 다시 개시하고 말 일족의 개입을 막아라. 최대한 여우 일족의 병력을 줄여야 한다고 루크레치아에게 전해라. 그리고 플로서스를 막고 있는 병력의 일부를 끌고 와라."

루프스는 유채의 옷자락을 꽉 움켜쥐었다.

"에클레시아에서 회전을 준비할 것이다."

훗날 역사에 기록될 에클레시아 대회전(大會戰)의 서막은 이렇게 올랐다.

⚜

"젠장할!"

알렉스는 숨을 몰아쉬면서 욕지기를 뱉었다. 단테의 정보대로 공간을 넘어왔지만 렉스는 이미 그곳에서 이동한 후였다. 알렉스는 전쟁으로 마레 위르에 대한 반감이 강해진 독수리 수인들을 피해서 몸을 숨겼다. 렉스가 어디로 이동했을지를 추측해야 했다. 알렉스는 몰래 훔쳐온 지도를 바위에 펼쳤다.

"미노르 호무스로 이동해서 포트리스의 지원을 받을 생각일까?"

아니, 렉스의 성격에 자칫 잘못하면 포트리스를 위험에 휘말리게 만들 짓은 하지 않을 것이다. 차라리 라나투스 호무스(양 수인 일족의 땅)를 통과하는 것이 나았다. 양 수인은 비교적 온화한 편이고 전투력도 소 수인보다 약했으며 전쟁에 대한 피해를 복구하는 중이라 혼란스러웠다.

"에클레시아? 아냐, 이렇게 되면 회전(會戰)이 되어서 오히려 불리한데."

늑대 일족의 기동력과 전투력을 고려할 때, 인간들이 기습을 하려면 숨을 수 있는 지형지물이 많은 산 쪽이 더 유리한 것이 사실이었다. 수가 많은 루프스와 대적하면서 회전을 생각하고 움직인다는 것이 이해가 가지 않았다. 만일 그가 정말로 에클레시아로 간다면 뭔가 믿는 구석이 있다는 것이었다.

"에클레시아 근처에는 말 수인과 여우 수인이……."

알렉스의 머릿속에서 어떤 생각이 섬광처럼 스쳐 지나갔다. 헤르티아가 언제 한번 전쟁이 일어나면 도와달라는 말을 했다고 단테가 그랬었다. 여우 일족과 렉스가 동맹을 맺었다면, 에클레시아만큼 조건이 좋은 장소도 없을 것이다. 그러고 보면 여우 일족이 늑대 일족을 공격한 시기와 렉스가 늑대 일족을 공격한 시기가 절묘하게 맞았다. 단테가 그에 대해 모르는 것은 헤르티아가 마레 위르와 연합했다는 사실을 고의적으로 숨겼기 때문일지도 몰랐다.

"게다가 라나투스 호무스는 산맥을 끼고 있으니까. 산맥을 잘만 타면 에클레시아로 큰 전투 없이 향할 수 있어."

여러 방향으로 생각해 보았을 때 렉스는 라나투스 호무스를 통해서 에클레시아로 향하는 것이 분명했다. 알렉스는 렉스를 따라가기 위해 서둘렀다. 에클레시아에서 회전(會戰)이 벌어지기 전에 빨리 렉스를 막아야 했다.

유채의 탈옥 소식으로 열이 받았던 헤르티아는 렉스에게 온 소식을 듣고 기뻐했다. 루프스를 에클레시아로 이끌었고 자신은 미리 에클레시아에서 준비하고 있겠다는 말이었다. 렉스는 위치가 발각될 가능성이 있어 더 이상은 연락하지 않을 테니 에클레시아에 도착해서 보자고 했다. 헤르티아는 이제 복수의 마지막만이 남았다는 것에 기분 좋게 웃었다.

"헤, 헤르티아님!"

병사 하나가 귀신이라도 본 얼굴로 막사 안으로 들어왔다, 헤르티아는 고개를 들었다.

"왜? 귀신이라도 봤느냐?"

기분이 좋아진 헤르티아가 농조로 입을 열었다. 희게 질린 병사의 뒤로 단테가 들어왔다. 헤르티아는 단테의 등장에도 시큰둥한 반응을 보이다가 뒤이어 들어온 청년을 보고 자리에서 벌떡 일어섰다. 헤르티아는 귀신을 본 듯한 얼굴로 뒷걸음질을 쳤다.

단테는 헤르티아를 보고 담담하게 말했다.

"잘 아는 얼굴이지? 포트리스의 프레드릭 하워드라는 청년. 그리고……."

단테는 말을 골랐다. 헤르티아가 놀라지 않게 하고 싶었지만 이 문제에서는 어떻게 말을 해도 놀라지 않는 게 이상했다

"벤자민이야. 베니니타스님과 라일라님의 아들. 바로 네 조카."

"그, 그게 무슨 소리야, 단테!"

헤르티아는 단테가 질 낮은 장난을 치는 거라고 생각했다. 숨을 몰아쉬는 헤르티아를 보며 프레드릭은 벅차오르는 감정을 간신히 추스르고 입을 열었다.

"오랜만이에요, 고모. 제가 망가뜨린 고모의 꽃나무는 아직도 번개 맞은 듯한 모양인가요?"

"너. 그것을 어떻게……."

헤르티아는 다리에 힘이 풀려서 주저앉았다. 혼란스러웠다. 프레드릭을 처음 보았을 때 베니니타스와 닮았다고 생각하기는 했었지만 그가 벤자민이라고 생각한 적은 없었다. 그런데 프레드릭이 벤자민이라고?

프레드릭은 넋이 나간 헤르티아의 앞에 앉아 그간의 이야기를

털어놓았다. 헤르티아는 망연자실한 얼굴로 프레드릭을 바라보았다. 오빠를 지키지 못한 죄책감을 털어내기 위해서 악에 받쳐서 복수만을 좇던 헤르티아는 가족들의 죽음이라는 그늘에서 벗어나지 못하는 가련한 여인일 뿐이었다.

헤르티아는 라일라의 죽음에 대한 이야기를 들으며 울었고, 조카들이 어떻게 살아왔는지를 들으면서 다행이라고 속삭였고, 란텔이 자신을 속였다는 것을 알았을 때는 분노했다. 로보는 죄를 뒤집어썼고, 블랑카는 억울하게 죽었으며, 에리카는 가련했고, 라이칸의 운명은 비참했다.

헤르티아는 이제야 제가 감정에 휩쓸려 무슨 짓을 저질렀는지 알 수 있었다. 헤르티아는 눈물을 주륵주륵 흘렸다.

"라이칸에게 내가, 내가……."

그 아이는 그 세월을 어떻게 살아왔을까? 오해로 억울하게 부모를 잃고 모든 고초를 겪으면서 홀로 외롭게 살아온 것이다. 아무에게도 기대지 못하고 위로받지 못하고 저를 노리는 비정한 세계에 맞서 온 힘을 다해서 싸워온 것이었다. 그러면서도 그는 헤르티아, 자신을 내버려 두었다. 헤르티아가 루프스를 죽이고 싶어 했던 것만큼 그도 복수를 하고 싶었을 텐데 그는 그녀를 죽이지 않았다.

과거의 모습은 모두 사라지고 잔혹한 놈이 되었다고 생각한 루프스는 사실은 아직도 그 어린 날의 라이칸이었던 것이다.

"내가, 내가 그 아이에게……."

헤르티아는 눈물을 펑펑 쏟았다. 밀려오는 죄책감과 다시 벤자민을 만났다는 기쁨에 눈물이 멈추지 않았다. 단테는 헤르티아를 껴안고 그녀를 다독였다.

"아직 늦지 않았어. 네가 잘못한 일은 그 아이에게 용서를 구하면 돼. 그러니까 지금은 정신을 똑바로 차려."

단테는 헤르티아의 눈물을 닦아주었다.

"이 전쟁부터 멈춰야 해."

그제야 헤르티아는 정신이 번쩍 들었다.

"에클레시아! 지금 거기로 루프스가 가고 있어. 레, 렉스 뮈어가 기다리고 있을 거라고!"

"에클레시아요?"

"그래, 렉스가 레티티아의 옷을 구해서 그것으로 루프스를 협박했다고 했어. 그들을 위한 함정을 준비하기 위해서 에클레시아로 향했어."

"설마. 알렉스는 아직 렉스 삼촌과 못 만난 건가?"

프레드릭의 얼굴이 새하얗게 질렸다.

"유채 양은 무사한가요? 아니 그 이전에 리와인더의 조각은요? 렉스 스승님이 보호 중인가요?"

"리와인더의 조각?"

프레드릭은 헤르티아에게 리와인더의 조각에 관해서 설명을 했다. 라일라가 가지고 있던 그 물건을 유채가 왜 찾는지 설명을 들은 헤르티아의 얼굴이 다시 창백해졌다. 자신은 언니를 구하기 위해서 세상 그 누구보다 절박한 아이를 데리고 장난질을 친 것이었다. 제가 베니니타스를 사랑했던 것만큼 그 아이도 제 언니를 사랑하는 것이었다. 자신의 몸을 망쳐 가면서까지 언니를 구하기 위해서, 또 이 스티폴로르를 구하기 위해서 움직이던 아이에게…….
그 아이가 했던 말은 변명이 아니라 사실이었다. 헤르티아는 제가 저지른 악행이 어느 정도인지 짐작도 되지 않았다.

"나, 나도 몰라. 나는 그냥 옷을 가지고 있었다는 내용의 편지만 받았을 뿐이야."

"삼촌에게 매를 보내서 사실을 알려야 해요."

"안 돼. 이동하는 곳을 발각당하지 않기 위해서 아무런 편지도 받지 않겠다고 했어."

당장 렉스와 루프스가 부딪치는 것을 막아야 하는 막막한 상황이 되었다. 그리고 유채의 행방도 찾아야 했다.

"일단은 우리도 에클레시아로 이동해요. 직접 렉스 삼촌을 만나서 이야기하는 거예요. 아직 늦지 않았어요. 정신 차려요, 고모!"

"유채 양은 어떻게 하나?"

단테가 물었다. 프레드릭 역시 그게 막막했다. 유채의 행방을 알아내기 위한 데는 추적 마법만 한 것이 없는데 그걸 쓰기 위해서라면 그녀의 흔적이 남은 것이 필요했지만 지금은 아무것도 없었다.

"유채 양의 소지품이라든지, 아니면 머리카락이나 피 같은 것이라도 있으면 소재를 추측이라도 할 수 있는데."

"머리카락?"

헤르티아가 허둥지둥 움직였다. 혹시나 쓸 곳이 있을까 싶어서 가지고 온 물건 중에 유채의 머리카락이 있었다.

"혹시, 쓸 곳이 있을지도 몰라 가지고 있던 거야. 이거면 가능하니? 벤자민."

"가능해요. 추적은 힘들지도 모르지만, 최소한 소재 파악은 할 수 있겠죠. 지도 있으세요?"

헤르티아는 지도를 가져왔다. 프레드릭은 바닥에 진을 그리고 그 위에 유채의 머리카락을 올리고 스펠을 읊었다. 마법진에서 빛이 나더니 지도에 위치가 표시되었다.

"살아 있는 것이냐?"

"살아 있고, 지금 포트리스에 있습니다. 그런데……."

프레드릭은 말끝을 흐렸다. 지도에 표시된 방향을 보니 헤임달의 창고 중 하나였다. 정확히는 헤임달이 뱃사람들을 위해서 임시로 만들어준 소금 창고 겸 대피소였다. 육로로는 가기가 험해 주로 배로 접근하는 곳이었다. 유채가 안전한 것인지 아닌지 종잡을 수가 없었다.

"헤임달의 창고예요."

헤르티아의 기운이 사나워졌다. 결국 헤임달이라는 놈에게 놀아나 이때까지 날뛴 것이었다. 그놈 때문에 수많은 수인들이 목숨을 잃고 불행해졌다. 헤르티아는 부들부들 떨었다. 그놈만큼은 잡아서 갈기갈기 찢어서 죽여 버릴 것이다. 그러다 문득, 헤르티아는 스스로를 비웃었다. 누가 누구를 심판한다 지껄이는 것일까? 제가 저지른 악행도 다 용서받지 못할 주제에.

"레이라는 무사한 건가……."

프레드릭은 레이라에 대한 걱정에 미칠 것 같았다. 설마 레이라도 유채와 같이 있는 건 아닌가 하는 걱정이 들었다. 프레드릭은 제 손목을 살폈다. 문양은 멀쩡했다. 레이라뿐 아니라 알렉스에 대한 걱정으로 프레드릭은 미칠 것만 같았다.

헤르티아는 프레드릭의 손목을 잡았다.

"왜 그러니, 벤자민."

"레이라와 알렉스, 그러니까 프리드가 걱정이 되어서……."

헤르티아는 프리드를 알렉스라 부르는 것이 더 자연스러운 것 같은 프레드릭을 보니 씁쓸한 기분이었다. 그만큼 떨어져 산 세월이 길었다. 프레드릭은 어느새 어른이 되었다. 너무나 오랜 시간이 걸려 찾은 조카와 저 사이에 너무 깊은 골이 새겨진 기분이었다.

"벤자민, 일단 포트리스로 가렴. 레티티아도 구하고 네 아내와 아이도 살펴야지."

헤르티아는 프레드릭을 어깨를 잡고 눈을 마주했다. 이렇게 베니니타스와 라일라를 빼닮았는데, 왜 진작 눈치채지 못했을까.

"렉스와 루프스는 내가 말려보마."

"고모."

프레드릭이 헤르티아의 손을 잡았다. 프레드릭은 헤르티아의 눈에서 죄책감을 읽었다.

"도망치려고 하지 마세요."

"……."

"고모가 저지른 죄에 대해서 알았다면, 그것을 깨달았다면 도망치지지 마세요. 다른 방법으로 속죄하려 하지 마세요."

"내가 용서를 빌면, 그들이 받아줄까."

"용서를 하는 것은 유채 양과 루프스님의 선택이지 의무가 아니에요. 고모가 해야 할 일은 그분들을 위해 자신의 죄를 솔직히 고백하고 사과하는 일뿐이에요."

"매번 생각하지만, 가장 기본이 가장 어렵구나."

프레드릭의 말이 맞았다. 헤르티아가 해야 할 일은 그들에게 진실된 사과를 하는 것이었다. 그리고 헤르티아는 그 이전에 제가 저지른 일에 대한 책임을 져야 했다. 자신의 원한이 너무도 커서 타인에게 해를 입혀도 저는 정당하다고 생각하고 벌인 모든 일에 대한 책임을 져야 했다.

헤르티아는 주먹을 쥐고 일어섰다. 이 전쟁은 순수하게 제 잘못

된 원한으로 일어난 것이었다. 그러니 자신이 나서서 멈춰야 했다.

"밖에 누구 있느냐!"

"부르셨습니까?"

레아가 막사 안으로 들어왔다. 헤르티아가 입을 열었다.

"지금 당장 에클레시아로 퇴각한다. 전쟁은 끝이다."

"예?"

죗값을 치를 때였다. 헤르티아는 눈을 감았다.

유채는 손목을 단단히 구속하고 있는 가죽 수갑을 풀기 위해서 손목을 이리저리 비틀었다. 질긴 가죽은 아무리 움직여도 끊어지지 않았다. 목에 걸린 또 다른 구속구 때문에 마법도 쓸 수가 없어서 유채는 아무 능력 없는 평범한 소녀가 되었다.

벌써 이곳에 갇힌 지 이틀째였다. 헤임달이 리와인더의 조각을 가지고 란텔과 함께 에클레시아로 향한 것도 이틀이나 지났다. 유채는 어깨의 통증을 무시하고 탈출을 위해서 노력했다. 앞으로 딱 이틀 남았다. 그 안에 헤임달을 막지 못하면 스티폴로르가 사라질 것이다. 유채는 몸을 버둥거렸다.

"읍읍읍!"

분을 이기지 못하고 소리를 질렀지만 유채의 외침은 재갈에 막혀 소리가 되지 못했다.

유채가 정신을 차린 것은 그날 밤 늦게였다. 어지럼증과 구토감을 느끼면서 유채는 눈을 떴다. 그리고 곧 자신이 공중에 묶여서 매달려 있다는 것을 깨달았다. 유채는 빠져나가기 위해서 스펠을 급하게 읊었지만 아무 일도 일어나지 않았다.

"훗. 프레눔을 모르는 인간이 있다는 것도 의외군."

그제야 이곳에 저 말고 다른 사람이 있다는 것을 알아챈 유채는 화들짝 놀랐다. 창고 구석, 어두운 그림자 밖으로 나온 헤임달은 유채를 비웃었다.

"마력을 흡수하는 프레눔 가까이에선 어떤 마법도 사용할 수 없다는 것을 모르다니. 마법사로서 개념이 없군."

유채는 지금 마법을 쓸 수 없다는 사실보다 제 앞에서 뻔뻔한 태도로 말하고 있는 헤임달에게 더 분노가 치밀어 올랐다.

"개새끼! 이 상종도 못할 쓰레기 새끼야!"

유채는 악을 썼다. 헥터에게 당할 뻔한 일의 배후에 헤임달이 있다는 것을 알고 난 뒤에 유채는 그를 용서할 수가 없었다. 사람으로 어떻게 그럴 수가 있나 싶었다. 그깟 프레눔이 뭐라고! 제가 헥터에게 그런 일을 당해야 했을까? 왜? 유채는 헤임달을 향해 이를 박박 갈았다.

"도대체 뭐가 사람보다 중요한데! 이 개새끼야! 넌 사람도 아니야!"

유채는 빽 소리 질렀다.

"당신 때문에 난 죽을 뻔했어! 당신이 인간이야? 인간이냐고! 이 쓰레기 새끼…… 어헉."

헤임달의 억센 손이 유채의 목을 틀어쥐었다. 헤임달의 눈이 불에 타는 것처럼 이글거렸다. 헤임달이 부들거리는 손으로 유채의 목을 꽉 움켜잡았다.

"네가 뭘 안다고 지껄여!"

헤임달이 버럭 소리 질렀다. 그의 눈에 분노의 눈물이 고였다.

"네가 내 기분을 알아! 개새끼 같은 오를레앙 남작이 내 아내와 여동생, 딸을 겁탈하고 내 가족을 모두 죽였는데, 그놈에게 복수도 하지 못하고 사는 이 비참함을 네년이 아냐고!"

헤임달은 평범한 의사 겸 사냥꾼이었다. 헤임달은 오를레앙 남작령의 작은 마을에서 가난한 사람들을 진료하고 이따금 마물이나 짐승을 사냥하는 일을 하는 평범한 남자였다. 그의 에어리얼은 무효화였다. 무효화의 소유자인 그는 마법을 쓸 수 없었으나, 그 대신 마법에 걸리지 않았다. 그는 그 점을 이용하여 마물 사냥에 뛰어들었다. 또한 그는 약초학에 해박하여 마을 사람들과 마물 사냥꾼들을 다른 방면으로도 도왔다. 아내와 아이 둘, 여동생과 함께 단란하게 살아가던 그에게 불행이 시작된 것은 마을을 시찰하러 온 오를레앙 남작을 아내와 함께 만났던 그 순간이었다.

오를레앙 남작은 호색한으로 유명했다. 그가 제 아내를 바라보는 눈빛이 심상치 않았지만 헤임달은 설마 남작이 유부녀까지 노릴까 싶었다. 어느 날 오를레앙 남작은 헤임달을 사냥꾼으로 불러내어 마을로 오던 길에 봤던 마물을 잡으라고 했다. 헤임달은 그 마물에게 마을이 피해를 입을까 싶어 기꺼이 일에 응했다.

하지만, 그가 일을 마치고 돌아와서 본 것은 몰살당한 마을이었다. 간신히 숨어 있던 헬라에게서 헤임달은 모든 이야기를 들었다. 오를레앙이 집으로 기사를 이끌고 쳐들어와 제일 먼저 아들을 죽이고 그 후 아내를 겁탈하고 딸과 헬라까지 겁탈한 뒤에 아내와 딸의 목을 부러뜨려 죽였다는 것이었다.

헬라는 정신적인 충격을 받은 상태에서 가까스로 도망쳤다. 도망친 그녀를 찾으러 기사들이 온 마을을 돌아다니면서 사람들을 죽였다고 했다. 헬라는 벌벌 떨면서 설명했다.

헤임달이 살았던 마을은 없어져도 별 문제가 되지 않을 정도로 작았다. 그랬기에 오를레앙 남작도 거리낌 없이 마을 하나를 없애 버렸을 것이다.

헤임달은 그 사실을 믿을 수 없어서 미친 듯이 집으로 달려갔다. 이내 그의 분노에 찬 울부짖음이 텅 빈 마을을 울렸다. 헤임달은 지키지 못한 가족의 시신을 부여잡고 절규했다.

세상에 신은 없었다. 사람이라고 볼 수 없을 짓을 한 오를레앙 남작은 발루아 백작의 오른팔이 되어서 권세를 누리며 떵떵거리며 살았다. 남작은 헤임달의 가족과 마을 사람들에게 저지른 죄에 대해 전혀 대가를 치르지 않았다. 헤임달은 복수를 다짐했다. 오를레앙 남작을 죽일 수만 있다면, 그는 못 할 짓이 없었다. 그렇게 베르나도테 공작의 하수인이 되었고 지금에 이르렀다. 그는 오를레앙 남작에게 직접 벌을 주려는 것뿐이었다.

하늘이 벌을 내리지 않는다면 저라도 벌을 내려야 했다.

"그래서 뭐 어쩌라고, 개새끼야!"

유채는 간신히 트인 숨통으로 헤임달을 노려보았다. 세상은 참 잔인했다. 피해자가 가해자가 되어 또 다른 피해자를 만드는 악순환의 고리였다.

"당신도 오를레앙 남작과 똑같아! 당신이라고 뭐 다를 것 같아! 죄 없는 여자들을 팔아치우고, 죄 없는 사람들을 죽이고! 당신이 오를레앙 남작하고 뭐가 달라!"

"이익!"

유채는 반박하지 못하는 헤임달을 비웃었다.

"당신이 신이라도 된 것 같아? 당신이 피해자니까 남들에게 마음대로 할 수 있을 것 같지!"

복수에 미쳐 버린 사람들은 그랬다. 자신의 복수가 정당하다고, 자신이 하는 모든 악행을 정당하다고 믿었다.

"라일라는 당신에게 뭘 잘못했어? 헥터에게 학대당한 여자들은 당신에게 무슨 잘못을 했어? 억울하게 죄를 뒤집어쓰고 아내를 잃은 로보는 당신에게 무슨 잘못을 했어?"

유채는 숨을 몰아쉬었다.

"당신 때문에 루프스는 부모를 잃었고, 평생을 동생을 지키지 못한 죄책감에 괴로워했고, 당신 때문에 멀쩡했던 인생을 다 망쳤어! 당신이 만든 지옥에서 구르다 결국은 미쳐 버렸다고. 알아? 그게 당신 죄야!"

유채는 루프스를 동정했다. 그의 불우했던 삶을 동정했다. 그렇게 살 수밖에 없었던 삶을 동정했다. 루프스는 상처입고 주저앉아서 세상을 향해 떼를 쓰는 어린아이에 불과했다. 너무 상처가 커서 큰소리 한 번 못 지르는 어린아이였다. 그래서 루프스의 앞에서 매정하게 이별을 고하지 못하고 도둑처럼 도망쳤다.

"당신도 그 오를레앙 남작하고 똑같은 쓰레기야! 당신이 그놈하고 뭐가, 앗!"

헤임달이 씩씩거리며 유채의 뺨을 내리쳤다. 뺨에서 불이 나는 듯했지만 유채는 왠지 속이 시원해지는 기분이었다. 유채는 약간은 건방진 태도로 고개를 들어 올렸다.

"왜? 내 말에 반박을 못 하겠어?"

"이년이!"

머리끝까지 화가 난 헤임달은 씩씩거리면서 불에 달군 부지깽이를 들고 왔다. 저년이 고통에 비명을 지르며 비는 꼴을 봐야지

속이 풀릴 것 같았다. 헤임달은 유채를 향해 부지깽이를 들어 올렸다. 유채는 눈을 질끈 감았다.

"오빠! 멈춰. 상품이야, 상품!"

헬라가 헤임달을 뜯어말렸다. 부지깽이가 바닥으로 떨어졌다.

"오빠, 잊었어? 공작의 침실에 진상하기로 했잖아. 예쁘게 꾸미면 꾸몄지, 흠집을 내면 안 돼. 그랬다가 공작이 마음에 안 들어 하면 어떡하려고. 참아, 오빠. 저년은 입만 살아서 나불거릴 뿐이잖아. 참아. 응? 오빠가 상대할 필요 없다고."

유채는 저를 또 팔아넘기려고 하는 헤임달의 질 낮은 짓에 이제는 헛웃음밖에 나오지 않았다. 헤임달은 숨을 몰아쉬면서 유채의 턱을 거칠게 움켜잡고 으르렁거렸다.

"반반한 얼굴만 아니었으면 네년은 이미 걸레짝이 되어 있을 거야. 알아?"

헤임달은 란텔을 불렀다.

"이제 움직이자. 헬라, 목걸이 줘."

"알았어, 오빠."

헬라는 쭈뼛거리면서 리와인더의 조각을 헤임달에게 건네었다. 유채의 눈이 커졌다. 레이라가 말하기로 마법 폭탄은 보석에 마력을 담아서 만든다고 전했다. 유채는 설마 하는 심정으로 절박하게 외쳤다.

"설마, 그걸로 폭탄을 만들려고?"

"그래, 이걸로 수인 놈들을 날려 버릴 생각이다."

"당신 미쳤어! 그건 안 돼! 그게 무슨 물건인 줄 알고! 그걸 잘못 쓰면 당신도 죽어! 이 스티폴로르가 지도에서 사라진다고!"

"미친 것은 네년이겠지. 에클레시아까지 가는 데 나흘. 오는 데

나흘이니. 팔 일만 기다려라. 뭐, 나흘이면 이미 이것으로 에클레시아를 날려 버렸기 때문에 더 빨리 올지도 모르겠군. 잘 단장하고 기다려라. 새로운 주인을 만날 거니까."

헤임달은 유채의 말을 미친년의 헛소리로 취급했다. 그는 유채의 입에 재갈을 물린 채 창고를 떠났다. 유채는 간신히 발견한 리와인더의 조각이 멀어지는 것을 지켜봐야 했다.

유채는 힘이 빠져서 버둥거리는 것을 멈췄다. 이제 이틀밖에 없었다. 이들이 말하는 것을 듣기에 이틀 뒤에는 거사를 치른다고 했다. 유채는 한켠에 놓여 있는 제 가방을 보았다. 이니투스의 보자기는 가방 안에 들어 있었다. 유채는 원망스러운 눈으로 손목을 구속하고 있는 가죽 끈을 보았다. 저걸 찢어버리면 탈출할 수 있을 텐데……. 그 순간 머릿속에 한 가지 생각이 떠올랐다.

이동을 하기 위해서는 공간을 찢는다. 그런데 어떤 물건 위의 공간을 찢는다면, 그 위치에 있는 물건도 같이 찢기지 않을까? 그동안은 허공을 찢어보기만 했지만 어쩌면 가능할지도 모를 것 같았다.

'밑져야 본전이야.'

아무 것도 못하고 무력하게 있는 것보다는 뭐라도 시도하는 것이 나았다. 유채는 가죽 끈을 집중해서 보며 공간을 찢었다.

"윽."

예상대로 몸이 아래로 떨어졌다. 유채는 이때만큼 재갈이 고마운 적이 없었다. 재갈이 없었으면 비명을 질러서 일찍 들통 났을 테니까. 유채는 발이 묶인 상태라 바닥을 기어서 가방이 있는 곳으로 갔다. 천장에 매달린 줄을 끊은 것이기 때문에 여전히 양손은 묶인 상태로 불편하게 가방을 뒤진 유채는 이니투스의 보자기가 그대로 있는 것을 확인하고 단도를 꺼냈다. 유채는 단도로 발목을 묶고 있는 밧줄을 잘랐다.

그때 창고 밖에서 자물쇠가 풀리는 소리가 들렸다. 유채는 가방을 들고 일어섰다. 창고 문을 연 것은 세라였다.

"아악!"

유채는 가방으로 세라의 머리를 세게 내려치고 달렸다. 얼른 다시 공간을 찢을 만한 곳으로 이동해야 했다. 뒤에서 알폰소와 헬라, 세라가 달려오는 소리가 들렸다. 양손이 묶여 있는지라 중심을 잡기 힘들어 유채는 몇 번이고 앞으로 엎어졌지만, 아픔 따위는 무시하고 죽을힘을 다해서 달렸다.

"읍!"

눈앞으로 절벽이 나타났다. 유채는 몸을 돌렸다. 알폰소와 헬라가 바로 앞까지 쫓아온 상태였다. 절벽 아래는 바다였고 이제는 막다른 길이었다. 유채는 덜덜 떨면서 뒷걸음질을 쳤다.

[바다로 떨어져라. 받아주겠다.]

귓가에 낮은 남자의 목소리가 울렸다.

[나는 바다의 용 에퀘레우스이다. 내가 도와주겠다. 그러니 뛰어내려.]

셀레네가 말했던 용이었다. 리와인더의 조각을 바다에 버리면 셀레네에게 전해줄 대리인인 용 에퀘레우스(Aequoreus). 유채는 눈을 질끈 감고 바다로 몸을 던졌다. 찰나의 시간 후에 유채의 몸은 푸른 바닷물에 잠겼다. 그리고 그와 동시에 미끈한 비늘을 가진 무언가가 유채의 몸을 마치 뱀처럼 휘감았다. 유채는 그대로 정신을 잃었다.

⚜

트레모르는 급하게 집무실로 걸어갔다. 트레모르의 손에는 토끼가 그려진 카드가 들려 있었다. 카넬리안이 쓰던 카드였다. 그녀는 현역 시절에 경고 목적의 암살을 할 때 자신이 무슨 괴도라도 되는 것처럼 이렇게 카드에 제 이름을 휘갈겨 쓴 것을 작전지에 남겨두곤 했었다. 트레모르가 집무실 문을 열었다.

"아빠!"

실비아의 목소리에 트레모르는 깜짝 놀랐다. 실비아는 제 의자에 앉은 카넬리안의 무릎에 앉아서 카드놀이를 하고 있었다. 카넬리안이 손을 흔들자 트레모르는 이를 갈았다.

"아빠. 내가 아빠 보고 싶다고 하니까, 이 언니가 아빠 보게 해주겠다고 같이 왔어."

"그래, 트레모르. 너 너무 못된 아빠 아니니. 세상에 이렇게 어린 딸과 잘 놀아주지도 않고 말이야."

"카넬리안!"

트레모르는 카넬리안이 왜 이곳에 굳이 실비아를 데리고 들어왔는지 알아차렸다. 카넬리안이 실비아의 귀를 막았다.

"애 놀라게 왜 갑자기 큰 소리야."

"실비아는 아무 잘못 없어! 대체 애를 왜 여기까지 데리고 온 거야!"

카넬리안은 실비아 몰래 칼을 들어 보이고는 트레모르에게 서류들을 던졌다. 이를 갈면서 서류를 읽은 트레모르의 눈이 커졌다.

"선대 레푸스와 네가 레푸스의 자리를 차지하기 위해서 몰래 감추었던 것들이지."

"이게, 대체…… 이게 사실이라고?"

"그래. 내가 선대 레푸스에게 살해 협박까지 받아가면서 밝히려고 했던 그날의 진실이자 지금 벌어진 모든 일의 발단."

트레모르의 눈이 흔들렸다. 서류를 쥔 트레모르의 손이 미친 듯이 떨렸다.

카넬리안은 그의 반응을 살폈다. 트레모르는 야망 있는 이였지만, 그 반대로 심성이 유약하기도 했다. 잘만 구슬리면 그는 금방 넘어올 것이다.

"밝혀. 인디키움의 이름으로 진실을 발표해. 그래야 모두가 믿을 테니까."

"이걸 밝히면 인디키움이 어떤 오명을 뒤집어쓸지 알면서 하는 소리야?"

"매번 생각하지만, 너는 정말 포장을 더럽게 못해. 이걸 그냥 발표하다니, 너 미쳤니?"

카넬리안은 묘한 미소를 지었다.

"인디키움은 우연하게 계기로 라일라의 죽음에 대한 의심을 품게 되었고 그에 따라서 카넬리안을 조사관으로 임명해서 몰래 조사를 시작하였다. 그 결과 진실을 알게 되었다. 인디키움은 과거의 잘못을 바로 잡기 위해서 이 정보를 공개한다, 라고 하면 되잖아."

"그 이전에 인디키움이 돌을 맞게 될 것은 생각 안 하나? 정보기관인 우리가 실수를 했다는 것을 인정하면 앞으로는 어떡하라고!"

"그럼 다른 방법이 있지."

카넬리안은 실비아를 의자에 앉혀두고 트레모르의 앞으로 가

책상 위에 걸어가서 걸터앉았다.

“전대 레푸스의 짓으로 몰면 되지. 사실이잖아. 책임은 전대 레푸스가 지면 되는 거야.”

“그렇게 되도 우리의 권위는 실추돼!”

“진정한 권위는 자신의 잘못을 인정하고 그것으로 고쳐 나갈 때 생기는 것이지.”

“그래서 잘못을 구하는 대신에 모든 책임을 전대 레푸스에게 몰자? 정의로운 척은 다 하면서 잘도 그런 비열한 짓을 하자고 하는군.”

“우리가 언제부터 정의의 사도였어?”

카넬리안이 인디키움에 들어온 이유는 단지 배가 고파서였다. 혼혈인 덕분에 제대로 된 직업을 구할 수 없었던 카넬리안의 부모는 산골에서 화전을 하면서 살아갔다. 그러나 부모가 죽고 혼자가 된 카넬리안은 결국 죽 한 그릇에 인디키움으로 들어갔다. 소모품으로 이용되기만 할 말단 중의 말단이었다. 하지만 그대로 죽을 생각은 없었던 카넬리안은 우연한 기회를 잡고 인디키움의 정식 요원이 되었다.

그 와중에 나쁜 짓도 많이 했다. 살아남기 위해서 동료를 버렸고 높은 자리로 올라가기 위해서 수없이 많은 수인들과 마레 위르들을 죽였다. 아무렇지 않게 임무를 수행하던 카넬리안이 이 일에 회의를 느끼게 된 것은 인디키움에 방해가 되는 쥐 일족의 주요 요인 암살에서였다. 아무 죄도 없으나 명령이기에 죽였던 다섯 살 아이의 잘린 목을 보았을 때, 수없이 보아왔던 시신임에도 그날만큼은 구토감이 올라왔다. 그제야 제가 살아남기 위해서라는 명목으로 저질렀던 죄를 깨달았다.

"암살과 첩보가 언제부터 정의였어? 인디키움은 정의의 단체가 아니야. 살아남기 위해서 모인 토끼들의 집단일 뿐이지. 너도 알잖아? 우리가 언제 정의로운 일을 해왔어? 거슬리는 정보는 알리지 않고 필요한 정보만 이용해서 줄을 탔지. 그로 인해 짓밟히는 다른 일족들은 상관하지 않고. 그게 정의라는 건 나도 처음 들어보는데?"

카넬리안이 차갑게 비웃었다.

"아! 그리고 이건 예전 파트너로서 충고가 아니라 협박이야."

카넬리안은 다시 책상 뒤로 돌아가 잘 놀고 있던 실비아의 뒷목을 가격했다. 실비아는 기절해서 앞으로 고꾸라졌고 카넬리안이 아이의 목에 검을 겨누었다.

"실비아!"

"좋은 말로 할 때 발표해. 그리고 한 가지 더."

실비아의 목에 닿은 서슬 퍼런 날에 트레모르는 안절부절못했다.

"레푸스의 자리에서 내려와. 그 자리 내가 차지해야겠으니까."

"뭐라고?"

"나도 이런 더러운 자리 관심 없는데, 내 딸이 결혼을 해야 해서 이 자리가 필요해졌거든. 은퇴하면서 그냥 나한테 자리 넘기겠다고 해. 간단하지?"

"내가 왜…… 실비아!"

카넬리안이 검이 실비아의 목에 붉은 선을 그었다. 카넬리안은 손을 들어서 트레모르의 행동을 제지했다.

"말했지. 이건 부탁이 아니라 협박이라고."

트레모르가 몸을 떨었다. 그래, 잊고 있었다. 카넬리안이 어떤 암컷이었는지. 그녀는 좋은 실력만큼 냉혹한 이였다. 제 이익을 위해서라면 못 하는 것이 없었다. 트레모르는 결국 고개를 끄덕였다.

"미친년."

트레모르가 카넬리안을 향해 이를 갈았다. 카넬리안은 그 말에 비웃음으로 화답해 주었다.

"여태껏 몰랐어? 생각보다 멍청하네."

카넬리안은 실비아에게서 검을 거두고 트레모르에게 다가갔다. 한 번도 카넬리안을 이겨본 적 없는 트레모르는 그녀가 내뿜는 위압감에 뒷걸음질을 쳤다. 카넬리안은 한쪽 입꼬리를 올렸다.

"인디키움의 접대부로 시작해서 여기까지 올라온 나야."

카넬리안은 트레모르의 옷깃을 잡고 먼지를 털어주었다. 트레모르는 카넬리안의 행동에 소름이 돋았다.

"정의의 사도가 아니라고."

카넬리안은 정의의 사도가 될 생각이 전혀 없었다. 그저 제가 저지른 잘못을 바로잡고 싶었고, 살아남기 위해서라는 명목으로 저질러 왔던 죄에 대한 용서를 빌고 싶었다. 단지 그뿐이었다. 카넬리안이 인디키움을 나가서 평범한 농부로 산 것도, 그리고 다시 돌아온 것도 모두 자신이 죽인 자들에게 용서를 빌고 제 죗값을 치르기 위해서였다.

얼마 지나지 않아 인디키움에서 놀라운 소식이 발표되었다. 라일라의 죽음의 배후와 그 진실에 대한 내용이었다. 범인은 로보가 아니라 플로서스라는 소식이 널리 퍼진 후 곧 플로서스가 제 죄를 모두 자백했다는 소식까지 전해지면서 수인들은 놀라움을 감추지 못했다.

⚜

"케릭스!"

플로서스는 아들을 반갑게 맞이했다. 이 어려운 상황에 케릭스는 엄청난 전력이 될 터였다. 루프스의 최측근이었던 케릭스가 제 편을 든다는 것은 플로서스에게 아주 유리한 일이었다.

케릭스는 아버지가 저를 저렇게 반겨 맞이하는 것을 난생 처음 본 것 같았다. 아버지의 눈에는 알 수 없는 광기가 깃들어 있었다.

"아버지."

"고초가 많았다. 어서 들어와라."

케릭스는 플로서스와 같이 막사로 들어갔다. 플로서스는 왜 루프스를 몰아내야 하는지에 대한 궤변을 늘어놓았다. 하지만 이미 모든 진실을 알고 있는 케릭스는 언제 플로서스의 말을 끊어야 할지 고민 중이었다. 플로서스의 말은 끝날 것 같지가 않았고 케릭스는 결국 아버지의 입을 막기로 결심했다.

"아버지께서 라일라님을 암살하라고 명령을 내리셨습니까?"

"뭐?"

플로서스의 눈이 불안하게 흔들렸다. 케릭스는 가지고 온 자료를 앞에 내밀었다. 플로서스는 떨리는 눈으로 그것을 보았다. 카넬리안이 훔쳐간 바로 그 자료들이었다.

플로서스가 자리에서 벌떡 일어섰다.

"나는 잘못 없어! 나는 로보님이 선택하시지 못한 옳은 일을 한 것뿐이야!"

"그게 옳은 일이시라면 왜 당당하게 밝히지 않으셨습니까? 옳은 일을 하셨다면 당당하셔야지요!"

"그러면 내가 죽었을 거야! 로보님이나 베니니타스가 나를 죽이려고 들었겠지!"

"어릴 적 제게 말씀하지 않으셨습니까? 정의로운 일이라면 죽음을 각오하고서라도 하라고. 아버지가 하신 일은 죽음을 각오할 만큼 정당한 일은 아니었나 봅니다."

"내가 그 말을 했다면 너희가 죽었을 것이다!"

"그걸 생각하시는 분이 그런 엄청난 짓을 저지르셨습니까?"

케릭스는 자리에서 일어났다.

"아버지는 계속 핑계만 대고 계시는……."

플로서스가 케릭스의 뺨을 후려쳤다. 케릭스의 몸이 옆으로 쓰러졌다. 늑대 일족의 이인자라는 명칭이 부끄럽지 않은 완력이었다. 케릭스는 피가 섞인 침을 뱉어내곤 자리에서 일어났다. 플로서스가 숨을 몰아쉬었다.

"네가 어떻게 나를 배신하려고 드느냐! 너는 내 아들이 아니냐!"

"아들이기에 아버지를 설득하러 왔습니다. 그만두십시오. 이제 다 밝히고 벌을 받으세요. 그게 아버지가 저지른 모든 일에 대한 속죄입니다."

"내가 왜! 로보님이 먼저 한심하게 군 거야! 마레 위르와 힘을 합친다고? 너는 네 어머니가 어떻게 죽었는지 잊었느냐!"

케릭스는 악다구니를 쓰는 아버지를 안타깝게 보았다. 어머니가 살아 있는 동안에는 그는 보통의 다정한 아버지였다. 그러나 어머니가 마레 위르에 의해 잔혹하게 살해당한 뒤에 플로서스는 그야말로 미쳐 버렸다. 자신이 강하지 못했기에 아내를 지키지 못했다는 생각에 사로잡혀 자식들에게도 강함을 요구했다. 케릭스는 플로서스의 가혹한 가르침을 받으며 자랐고, 동생은 약하다는 이유로 버려질 뻔하기도 했다.

케릭스는 이제야 아버지가 복수라는 망령에 사로잡힌 수인이라는 것을 깨달았다. 그는 아내를 죽인 마레 위르를 용서할 수가 없었던 것이다. 어머니를 죽였던 마레 위르와 라일라는 다른 사람이고, 그로 인해 피해를 입은 마레 위르들도 전혀 다른 사람인데도 플로서스는 같은 마레 위르라는 이유로 그들을 적대했다.

"추하십니다! 어머니께서 마레 위르의 손에 돌아가신 것은 맞습니다. 하지만 라일라님은 그와 관련 없습니다! 그분이 수인들을 위해서 얼마나 많은 일을 하셨습니까? 아버지의 말은 그저 아버지의 분을 풀어내려는 핑계일 뿐입니다."

부들부들거리던 플로서스는 곧 거대한 늑대로 변해 앞발로 케릭스를 내려쳤다. 케릭스는 간신히 바닥을 굴러서 피했다. 아버지와 싸우고 싶은 마음은 없었다. 케릭스는 발톱에 찢겨서 피가 흐르는 배를 손으로 막으면서 소리쳤다.

"이게 잘못된 일이라는 걸 아버지도 아시지 않습니까! 아직 늦지 않았습니다. 아버지, 죄를 고백하세요!"

[너는 이제 내 아들이 아니다.]

플로서스는 케릭스를 죽일 것처럼 달려들었다. 케릭스는 이를 악물었다. 마찬가지로 회색 늑대로 변한 케릭스는 플로서스의 공격을 막았다. 둘의 싸움이 벌어지자, 병사들도 늑대로 변했다.

플로서스와 케릭스의 싸움은 격렬했다. 전성기가 지났다는 평을 받는 플로서스이지만, 젊은 아들에 밀리지 않을 노련한 관록을 보였다. 케릭스는 공격보다 방어에 급급했다. 그의 실력이 모자라서가 아니었다. 차마 아버지를 공격할 수 없기 때문이었다. 싸움은 오랜 시간 계속되었다.

"케릭스님!"

케릭스는 이곳에서 들릴 리 없는 목소리에 고개를 돌렸다. 블루벨이 눈물이 그렁그렁해서는 서 있었다. 블루벨은 카신, 빅터와 같이 있다가 갑자기 보이는 싸움에 놀랐다. 카신과 빅터는 이때가 습격의 기회라고 생각했는지, 급하게 군사를 불러 모았고, 블루벨은 둘의 감시가 약해진 틈을 타, 케릭스에게 달려왔다. 그가 너무 걱정이 되었다. 플로서스의 공격을 받아내기만 해서 케릭스는 피투성이가 되어 있었다.

플로서스의 시선이 블루벨에게 향했다. 케릭스가 옆에 끼고 다닌다는 소문이 돌던 그 암컷 토끼 수인 같았다.

[저년이구나. 너를 변하게 만든 것이.]

플로서스는 케릭스의 어깨를 물어뜯고 블루벨을 향해 발을 뻗었다. 블루벨은 놀라서 팔을 들어서 얼굴을 가렸다. 주변에서 플로서스의 잔당을 처리하던 카신과 빅터가 블루벨을 보호하려고 했지만 달려오기엔 거리가 너무 멀었다. 케릭스는 이를 악물었다. 그는 피투성이가 된 몸을 움직였다.

"크악!"

위르형으로 돌아온 플로서스의 팔 한쪽이 날아가고 없었다. 케릭스는 위르형으로 변해서 블루벨을 제 등 뒤로 숨겼다. 피가 철철 흐르는 오른팔을 붙잡고 비명을 지르는 플로서스로 인해 부자간의 싸움은 아들의 승리로 끝이 났다. 케릭스는 숨을 몰아쉬었다. 피를 많이 흘려서 머리가 어지러웠다. 하지만 아직 끝이 난 것이 아니었다. 케릭스는 손톱을 세워서 자신의 왼쪽 눈을 찔렀다.

"케릭스님!"

블루벨이 놀라서 케릭스의 팔을 붙잡았다. 케릭스는 피가 흐르는 왼쪽 눈을 감고 오른팔을 잃은 아버지를 바라보았다.

"아들로서 저지른 불효는 평생 속죄하며 살아가겠습니다. 이것이 그 증표입니다. 그러니, 아버지도 속죄하시기를 바랍니다."

플로서스와 케릭스가 싸우는 동안 카신과 빅터는 플로서스 일당을 모조리 제압했다. 케릭스가 시선을 끌어준 덕택에 기습이 가능했다. 카신과 빅터가 플로서스를 포박해서 끌고 갔다.

케릭스는 다리에 힘이 풀려서 그 자리에 주저앉았다. 케릭스는 블루벨을 끌어안고 그녀의 배에 얼굴을 묻었다. 블루벨의 흐느끼는 소리가 들렸다.

"죄송해요. 죄송해요. 괜히 저 때문에. 플로서스님이랑…… 정말 죄송해요."

블루벨은 자신의 오지랖으로 케릭스가 고통받는 것 같아서 정말 미안했다. 케릭스는 고개를 저었다. 블루벨이 옳았다. 잘못은 감추어서는 안 된다. 설령 가족이 잘못했다고 해도 그것을 감추고 은폐하면 안 되었다.

"네 잘못이 아니다 내 잘못이지……"

"케릭스님은 잘못 없어요."

블루벨은 케릭스를 끌어안았다. 그리고 그는 아무 잘못이 없다고 끊임없이 속삭였다. 케릭스는 피가 섞인 눈물을 흘렸다. 블루벨은 케릭스를 꼭 끌어안고 그를 위로해 주었다. 케릭스는 블루벨의 품에 안겨서 제 감정을 추슬렀다.

블루벨은 하늘을 보았다. 비가 내리기 시작했다. 툭툭 떨어지는 빗방울을 맞으며 예전에 유채가 말한 것을 떠올렸다. 잘못은 우리 별에 있다고 했다. 케릭스도 그럴 것이다. 꼬이고 꼬인 원한의 끈이 무고한 피해자를 만들었다.

"제가 영원히 곁에 있을게요."

블루벨이 케릭스에게 속삭였다. 케릭스는 고통도 잊고 블루벨을 더 꼭 끌어안았다. 슬픔, 죄책감 같은 감정이 몰려와서 혼란스러운 중 유일하게 의지할 수 있는 존재가 제 곁에 있었다.

"나는 이제 한쪽 눈도 없고, 명예도 잃을 것이다. 그래도 내 옆에 있어줄 건가?"

"예. 케릭스님이 싫다고 해도 계속 쫓아다닐 거예요."

블루벨은 케릭스의 머리를 끌어안았다. 피에 옷이 젖었지만 블루벨은 케릭스를 놓지 않았다. 당신을 진심으로 사랑한다고, 당신이 슬퍼하지 않았으면 좋겠다는 표현을 몸으로 했다.

"토끼도 꽤나 질투가 강하거든요."

"고마워……."

케릭스는 블루벨의 배에서 얼굴을 뗐다. 하나 남은 눈으로 블루벨을 올려다보았다.

"사랑한다."

케릭스는 그 말을 마지막으로 의식을 잃었다.

⚜

"루프스님. 플로서스 쪽이 제압되었습니다. 케릭스가 큰 역할을 했다고 합니다."

루프스는 잔뜩 지친 표정으로 보고를 받았다. 곧 에클레시아였다. 루프스는 병사를 내보내고 침대에 앉았다. 제 손으로 아버지를 멈추게 한 그가 지금 얼마나 참담할지는 짐작할 수가 없을 정도였다.

한숨을 내쉰 루프스는 유채의 머리카락과 머리 장식, 망가진 옷, 그리고 그녀가 두고 간 블랑카의 반지까지 한꺼번에 넣어둔 상자를 열었다. 그 안에 든 것들을 바라보곤 루프스는 눈을 감고 유채의 모습을 상상했다.

'너를 다시 만나면 나는 어떻게 해야 할까?'

렉스가 곧 유채를 데려올지도 모른다. 그때, 자신은 어떻게 해야 할까. 다시 제 손안에 들어온 유채를 어떻게 해야 할까? 뭐든 해줄 테니 제발 남아달라고 다시 빌어볼까? 아니면 돌아갈 길을 찾아줄 테니 그때까지만 제 보호 아래에 있어달라고 할까?

만나면, 아무 말도 못할 것 같았다. 너 없는 동안이 내게는 지옥 같았다고, 가슴이 사무치도록 보고 싶었다는 말을 꺼내지 못한 채 눈물만 흘릴 것 같았다. 밤마다 찾아오는 너의 환상에 잠을 설쳤고 너에 대한 걱정에 잠을 이룰 수 없었다는 말을 모두 가슴 속에만 담아두고 그저 눈물만 흘릴 것 같았다.

제 마음을 고백했던 장소도 에클레시아였고 그녀에게 거절당했던 장소도 에클레시아였고 변하기로 결심했던 장소도 에클레시아였다.

그리고 유채가 처음 모습을 드러냈던 곳도 바로 에클레시아였다.

신을 모시고 신을 받들었던 신전이 이제 잔해로만 남은 곳. 그곳이 결착의 장소였다. 최초로 일어난 수인 내전의 끝도 에클레시아였다고 했다.

루프스는 그곳에서 무엇이든 종말을 고할 것이라는 생각이 들었다.

다시, 에클레시아였다.

⚜

"으흠."

신음 소리를 내며 눈을 뜬 유채는 지끈거리는 머리를 짚으며 주위를 둘러보았다. 웬 동굴 안이었는데 어울리지 않는 가구들이 갖춰진 모습이 꼭 예전에 TV에서 본 터키의 동굴 호텔 같았다.

"일어났네."

바다에 떨어지기 전에 들었던 목소리가 들렸다. 유채는 고개를 돌렸다. 화려한 금발과 금안을 가진 건장한 체구의 남자가 보였다. 그가 손을 흔들자 유채는 침대에서 일어났다.

"아, 옷이……."

유채는 토스 호무스에서 입었던 것과 비슷한 하얀색의 드레스를 입고 있었다. 치맛자락이 바닥에 끌렸다.

"마법으로 갈아입힌 거니까. 걱정은 마라."

"구해주셔서 감사합니다. 에, 퀘……."

"에퀘레우스. 그게 내 이름이야."

에퀘레우스는 손가락을 튕겼다. 탁자와 의자가 앞으로 날아왔다. 에퀘레우스는 유채에게 자리를 권했다. 유채가 의자에 앉자 에퀘레우스는 이번엔 찻잔과 찻주전자를 불러냈다.

"여기는 어디인가요?"

"바다 아래 내 둥지지. 셀레네님의 가련한 종으로서 나는 내 일을 완수할 때까지는 여기서 살아야 하거든."

"일이요?"

에퀘레우스가 손가락으로 위를 가리켰다. 고개를 든 유채는 엄청난 소용돌이가 치고 있는 것을 보고는 놀라서 탄성을 뱉었다.

"스티폴로르와 대륙 사이에 소용돌이를 만드는 것이 나, 바다의 용 에퀘레우스의 역할이거든. 리와인더의 조각을 보호하기 위한 방법이었어. 내 동족인 대지의 용 헤르메아, 하늘의 용 발칸도 이런 일을 하고 있지. 발칸은 차원에 생긴 균열을 메우는 역할을 하고 있고 헤르메아는 리와인더의 여파로 썩어가고 있는 땅들을 다시 생명의 땅으로 바꾸고 있지. 셀레네님의 일을 보좌하는 것이 우리의 사명이야."

"보좌요?"

"아무리 벌을 받느라 힘이 약해지셨다고는 하지만 저런 조각 하나 회수 못 할 정도는 아니야."

에퀘레우스가 딴소리를 하였다.

"셀레네님의 따님을 본 적이 있지?"

"예."

"셀레네님은 당신의 힘으로 따님이 소멸하는 것을 막고 계셔. 그렇기에 세계의 균열을 막는 일을 할 이들이 필요했고, 당신을 대신해 조각을 전해줄 인물이 필요하셨던 거야."

"그러니까, 당신들 세 용이 세계의 균열을 막는 일을 한다고요?"

"그래, 원래는 멸족했어야 할 우리 용 중 우리 셋만 영생을 부여받아서 리와인더의 여파로 인한 세계의 균열을 막고 있지. 우리가 사는 세계는 공간과 시간, 생명으로 구성이 돼. 그렇게 구성된 세계에서 공간은 하늘을 낳았고, 시간은 바다를 낳았고, 대지는 생명을 낳았다. 공간은 바람을 낳았고, 바다는 물을 낳았고, 생명은 각종 생명체들을 낳았고. 바람은 전기를 낳았고, 물은 얼음을 낳았고, 생명체들은 정신, 즉, 의식이라는 것을 낳았다. 그렇게 한 속성이 다른 속성을 낳음으로 세계는 창조돼. 우리는 세계를 균열을 막기 위해 모든 속성의 근원이 되는 공간, 시간, 생명을 보호하지. 하늘의 용은 공간을 보호하기 위해 하늘에서, 대지의 용인 하르메아는 생명을 보호하기 위해 땅에서, 나는 시간을 보호하기 위해 바다에서."

에퀘레우스는 유채에게 차를 건넸다.

"셀레네님이 당신의 힘으로 리와인더의 조각을 회수하려 하면 따님의 소멸을 막는 힘이 약해져. 그래서 대리자를 찾은 거야."

"결국 자신이 만든 세계보다 제 딸이 더 중요한 여자라는 건가요."

유채는 냉소적인 평가를 내렸다.

"뭐, 신도 인간적인 면이 있는 거라고 생각해."

"그런데 갑자기 이런 이야기는 왜 하시는 건가요?"

"너를 돌려보내기 위해서는 조금 시간이 필요하거든. 말했잖아. 나는 바다의 용이자 시간의 오류를 수정하는 용. 지금 이곳의 시간은 현실의 시간과 달라. 나는 오류 없이 너를 돌려보내기 위한 때를 기다리는 중이야. 그러니 수다나 좀 떨자고, 몇 백 년을 처박혀서 혼자 외롭게 지냈으니 이해 좀 해줘. 그리고 아가씨는 탈출한 다음 날로 돌아가게 되는 거니까 걱정하지 않아도 돼."

에퀘레우스는 말 못해 죽은 귀신이 붙은 것처럼 여러 이야기를 해주었다. 개중에는 유채에게 도움이 되는 이야기도 있었다.

"아가씨. 헤임달이란 녀석을 상대할 때에는 조심해야 해. 그 녀석은 무효화 에어리얼의 소유자야."

"무효화 에어리얼이요? 마법이 안 통한다고요?"

수많은 에어리얼 중 태어남과 동시에 열린다는 단 두 개의 에어리얼 중 하나가 바로 무효화였다. 무효화의 소유자는 어지간한 마법에 절대 당하지 않았지만, 그 대가인지 평생 어떤 마법도 사용하지 못했다.

"무효화 에어리얼 소유자는 마력을 모두 흡수해서 무력화시키지. 다시 말해서 소유자가 흡수할 수 있는 것 이상의 마력을 쏟아 붓거나 아예 에어리얼의 소유자의 신체 내부를 노릴 수 있는 방법이 있으면 처치할 수 있어. 그래서 무효화 에어리얼의 최악의 상대는 공간을 다룰 수 있는 하늘 에어리얼 소유자라고 해."

"전 공간 마법은 못 쓰는데요?"

"하늘 에어리얼의 소유자가 아닌 이상 공간 마법은 모두 마력 리바운드를 각오하고 써야 하는 마법이야. 내가 말했잖아. 하늘, 즉 공간은 세계의 구성 요소라고. 신이 아닌 자가 마음대로 다룬다는 것은 세계의 법칙을 어긴다는 것을 의미하지. 에어리얼은 신이 인간에게 자신이 만든 창조물을 자신의 뜻과 거슬러서 마음대로 이용해도 좋다고 내린 허락이야. 다시 말해 하늘의 소유자는 공간을 자신의 마음대로 사용해도 좋다는 허락을 셀레네님께서 내려주신 것이지. 그러니 하늘 에어리얼의 소유자는 세계의 법칙을 어기지 않고 마법을 사용할 수 있는 거야."

유채의 얼굴이 창백하게 질렸다. 헤임달에게서 어떻게 리와인더의 조각을 뺏을 수 있을까?

"마력만 흡수한다고 했지? 다시 말해서 마력만 흡수 못 하게 하면 그만인 거야."

"그게 무슨 소리예요?"

"무효화 에어리얼도 맹점이 있다는 뜻이지. 예를 들어서 강화 마법을 건 몸으로 그 인간을 두들겨 패는 건 아무런 문제가 없다는 얘기야. 무효화 에어리얼은 이미 걸린 마법까지 무효화시키지는 못해. 공기 중의 마력을 흡수하는 성질만 가졌으니까. 이제 내 말을 이해했어? 원래 싸움은 힘센 놈이 이기는 법이거든."

유채는 에퀘레우스의 말에서 많은 힌트를 얻었다. 그때 에퀘레우스는 위를 올려다보더니 아쉬운 듯 말했다.

"이런, 벌써 시간이 되었네. 이제 에클레시아로 보내줄게. 권능은 아껴야지."

"당신은 공간 마법을 사용해도 괜찮은 건가요?"

"음. 아니. 나도 마력 리바운드가 오지만, 몸이 워낙 튼튼해서 견딜 만해. 자세히 설명하기는 복잡하지만, 네가 너를 보내는 마법은 동화마법이야. 너를 물로 변환시켜서 수증기를 이용해서 너를 그 위치로 보내는 마법이지."

에퀘레우스는 마법진을 그리고 손짓을 했다. 그러자 마법진 위로 물이 넘실거리기 시작했다. 에퀘레우스가 유채를 돌아보았다.

"여기로 들어가면, 에클레시아에 도착할 거야. 정확히는 네가 처음 이곳에 도착했던 그곳이지. 에클레시아는 셀레네님의 힘이 강해서 내 힘으로는 뚫을 수가 없어."

"도와주셔서 감사합니다."

"뭘 이 정도 가지고. 같은 일 하는 동료끼리 도와야지."

에퀘레우스는 유채에게 그녀의 가방을 건네주었다. 그 안에 그대로 들어 있는 단도로 치맛자락을 움직이기 편하게 잘라낸 유채는 가방을 도로 등에 멨다.

에퀘레우스가 유채를 배웅하기 전에 마지막으로 물었다.

"조금 영악하게 군다면, 너는 그냥 스티폴로르가 망하는 것을 지켜봐도 돼. 어차피 예정보다 빨리 리와인더 조각의 악기가 심해져서 셀레네님과의 계약을 지키지 못해도 언니를 구할 수 있는 시간에 네 세상에 돌아갈 수 있지. 너는 살기 위해서 셀레네님의 부탁을 들어주겠다는 계약을 했지, 리와인더의 조각을 구하겠다는 계약을 한 것이 아니니까. 그런데, 왜 이렇게 사서 고생을 하는 것인지 물어도 되나?"

유채는 대답 없이 웃기만 했다. 에퀘레우스는 고개를 갸웃하면서 다시 물었다.

"이곳 사람들은 너에게 해준 것이 아무것도 없어. 너는 이곳에서 괴롭기만 했지. 그런 사람들을 위해서 왜 노력하는 것인지 물어도 되나?"

"내 원한이 생명보다 더 소중한가요? 내 복수가 생명보다 가치 있는 일인가요? 생명을 구하는 것보다 더 가치 있는 일이 있나요?"

에퀘레우스는 유채의 미소의 의미를 알았다.

"많은 사람들이 나를 고통스럽게 했어요. 하지만 그들이 내게 그렇게 했다고 해서 내게 그들을 죽일 수 있는 권리가 있는 것도 아니고, 그들이 죽어가는 것을 방조해도 되는 권리가 있는 것은 아니에요."

유채는 잠시 말을 골랐다.

"그리고 이곳에는 내게 소중한 사람이 많아요. 나를 도와준 사람도 많고요. 그들은 이곳에서 살아가야만 하는 사람들이에요."

에퀘레우스는 왜 셀레네님이 이 소녀를 자신의 대리인으로 삼았는지 알 수 있었다. 은가연과는 다르지만, 또 어떤 면에서는 같았다. 굳은 신념을 가지고 있는 여인이었다. 이 소녀는 맡은 일을 반드시 해낼 것이다.

"그러니까 나는 내가 할 수 있는 최선을 다할 거예요."

"한 방 먹은 기분이네."

에퀘레우스가 고개를 절레절레 흔들었다. 유채는 미소로 인사를 대신하고 물이 넘실거리는 마법진 위로 한 발을 내디뎠다.

"하나만 더 묻지. 셀레네님께는 무슨 소원을 빌 것인가?"

유채는 장난스런 미소를 지으면서 답했다.

"뭐든지 잔뜩 뜯어먹을 수 있는 소원이요."

"뭐?"

유채는 더 이상 대답하지 않고 두 발 모두 마법진 위로 올렸다. 물이 유채의 몸을 감싸 안았다. 유채는 몸이 흩어지는 것 같은 기분에 눈을 감았다.

볼에 약간 후덥지근한 바람이 스쳐 지나가고 나서 유채는 눈을 떴다. 탁 트인 평원이 보였다. 달빛이 흐드러지게 빛을 뿌리는 밤하늘을 올려다보다가 유채는 아래를 보았다. 처음 이곳에 도착했을 때 누워 있었던 바로 그 바위였다.

여기서 모든 것이 시작되었다. 여우 수인을 만났고 그 수인에게 이끌려서 루프스에게 진상되었고 루프스에게서 도망쳐서 진실을 알아냈고, 그리고 멈춰 서지 않고 끊임없이 달려와서 다시 이곳이다. 유채는 결착을 지으러 다시 이곳으로 돌아왔다.

다시, 에클레시아였다.

Chapter 16

약속

렉스는 저 멀리 보이는 에클레시아를 바라보았다. 무너진 옛 신전의 자리였다. 옛날의 영광의 흔적은 그것이 대리석으로 만들어져 있다는 사실뿐이었다. 그 옛날, 라일라와 같이 처음으로 스티폴로르 깊숙이에 발을 디뎠을 때, 자신에게 성력을 준 셀레네님의 흔적을 바라보았었다.

"정말 덧없는 인생이야. 그렇지? 그러니까 안 좋은 감정에 괜히 시간 낭비하지 말고 살아야 할 것 같아."
"그게, 무슨 소리야?"

라일라는 렉스를 돌아보면서 웃었다.

"오빠. 오빠는 누군가를 원망하지 마. 그렇게 살면 오빠만 불행해질 뿐이야. 인생은 짧잖아. 그러니까 훌훌 털어버리고 누구보다도 힘차게 살아. 즐겁게. 그게 최고의 복수니까."

라일라도 어렴풋이 짐작은 하고 있는 것 같았다. 그가 베르나도테 공작의 막내아들을 죽였다는 것을. 너를 그렇게 대한 신관이나 공작의 막내아들이 밉지는 않냐고 물을 때마다 라일라는 이렇게 말했다.

"용서 못해. 꿈에서는 수도 없이 죽였어. 근데, 그 쓰레기들을 원망하면서 내 남은 인생을 보내기는 너무 아까워서. 그래서 살아가는 거야. 나는 그냥 행복하게 살고 싶어. 그게 남은 소망이야."

"라일라. 나는 도저히 그게 안 돼."

렉스는 주먹을 쥐었다. 소중한 사람을 잃게 만든 로보를 내버려 둘 수가 없었다. 그래서 렉스는 복수를 선택했다. 그렇게 하지 않으면 미쳐 버릴 것만 같았다. 그가 할 수 있는 것이 그것밖에 없었다.

"그만하자."

루프스의 말이 떠올랐다. 그의 말은 꽤나 아귀가 잘 맞았다. 그동안 가지고 있던 의문들도 모두 풀릴 것 같았다. 하지만, 로보가 범인이 아니라는 말을 도저히 믿을 수가 없었다. 자신이 여태껏 살아온 삶이 그야말로 헛짓이라는 것을 인정할 수가 없었다. 그래서 그것을 루프스의 질 낮은 장난이라고 치부했다. 감히 제 조카의 이름을 들먹여 저를 흔들어놓으려는 술수라고 생각했다.

렉스는 얼굴을 감싸 쥐었다. 그의 입술에서 신음소리가 흘러나왔다.

사실은 그것이 진실이기를 바랐다. 라일라의 말이 맞았다. 이제야 왜 라일라가 그렇게 말했는지를 알 것 같았다. 복수를 택한 그의 삶은 끔찍하기만 했다. 렉스는 이제 더 이상 물러날 곳이 없었다. 이번을 마지막으로 모든 것을 끝낼 것이다.

수없는 풍랑을 겪어낸 나이든 전사가 몸을 곧게 펴고 에클레시아를 바라보았다. 저 에클레시아의 모습이 지금 자신의 모습과 같아 렉스는 눈을 감았다. 그래, 여기가 자신의 무덤이 될 터였다.

⚜

루프스는 케릭스가 이쪽으로 오고 있다는 아리아의 보고를 받았다. 여우 일족은 이상한 방향으로 퇴각을 했는데 싸울 생각이 없는 것인지 그저 정신없이 도망만 갔다.

"헤르티아는?"

"에클레시아로 향하는 것으로 추정됩니다."

렉스가 저를 유인한 곳도 에클레시아, 헤르티아와 여우 일족들이 향하는 곳도 에클레시아였다. 결국 양쪽에서 렉스와 헤르티아가 포위하려는 작전인 것을 루프스는 알아차렸다. 루프스는 지도를 내려다보았다. 렉스가 어디 숨어 있을까?

"조를 두 개로 나누어 한 조는 나와 같이 행동한다."

"루프스님!"

병사 하나가 급하게 막사를 열고 들어왔다. 그는 예를 갖춰서 인사를 하곤 두 가지 소식을 전하였다. 인디키움의 발표와 플로서스의 자백에 대한 것이었다. 라일라의 죽음을 사주한 것은 로보가 아니라 플로서스이며, 그 배후에 헤임달이라는 마레 위르가 있고 이 일로 포트리스도 피해를 보았다는 말이 온 스티폴로르에 퍼졌다. 유채가 말한 내용 그대로였다.

"이 소식, 렉스가 들었을 확률은?"

"잘 모르겠습니다. 하지만 숨어 있다면 모를 확률이 큽니다."

"일단, 나와 일개 조는 렉스와 약속된 장소로 간다. 그리고 나머지는 대기하고 있다가 후방에 나타날 여우 일족이나 말 일족을 막아라. 완벽한 포위가 이루어지기 전에 대형을 깨야 한다."

"알겠습니다. 카신 쪽에는 뭐라고 할까요?"

"카신과 케릭스는 렉스의 후방을 치라고 해라."

루프스는 렉스가 있을 곳으로 의심 가는 곳을 지도에 짚었다. 에클레시아는 평원이지만 서쪽 끝은 산맥과 연결되어 있어 병력이 숨을 만한 곳이 있었다. 렉스는 분명 여기에 있을 것이다.

"그럼, 이따 모시러 오겠습니다."

아리아는 루프스에게 고개 숙여 인사했다. 그동안 안 좋았던 몸이 모두 회복된 데다 며칠 동안 전투도 없었기 때문에 그는 그 어느 때보다도 최상의 상태였다. 지금이라면 누구와 붙어도 쉽게 승리할 수 있을 것 같을 정도였다. 하지만, 한 가지 문제가 있다면 몸과 달리 정신 상태는 그다지 좋지 않단 것이었다. 지금 그는 마치 패잔병과 같은 모습이었다.

"그래, 일이 있으면 보고해라."

루프스는 아리아가 나가자 침대에 털썩 주저앉았다. 그는 피곤한 듯 마른세수를 하며 한숨을 내쉬었다. 그는 지쳐 있었다. 더 이상은 전투를 하고 싶지 않았다. 지금이라도 렉스와 헤르티아가 진실을 알고 마음을 바꾸길 바랐다. 인디키움에서 발표가 났으니 그것이 영 가망 없는 바람은 아닐지도 몰랐다.

"유채."

그는 손에 얼굴을 묻었다. 숨만 붙어 있는 상황에서 구조되었다고 했다. 그 상태로 포로가 되었으니 그녀가 지금 얼마나 열악한 상황에 처해 있을지 걱정이 되었다. 그녀가 그렇게 된 것은 다 제 탓이었다. 스티폴로르에 유채에 대한 좋은 소문이 퍼진 적이 없기에 렉스도 같은 마레 위르지만 그녀에게 좋지 않은 감정을 가지고 있을지도 몰랐다. 다른 마레 위르들도 마찬가지였다.

루프스는 과거의 자신을 본다면 정말 한 대 쥐어박고 싶은 심정이었다. 그때 신경을 써서 유채의 평판을 무너뜨리지 말았어야 했다. 돌이켜 생각해 보니 유채가 헥터에게 노려진 것의 원인은 어쩌면 그녀에 대한 질 낮은 소문을 통제하지 못한 제게 있었다.

"미안하다. 내가…… 정말…… 잘못했다……."

생각하면 생각할수록 미안할 일만 많았다. 제가 했던 사소한 일들이 모두 유채의 피해로 돌아왔다. 유채에 대한 그런 저질스러운 소문이 돌지 않았으면 헥터가 그녀를 노리지 않았을 것이고 제가 억지로 전쟁터에 끌고 다니지 않았으면 다시 헥터에게 붙잡힐 일도, 목숨이 경각에 달릴 일도 없었을 것이다. 축제 때 데리고 나가지 않았으면 인신매매단에 잡힐 뻔하지도 않았을 것이다. 제 작은 호의도 유채에게는 모두 폐가 되었다.

그때 잡았어야 했다. 당신이 무슨 상관이냐고 할까 봐, 이젠 감시까지 했느냐는 가시 돋친 말을 듣고 싶지 않아서, 겨우 추스른 마음이 다시 바닥으로 떨어질까 봐, 그게 무서워서 유채를 그냥 보냈다. 그리고 그때의 그 선택이 결국 유채가 다시 고초를 겪게 만들었다.

제가 신뢰감을 주지 못했기에, 그녀가 저를 믿지 못했기에 저를 의지하지 못한 것이다. 첫 단추가 잘못 꿰어지니 모든 것이 잘못되었다. 루프스는 뻑뻑한 눈을 손가락으로 꾹꾹 눌렀다. 유채에게 도움이라고는 하나도 주지 못한 제가 너무 한심했다.

"루프스님."

루크레치아가 막사 안으로 들어왔다. 그녀의 손에는 화살이 하나 들려 있었다. 루프스는 화살대에 종이가 매달려 있는 것을 보고 벌떡 일어섰다.

-메투스 산맥 자락으로 혼자서 올 것. 레티티아를 데리고 나오겠다.

렉스의 글씨였다. 루프스는 종이를 움켜쥐었다. 유채가 이 앞에 있다.

"준비해라. 렉스를 만나러 간다."

이게 마지막이다. 이번 일로 모든 것이 끝이 날 것이다.

⚜

"헤르티아님. 렉스 경에게 연락이 왔습니다!"

단테와 헤르티아는 종이에 적힌 내용을 죽 읽어 내려갔다. 언제 루프스를 만나기로 하였으며, 어떻게 작전을 전개할 것인가 하는 내용이 적혀 있었다. 역시나 기밀 누출을 우려한 것인지 자세한 내용은 아니었다.

"우리도 이쪽으로 향하자."

헤르티아가 종이를 접으며 말했다. 루프스 혼자 약속 장소에 가진 않을 테니 당연히 렉스 측과 전투가 벌어질 것이다. 그러니 먼저 가서 그들의 싸움을 말려야 했다.

"서두르자. 루프스가 도착하기 전에 우리가 먼저 렉스를 만나야 해."

헤르티아는 혹시라도 잘못되어 일이 크게 커질 것이 걱정되었다. 더 이상의 피를 흘리는 것은 막아야 한다. 단테는 헤르티아의 불안을 알아차린 것인지 그녀의 손을 잡았다. 헤르티아가 올려다보자 단테는 그녀를 품에 안았다.

"잘될 거야. 걱정하지 마."

"……그래."

헤르티아가 작은 목소리로 대답했다. 헤르티아는 단테를 볼 용기가 나지 않았다. 복수에 미쳐 날뛰는 동안 그를 이용하기만 했다. 단테가 저를 버리지 못한다는 것을 알기에 그의 마음을 이용했다. 이제와 생각해 보니 제가 그에게 못할 짓을 했다는 것을 깨달았다. 단테는 순수하게 제게 사랑을 주었는데, 저는 그저 복수에 눈이 멀어 단테의 마음을 이용할 생각만 했다. 단테를 사랑하지 않는 것은 아니었다. 단지, 제 마음 속의 슬픔과 분노가 더 컸을 뿐이었다. 헤르티아는 단테를 제대로 마주할 수 없었다.

"헤르티아."

단테는 제 품에 얌전히 안겨 있는 헤르티아의 이름을 속삭였다. 헤르티아가 저와 눈을 마주치지 못하는 이유를 알고 있었다. 단테는 헤르티아의 턱을 들어 올려 눈을 마주했다. 그녀는 얼마 지나지 않아 눈을 피했다.

단테는 헤르티아의 왼손 약지에 입을 맞추고 한쪽 무릎을 꿇었다.

"나, 말의 일족의 수장인 에쿠우스 단테. 베니니타스의 동생이자, 여우 일족의 수장인 울페스 헤르티아에게 말합니다."

헤르티아는 단테가 무엇을 하려는지 알아채고 뒤로 물러나려고 했다. 단테는 그녀가 도망가지 못하게 손을 꽉 잡았다.

"나와 결혼해 주시겠습니까?"

헤르티아는 고개를 저었다. 이건 아니다. 제가 그간 무슨 짓을 했는데, 이건 아니었다.

"내게 미안하다면, 내 청혼을 받아줘."

단테는 헤르티아의 손을 잡고 나긋한 목소리로 말했다.

"나는 처음 너를 보았던 그때부터 너만을 사랑했고, 너만 생각했다. 너를 위해 한 일은 모두 내가 좋아서 한 것이지, 결코 내가 너를 위해 희생한 것이 아니야."

"……그래서 안 돼. 나는……."

"내게 미안해서, 내게 죄책감을 갖고 있다면 내 청혼을 받아줘. 난 과거의 네 행동보다 내 청혼을 거절하는 것에 더 상처받을 거거든."

단테는 헤르티아의 손을 잡은 채로 일어나 그녀를 끌어안았다. 헤르티아는 입술을 깨물었다.

"모든 일이 끝나고 각자 일족의 수습이 끝나면, 우리가 책임져야 할 일들이 모두 끝나면……. 우리, 자리를 내려놓고 떠돌아다니자. 빅터님처럼."

"……."

"나는 내 동생이 저질렀던 악행에 대한 속죄를 해야 하고 너는 네가 한 일의 속죄를 해야 하니까."

단테는 헤르티아의 이마에 자신의 이마를 기대었다. 눈을 감은 헤르티아가 눈물을 흘렸다. 단테는 그녀의 눈물을 닦아주었다.

"그러니, 나랑 결혼해 줘. 평생 너랑 같이 갈게. 너를 결코 버려두지 않을게."

단테는 헤르티아의 입술에 자신의 입술을 꾹 눌렀다. 단테는 그녀의 허락을 기다리듯이 한참을 가만히 그대로 있었다. 망설이던 헤르티아가 입술을 벌렸다. 서로의 숨이 얽혔다. 단테가 헤르티아의 허리를 끌어안았고 헤르티아는 단테의 뒷머리를 끌어안았다.

"같이 가. 나도 같이 갈게."

헤르티아는 제가 복수를 위하여 지은 죄는 오롯이 자신이 다 갚아야 한다고 생각했다. 행복해질 자격이 없다고 생각했다. 그래서 단테를 거절하려고 했다. 또다시 그에게 피해를 줄 수는 없었다. 이미 만신창이인 단테를 다시 상처 입힐 수는 없었다.

"나도 같이 갈게. 네가 가려는 그 길."

함께해 주겠다는 이가 있어 황홀한 결말이었다. 그러니 저는 더 깊게 속죄하고 갚아야 할 것이다. 헤르티아는 자신에게 찾아온 과분한 행복에 한없이 죄스러워졌다.

⚜

[아저씨, 에클레시아 내부로 들어가시는 건가요? 그 안은 확인된 바가 없어서 위험할 텐데요.]

란텔이 헤임달을 태우고 에클레시아에 접근하며 말했다. 헤임달은 손에 쥔 목걸이를 만지작거리면서 대답했다.

"그렇게 깊숙이만 들어가지 않으면 괜찮아. 어차피 이것을 숨기는 것이 목적이니까."

[폭발 범위는 어느 정도 되나요?]

"아마, 에클레시아와 소니페스 호무스 일부를 날려 버릴 정도?"

헤임달은 낄낄거리며 웃었다. 이제 조금만 더 있으면 모든 것이 끝난다는 것에 속이 후련해 어깨춤까지 덩실덩실 추고 싶을 정도였다.

한순간도 잊어본 적이 없었다. 매일같이 인사를 주고받던 마을 사람들의 처참한 시신들, 목이 부러진 채 죽은 아내와 딸. 그리고 칼로 난도질된 아들. 드디어 그 증오스런 오를레앙 남작을 제 손으로 처벌할 수 있는 것이다.

"이제, 끝이야."

란텔과 헤임달은 에클레시아의 폐허로 들어갔다. 돌덩이들이 여기 저기 널려 있었다. 헤임달이 폭탄으로 만든 조각을 숨기려는 곳은 바로 유채가 루프스와 같이 들어갔던 에클레시아의 내부였다. 란텔은 혹시 모르는 위험에 대비해 에클레시아의 내부로 가는 문으로 가기 전까지 천천히 걸었다.

"Beatitas."

갑자기 여자 목소리가 들렸다. 땅이 갈라지고 흔들리자 란텔의 등에 올라타 있던 헤임달이 아래로 떨어졌다.

"으억!"

[아저씨!]

돌 더미 사이에서 웬 사람이 튀어나왔다. 유채였다. 유채는 헤임달에게 달려들어 그가 들고 있는 리와인더의 조각을 노렸다.

"꺄악!"

란텔은 재빨리 유채를 앞발로 밀어버렸다. 유채는 돌 더미에 등을 부딪친 후 울컥 피를 토해내었다. 그나마 란텔이 경황이 없어 힘을 제대로 주지 못한 것이 다행이었다.

란텔이 헤임달의 앞을 가로막았다. 헤임달은 추락의 충격으로 뻐근한 목을 주무르다가 유채를 보고 경악했다. 분명 붙잡아놓았다. 한데 어떻게 이곳에 나타났단 말인가.

유채는 입가에 흘러내린 피를 닦았다. 그리고 셀레네가 준 권능으로 상처를 치료했다. 통증은 그대로여도 몸의 상태는 정상으로 돌아왔다.

"네년이!"

유채가 에클레시아에 도착한 것은 하루 전이었다. 그녀는 도착하자마자 에클레시아의 내부를 살폈다. 헤임달이 설마 폭탄을 땅속에 숨기지는 않을 것 같았다. 이곳은 평원이라 땅을 파는 건 많은 사람들의 눈에 띌 가능성이 컸다. 그리고 한가로이 땅을 파고 있을 시간도 없을 것 같았다. 그렇다면, 사람들의 눈에 덜 띄고 쉽게 폭탄을 숨길 수 있는 곳은 어디일까 생각해 보니 예상할 수 있는 곳은 딱 한 곳이었다. 그 누구도 들어가려고 생각하지 않는 에클레시아의 내부. 루프스는 유채와 에클레시아에서 나온 뒤에 신전의 입구를 막았던 돌을 치웠다. 그랬기에 유채는 아는 길로 에클레시아에 들어갈 수 있었다.

그리고 이 앞에서 헤임달이 나타날 때까지 만반의 준비를 하고 기다렸다.

[먼저 가세요.]

"란텔!"

란텔이 공격태세를 취하자 유채는 긴장했다. 아무리 강화 마법으로 신체 능력을 강화했다고 해도 기술은 턱없이 부족했다. 루프스가 배운 호신술 정도로 과연 시카리우스 출신인 늑대 수인을 이길 수 있을까? 그리고 제 시간에 헤임달을 잡을 수 있을까?

[저는 괜찮습니다. 그러니까 아저씨는 이동하세요.]

“란텔, 하지만…….”

[어서 가세요! 아저씨는 제 은인이세요. 그러니 저는 그저 은혜를 갚는 것뿐입니다. 금방 따라갈 테니 얼른 가세요!]

란텔은 그 말을 마치고 유채에게 달려들었다. 유채는 헤임달에게 가기 위해서 몸을 굴려 그의 공격을 피했다. 헤임달은 리와인더의 조각을 움켜쥔 채 란텔을 뒤로하고 뛰었다.

“아악!”

란텔이 유채를 물어서 돌 더미로 던졌다. 돌 더미에 부딪친 유채의 머리에서 피가 줄줄 흘렀다. 유채는 뇌가 흔들리는 듯해 정신을 차리지도 못하고 구토감에 시달렸다. 권능을 사용해야 하는데 몸이 말을 듣지 않았다.

란텔은 비틀거리며 제대로 일어나지도 못하는 유채를 보고 머뭇거렸다. 대륙의 지원을 받기 위해 공작에게 넘겨야 한다고 했는데, 여기서 더 상처를 입히면 목숨을 보장하지 못할 것 같았다.

유채는 팔로 땅을 짚었지만 머리가 어지러워서 계속 앞으로 엎어졌다. 흘러내린 피가 시야가 가렸다. 지금 이러고 있을 때가 아닌데, 마음대로 움직여 주지 않는 몸이 원망스러웠다.

[후환은 제거하는 것이 낫겠지.]

탈출해서 여기까지 올 정도의 집념이라면 생포한들 끝까지 헤임달을 방해할 수도 있었다. 공작에게 바치기로 했다는 것이 마음에 걸리기는 했지만 저 정도의 외모를 가진 암컷은 얼마든지 더 구할 수 있다. 란텔은 엎어져 있는 유채를 향해서 아가리를 벌렸다.

여전히 정신을 차리지 못하던 유채는 란텔의 비명 소리에 비척비척 고개를 들었다. 겨우 웽웽 울리는 것 같던 두통이 진정되었다.

[레티티아님!]

어디에선가 들어봤던 여자의 목소리에 유채는 눈을 크게 떴다. 눈앞에 거대한 갈색 말이 서 있었다. 란텔은 말에 뒷발차기에 걷어차인 것인지 저 멀리 날아가 있었다.

[절 기억하십니까?]

"……당신?"

유채는 저 목소리를 어디서 들었는지 기억했다. 소니페스 호무스에서 동물화에 걸린 아들을 살리기 위해서 저를 공격했던 그 말 수인 여자였다.

[은혜를 갚기 위해서 왔습니다.]

올가와는 소니페스 호무스에서 헤어졌다. 그런데 그녀가 어떻게 지금 여기에 있는 것일까?

"여, 여기는 어떻게 왔어요?"

[운이 좋았습니다.]

단테는 소니페스 외곽에 사는 수인들이 피해를 입을까 봐 펠레스 호무스로 이동하라는 명령을 내렸다. 유채의 도움을 받았던 필레스와 올가도 펠레스 호무스로 이동하기 위해 에클레시아를 지나다가 유채가 늑대 수인의 공격을 받는 것을 본 것이다. 올가는 유채를 돕기 위해서 정신없이 달려왔다. 말 수인의 속도는 수인들 중 최고라 다행히 제때에 도착할 수 있었다.

[이 잡것들이!]

정신을 차린 란텔이 올가를 공격하기 위해서 달려들었다.

[어딜!]

[크악!]

이번엔 여우 수인이 달려들어 란텔을 물어뜯었다. 곧이어 어디서 나타난 건지 다른 수인들까지 모습을 보였다. 유채는 그들이 누구인지 본능적으로 깨달았다. 소니페스 호무스에서 치료해 준 동물화 환자들과 그들의 가족이었다.

수인들은 란텔에 맞서 유채를 보호했다. 하지만 시카리우스 출신인 란텔과 달리 그들은 민간인이라 당연히 그에게 밀릴 수밖에 없었다. 그럼에도 그들은 물러서지 않았다.

[레티티아님, 여긴 저희가 막을 테니 하시려던 일을 하세요!]

유채가 권능으로 겨우 몸을 치료하고 일어서자 올가가 그녀의 앞을 막으며 외쳤다.

"하, 하지만……."

유채는 자신 때문에 괜히 다른 사람이 다치는 것은 원하지 않았다. 이번에는 다른 여우 수인이 말했다.

[저희는 괜찮습니다. 레티티아님께 입은 은혜를 이렇게 갚을 수 있어 다행입니다.]

[가세요! 저희는 괜찮습니다.]

다른 수인들까지 어서 가라고 등을 떠밀자 유채는 눈을 질끈 감고 다리를 움직였다.

"고마워요. 그리고 미안해요."

란텔이 유채를 막으려고 하였으나 돼지 수인 하나가 그의 길을 막았다. 란텔을 에워싼 수인들은 한마음으로 그가 유채에게 접근하는 것을 막았다.

유채는 헤임달을 쫓아 달렸다. 헤임달도 결국은 인간인지라 많이 뛰지는 못했다. 유채는 제 시야를 가리는 피를 닦아내고 헤임달을 쫓아갔다. 헤임달의 몸이 에클레시아의 내부로 들어갔다.

"우어어어어!"

유채는 갑자기 함성이 들리자 뒤를 돌아보았다. 저 멀리서 인간과 늑대 수인들이 충돌하고 있었다. 회전이 시작되었다. 유채는 더 빨리 움직여야 한다는 것을 깨달았다. 유채는 손에 남아 있는 권능의 양을 살펴보았다. 많아야 세 번에서 네 번이었다. 일단은 헤임달을 잡는 것이 우선이었다. 유채는 공간을 찢었다.

"헉!"

헤임달은 갑자기 제 앞에 나타난 유채에 놀라서 뒷걸음질을 쳤다. 그러나 놀란 것도 잠시, 그는 곧장 허리춤에 맨 검을 뽑아 그녀를 향해 겨누고 휘둘렀다.

"아악!"

헤임달은 사냥감을 몰 듯 검을 휘둘렀다. 당연히 아무런 경험이 없는 유채는 그의 검을 피하지 못했다. 어깨를 깊숙하게 찔린 유채는 비명을 지르며 바닥에 쓰러졌다.

유채가 아무리 몸을 강화해도 헤임달을 힘으로 이기는 것은 불가능했다. 유채는 불타는 것 같은 어깨의 통증을 참아내며 남은 권능의 양을 확인했다. 지금부터는 무조건 몸을 치료하는 데에 모든 힘을 쏟아부어야 했다.

"미친년이!"

헤임달이 다시 검을 휘두르는 것을 유채는 다치지 않은 손으로 막았다. 강화 마법 덕분에 맨손으로 검날을 잡을 수 있었지만 그럼에도 손바닥에서 피가 배어나왔다.

"그쪽보다 미치지는 않았어!"

유채는 검을 붙잡아 온 힘을 다해 그를 집어던졌다.

"으억!"

헤임달이 벽에 처박힌 사이에 유채는 권능을 이용해서 어깨와 손바닥의 상처를 치료했다. 정신을 차리기 위해서 입술을 깨문 유채는 저릿한 다리를 억지로 움직여 바닥에 쓰러진 채로 움직이지 않는 헤임달에게 다가갔다. 하지만 아까까지만 해도 그가 들고 있던 리와인더의 조각이 보이지 않았다. 유채는 당황해서 그의 주위를 살폈지만 조각은 어디에서도 보이지 않았다.

"아악!"

헤임달은 저릿한 팔을 움직여 검을 휘둘렀다. 유채는 가까스로 헤임달의 검을 피했지만 배를 베이고 말았다. 유채가 자세를 바꾸기 전 헤임달의 검이 유채의 다리를 찔렀다. 유채는 고통에 비명조차 지를 수 없었다. 헤임달은 유채의 어깨에 칼을 찔러 넣었다. 유채가 숨을 헐떡이며 쓰러지자, 헤임달은 그녀의 다리를 발로 밟았다.

"아아아악!"

유채의 비명이 울려 퍼졌다. 유채는 핏기 없는 얼굴로 바닥에 엎어져서 가쁜 숨을 몰아쉬었다. 눈앞이 흐릿했다. 헤임달은 바닥에 쓰러져서 움직이질 못하는 유채를 뒤로하고 걸어갔다. 헤임달은 벽에 부딪치자마자 발로 밀어 돌 틈에 숨겨 놓은 목걸이를 찾았다.

"거기 숨겨두었구나."

헤임달은 갑자기 들린 목소리에 놀라서 뒤를 돌아보았다. 유채는 헤임달이 물건을 찾는 동안 제 몸을 고치고 통증도 모두 없앴다. 유채는 멀쩡해진 몸 상태로 헤임달이 어디서 물건을 찾는지를 살폈다. 헤임달이 물건을 찾자마자 유채는 그를 쫓았다. 유채는 허리를 회전시켜서 체중을 실어 헤임달의 얼굴에 그대로 주먹을 꽂아 넣었다. 루프스가 알려준 호신술이었다. 체중을 실어서 주먹질을 하면 상대의 빈틈을 만들 수 있다고 루프스가 알려주었다. 유채는 충격에 비틀거리는 헤임달의 손에서 리와인더의 조각을 강탈한 뒤 미친 듯이 달려 그와 거리를 벌린 뒤에 공간을 찢고 그 틈으로 사라졌다.

"크아아아악!"

헤임달은 분노에 차 고함을 질렀다. 이제 다 왔는데! 이렇게 눈 뜨고 당할 수는 없었다! 헤임달의 눈에 핏발이 섰다. 그는 무슨 일이 있어도 저년은 제 손으로 죽이겠다고 다짐했다.

처음 계획대로 유채는 석실로 이동했다.

"윽!"

유채는 석실에 도착하자마자 신음을 흘리며 쓰러졌다. 유채는 배를 부여잡고 몸을 웅크렸다. 온몸에 식은땀이 흘러내렸다. 권능으로 상처를 치료하면 통증도 완벽하게 사라졌지만, 전에 겪은 통증에 대한 감각은 생생하게 남아 있었다. 유채는 몸을 일으켜 세웠다.

"움직여야 하는데……."

몸 상태는 최상으로 돌아왔지만, 권능으로 치료하는 동안 겪었던 고통과 앞선 전투에서 누적된 피로로 눈앞이 어지러웠다. 헤임달이 언제 도착할지 몰라 잠도 한숨 자지 못하고 기다린 여파였다. 유채는 비틀거리는 몸을 일으켜 세우기 위해 벽을 손으로 짚었다가 곧장 주저앉았다. 눈앞이 가물가물했다. 너무 힘들었다. 한숨만 자고 싶었다. 긴장이 풀리자 피로가 밀려왔다.

"해야 하는데……."

유채는 그 말을 끝으로 정신을 잃고 쓰러졌다.

⚜

루프스는 렉스가 말한 대로 메투스 산맥 자락으로 찾아갔다. 단독으로 이동하는 척을 하고 약속 장소로 가니 렉스가 기다리고 있었다. 루프스는 렉스의 뒤를 살폈다. 유채는 어디에도 보이지 않았다.

"약속은 지켰다."

루프스가 앞에 서자 렉스는 그를 올려다보았다. 이제 저 건방진 놈의 얼굴이 구겨질 차례였다.

"유채는 어디 있나?"

"유채?"

"레티티아."

루프스는 제가 붙인 이름으로만 그녀를 인식하는 상황에 다시 한 번 미안해졌다. 렉스는 약간은 비열해 보이는 웃음을 지었다.

"레티티아. 이름도 참 고상하게 지었더군. '아름다움'이라."

"잡담 떨 시간 없다. 나는 약속대로 왔다. 그러니 유채는 놓아줘라."

"뭐, 아끼는 여자니 그런 이름을 붙여줬겠지."

루프스는 인내심이 바닥날 지경이었다. 렉스가 자꾸 말을 길게 끄는 것에 초조해졌다. 유채의 상태를 확인하고 싶었다.

"실물로 봤다면 더 예뻤겠지."

"뭐?"

루프스는 렉스의 말에 순간 정신이 나갈 뻔했다. 저 말은 결국 실제로 유채를 본 적은 없다는 뜻이었다. 분명히 상처 입은 유채를 구했다고 해놓고서!

렉스는 멍청한 표정을 짓는 루프스를 보면서 한쪽 입꼬리만 끌어올려서 웃었다.

"나는 헤르티아가 보여준 마법으로만 봤거든."

"……그게 무슨!"

"죽었다. 포트리스 근처에서 얼굴을 알아볼 수 없을 정도로 망가져서 죽은 채로 발견되었다더군. 시신이 너무 처참해서 두 눈을 뜨고 보지 못할 정도로 끔찍했다지?"

"그, 그런…… 거짓말을 지금……."

루프스는 렉스가 한 말이 잘 이해되지 않았다. 그러니까, 유채가…… 죽었다고? 아니, 아니다. 거짓말일 것이다. 포트리스 근처에서 죽었다는 유채의 옷을 그럼 렉스가 어떻게 얻었겠는가?

"믿기 싫으면 안 믿어도 된다. 레티티아의 시신을 찾았을 때 하의는 입지 않은 상태였다더군. 이유가 뭘까?"

렉스는 루프스의 화를 돋우기 위해서 거짓을 덧붙여 너 자극했다. 그가 이성을 잃으면 잃을수록 상황은 렉스에게 유리해질 것이다. 베니니타스가 로보와의 대결 당시 그를 도발하여 이성을 잃게 만들었기 때문에 승리할 수 있었던 것이었다.

"여럿에게 유린당하고 짓밟힌 것 같다고 하더군. 반항이 심했는지……."

"그 입 다물어라!"

루프스의 눈동자가 점처럼 작아졌다. 렉스는 루프스가 간신히 이성을 유지하고 있는 상태라는 것을 알았다. 늑대 일족은 사랑을 잃으면 이성이 나가다 못해 미쳐 버리는 놈들이었다. 제가 사랑하는 여인이 최악의 일을 당한 것도 모자라 개죽음까지 당했다는 이야기를 들었는데 멀쩡할 리가 없었다.

"그딴 거짓말은 그만하고! 빨리 약속을 지켜라!"

아닐 것이다. 아니다. 아니어야 한다. 렉스가 저를 자극하려고 하는 말이 분명했다. 유채가 죽었다고? 지금 그걸 믿으라고? 루프스는 부들부들 떨리는 주먹을 말아 쥐면서 끓어오르는 감정을 억눌렀다. 그의 눈에 핏발이 섰다.

"헤임달이라는 내 친구가 발견했지. 포트리스 근처에서……."

렉스가 느릿하게 말했다. 포트리스 근처에서 발견했다고 한다면 루프스는 인간들이 그랬을 거라 믿을 것이다. 헤임달이 전한 바에 따르면 수인들에게 쫓겨서 도망치다가 숨을 거둔 것 같다고 했지만, 진실은 아무런 상관이 없었다. 그저 루프스의 화만 돋우면 그만이었다.

"누가 네 펠릭스 다우스를 유린하고 죽였을까? 인간일까? 아니면 수인……."

[크아아악!]

루프스가 거대한 은색 늑대로 변해서 달려들었다. 그의 청회색 눈동자는 분노로 번뜩였다. 급습에 미처 대비하지 못한 렉스는 볼에 큰 상처를 입고 뒤로 물러났다.

아리아는 일이 틀어졌음을 깨닫고는 부대를 이끌고 달려왔다. 루프스는 절규하듯이 소리쳤다.

[죽여!]

루프스의 살기는 격렬하고 위압적이어서 렉스의 뒤에 있던 인간들뿐만 아니라 아리아와 늑대 수인들까지도 멈칫하게 만들었다. 루프스는 잔뜩 분노하여 명령을 내렸다.

[자비 따윈 필요 없다! 한 놈도 남기지 말고 죽여라!]

절규하는 루프스는 가장 먼저 렉스에게 달려들었다. 렉스는 검을 들어서 간신히 공격을 막았다.

아리아는 루프스를 말릴 수 없다는 것을 깨달았다. 더 이상 싸우지 않겠다던 그가 미쳐 날뛰는 것이 좋은 상황인지 나쁜 상황인지 알 수가 없었다. 그래도 루프스의 명령은 절대적이었다.

[전군, 공격!]

늑대 일족과 포트리스 사이의 전쟁이 시작되었다.

헤르티아와 단테는 루프스와 렉스 사이에 전투가 시작된 것을 보았다. 생각보다 이르게 시작된 전투에 헤르티아는 얼른 여우의 모습으로 변했다. 빨리 루프스를 막아야 했다. 단테 역시 거대한 흑마로 변했다.

[전군 공격!]

헤르티아는 측면에서 들려온 소리에 고개를 돌렸다. 루크레치아였다. 단테가 루크레치아의 공격을 막았다.

뒤로 밀려난 루크레치아는 이를 갈았다. 여우와 말 일족이 나타날 거라는 루프스의 예상이 맞았다.

[잠깐, 루크레치아. 우리는 싸우러 온 것이 아니라…….]

헤르티아는 루크레치아를 설득하러 대화를 시도했다. 그녀 역시 인디키움의 발표를 들었으니 제가 무슨 일을 하려는 것인지 알 것이었다. 루크레치아가 좀 고지식한 면이 있지만, 분명히 설득할 수 있었다.

[인디키움의 발표를 듣지 않았나. 나는 이 쓸모없는 전쟁을 막으려고 하는 거야. 그러니, 그만하고 빨리 저들을 막아야 해.]

[제가 어떻게 울페스 헤르티아님을 믿습니까? 헤르티아님이 루프스님에 대한 감정을 풀었다는 것을 어떻게 믿습니까?]

[믿기 힘들어도 믿어! 너도 이 전쟁이……!]

[크아아악!]

대치 상태에 있던 여우 일족과 늑대 일족 사이에서 늑대 일족의 비명이 울려 퍼졌다. 늑대 일족의 틈에 몰래 숨어 있던 란텔이 공격받은 듯한 연기를 한 것이었다. 란텔은 에클레시아 앞에서 유채를 보호하려는 수인들을 상대하다가 헤르티아가 보이자, 헤임달의 작전을 돕기 위해 루크레치아의 군대에 숨어들었다. 루크레치아의 눈이 가늘어졌다. 헤르티아는 란텔을 알아보고 분노했다.

[너!]

단테가 미처 막기도 전에 헤르티아가 늑대 일족 쪽으로 달려가려고 했다. 란텔은 웃었다. 이것이 헤임달이 바라는 것이었다. 루크레치아는 헤르티아의 말이 거짓이라고 판단했다. 루크레치아는 늑대 일족에게 명령을 내렸다.

[공격!]

헤르티아는 자신이 란텔의 도발에 넘어갔다는 것을 깨달았지만 이미 늦어버렸다. 여우 일족과 늑대 일족은 교전을 시작했다. 헤르티아는 웃고 있는 란텔을 보면서 이를 갈았다.

⚜

유채는 시간이 조금 흐르고서야 정신을 차렸다. 무리하게 움직인 탓에 찾아온 피로에 기절을 한 모양이었다. 그래도 잠깐 눈 좀 붙였다고 훨씬 움직이기 편했다.

유채는 손에 쥔 리와인더의 조각을 바라보았다. 붉은색의 루비 조각, 겨우 이것 하나 때문에 그 고생을 했다는 것이 정말 허탈했다. 유채는 미리 이 석실에 옮겨놓았던 가방을 찾았다.

"이니투스의 보자기."

유채는 가방 속에서 하얀색 천을 꺼냈다. 리와인더의 조각을 이니투스의 보자기로 감싼 유채는 상아함이 있는 중앙으로 향했다. 그리고 함을 꺼내려고 손을 뻗다가 멈칫했다. 지난번에 이 앞에서 기절했던 것이 떠오른 것이다.

"어떻게 그 신관은 이것을 꺼냈을……."

유채는 불현듯 빅터가 준 목걸이를 생각해 냈다, 이게 열쇠의 역할을 할 수도 있었다. 유채는 가방에서 목걸이를 찾아 결계에 가져다 댔다. 핏 하는 소리와 함께 결계가 사라졌다. 유채는 함을 낚아채 그 안에 조각을 집어넣고 보자기로 감쌌다.

"이봐. 나 이제 당신한테 이거 보내."

유채의 손등에 남아 있는 온전한 권능 하나가 빛을 내었다. 그 빛이 상아함을 감싸 안았다. 폭발히듯이 밝은 빛이 직은 식실을 채웠다.

"그러니, 당신도 약속 지켜."

유채는 눈부신 빛에 눈을 감았다. 뭔가 폭발하는 소리가 들리자 유채는 슬며시 눈을 떴다. 눈앞에 있던 상아함은 흔적도 없이 사라졌다. 유채는 성공했다는 것을 깨달았다.

온몸에 긴장이 풀려 유채는 그 자리에 주저앉았다. 잠시 넋이 나가 있다가 유채는 불현듯 저를 도와준 수인들이 떠올랐다. 남은 권능은 이제 치유로 쓸 수 있는 것 약간과 단 한 번 이동할 수 있을 정도뿐이었다. 유채는 공간을 찢었다.

"괜찮아요?"

공간을 열고 신전 밖으로 나온 유채는 피투성이가 되어 쓰러진 수인들을 발견했다. 유채는 다급하게 그들에게 다가갔다

"미, 미안해요. 나, 나 때문에……."

그들은 란텔에게 당해 모두 위르형으로 돌아와 있었다. 유채가 눈물을 뚝뚝 흘리자 오른팔이 잘린 올가가 그녀의 눈을 쓸었다.

"괜찮아요. 미안해하지 않으셔도 돼요. 레티티아님이 저희에게 베푸신 은혜는 신의 은총에 가까웠으며 구원이었습니다. 그러니 울지 마세요."

유채는 눈물을 흘리며 고개를 저었다. 유채의 손이 올가의 잘린 오른팔에 닿았다. 하얀 빛이 곧 올가의 팔을 완벽하게 고쳤다. 유채는 손으로 눈물을 훔쳤다.

"여기로 오세요. 제가 고쳐 드릴게요."

유채는 자신의 옆에 모여든 수인들을 치료했다. 마지막 수인의 치료가 끝날 즈음에는 가지고 있던 모든 권능이 사라졌다. 유채는 식은땀을 줄줄 흘렸다. 올가는 금방이라도 쓰러질 것 같은 유채의 몸을 부축했다. 유채는 괜찮다는 듯이 손을 저었다.

"괜찮아요. 난 아직 할 일이 남았어요."

유채는 저 먼 곳을 바라보았다. 루프스를 막아야 했다. 그를 위해서가 아니라 무고한 사람들을 구하고 싶었다. 유채는 비틀거리면서 자리에서 일어섰다. 올가는 앞으로 고꾸라질 것 같은 유채의 몸을 붙잡았다.

"지금은 쉬어야 해요. 몸이……."

옷은 이미 피로 물들어 원래의 색을 알아볼 수 없을 정도였다. 상처가 심각했다는 증거였다. 눈이 이미 반쯤 풀린 상태에서도 유채는 고개를 저었다. 고집을 피우는 그녀를 더 막지 못하고 올가는 말로 변해 그녀를 데려다주기로 했다. 제 목숨이 위험하더라도 이게 옳은 것이라 믿으면서.

[타세요.]

"하, 하지만."

[그 몸으로는 움직이다가 곧 쓰러질 거예요. 전 괜찮습니다. 그러니 타세요.]

유채는 미안하다고 속삭인 뒤에 올가의 등에 올라탔다. 다른 수인들은 전쟁에 대한 공포 때문에 머뭇거렸다.

"죄송합니다. 이 정도밖에 도움이 되지 못해서."

돼지 수인 하나가 미안해했다. 유채는 괜찮다고, 고맙다고 인사했다.

올가가 유채를 태우고 전쟁터 쪽으로 달렸다. 유채는 올가의 목을 꽉 끌어안고 몸을 기대었다. 수인들과 인간들이 얽혀서 싸우는 전쟁터에 다가가자 피 냄새가 훅 끼쳤다.

[레티티아님?]

말 수인의 등에 탄 유채를 발견한 아리아의 눈이 커다래졌다. 죽었다고 한 마레 워르가 멀쩡하게 살아 있다니? 아리아는 경악했다. 유채는 아리아를 보고 몸을 일으켜 세웠다.

"아리아 씨?"

[살아 계셨습니까?]

"예? 전 살아 있어요."

아리아는 렉스가 거짓말을 했다는 것을 알아차렸다. 어떤 경로로 레티티아의 옷을 손에 넣었는지는 모르지만 루프스를 속인 것이다. 아리아는 루프스 쪽을 바라보았다. 그는 완전히 미쳐서 폭주하고 있었다. 제 몸은 조금도 돌보지 않고 날뛰는 그를 말릴 수 있는 건 레티티아뿐이었다.

[지금 루프스님을 말릴 수 있으신 분은 레티티아님뿐이십니다.]

"알았어요. 갈게요."

유채는 올가의 등에서 내려왔다.

[제가 모실게요, 레티티아님.]

올가가 걱정스러워했지만 유채는 고개를 저었다. 올가를 전쟁터 한복판에 끌고 갈 수는 없었다.

아리아는 유채를 노리고 들어오는 공격을 막아내고 부하들을 불렀다.

[누구인지는 모르겠지만, 민간인은 빠져라. 있어봤자 도움이 되지 않는다.]

"올가 씨, 전 괜찮아요. 그러니까 돌아가세요."

올가는 그래도 마음이 놓이지 않는지 유채에게 조심하라고 몇 번이나 당부를 하고 자리를 떴다.

아리아는 부하들과 유채를 보호하면서 루프스에게 다가갔다. 유채를 등에 태우고 움직였다가는 오히려 위험해질 수 있었다. 힘들더라도 호위를 받으며 직접 걷는 쪽이 나았다. 그렇게 한참을 걷다 보니 유채는 루프스를 발견했다.

"루프스!"

"렉스 삼촌!"

루프스는 렉스의 팔을 물어뜯으려던 차에 유채의 목소리를 들었다. 환청이라고 생각하면서도 루프스는 홀린 듯 그쪽을 향해 고개를 돌렸다. 그의 눈이 커다래졌다.

렉스 역시 갑자기 들린 알렉스의 목소리에 급하게 고개를 돌렸다. 눈앞에 알렉스가 서 있는 것을 본 렉스는 힘이 쭉 빠져서 그 자리에 주저앉았다. 알렉스가 렉스를 공격하려는 다른 수인을 막으며 그에게 다가갔다.

"삼촌. 저예요, 프리드."

렉스는 루프스가 한 말이 장난이 아니라 진실이라는 것에 넋이 나갔다. 프리드와 벤자민은 살아 있었고 자신은 여태껏 둘을 보았으면서도 그것을 모르고 있었다. 렉스는 의미 없는 신음만 흘렸다.

[유, 채……?]

루프스는 환청에 이어 이젠 환각까지 보는 게 아닌가 싶었다. 유채가 보였다. 아리아의 옆에 서 있는 건 분명 유채였다. 살아 있다. 죽은 게 아니다. 루프스는 제가 꿈을 꾸는 줄 알았다.

"루프…… 윽!"

그때, 공기를 가르는 날카로운 소리가 들리더니 유채의 목에 화살이 박혔다.

헤임달이었다. 유채를 노리고 활시위를 당긴 것은 바로 헤임달이었다. 그가 날린 두 번째 화살이 유채의 등에 박혔다. 루프스는 미친 듯이 달려갔다. 유채의 몸이 앞으로 고꾸라졌다.

바닥에 엎어진 유채의 입에서 피가 울컥울컥 넘어왔다. 숨이 넘어가기 직전이었다. 겨우 유채를 붙잡은 루프스는 혀로 그녀의 상처를 핥았다. 피가 너무 많이 났다. 유채가 죽을 것만 같았다.

[안 돼…… 안 돼…….]

유채의 숨은 옅어졌고 눈꺼풀을 들 힘도 없는 것인지 눈이 느리게 깜박이면서 감기고 있었다.

[아니야…… 이건 아니야…….]

결국 눈이 감기고 몸까지 축 늘어졌다. 루프스는 위르형으로 돌아왔다. 유채가 숨을 쉬지 않았다. 루프스는 늘어진 유채의 몸을 끌어안았다. 아직 따뜻했다. 그럼 아직 죽은 게 아니다.

"눈을 떠. 정신을 차려봐. 응?"

루프스는 유채의 볼에 제 볼을 비볐다. 시신은 차갑기 마련인데 유채는 아직 따뜻했다. 아직 죽지 않았다. 루프스는 멈춘 숨과 뛰지 않는 심장을 애써 무시하고 온기에만 집착했다. 루프스는 유채의 몸이 식을세라 꼭 끌어안았다.

"나한테 복수하고 싶지 않나? 내가 세상에서 제일 불행해지는 걸 보고 싶어 하지 않았나?"

루프스는 유채의 볼과 이마에 입을 맞추며 힘없이 늘어진 그녀의 몸을 추켜 안았다. 루프스는 유채의 목덜미에 얼굴을 비볐다.

"큭큭큭. 그년은 죽었어."

알렉스의 손에 제압된 헤임달이 죽은 몸을 끌어안고 있는 루프스를 비웃었다. 제 계획은 실패했어도 저년은 길동무로 삼았으니 이제 되었다. 헤임달의 눈에 광기가 번뜩였다. 루프스는 헤임달의 말에 이성이 끊겼다.

"안 죽었다! 안 죽었어!"

루프스는 현실을 부정하며 유채와 떨어질 수 없다는 듯이 그녀를 더 세게 끌어안았다.

싸움은 멈췄다. 미쳐서 날뛰는 헤임달의 말로 주위의 수인들과 인간들은 루프스의 품에 안겨 있는 작은 여자가 자신들의 목숨을 구했음을 알았다. 멀리 떨어진 곳에서 조마조마하며 지켜보고 있던 올가를 비롯한 다른 수인들은 한걸음에 달려와 바닥에 주저앉아서 통곡했다.

"……언니를 구해야 한다고 하지 않았나. 죽어서는 안 된다고 하지 않았나."

루프스는 유채가 죽었다는 것을 인정하지 못하고 계속 그녀의 귓가에 속삭였다. 그렇게 하면 유채가 듣고 다시 눈을 떠주기라도 할 것처럼. 눈물에 젖은 청회색 눈동자만큼 목소리도 절박했다.

"가야 한다며, 돌아가야 한다며. 응? 그러니까 눈 좀 떠라. 응?"

유채의 몸이 식어가기 시작했다. 루프스는 벌벌 떨면서 그녀를 끌어안고 체온을 잃지 않으려고 발버둥쳤다.

보다 못한 케릭스가 루프스의 어깨를 짚었다.

"루프스님."

루프스는 자꾸만 뒤로 넘어가는 유채의 뒷머리를 받치고 깊게 끌어안았다. 숨도 쉬지 않고 심장조차 멎어버린 그녀가 아직 죽지 않았다고, 꺼져 가는 온기를 붙잡으며 그리 중얼거렸다

"돌아가셨습니다."

"아니다! 아니라고! 얼른 오르페를 불러와! 오르페!"

케릭스의 말에 분노한 루프스가 몸부림쳤다. 그 와중에도 유채의 몸은 꼭 끌어안고 놓지 않았다. 서를 떠나지 않기를 바랐지만 이런 것을 원한 것은 아니었다.

"아니야. 아니라고. 안 죽었어…… 안 죽었어……."

하지만 사실은 유채를 안고 있는 그가 가장 잘 알고 있었다. 그가 끌어안고 있는 것은 유채의 껍데기일 뿐이었다. 갑자기 이 세상에 홀로 떨어져 수없이 고통을 겪고 죽음마저 이렇게 허망한, 사랑하는 연인의 마지막이었다. 루프스는 유채의 몸을 끌어

안고 오열했다.

"내가, 내가 잘못했다. 응? 내가 뭐든지 할게. 응?"

그때였다. 펑! 갑자기 큰소리가 나면서 에클레시아에서 빛기둥이 올라왔다. 그것을 시작으로 스티폴로르의 전역에서 빛기둥이 올라왔다. 하늘 위로 솟구치는 빛기둥은 마치 하늘과 땅을 잇는 통로와 같아 보였다. 평원에 모여 있던 모두가 빛기둥을 보고 바닥에 엎드렸다.

높이 솟아오른 빛기둥은 하늘 위로 넓게 퍼졌다. 푸르른 하늘이 온통 하얗게 변하고, 마치 비처럼 빛들이 땅으로 떨어졌다. 루프스는 유채를 끌어안고 하늘을 올려다보았다. 루프스는 차라리 이 빛기둥과 함께 유채가 본래의 세상으로 돌아가기를 바랐다.

루프스는 유채를 끌어안고 있다가 놀라서 고개를 내렸다.

"유채! 유채!"

유채의 심장이 미약하게 다시 뛰기 시작한 걸 느낀 루프스의 눈동자가 떨렸다. 그녀는 아주, 아주 옅게 다시 숨을 쉬기 시작했다. 이 광경을 목격한 인간 마법사 스티브가 가까이 다가와 유채의 맥을 짚었다. 약하지만 맥이 뛰는 것이 느껴졌다

유채의 심장이 나비의 날갯짓처럼 아주 약하게 퍼덕이고 있었다.

"빨리 아가씨를 치료해야 합니다."

알렉스가 목에 꽂힌 화살을 빼려고 하자 스티브는 그를 막았다.

"안 됩니다. 이 화살이 지금 과다출혈을 막고 있는 거라 이대로 빼면 죽습니다."

"그럼 어떻게 해야 하는가?"

루프스가 절박하게 물었다. 스티브가 머뭇거리며 입을 열었다.

"생명마법이나 타인의 수명을 이용한 마법으로 시간을 벌거나 아니면 시간마법으로 몸의 시간을 정지시켜서 치료할 시간을 벌어야 합니다. 하지만, 지금은 프레드릭 군도 없고 유일하게 생명마법을 다룰 수 있는 대지 에어리얼 소유자는 대륙에……."

"내 수명을 써라."

빅터가 앞으로 걸어 나왔다. 그는 제가 사랑하는 암컷의 위험에 정신이 나간 루프스와 그의 품에 안겨 이승과 저승의 경계를 해매고 있는 유채의 얼굴을 바라보았다.

"빅터님?"

케릭스가 놀라서 그의 팔을 잡았다. 수명은 결코 일부만 딱 떼어서 줄 수 없었다. 가족들이나 지인들에게 인사할 수 있는 이 주에서 두 달가량의 시간만 남겨두고 모조리 가져가는 것이 수명을 이용하는 마법이었다. 한 사람의 목숨을 담보로 다른 사람을 살리는 수명마법은 그래서 대륙에서는 철저하게 금지되어 있었다.

"나도 이제 죄를 갚을 때가 되었지."

빅터는 드디어 루프스의 눈을 마주했다.

"내가 네 어머니인 블랑카를 죽음에 이르게 했다."

빅터는 자신이 로보를 질투해 베니니타스에게 길을 열어주었다는 이야기를 전부 털어놓았다. 루프스는 이미 유채의 일로 넋이 나가 빅터의 말에 분노조차 하지 못했다.

빅터는 멍하니 제 말을 듣기만 하는 루프스를 보면서 쓰게 웃었다.

"정말 미안하다. 그러니, 나는 내 죄를 이렇게 갚겠다. 추악한 죄를 저지르고 나는 너무 오래 살았다. 이제 로보와 블랑카에게 사과를 해야 해."

빅터는 제 팔을 스티브에게 내밀었다. 스티브는 머뭇거렸다. 한 사람의 목숨을 이용해서 다른 사람을 살리는 마법이었다. 당연히 머뭇거릴 수밖에 없었다. 루프스의 표정을 살폈지만, 그는 이미 얼이 빠져서 판단력을 상실한 상태였다.

"유채!"

루프스가 유채의 입가에 귀를 가져갔다. 순간적으로 호흡이 잠시 멈추었었다. 이제 유채의 숨소리는 집중해서 듣지 않으면 들리지 않을 정도로 옅어졌다.

"어서!"

빅터가 스티브를 채근했다. 기적처럼 찾아온 이 기회를 놓칠 수는 없었다. 스티브는 빅터의 팔뚝과 축 늘어진 유채의 가는 팔목을 잡아 그의 수명을 그녀에게 전했다. 그러자 창백하던 얼굴에 혈색이 돌았고 심장도 전보다 힘차게 뛰기 시작했다. 루프스는 안도의 눈물을 흘렸다. 빅터 역시 살짝 미소 지었다.

"이게 끝이 아닙니다. 지금은 처치할 시간을 번 것에 불과합니다. 이제 제대로 치료를 시작해야 합니다. 늦어지면 이 아가씨는 정말로 죽습니다."

[근처에 제 막사가 있습니다.]

란텔을 물고 온 헤르티아가 그를 헤임달 옆에 내던졌다. 피투성이가 된 란텔은 간신히 숨만 붙어서 헐떡였다. 헤임달이 란텔을 끌어안았다.

헤르티아는 저를 보고 있는 알렉스를 향해 웃었다. 겁쟁이 프리드가 저렇게 늠름한 청년으로 자랐다는 것에 눈물이 났다. 헤르티아는 루프스에게 몸을 돌렸다.

[제가 데리고 가겠습니다. 저에게 저 아이를 살릴 수 있는 기회

를 주시지요, 루프스님.]

루프스는 그것이 헤르티아의 진심임을 알아차렸다. 헤르티아가 몸을 숙이자 루프스는 유채의 몸이 흔들리지 않게 조심스럽게 안고 그녀의 등 위에 올랐다. 그의 뒤에는 스티브가 앉았다.

"루크레치아, 빅터, 케릭스, 이곳의 정리를 부탁한다. 카신은 여우 일족 근처로 막사를 옮겨라."

루프스가 먼저 떠나기 전에 명령을 내렸다.

"포트리스 측은 죄인인 헤임달, 란텔을 데리고 우리 쪽으로 와라."

루프스는 숨을 골랐다.

"부상자들의 치료를 돕겠다."

수인이 먼저 마레 위르에게 손을 내밀었다.

루프스는 유채의 몸을 꼭 끌어안았다. 느리게 뛰는 유채의 심장이 생생하게 느껴졌다. 루프스는 유채의 품에 얼굴을 묻었다.

제발, 눈을 뜨기를. 제발 살아나기를.

루프스는 간절하게 빌었다.

⚜

눈을 뜨자마자 핑 도는 머리를 짚으며 유채는 기억을 되짚었다. 뭔가가 날아와 목에 박혔다. 끔찍한 고통이 느껴졌지만 비명도 지르지 못했었다. 그 후로도 등을 불로 지지는 듯한 고통이 느껴졌었고 그대로 쓰러졌다.

"……죽은 건가?"

"그러면 나도 곤란해진단다, 아이야."

유채는 익숙하면서 짜증 나는 목소리에 고개를 돌렸다. 셀레네가 그녀를 내려다보고 있었다.

셀레네가 손을 내밀자 유채는 그 손을 잡고 자리에서 일어났다. 주위를 둘러보니 아무것도 없는 텅 빈 공간이라 눈살이 찌푸려졌다. 셀레네가 조금 삭막하냐고 물은 뒤에 손가락을 튕겼다. 곧바로 눈앞에 유채꽃밭이 펼쳐졌다. 바람마저 살랑살랑 불었다.

"좀 걸을까?"

셀레네는 유채와 팔짱을 끼고 꽃밭을 걸었다.

"제가 죽은 건가요?"

"아니. 죽기 직전에 네 시간을 멈췄지. 저 아래에서 적당한 대처를 할 수 있을 때까지 네 몸이 버틸 수 없을 것 같더구나. 그래서 내가 네 몸의 시간을 멈추고 네 영혼을 이곳으로 불렀단다. 아마 아래에서는 네가 죽은 것으로 알고 있을 거야."

"땅에 묻히기 전에 돌아가야 하는 거 아니에요?"

유채의 농담에 셀레네는 웃으며 그 전에는 돌려보내 주겠다고 약속했다.

"미안하다. 네게 이렇게 힘든 일을 맡겨서."

"알긴 아시네요."

"멀리서 듣고 있기는 했지만, 너만큼 당당하게 날 욕하는 아이는 처음 봤다."

"잘못하신 것은 맞잖아요."

"그래, 내가 잘못했지."

셀레네는 유채의 두 손을 잡았다. 셀레네는 한없이 진지한 표정이었다. 셀레네는 유채의 손등에 입을 맞추었다. 신이 인간에게 할 수 있는 최고의 경의를 표했다.

"나, 시간과 운명을 관장하는 여신 셀레네. 부당한 부탁임에도 성실하고 올바른 길로 그 부탁을 이행해 준 이계의 여인, 한유채에게 진심을 담아 감사와 경의를 표합니다."

"감사와 경의는 됐고요. 전 제가 겪은 일에 대한 보상만 받으면 되요."

"고지식한 것 같다가도 이럴 때 보면 참 영악하단 말이지."

혀를 내두른 셀레네는 유채의 눈을 들여다보았다.

"한 가지만 묻자꾸나. 그렇게 힘든 일을 당했는데 왜 그들에게 네 원한을 풀어내지 않았느냐?"

"나한테 왜 그런 것만 묻는지 모르겠어요. 솔직히 말해서 난 아무도 용서 안 했어요. 그들이 정당한 벌을 받기를 원하고 나는 그들에게 보상을 받기를 원해요. 내가 바라는 건 거기까지예요. 내가 피해자라고 뭐든 할 수 있다고 하면 그때부터 난 또 다른 가해자가 되는 거예요. 난 용서하지도 않고 복수하지도 않을 거예요. 그놈들 원망하면서 살기에는 내 인생이 아까워요."

"뭐든 네 마음이 편하면 그만이지. 그냥 궁금해서 물었다. 너를 만나고자 한 이들이 있어서 시간을 내어서 데리고 왔다."

말을 마친 셀레네는 연기처럼 사라졌고 혼자 남은 유채는 주위를 돌아보았다.

"저, 아가씨."

유채는 등 뒤에서 들리는 여자의 목소리에 몸을 돌렸다. 어지간한 성인 남성보다 더 큰 키를 가진 건장한 체구의 여자였다. 그녀의 머리카락은 하얀색이었고 엉덩이에는 마찬가지로 하얀색의 꼬리가 달려 있었다. 그 여자의 옆에는 루프스와 꼭 닮은 얼굴의, 회색 머리카락을 가진 남자가 서 있었다. 루프스가 선이 조금 굵다면 저런 얼굴이지 않을까 싶었다. 그리고 그들의 곁에 하얀 머리카락의 귀여운 여자아이가 있었다.

유채는 그들이 바로 루프스의 가족임을 눈치챘다. 블랑카가 유채에게 다가와서 그녀의 손을 잡았다.

"미안해요. 정말 미안해요."

블랑카는 눈물을 흘렸다. 죽어서도 자식들 걱정에 그녀는 편한 적이 없었다. 속이 깊고 정이 많은 아이가 거친 세상에 휩쓸려 변해가는 모습을 보면서 억장이 무너져 내렸었다. 블랑카는 유채의 눈을 마주 보았다.

"고마워요. 정말 고마워요."

유채가 없었다면 라이칸은 아직도 그늘 속에서 벗어나지 못했을 것이다. 유채가 그 아이를 구했다. 블랑카는 유채에게 한없이 미안하면서 동시에 고마웠다.

유채는 어떻게 대답해야 할지 난감했다. 그때 로보가 다가왔다. 로보는 시원시원하게 말을 꺼냈다.

"고맙다. 네가 아니었다면 내 아들은 아직도 죄책감과 공포의 늪에서 허우적거렸겠지. 네 덕에 그 아이는 그 늪에서 벗어났다. 하지만 우리는 그 아이의 부모로서 너에게 진심으로 미안하다. 어떤 말을 하든 네 마음이 풀리지 않을 것임을 알지만, 그래도 나는 너에게 진심으로 용서를 빌고 싶구나. 미안하다. 모두 그 아이를 제대로 보살피지 못한 나의 잘못이다."

"그게, 제가 두 분께 사과받을 일은 아닌……."

유채는 어찌할 바를 몰랐다. 그들이 루프스를 성인이 될 때까지 기른 것이라면 아들 성격을 그렇게 만들어놓은 이들의 사과가 마땅한 것이었지만, 그가 망가진 것은 부모를 잃고 세상에 홀로 떨어진 후였다.

유채의 손을 잡고 눈물 흘리던 블랑카는 울먹이며 입을 열었다.

"정말 염치없다는 것을 아는데, 나도, 엄마인지라……. 정말 염치없지만, 부탁 하나만 해도 되나요, 아가씨?"

블랑카의 손이 유채의 볼을 덮었다. 젖은 눈동자가 유채를 향했다.

"그 아이에게, 내 아들에게…… 한 번만…… 아니, 아니에요. 잊어버려요. 미안해요. 정말 미안해요……. 내가 죄인이에요. 내가…… 미안해요. 정말 미안해요, 아가씨……."

블랑카는 남겨진 아들이 가여웠다. 유채가 어떤 결정을 내리든 기꺼이 따라야 하지만, 그래도 블랑카는 유채에게 부탁하고 싶었다. 한 번만 제 아이를 좋게 봐줄 수는 없느냐고. 염치없는 짓이라는 것을 알기에 도저히 입이 떨어지지 않았다.

유채는 대답을 하지 않았다. 유채는 계속 미안하다고 하는 그녀를 묘한 눈으로 보았다. 로보는 울고 있는 블랑카의 어깨를 끌어안았다.

로보의 옆에 서 있던 에리카가 유채에게 다가왔다.

"오빠에게 내 말을 전해줄 수 있나요?"

에리카는 천진난만한 얼굴로 말했다. 유채는 에리카의 최후를 떠올렸다. 루프스가 평생을 짊어지고 있던 죄책감이었다. 에리카도 알고 있음이 틀림없었다. 유채는 고개를 끄덕였다.

"나는 오빠를 원망하지 않아요. 그러니까 더 이상 죄책감 갖지 말라고 해주세요. 그건 오빠가 어떻게 할 수 없는 일이었고 나도 알고 있어요. 그러니까 이제 그만 편해지라고. 나는……."

에리카는 눈물을 삼키려고 하는 것인지 말을 잠깐 멈췄다.

“……나는 오빠가 행복하기를 바란다고, 오빠가 내 몫까지 행복해지기를 원한다고 전해주세요. 그거면 돼요. 난 그걸 부탁하려고 여기에 왔어요.”

“아가씨, 내 이야기도 라이칸에게 전해주시오.”

에리카 다음은 로보였다.

“누가 뭐래도 너는 내 자랑스러운 아들이라고, 그러니 떳떳하게 살라고.”

블랑카는 눈물 젖은 얼굴로 유채에게 말했다.

“사랑한다고, 엄마는 네가 행복하게 살았으면 좋겠다고, 미안해하지 말라고 전해줄 수 있나요?”

아들에게, 오빠에게 전하는 말을 남기고 그들은 서로를 품에 안았다.

“고맙고 정말 미안해요. 정말 미안해요. 정말.”

유채는 마지막 인사를 들으며 그들에게 인사하기 위해서 허리를 숙였다. 유채가 다시 고개를 들었을 때 그들은 연기처럼 사라진 후였다.

바람이 스치고 지나갔다. 고개를 돌린 유채의 눈에 셀레네가 보였다. 아래쪽을 쳐다보고 있던 셀레네의 손짓에 스티폴로르 전역에서 빛기둥이 솟아올랐다.

“뭐 하시는 건가요?”

“리와인더의 조각을 찾았으니 땅에 남은 악기를 정화하는 것이다. 리네아가 지고 있던 부담을 덜어주어야지. 그리고 네 목숨 줄도 붙여놓아야 하고.”

셀레네가 손가락을 튕기자 빛기둥에서 작은 빛이 튀어나와 유채의 몸으로 들어갔다. 그 빛이 안으로 들어가자 유채의 심장이 뛰고 숨을 쉬기 시작했다.

"궁금한 게 있는데…… 이 세계에서 당신이 맡은 역할은 무엇인가요?"

"나는 관리자일 뿐이란다. 인간이 세계의 법칙을 어겨 오류가 생기면 그것을 다시 원래대로 바로잡아, 세계가 멸망하지 않게 하는 것이 나의 역할이지."

"그럼 당신의 피조물들은요?"

"그들은 그들의 삶을 살 뿐, 신은 그들의 자유의지를 침범해서는 안 된단다. 신은 그들이 사는 곳을 관리하는 역할만 하지. 내가 그것을 어겨서 벌을 받은 것이고."

셀레네가 유채를 돌아보았다.

"신이라는 것은 사실 할 일이 별로 없어. 위대한 그분은 그분의 피조물이 도저히 감당할 수 없는 위험에서 그들을 보호하기 위해 우리를 만들었고 우리는 그 일을 할 뿐이야. 나는 그 일을 올바르게 수행하지 못했기에 벌을 받아 힘을 빼앗겼지. 그 덕에 나는 내 딸을 소생시키지 못하고 소멸만 막고 있는 것이고. 내 벌은 내 이기심 때문에 고통받은 내 피조물의 고통을 똑같이 겪는 거란다."

셀레네는 인간처럼 보이는 얼굴을 하며 대답했다.

"우리 열두 명의 신은 모두 최초의 인간이었어. 어떤 이들은 벌을 받기 위해서 신이 되었고 어떤 이들은 고귀한 신념으로 신이 되었고 어떤 이들은 상황에 떠밀려 신이 되었지. 나는 사람들을 지키겠다는 신념으로 이 길을 선택했고. 그러나 결국 나는 인간의 마음을 버리지 못해 내 이기심을 채우려 했고 그것은 내 고통으로 돌아왔단다."

셀레네는 손을 흔들었다. 셀레네의 손짓에 영화관 스크린 같은 것이 나타났다. 스크린에 유채를 간호하는 루프스가 비쳤다. 루프스는 유채의 열을 떨어뜨리기 위해서 분주하게 움직였다. 얼마 있다가 오르페가 들어와 큰 고비를 넘겼다 말하고 돌아갔다. 멍하니 앉아 있는 루프스의 턱을 타고 눈물이 뚝뚝 흘러내렸다. 루프스의 눈물은 유채의 손에 닿아 바닥으로 떨어졌다.

"이제 돌아가야 할 시간이야. 네 몸이 완전히 회복되었거든."

셀레네는 유채를 돌아보았다.

"고맙다. 내가 해야 할 일을 대신 처리해 주어서. 내 아이들을 지켜주어서."

셀레네는 유채에게 싱긋 웃어 보였다. 노랗게 빛나던 꽃밭이 눈처럼 사라지고 셀레네는 유채에게 물었다.

"그래서 소원이 무엇이냐? 뭐든 들어주마."

유채는 입을 열었다.

"내 소원은요."

유채의 말을 들은 셀레네는 뒤통수를 얻어맞은 듯한 표정으로 뒷목을 짚었다. 유채는 셀레네의 그런 반응에 굉장히 통쾌해서 하하하 웃었다.

⚜

"루프스님."

블루벨이 유채의 침대 옆에 앉아서 머리를 기대고 잠든 루프스의 어깨를 흔들었다. 루프스는 발작하는 것처럼 잠에서 깼다.

"유채는? 유채는?"

"아직 안 일어나셨어요. 불편하게 여기서 이러시지 말고 편하게 주무세요. 요 일주일간 잠도 제대로 못 주무셨잖아요."

루프스는 벌겋게 충혈된 눈을 문지르며 고개를 저었다. 그는 침대 위에 미동도 없이 누워 있는 유채를 보았다. 그녀는 동화 속에 나오는 영원한 잠에 든 공주처럼 깊은 잠에 빠져 있었다.

화살에 맞아서 목숨이 경각에 달렸던 때도 벌써 일주일 전이었다. 스티브와 급하게 뛰어온 오르페의 활약으로 유채는 간신히 목숨을 건졌다. 목에 박힌 화살의 위치가 정말 아슬아슬했다고 그들이 전했다. 조금만 잘못 박혔어도 그 자리에서 즉사했을 것이라는 말을 듣고 루프스는 가슴이 철렁 내려앉았다.

지금 유채는 살아 있는 시체에 가까웠다. 왼쪽 가슴에 귀를 가져다 대야만 느껴지는 심장의 뜀과 코 밑에 손을 대야 느껴지는 숨결이 그녀가 살아 있음을 겨우 말해주었다.

루프스는 지극정성으로 유채를 간호했다. 전후 처리로 몸이 두 개라도 모자란 상황에 루프스는 제가 해야 할 일을 모두 처리하면 곧바로 유채에게 와 그녀의 옆을 지켰다.

삼 일 전 갑작스럽게 원인 모를 열 때문에 유채의 목숨이 경각에 달렸을 때는 루프스는 한숨도 자지 않고 열을 떨어뜨리기 위해서 모든 일을 다 했다. 그의 정성이 통한 것인지 열은 금방 떨어졌다. 블루벨은 루프스가 유채의 손을 부여잡고 통곡하던 모습을 잊지 못했다.

"아니다. 너도 가서 쉬어라. 고생했다."

블루벨은 루프스가 할 수 없는, 옷을 갈아입힌다든가 하는 시중을 들고 있었다. 블루벨은 막사의 바닥에 앉아 쪽잠을 청하면서까지 그녀의 옆을 지키려고 하는 루프스를 연민의 눈으로 바라보고 막사를 나왔다.

루프스는 유채의 머리카락을 정돈해 주었다. 그가 할 수 있는 일은 이것 외에는 없었다.

루프스는 프레드릭과 알렉스를 통해서 유채가 무슨 일을 했는지를 들었다. 이야기를 들을수록 기가 막혔다. 유채는 이 스티폴로르를 지켰고 수많은 수인들과 마레 위르들의 목숨을 구했다. 천박한 암컷이라 손가락질하고 목을 베어 죽이라고 요구하던 이들을 위해서 유채는 스스로를 바쳤다. 그 대가로 유채는 지금 이승과 저승의 사이를 헤매고 있었다.

"내가 미안하다. 정말 미안하다."

루프스는 유채의 손을 부여잡고 눈물을 흘렸다. 유채는 너무 작고 가녀렸다. 한 팔로도 감기는 유채의 몸은 꽉 쥐면 부서질 것 같았다. 이렇게 약한 몸으로 유채는 그간 엄청난 일들을 겪었다. 모두 제가 저지른 잘못으로 인한 것이었다.

"……내가 잘못했어."

이 약한 몸으로 모든 것을 견뎠다. 얼마나 힘들었을까. 얼마나 죽고 싶었을까. 얼마나 저를 죽여 버리고 싶었을까. 유채가 저를 죽이려 들어도 루프스는 할 말이 없었다.

"그러니까, 일어나서 나에게 벌을 내려야지. 응? 눈 좀 떠봐."

"앞으로 이틀 안에 일어나지 못하면, 가망이 없습니다."

오르페가 침통한 표정으로 말했다. 루프스는 발밑이 무너져 내린다는 게 무엇인지 알았다. 루프스는 일주일 동안 신을 더 자주, 더 간절하게 찾았다. 제발 유채를 살려달라고 빌었다. 유채가 이 스티폴로르를 구했는데 왜 그녀의 목숨을 이렇게 앗아가느냐 원망하기도 했다. 잘못은 제가 했으니 제게 무슨 벌을 내리든 다 받을 테니, 이 땅을 구한 유채만은 살려달라고 빌었다.

그친 줄 알았던 눈물이 다시 줄줄 흘렀다. 루프스의 눈에서 떨어진 눈물이 유채의 하얀 손에 자국을 만들었다.

"루프스님."

알렉스가 막사 안으로 들어왔다. 전쟁이 끝난 지 일주일, 가까운 여우 일족의 궁으로 가서 일을 처리하는 것이 옳았지만, 유채의 몸에 무리가 갈 수도 있다는 말에 루프스는 이 자리에서 움직이지 않았다. 포트리스에 남은 헤임달의 일당은 프레드릭의 도움으로 붙잡아 죄를 추궁했다. 루프스는 헥터에게 아편을 공급하며 카를리티오를 앞당기는 약을 섞어 유채를 겁탈하게 유도했다는 말을 웃으며 하는 헤임달에 분노했고 알렉스는 그를 말리느라 애를 먹었다.

루프스는 유채가 얼마나 힘들어 했는지를 눈으로 보았다. 악몽을 꾸고 비명을 지르며 일어나는 일은 일상이었고 온몸에 지울 수 없는 상처도 입었다. 유채가 얼마나 힘들어 했는데 그런 이야기를 웃으면서 하다니…… 게다가 그들이 유채를 잡아서 대륙의 공작에게 정부로 바치려고 했다는 이야기까지 나왔을 때, 루프스의 눈빛은 헤임달을 죽여도 골백번을 죽일 눈빛이었다.

"알…… 아니, 프리드."

루프스는 눈물 젖은 눈으로 알렉스를 보았다. 프리드라고 부르는 것이 어색했다. 알렉스는 편한 대로 부르라고 하면서 루프스의 옆에 섰다.

"유채 양은 괜찮나요?"

"……아니. 별 차도가 없다."

알렉스는 루프스의 옆에 서서 그를 내려다보았다. 무려 십사 년 만에 만난 그들은 서로의 얼굴을 바라보며 미안하다는 말만 주고받았다. 베니니타스를 죽인 것, 형제를 알아보지 못한 것, 프레드릭을 고문한 것, 알렉스를 다치게 한 것.

형제도 마찬가지였다. 가족을 빼앗은 것, 평생을 지옥에서 살게 한 것. 셋 사이에 파인 감정의 골은 한 번에 메워지는 것이 아니었다. 예전과 같은 관계로 돌아갈 수는 없을 테지만 그와 비슷한 관계로는 언젠가 돌아갈 수 있을 것이다.

"이렇게 있으니 유채 양을 처음 만났을 때가 생각나네요."

알렉스는 달빛이 가득한 정원에서 울고 있던 유채를 기억했다.

"웬 아가씨가 얼마나 서럽게 울던지, 처음엔 귀신을 본 줄 알았다니까요."

루프스는 씁쓸한 미소를 지었다. 유채가 심적으로 괴로워하던 때였다. 블루벨에 대한 죄책감과 제게 한창 휘둘릴 때라 가장 고생을 많이 하고 괴로워하던 때였다.

"웃으라고 말해줬었어요. 웃으면 정말 예쁠 것 같아서."

"웃으면…… 정말. 아름다워. 세상에 다시없을 만큼……."

루프스가 물을 적신 수건으로 유채의 얼굴을 닦아주었다. 알렉스는 루프스의 손이 미세하게 떨리고 있는 것을 보았다. 그의 속은 지금 타들어가고 있을 것이었다.

"지금부터는 알렉스 하워드가 아닌 프리드로 말하는 것이니 잘 들어줘요, 형."

루프스는 잠자코 알렉스의 말을 들었다.

"이미 우리는 너무 오랜 시간을 다른 길로 걸어왔어요."

"안다. 알고 지낸 시간보다 모르고 지낸 시간이 더 길어졌지."

"우리는 형이 죄책감을 갖지 않기를 원해요. 형은 우리에게 충분히 용서를 구했고 저희는 형을 원망하지 않아요."

"그래도 나는 평생 너희에게 미안해하겠다."

"저희도 그렇게 살 거예요. 제 아버지의 죄에 대해서요. 그러니, 저희에게 죄책감을 가지지 마세요."

너무 복잡하게 얽혀 버린 사이라서, 알렉스는 루프스를 원망하지 않기를 선택했다. 루프스는 시대의 피해자였다. 가해자가 피해자가 되고 피해자가 가해자가 되는 거지 같은 시대에 태어난 것이 죄라면 죄였다. 알렉스는 루프스에게 책임을 묻지 않기로 했다. 베니니타스에 대한 것이든, 아니면 저희 형제에게 한 일이든. 그러니 알렉스는 그가 스스로를 너무 책망하지 않기를 바랐다.

"저와 형은 포트리스로 돌아갈 생각이에요."

같이 울피누스 호무스로 돌아가자던 헤르티아에게도 이미 말을 해두었다. 헤르티아는 아쉬워했지만, 형제의 선택을 존중하고 자주 놀러오라고 했다.

"그곳에서 수인과 인간이 화합할 수 있는 방법을 찾아볼 거예요."

"토스 호무스로 놀러 와라. 그, 벤자민의 아이도 같이."

알렉스가 웃었다.

"그럴게요."

"나도 노력하마. 포트리스와 수인들 간의 화해를 위해서."

"유채 양은 금방 깨어날 거예요. 강한 사람이니까."

알렉스는 루프스를 위로했다.

"형, 내 첫사랑의 마지막이 어땠는지 알려줄 수 있나요?"

막사를 떠나기 전 물은 질문에 루프스의 표정이 무너지자 알렉스는 쓴웃음을 지었다.

“지금이 아니어도 돼요. 나중에 기회가 되면, 준비가 되면 들려줘요.”

알렉스가 떠난 후에도 루프스는 유채와 함께 남았다. 헤르티아와 빅터의 일은 아직도 정리할 엄두가 나지 않았다. 빅터의 이야기는 믿기 힘들었고 납득하기도 힘들었다. 루프스는 잠든 유채의 손을 붙잡았다.

“……내가 어떻게 해야 할까. 모르겠다. 정말 모르겠어.”

루프스는 유채의 손에 입을 맞췄다. 작게 들썩이는 가슴이나 옅은 숨소리마저 없다면 모두가 그녀가 죽었다고 믿을 것이었다. 루프스는 유채의 손에 얼굴을 묻었다.

“그러니, 네가 일어나서 나에게 말을 해줘. 너는 현명하니 내가 어떻게 해야 할지 알지 않나.”

루프스의 눈물이 유채의 손에 떨어졌다. 유채는 깨어날 생각을 않고, 그는 점점 희망을 잃어가고 있었다. 루프스는 유채의 손을 내려놓고 그 옆에 얼굴을 묻었다. 침대 시트가 그의 눈물로 젖어 들어 갔다.

“이봐요. 이봐요.”

루프스는 몸을 흔드는 손길에 천천히 눈을 떴다. 루프스는 버릇처럼 유채가 누워 있는 침대를 손으로 더듬었다. 그런데 손에 잡히는 게 아무것도 없었다. 루프스는 찬물을 뒤집어 쓴 듯이 벌떡 몸을 일으켜 세웠다.

“거기 아무도!”

“나 여기 있으니까 소리 지르지 마요. 아, 머리 울려.”

너무나 그리워했던 목소리에 루프스는 바닥에 주저앉았다. 유채가 일어나서 앉아 머리를 손으로 짚고 있었다. 루프스는 이 기적 같은 상황이 믿어지지 않아 입이 열리지가 않았다.

"내가 얼마나……."

도대체 얼마나 누워 있었기에 이렇게 머리가 지끈거리는 건지, 유채가 말을 끝내기도 전에 루프스가 그녀를 와락 껴안았다. 그의 팔이 덜덜 떨렸다.

루프스는 유채를 끌어안고 눈물을 흘렸다. 살아날 확률이 얼마 되지 않는다고 하였다. 하지만 이렇게 일어나 앉아 말을 하고 저를 똑바로 바라보기도 하였다. 그의 눈물이 유채의 정수리 위로 떨어졌다. 유채는 루프스의 들썩이는 가슴에 얼굴을 묻은 채 잠시 동안 얌전히 있었다.

"나 안 죽었어요."

"그래, 그래. 알아."

루프스는 고개를 정신없이 끄덕였다. 그는 기적 같은 일에 신에게 감사드리고 싶은 심정이었다. 유채는 아직 몸이 힘든지 다시 침대에 누웠다. 루프스는 유채가 눕는 것을 도와주고 자리를 편하게 만들어주었다.

"당신은 안 자요?"

"내 걱정하지 말고 네 몸부터 생각해라."

"그럼 나 자는데 귀찮게 굴지 마요. 나 지금 엄청 피곤해요."

유채는 이불을 목 끝까지 끌어올리고 눈을 감았다. 루프스는 유채의 머리카락을 매만지고 연신 손을 쓰다듬었다. 유채는 눈을 감은 채로 중얼거렸다.

"이게 귀찮은 일이에요. 당신 막사는……."

유채는 입술을 깨물었다. 여기가 루프스의 막사일 게 분명했다. 지금 그의 침대를 차지하고 있는 것이다. 반짝 눈을 뜬 유채는 짜증이 가득한 표정으로 몸을 옆으로 움직여 한 사람이 더 누울 수 있을 공간을 만들었다. 루프스는 분명히 제가 잠이 들어도 옆을 떠나지 않고 이렇게 귀찮게 할 것이었다.

"올라와서 당신도 자요. 미리 경고하는데, 내 몸에 손끝 하나 가져다 대면 그때 당신 손가락이든지 어디든지 잘라줄 테니까."

"괜찮다. 네가 불편하다."

"그쪽이 그러고 있는 게 더 불편해요. 그러니까 올라와요. 나도 편하게 잠 좀 자게."

루프스는 오랜 시간 동안 못 잔 사람의 얼굴이었다. 방금 전까지만 해도 졸고 있던 사람인데 어디든 머리만 대면 틀림없이 곯아떨어질 것이다.

루프스는 유채의 태도가 너무 강경해서 결국 그 빈 공간에 모로 누웠다. 두 사람이 같이 눕기엔 침대가 좁아서 유채는 루프스를 등지고 돌아누웠다. 루프스는 유채의 마른 등을 먹먹한 눈으로 바라보았다. 저 작은 몸이 얼마나 많은 일을 겪었는지 생각하면 가슴이 미어져 내렸다.

이내 유채는 잠이 들었는지 몸이 고르게 들썩였고, 루프스도 잠시만 눈을 붙이자는 생각으로 눈을 감았다. 유채의 예상대로 금방 코까지 골면서 곯아떨어졌다.

유채는 루프스의 숨소리가 변한 것을 확인하고 돌아누웠다.

"진짜. 잠을 안 잤나 보네."

얼굴에 살이 빠져서 보기 싫을 정도로 말라 있었다. 수염도 깎을 시간도 없었는지 턱밑이 덥수룩했다. 유채는 조심스레 그의 턱선을 쓸었다. 블랑카, 로보, 에리카는 루프스가 행복하기를 바란다 했다. 유채는 깊은 근심에 잠겼다. 그들의 이야기를 어떻게 전해야 루프스가 편안히 들을 수 있을까 하는 생각을 하였다. 유채는 마르고 거칠어진 루프스의 얼굴을 눈에 담았다.

“난 이제 당신한테 도박을 걸 거야.”

유채가 나지막하게 중얼거렸다. 유채는 아직도 제 목에 걸려 있는 파렌티아를 만지작거렸다. 사람 취급도 못 받는 노예 신분임을 증명하는 물건이었고, 루프스 집착을 설명하는 물건이었다.

“내가 빈 소원을 어떻게 활용하는가는 이제 당신한테 달렸어.”

유채는 셀레네에게 빈 소원을 곱씹었다. 유채에게도, 루프스에게도 도박이 될 터였다. 유채는 그를 바라보고 누운 채로 천천히 눈을 감았다.

⚜

루프스는 깨어나자마자 수인들과 마레 위르들을 치료해 주는 유채를 바라보았다. 유채는 자리를 털고 일어난 후 곧바로 다친 이들을 치료하겠다고 말했다. 어떻게 얻은 능력인지는 모르겠지만, 유채는 성력(聖力)으로 추정되는 능력을 쓸 수 있게 되었다. 팔이 잘린 수인은 팔을 얻었고 심각한 상처를 얻어 생사를 넘나들던 마레 위르도 살아났다. 기적을 본 그들은 모두 유채의 주위로 모여들었다.

유채는 귀찮은 내색 없이 그들을 모두 치료해 주었다. 하지만 체력적으로는 힘든 일인지 밤이 되면 기운 없이 휘청거리곤 하였다. 그럴 때마다 루프스는 유채를 부축해서 막사로 데려왔다.

유채에 관한 이야기도 바뀌어가고 있었다. 몸으로 꼬여내서 루프스의 총애를 받는 더러운 창녀에서 신의 선택을 받고 내려온 성녀라는 소문이 돌기 시작했다. 소니페스 호무스에서 유채의 도움을 받았던 이들의 이야기가 소문의 시작이었다. 유채가 에클레시아에서 헤임달과 싸우고 그의 음모에서 스티폴로르를 구한 이야기가 퍼졌다.

유채는 과거 은가연과 같이 신의 부름을 받고 이곳에 현신한 성녀로 여겨졌다. 유채는 변한 것이 없었다. 이전과 같이 친절했고 밝았다. 그런데도 유채를 보는 시선이 바뀌었다. 루프스는 씁쓸한 상황에 쓴웃음을 지었다. 사람의 마음이라는 게 참 간사하기 그지없었다. 그러나 간사한 마음이든 무엇이든 유채에게 좋은 일이면 그만이었다.

"팔자에도 없는 성녀 취급 받으니까 힘들어 죽겠네."

유채는 일을 끝을 내고 막사로 돌아가기 전에 하늘을 올려다보았다. 어두워진 하늘에서 별이 반짝였다. 유채는 별을 구경하기 위해 좀 더 걷기로 했다. 에클레시아, 폐허가 된 옛 신전은 밤하늘과 어우러져 신비로운 분위기를 내었다.

누군가 뒤에서 유채의 몸을 끌어안았다. 급하게 뛰어온 것인지 뒷목에 뜨거운 숨결이 닿았다. 유채는 이젠 놀라지도 않고 제 허리를 감고 있는 팔을 내려다보았다. 상처가 가득한 팔이었다.

"좀 놓아주시죠?"

유채는 루프스의 팔을 밀어내었다. 루프스는 순순히 유채에게서 떨어졌다.

"혼자 다니면 위험하다."

"괜찮아요. 내 몸 하나는 보호할 수 있어요."

"거짓말. 매번 그렇게 말해두고 다쳐서 돌아오지 않느냐."

루프스는 유채의 옆에 섰다. 더운 바람이 유채의 짧아진 머리카락을 쓸고 지나갔다. 루프스는 유채의 흩날리는 머리카락을 귀 뒤로 넘겨주었다.

"이니투스님은 은가연님의 호위로서 그분을 따라갔다."

"호위요?"

"신의 사자가 나타나면, 우리 수인은 일족에서 가장 강인한 전사를 보내서 호위했다. 그래서 이니투스님이 오라클라의 명을 받아서 은가연님을 호위했다."

유채는 폐허가 된 에클레시아를 향해 걸어갔다. 루프스는 유채가 걸어가는 길을 좇아갔다.

"너도 은가연님과 같은 신의 사자이니, 내가 호위해야 하지 않겠는가?"

"당신이 가장 강한 전사라서요? 대체 무슨 자신감이에요?"

"네가 가장 잘 알지 않나? 나는 내 강함에 자신이 있다."

유채는 커다란 돌 앞에서 멈춰 섰다. 무너져 내린 신전의 기둥이었다. 유채가 돌 위로 올라가려고 낑낑대자 루프스는 그녀의 허리를 잡아서 도와주었다. 돌 위에 앉은 유채의 앞에 선 루프스가 그녀의 왼손을 잡았다. 유채의 왼손 약지에는 그가 그녀의 의식이 없을 때 몰래 끼워놓은 반지가 반짝이고 있었다.

"그러니, 어딜 가려거든 날 불러라. 내가 호위해야 하니."

"당신이 내 호위라고요?"

"못 미덥나?"

"당연하지요. 난 그쪽 펠릭스 다우스 아니에요? 주인이 노예를 호위해 준다는 말을 처음 들어서요."

루프스는 쓴웃음을 지었다. 루프스는 단번에 유채가 앉은 돌 위로 올라와 그녀의 옆에 앉았다. 유채는 하늘을 올려다보았다. 루프스는 손가락을 뻗어서 별을 가리켰다.

"늑대꼬리자리다."

"늑대꼬리자리? 여기도 별자리가 있어요?"

"있다. 한 늑대 일족의 전사가 제 강함을 자랑하며 너무 오만하게 굴자 한 용이 화가 나서 꽃게를 시켜서 그를 망신 주었지. 그는 너무 부끄러워서 잘린 꼬리를 하늘에 집어 던졌는데, 그 꼬리가 저 별자리가 되었다. 오만을 경계하라는 셀레네님의 뜻이지."

"우리도 비슷한 이야기 있어요. 우리는 오리온자리라고 부르지만요."

루프스는 별을 보는 것을 좋아하는 유채를 위해서 제가 알고 있는 이야기를 들려주었다. 유채는 루프스의 이야기를 들으며 박수를 치면서 웃기도 하고 고개를 끄덕이기도 했다. 루프스는 유채와 이런 부드러운 분위기를 가져 본 게 얼마만인가 싶어 가슴이 간질간질했다.

"덥지 않나? 여름인데."

"이거 가져왔어요."

유채는 주머니에서 주위의 온도를 낮춰주는 마법 물품을 꺼냈다. 이곳에서 가장 마음에 드는 게 바로 이것이었다.

"꼭 가지고 가려고요. 내가 사는 세상에는 이런 물건은 없어서 말이에요."

"……그렇구나. 마음에 들었다면 되었다."

루프스는 가슴이 내려앉았다. 유채는 일을 완수하였으니 이제 돌아갈 수 있을 것이다. 그런데 아직 돌아가지 않는 데는 이유가 있을 터였다. 루프스는 유채에게 언제 돌아갈 거냐고 차마 물을 수가 없었다. 유채가 돌아가는 날을 알고 싶으면서 동시에 알고 싶지 않았다. 이렇게 함께하는 일상이 너무나 소중해서 이 꿈같은 시간을 제 손으로 망치고 싶지 않았다.

"나……."

유채는 머뭇거리면서 입을 열었다.

"당신 부모님이랑 에리카를 만났어요."

루프스가 고개를 돌렸다. 유채는 시선을 아래에 두고 중얼거렸다.

"나한테 미안하고 고맙대요. 못난 아들을 둔 죄로 할 필요도 없는 사과를 하는 분들이었어요."

유채는 루프스의 뜨거운 시선을 애써 무시했다.

"당신 아버지는 당신이 자랑스럽대요. 떳떳하게 살라고 하시더라고요."

"……아버지답네."

"당신 어머니는 당신을 사랑한다고, 당신이 행복해지기를 바란다고 했어요. 많이 우시더라고요."

"……눈물이 많은 분이 아니신데."

루프스의 대꾸를 들으며 유채는 입술을 깨물며 말을 골랐다. 이제 에리카의 말을 전해야 할 차례였다. 루프스도 알고 있기 때문에 조용히 그녀의 말을 기다렸다.

"……에리카는, 당신을 원망하지 않는다고 했어요. 당신의 책임이 아니라고, 어쩔 수 없었다는 것 자신도 알고 있으니 더 이상 죄책감 갖지 말래요. 오빠가 제 몫까지 행복했으면 한다고 전해달라고 했어요."

유채는 말을 마치고 고개를 돌렸다. 루프스는 조용히 눈물을 흘리고 있었다. 가족을 잃고 세상에 홀로 남겨진 열셋의 라이칸의 얼굴이었다. 눈물 많고 다정했던 그 시절의 얼굴이었다. 그날 이후 그를 지배했던 것은 비겁하게 살아남았다는 죄책감과 아무것도 할 수 없었다는 무력감과 그로 인한 공포였다. 이제 그 짐을 벗어버린 루프스는 겨우 예전의 얼굴을 할 수 있게 되었다.

유채는 팔을 뻗어서 루프스를 안아주었다. 유채의 품에 안긴 것은 스물일곱의 루프스가 아니라 열셋의 라이칸이었다. 유채는 커다란 사내의 등을 쓸었다.

"……고맙다. 고마워."

루프스는 목이 메어 울먹이는 소리로 중얼거렸다. 일찍 알았어야 했다. 고아가 되었다고 해도 가족의 사랑은 여전하다는 것을 알고 있었다면 바른 길로 갈 수 있었을지도 모른다. 루프스는 열셋의 그때처럼 유채에게 매달려서 눈물을 쏟아내었다.

유채는 별이 수놓아진 하늘을 올려다보았다. 수억 년 전에도 저 별들은 저 자리에서 반짝였을 것이다. 수많은 번민과 비극을 보았을 것이다. 부모를 잃은 어린 소년의 비극도 보았을 것이고 이곳에 떨어져서 괴로워한 유채의 모습도 보았을 것이다. 유채는 오늘 하루만큼은 저 별들이 야속했다.

"……고맙다."

루프스가 유채의 품에서 얼굴을 떨어뜨렸다.

"감사받을 일은 아니에요. 이제 돌아가요. 졸려요."

루프스는 먼저 돌에서 내려와서 유채를 안아서 내려놓았다.

"눈물이 이렇게 많은데 호위로 믿어도 되는지 몰라? 강하다는 것은 다 뻥이고 사실 약해 빠진 거 아니에요?"

루프스는 그냥 웃기만 했다. 그의 행복은 눈앞에 있었다. 언제가 될지는 모르겠지만, 유채는 떠날 것이니 후회는 남기고 싶지 않았다. 유채가 있는 동안 그는 최선을 다할 생각이었다. 유채의 얼굴에서 웃음이 떠나지 않게, 최소한 이곳에서의 마지막 기억만큼은 다시 곱씹어볼 수 있게 행복하게 해줄 생각이었다.

그는 왼쪽 가슴 위를 손으로 짚었다. 언젠가 이 밤하늘을 올려다보면서 유채의 모습을 떠올리며 웃을 수 있기를, 유채가 그곳에서 행복하기를 진심으로 바랄 수 있기를.

"돌아가자. 피곤하다 하지 않았나."

유채가 저에게 다시 행복을 찾아주었으니, 그녀를 원망하지 않을 것이다. 그러니, 그곳에서 행복하기를. 그가 유채를 위해 해줄 수 있는 것은 행복을 바라는 일뿐이기에.

루프스는 여름 밤하늘 아래에 선 아름다운 여인을 바라보았다.

그래 이것이면 되었다. 이것이면.

루프스는 웃었다. 셀레네 여신의 은총에 감사하고 또 감사했다.

"야. 너 그 레티티아님 봤다고 했지."

울피누스 호무스에서 일하는 너구리 수인 궁녀가 유채의 막사에서 나오는 족제비 수인 궁녀를 잡아당겼다. 너구리 수인이 몰래 챙겨놓은 달달한 과자를 내어주면서 슬며시 물었다.

"진짜 그렇게 예뻐? 여신님이 하늘에서 내려온 것같이 생겼어?"

"어차피 곧 있으면 오라클라 리네아님이랑 제를 올리는 데에 나타날 예정이시잖아. 그때 보면 되지."

"야. 내가 서 있는 데서 얼굴이 보이기야 하겠냐? 지금 레티티아님 얼굴 보겠다고 몰려드는 수인들이 몇인데!"

유채가 정신을 차린 후 오라클라 리네아가 모습을 드러내었다. 이제는 전설이 된 고대 신녀의 등장에 모두들 놀랐다. 오라클라 리네아는 유채의 발밑에 엎드려 그 땅에 입을 맞추며 신의 명을 받고 내려온 사자에게 최고의 경의를 보여주었다. 스티폴로르의 모두가 이제 유채가 신의 가호를 받은 성녀임을 알게 되었다.

고대의 예법에 따라 유채는 의식을 올려야 했기에 스티폴로르 전역이 분주해졌다.

에클레시아에서 가장 가까운 땅인 여우 수인과 말 수인들이 모든 준비를 도맡았다. 여우 수인 일족은 유채가 입을 옷을 준비하고 궁녀들을 차출해 의식의 전반적인 준비를 했고 말 수인 일족들은 의식에 쓰일 물건들을 준비했다. 양, 염소, 소 수인들은 여우와 말 일족을 돕는 보조 역할을 했고 거리가 멀어서 준비하는 데 도움을 주기 힘든 일족들은 나중에 비용을 지불하기로 했다. 이례적으로 포트리스도 스티폴로르의 구성원으로서 마법사들을 보내 의식 준비를 도왔다.

"근데 아직도 목에 파렌티아 걸고 계셔? 이제는 푸셔야 하는 것 아닌가? 셀레네님의 대리자이신데."

"어차피 곧 루프스님의 비(妃)가 되실 거니까…… 상관없지 않나? 알잖아, 레티티아님이 죽을 뻔하셨을 때 루프스님이 밤낮을 가리지 않고 간호하셨다는 거. 한시도 떨어지지 않고 수발을 들어주셨는데. 그리고 지금 파렌티아가 있으니 망정이니 그게 없었으면 거의 웬만한 수인들이 레티티아님을 차지하겠다고 달려들걸?"

"하긴, 늑대 수인들이 제가 사랑하는 암컷 잡으려고 별의별 짓을 다 했던 것이 어제 오늘 일도 아니고. 그렇게 잡아놓지 않으면 다른 수인들이 덤벼드는 걸 처리하느라 루프스님은 잠시도 쉬지 못하시겠지."

"내 말이 그거야. 루프스님도 어떻게든 제 옆에 붙잡아두시려고 파렌티아를 계속 채워두고 계신 거 아니겠어? 뭐, 이젠 말만 구속구지, 레티티아님께는 그냥 금목걸이잖아."

"하긴 파렌티아를 차고 계셔도 누가 그분을 펠릭스 다우스로 생각하겠어. 이젠 완전히 루프스님의 연인인데."

궁녀들은 저들끼리 숙덕거리다가 루프스가 막사로 들어가는 것을 보곤 입을 다물었다. 그는 예전 이니투스가 은가연과 의식을 올릴 때 입었다는 예복을 입고 있었다. 궁녀들도 한창때의 소녀들이라 볼이 장밋빛으로 붉어졌다.

"솔직히 성정이 잔혹하다는 것만 제외하면 루프스님만큼 잘생긴 분도 없지 않아?"

"뭐, 외모적으로는 선남선녀의 만남이지."

그들은 그 나이대 소녀답게 수인들의 왕과 그의 펠릭스 다우스로 잡혀온 아름다운 소녀에 관한 낭만적인 이야기에 관해 상상의 나래를 펼쳤다. 실상은 그와 멀다는 것은 그녀들 중 누구도 알지 못했다.

"준비는 끝났나?"

루프스는 막사의 천을 젖히고 들어갔다. 유채의 짧았던 머리는 마법을 통해서 어깨 아래까지 늘어뜨린 상태였다. 그 머리카락을 장식한 것은 루프스가 선물한 나비 모양의 머리 장식뿐이었다. 단출한 머리 장식에 붉게 칠한 입술 외에는 화장도 진하게 하지 않은 유채와 그녀가 입은 하얀 예복이 너무나 잘 어울려 루프스는 순간 할 말을 잊었다.

"예. 팔자에도 없는 공주 대접을 받는 게 이렇게 고생하는 일인지는 몰랐네요."

유채는 옷이 갑갑해서 얼굴을 찡그렸다. 그러다 얼굴에 뭘 발랐는지를 떠올리곤 냉큼 표정을 원래대로 돌렸다. 세상에 진주를 갈아 넣은 분이라니, 기가 찰 정도였다. 유채는 속이라도 시원해지려고 궁녀들이 가져다놓은 물 잔에 입을 대었다.

물을 마시는 붉은 입술이 색정적으로 보이는 것은 처음이라 루프스의 목울대가 울컥거렸다.

"당신, 거기서 뭐 하고……."

루프스가 갑자기 탁자를 짚고 고개를 숙이더니 손수건으로 유채의 입술을 닦았다. 유채는 당황하여 동그랗게 뜬 눈으로 그를 바라보았다.

루프스는 입술을 깨문 채 그녀의 입술연지를 지웠다. 사심이 잔뜩 들어간 움직임이었다. 이젠 베일로 얼굴도 가릴 수 없는데 이 이상으로 유혹적으로 보이는 것은 마음에 들지 않았다. 제게 예쁘기만 하면 될 텐데 왜 다른 수인들의 눈에도 예뻐 보이게 만들어놓은 것일까.

"뭐 하는 거예요?"

유채는 루프스의 손을 잡아서 밀어냈다. 그는 순순히 떨어지면서 손수건을 뒤로 감췄다.

"물 때문에 번져서 닦아준 것뿐이다."

"뭐요? 번졌다고 말을 하면 되지 왜 그쪽이 닦아요?"

"내가 하나 네가 하나 마찬가지 아닌가?"

"다를 건 없겠죠. 근데 그쪽이 화장에 대해 뭘 알기는 해요?"

유채는 손가락으로 입술을 만졌다. 아까까지만 해도 촉촉했던 입술이 금세 마른 것이 입술을 다 닦아버린 모양이었다. 유채는 궁녀들이 놓아두고 간 입술연지를 찾았다. 붓을 꺼내 다시 입술에 색을 칠하려고 하는데 거울이 없어서 유채는 신중하게 손을 움직였다. 가만히 보고 있던 루프스가 그녀의 턱을 살짝 잡아서 올리곤 붓을 뺏어 들었다.

"입 다물어라."

루프스의 손이 움직이자 붓이 살짝살짝 입술에 닿았다.

"뭐 하는 거예요."

"번지니까 가만히 있어."

루프스는 신중하게 입술연지를 발라주었다. 아까 발려 있던 것보다 옅게 바르며 그는 내심 만족스러워했다. 유채는 루프스에게 턱을 붙잡힌 채 가만히 있었다. 유채는 그가 이런 것을 잘 할 것 같다는 생각이 들지 않아서 불안했다.

"어릴 때, 어머니가 화장을 하실 때 도와드린 적이 있다. 에리카의 장난에 동참해서 에리카에게 발라준 적도 있고."

루프스는 붓을 내려놓고 턱도 놓아주었다. 유채는 번지지 않았나 더듬대려다가 제가 손을 대서 더 망가질까 싶어 그만두었다. 거울이라도 있으면 좋으련만 확인할 길이 없었다.

루프스는 의자를 끌어와서 유채의 앞에 앉았다.

"당신도 옷이 바뀌었네요. 전에 에클레시아에 왔을 때 입은 건 그런 옷이 아니었잖아요."

루프스는 은실로 수놓은, 검은색 제복 비슷한 옷을 입고 있었다. 허리에는 금빛 허리띠를 맸는데 아래로 술을 늘어뜨렸다. 은

발과 약간 그슬린 피부와 검은 옷은 예상보다 잘 어울렸다.

"그때는 루프스로서 한 자리고, 지금은 너의 호위로 참여하는 것이니 복장이 다르지."

"은가연과 이니투스는 서로 사랑하는 사이였나요?"

"둘은 친한 친구였어. 알지 않나? 이니투스님은 늑대 수인이셨다. 만일 은가연님을 사랑하셨다면 평생을 홀로 사셨겠지."

"그럼 이런 것은 왜 같이 한 거예요?"

"경의의 표시지. 은가연님은 신화의 시대에 이 세계를 구한 동시에 황제와 여제의 침략에 멸족당할 뻔한 일족을 구했다. 그랬기에 우리가 표했던 최고의 경의였지."

"신화의 시대요?"

루프스는 궁녀들이 유채의 눈가에 살짝 뿌려놓은 반짝이는 가루를 손으로 털어냈다. 유채는 눈을 찡그리기는 했지만 그의 손을 피하지는 않았다.

"우리는 대륙에서 스티폴로르로 이주하기 전까지를 신화의 시대라고 부른다. 그 이후는 스티폴로르 시대라고 부르지. 대륙은 신화의 시대가 좀 더 길지. 코르페네즈 제국의 건국 전까지를 신화의 시대라 불렀다."

"코르페네즈 제국이요?"

"생각보다 성실한 학생은 아니나 보네. 지금 대륙의 혼란은 코르페네즈 제국이 무너지고 여러 군왕들이 난립하면서 생긴 것이다. 듣기로는 이제 혼란의 끝이 보인다고 프레드릭이 말하더군. 동쪽에서는 펠로베 제국이 코르테스 소왕국에 의해서 멸망하고 코르테스 제국이 세워졌고 서쪽은 각각 발루아 백작과 베르나도테 공작에 의해서 세력이 재편되고 있다고 한다. 물론 내가 대륙과 교류를 해서 들은 정보는 아니니 정확한 것은 아니지만."

유채는 익숙한 이름에 몸을 굳혔다. 베르나도테 공작. 헤임달의 후원자이자, 헤임달이 저를 팔아넘기려고 한 사람이었다. 루프스는 유채의 반응을 보고 그녀도 헤임달이 뭘 하려고 했었는지 안다는 것을 어렴풋이 짐작했다. 루프스는 유채의 귀에 달린 귀걸이를 바로잡아 주었다.

"헤임달의 자백을 어디까지 믿어야 하는지는 모르겠지만. 베르나도테 공작은 스티폴로르의 프레눔을 노렸다고 했다. 헤임달은 프레눔을 담보로 공작의 지원을 받기로 했지. 그 프레눔은 대륙에서 전쟁에 유용하게 사용되었을 거야. 베르나도테 공작은 최종적으로는 스티폴로르를 차지하기를 원했다고 헤임달이 말하더군."

"다른 세상이라도 역사는 똑같이 흘러가네요."

유채는 씁쓸하게 말했다.

"이번 의식이 끝나면 헤임달을 만나게 해줄 수 있나요? 그리고 헤르티아와 빅터도."

지금껏 루프스는 유채가 그들과 접근하는 것을 막고 있었다.

"왜지? 무슨 일로."

"할 이야기가 있어요."

유채의 눈은 단호했다. 이미 결심이 선 눈이었다. 헤르티아와 빅터는 그렇다고 치고 헤임달까지 만나려는 이유를 알 수가 없었지만 그녀를 설득할 수 없음을 깨닫고 루프스는 한숨을 쉬었다.

"그래, 그렇게 하마."

막사의 천막을 젖히며 한 궁녀가 들어와서 모든 준비가 끝이 났다 전했다. 유채는 알겠다고 고개를 끄덕이고 자리에서 일어섰다. 막사를 나가기 전, 루프스가 유채의 손을 잡았다.

"……이번 일이 끝나면 토스 호무스로 곧 돌아갈 생각이다."
"알아요. 돌아간다고 궁녀들이 말해줬어요."
한참 머뭇거리던 루프스가 어렵게 말을 꺼낸 것에 비해 유채의 대답은 간단했다. 루프스는 또 다시 한참을 침묵했다가 물었다.
"너도 갈 생각인가?"
같이 돌아가자는 말을 하기가 힘들어서 루프스는 넌지시 유채의 의사를 물었다. 차마 유채의 얼굴을 보지 못하고 고개를 숙인 채 그녀의 답을 기다렸다.
약간의 침묵이 흐르고 유채는 헛웃음을 터뜨렸다.
"어차피 끌고 갈 것 아니었어요? 아직도 난 파렌티아를 걸고 있는 그쪽 애완동물인데요."
"네가 싫다면 데려가지 않으마. 네 선택에 따르겠다. 어떻게 할 생각인가?"
루프스는 유채의 손을 그녀를 바라보았다. 유채는 무슨 일인지 그의 눈을 가만히 바라보았다. 루프스는 유채의 시선을 피하지 않았다.
"토스 호무스로 따라갈게요. 아직 끝나지 않은 게 있어서요. 헤임달의 처벌을 봐야 하기도 하고."
"알겠다. 궁에 연락을 넣어놓겠다."
루프스는 유채에게 손을 내밀었다. 유채가 그 손을 잡자 루프스는 그녀와 함께 막사를 나왔다.
유채는 루프스의 안내와 함께 무너진 신전으로 향했다. 그곳에 오라클라 리네아가 기다리고 있었다. 유채를 본 리네아가 무릎을 꿇자 기다리고 있던 수인들과 인간들도 고개를 숙였다. 루프스는 유채가 길게 늘어지는 옷자락을 밟고 넘어지지 않게 옆에서 부축했다.

유채가 제단에 오르자 루프스 역시 리네아의 옆에 한쪽 무릎을 꿇고 고개를 숙였다.

"시간과 운명의 여신 셀레네님의 신성한 딸로서 그분의 대리인으로 오신 분께 인사드립니다."

의식은 예전 오페라티오만큼 복잡하지 않았다. 리네아가 긴 제문을 읊는 동안 유채는 제단에 서서 그것이 끝날 때까지 기다리기만 하면 됐다. 리네아의 제문은 정말 길었다. 유채는 교장 선생님의 훈화 말씀보다 긴 것 같은 제문에 간신히 하품을 참았다.

"일족을 대표하여 감사를 올립니다."

리네아가 다시 무릎을 꿇고 두 손을 가슴 앞에 모으고 고개를 숙였다. 이제 유채의 차례였다. 유채는 리네아가 가르쳐 준 순서대로 향을 피우고 제단에 절을 했다. 그 옆에서 루프스는 유채가 비틀거리지 않게 부축해 주었다.

"아이고."

유채는 절을 하고 일어서다가 치맛자락을 밟고 비틀거렸다. 루프스가 허리를 붙잡아준 덕에 유채는 몸을 바르게 세울 수 있었다. 유채는 물을 담아놓은 커다란 청동그릇 앞에 서서 루프스에게 손을 내밀었다. 루프스는 흑요석으로 만든 단검으로 그녀의 손바닥을 살짝 그었다. 유채는 슬쩍 얼굴을 찌푸렸고, 손바닥에서 흐른 피가 청동그릇으로 떨어졌다.

"이제……."

오라클라 리네아가 맺음말을 하려는 순간 땅이 요동쳤다. 루프스는 진동에 비틀거리는 유채의 어깨를 붙잡아서 부축했다. 모여있는 수인들과 인간들이 놀라서 웅성거렸다. 놀라운 일이 일어났다. 무너진 신전이 다시 솟아오른 것이다. 돌조각들이 모였다. 거대한 신전이 다시 원래의 모습을 찾기 시작했다. 오랜 세월이 흐른 만큼 흙과 이끼가 잔뜩 낀 채, 신전은 제 본래의 모습을 찾았다. 신의 힘을 목격한 모두가 자리에 납작 엎드렸다.

오라클라 리네아가 유채에게 다가왔다.

"셀레네님께서는 유채님의 도움에 진심으로 고마워하고 계십니다."

"나도 알아요. 그렇지 않고서야 당신을 불러서 이런 거대한 쇼를 하게 하지는 않았을 테니까요, 나는 이제 정말로 신의 대리인 취급을 받겠군요."

"합당한 대가입니다."

오라클라 리네아가 자신의 옷자락을 젖혀서 멀쩡하게 돌아온 피부를 보여주었다. 리네아는 유채에게 고개를 숙이고 그녀의 손에 입을 맞췄다.

"유채님의 사려 깊음에 다시 한 번 감사드립니다. 개인적으로도, 수인의 일원으로서도."

유채는 하늘을 올려다보고 제단 아래에 있는 수인들을 바라보았다. 그녀는 분명히 이곳의 역사에서 전쟁을 막고 수많은 수인들을 구한 신의 대리자로 기록될 것이다. 하지만 유채는 그저 언니를 구하고 싶었던 열아홉 살의 평범한 계집애일 뿐이었다.

⚜

"나를 보자고 했더구나."

빅터가 유채의 앞에 앉았다. 유채는 바실리사를 통해서 그가 어떻게 제 목숨을 구했는지 들었다. 그가 한 충격적인 고백도 함께였다. 빅터는 죽음을 가까이 둔 이라고는 믿기지 않을 정도로 차분했다.

“제 목숨을 구해주셨다고 들었어요.”

“감사는 필요 없다. 나는 내 죄를 갚기 위해서 너를 도운 것뿐이다.”

“절 살리는 것이 왜 죄를 갚는 것인가요?”

“너는 루프스가 사랑하는 암컷이고 루프스는 블랑카와 로보의 아들이지. 너를 살리는 것이 루프스를 돕는 것이고 아들을 걱정하고 있을, 그리고 내가 죽음으로 몰고간 그들에게 용서를 구하는 것이라고 생각했다. 이 전쟁을 막아준 너에게도 보답하는 것이고 말이다.”

“결국은 도망치고 싶으셨다는 말이네요.”

유채는 냉정하게 말했다.

“빅터님은 그저 도망치고 싶으셨을 뿐이에요. 루프스를 제대로 마주하고 용서를 구할 용기가 없으니 스스로 죄를 갚았다 하고 도망치고 싶으신 거예요.”

“아니다. 나는…….”

“그럼 누군가 저 대신 죽었다는 말을 듣고 제가 기뻐할 거라고 생각하셨나요? 전 평생 죄책감에 괴로워하겠지요. 나 때문에 엉뚱한 사람이 죽었으니까요. 결국 빅터님은 본인 마음만 편해지면 그만이셨던 거예요.”

“아니다. 그때는 상황이 급해서…….”

“그럼 제가 뵙고 싶다고 몇 번이나 말씀을 드렸고 고쳐 드리겠다 몇 번을 연락을 드렸는데 왜 오지 않으셨나요.”

빅터는 입을 열지 못했다. 유채는 빅터의 볼로 손을 뻗었다.

"진정으로 자신의 죄를 안다면 도망치지 마세요. 본인이 만족하려고 하지 말고 피해자가 원하는 방법으로 사과를 하세요."

유채의 손에서 빛이 새어나왔다. 유채는 빅터가 잃은 수명을 다시 돌려주었다.

"이건 목숨을 살려주신 데 대한 감사의 표현이자, 다시 한 번 드리는 기회예요."

유채는 아무 말도 하지 않는 빅터를 두고 그의 막사를 나섰다. 앞으로 그와는 더 이상 만날 일이 없을 것 같았다. 그냥 그런 예감이 들었다. 밖으로 나오니 루프스가 기다리고 있었다. 빅터와 루프스 사이의 일은 제가 참견할 수 있는 일이 아니기에 유채는 아무 말도 하지 않았다.

"헤르티아와는 토스 호무스에서 이야기할 수 있을 것 같다."

"헤임달은……."

"데려다주려고 왔다."

루프스는 유채를 데리고 주둔지 구석, 삼엄한 경비 속에 있는 허름한 막사로 들어갔다. 피투성이가 된 헤임달이 기둥에 묶인 채 양 손목과 발목에 족쇄를 차고 있었다. 인기척을 느낀 헤임달이 피투성이 얼굴을 들어 올렸다. 유채를 본 그는 낄낄거리며 웃었다.

"어이구. 신전을 다시 일으켜 세우셨다는 성녀님이 오셨네."

"오랜만이라고 하면 불쾌한가요?"

"불쾌할 것까지야. 친히 성녀님이 나를 보겠다고 행차까지 해주셨는데 말이야."

유채가 그 앞으로 한 걸음 다가가자 루프스가 위험하다며 그녀의 팔을 잡았다. 하지만 유채는 그 팔을 떨쳤다.

"셀레네님도 정말 무심하시지. 왜 이런 여자애에게 힘을 주셨을까. 내게 네가 가지고 있는 힘이 있었다면 정말로 효율적으로 사용했을 텐데. 그런 힘을 겨우 그딴 데에 쓰다니!"

헤임달은 움직이지 못하는 만큼 분노한 얼굴로 으르렁거렸다. 루프스는 유채의 몸을 뒤에서 끌어안아서 보호하려 했다.

"복수에 미친 당신은 그렇게 생각할 수밖에 없겠죠. 그래요. 당신이 오를레앙 남작에게 복수심을 품는 것은 정당해요. 하지만 목적을 위해서 다른 죄 없는 사람들을 끌어들이겠다고 한 순간부터 당신의 복수는 목적을 잃었어요. 당신은 살인자예요. 오를레앙 남작과 같은 살인자일 뿐이죠."

"네가 내 심정을 알아? 내 복수의 상대가 그냥 보통 사람인 줄 알아? 그놈은 수없이 죄를 지어도 그 누구도 벌하지 못했어! 나도 어쩔 수 없었다고!"

"그게 핑계가 될 수는 없죠. 당신은 당신 때문에 죽은 사람들에게 미안하지 않아요? 당신 때문에 헥터에게 성적으로 학대를 받다 죽은 여자들이나, 당신이 준 아편에 중독되어서 죽은 수인들이나, 라일라에게는 미안하지 않아요? 죄책감도 없어요?"

"악마를 잡기 위해서는 어쩔 수 없는 희생이야."

헤임달이 피에 젖은 누런 이를 씩 드러내면서 웃었다.

"순진한 아가씨, 위선 떨지 마. 역겹군. 아가씨는 뭐 다를 것 같아? 똑같아. 아가씨도 탈출하겠다면서 루프스의 어깨를 찔렀다고 하지 않았어? 누가 누굴 나무라. 위선 떨지 마."

유채는 입술을 깨물고 몸을 부들부들 떨었다.

"그래요. 나도 위선자예요. 나도 역겨운 년이죠. 그래도 최소한 당신, 나에게 사과는 해야 하지 않아요?"

"뭘? 배 찌른 것? 그건 정당방위지. 아가씨가 내 물건을 훔치려고 했잖아. 도둑에게 물건을 곱게 내주는 얼간이가 어디 있어."

"내가 말하는 것이 그게 아니라는 걸 알지 않아요?"

헤임달은 몸을 가늘게 떨고 있는 유채를 보며 호탕하게 웃었다. 그러다가 피를 토하기도 했으면서 웃는 것을 멈추지 않았다. 헤임달은 억지로 기둥에서 몸을 떼어 고개를 쭉 내밀며 유채를 비웃었다.

"헥터 놈이 끝까지 갔어야 했는데. 그래야 네년이 나를 방해 못 했을 텐데. 참 아까워. 사내자식이 돼서 하겠다고 마음먹었다면 말이야. 헥터 자식은 소심……. 으헉!"

그때까지 잠자코 있던 루프스가 헤임달을 턱을 부숴 버릴 기세로 움켜잡았다. 턱뼈가 조각조각 부서지는 듯한 고통에 헤임달은 비명을 질렀다.

"한 마디만 더 꺼내면 네놈의 혀를 뽑아주지."

"됐어요. 내가 괜히 시간만 낭비했네요. 당신 같은 쓰레기가 죄책감을 가지고 있을 것이라 생각한 내가 바보였어요."

헤임달의 턱을 거칠게 놓은 루프스가 얼른 유채를 향해 돌아섰다. 그녀는 이를 악물고 눈물을 참고 있는 듯 보였다.

"당신, 지옥으로 갈 거야. 꼭 그렇게 되기를 바라."

유채는 그 말을 끝으로 막사를 나가 버렸다. 루프스는 얼른 그녀를 쫓아갔다. 팔을 잡고 돌려세우니 그녀는 펑펑 눈물을 쏟고 있었다. 유채는 루프스에게 잡히지 않은 손으로 눈물을 닦았다.

"용서 못 할 거라는 건 아는데, 나도 알고 있는데……."

유채가 울먹였다.

"그래도 미안하다는 말은 듣고 싶었어요. 용서해 주지도 못할 주제에 그런 말을 바란 것이 이기적인가요?"

유채는 두 손에 얼굴을 묻었다. 제가 그렇게 큰 것을 바란 것일까. 사과를 받고 싶었을 뿐이었다. 그 말 한마디면 그 괴로운 기억에서 벗어날 수 있을 것 같았다. 그래서 헤임달을 찾아갔다. 제가 겪은 괴로움의 원인이 바로 그이니까. 그에게 사과를 받고 싶었다.

루프스는 유채를 끌어안았다. 유채는 그의 옷자락을 움켜쥐고 눈물을 흘렸다. 루프스의 옷이 축축이 젖어들어 갔다.

"미안하다. 모두 내 잘못이다."

루프스는 유채의 어깨를 단단히 끌어안고 그녀의 뒷머리도 부드럽게 감쌌다.

"헥터가 위험하다는 것을 알면서 너를 굳이 데리고 간 내 잘못이고, 너에게 호위를 붙이지 않은 내 잘못이다."

루프스는 입술을 깨물었다.

"……헤르티아가 데려온 너를 내 과시욕으로 펠릭스 다우스로 삼은 내 잘못이다. 그러니, 너는 잘못한 것이 없고 이기적인 것도 아니다. 모두 내 잘못이다. 그만 울어라. 응?"

서럽게 우는 유채를 보면서 루프스는 억장이 무너져 내리는 기분이었다. 유채가 이렇게 된 데에는 제 잘못이 가장 컸다. 루프스는 너무 마르고 약해서 부서질 것 같은 유채의 어깨를 꼭 끌어안았다.

"내가 잘못했다. 그러니 그만 울어라. 내가 잘못했다. 미안하다."

그가 해줄 수 있는 것은 그것밖에 없었다.

⚜

유채는 다시 토스 호무스로 돌아왔다. 손님 자격이 된 유채의 생활은 이전과 비교해선 별로 달라진 것이 없었다. 막아놓았던 창문을 다시 열 수 있게 되었다는 것과 이젠 그 누구도 유채를 구속하지 않는다는 것 외에는 이전과 같았다. 유채는 블루벨과 거의 모든 시간을 함께 보냈고 일 때문에 찾아온 바실리사나 에릭과 잡담을 떨었으며 이따금 궁 밖으로 나가서 동물화 환자들을 치료해 주기도 했다.

루프스는 헤임달의 일과 다른 일족들 간의 일을 처리하는 중이라 몸이 두 개여도 모자랄 지경이었다. 헤임달 일당의 처벌을 어떻게 할 것인지는 결정이 났지만, 그들로 인해 직접적인 피해를 입은 헤르티아와 벤자민, 프리드의 의견을 존중할 생각이었다.

그것을 상의하기 위해 루프스는 오늘 헤르티아와 만나기로 했다. 모든 진실을 알고 헤르티아와 단둘이서 대화하는 것은 오늘이 처음이었기에 루프스는 오만가지 생각을 다 하는 중이었다. 루프스는 늑대로 변해서는 정원에 숨어 있었다. 누군가에게 들키기 싫어서 관목에 숨어 있을 수 있는 정도로 크기를 줄인 상태였다.

"어머. 너 벌써 이만큼 컸니?"

루프스는 고개를 들었다. 어느새 유채가 나타나 저를 내려다보고 있었다. 유채는 루프스의 옆에 앉아서 늑대로 변한 그의 머리를 끌어안고 콧잔등에 입술을 맞췄다.

"동물은 정말 빨리 큰다더니."

루프스는 어떻게 반응해야 할지 몰라 얼어 있다가 이내 얌전히 그녀의 손길에 몸을 맡겼다. 유채는 루프스의 등을 쓰다듬으며 그동안 있었던 일들을 이야기해 주었다.

"나 이제 곧 돌아가. 일을 다 마쳤거든."

루프스는 놀라서 그만 유채에게 말을 걸 뻔하였다. 저도 모르게 벌떡 일어난 그는 슬금슬금 다시 바닥에 주저앉았다.

“너도 섭섭하지? 이제 오 일 정도 남았어. 너에게만 말해주는 거야. 다른 사람에게 말하면 못 떠날 것 같거든.”

루프스는 머릿속이 새하얗게 비는 것 같았다. 그녀가 떠날 거라는 건 알고 있고 있었지만 정확히 언제 떠난다는 것을 알게 되자 이제 어떻게 해야 하나 싶어 안절부절못했다.

루프스의 기분을 모르는 유채는 조금은 섭섭한 얼굴로 이야기를 조잘대었다.

“너를 데려갈 수 있으면 좋겠는데, 셀레네가 차원을 이동할 수 있게 허락된 것은 위대한 그분? 아무튼 셀레네보다 높은 신이 만든 중첩차원에 사는 이들밖에 없다고 하더라고. 내가 여기에 올 수 있었던 것도 그 때문이래.”

루프스에게는 절망스런 선고였다. 늑대의 머리를 쓰다듬는 유채는 뭔가 근심이 가득한 얼굴이었다.

“이렇게 헤어지지만, 나는 네가 행복하게 오래 살기를 바랄게. 루프스에게 부탁을 해볼까? 나름 부자니까 너도 뜯어먹을 만할 거야.”

유채는 싱긋 웃은 다음에 이제 가야겠다고 하며 자리에서 일어났다. 루프스는 멀어지는 유채의 뒷모습을 뚫어져라 보다가 그녀가 보이지 않게 되었을 때 위르형으로 돌아왔다. 그의 눈에서 눈물이 뚝 떨어졌다.

앞으로 오 일 뒤면 완벽한 이별이었다. 루프스는 손을 들어서 제 눈을 가렸다. 이제 어떻게 해야 할까? 그는 욱신거리는 가슴을 주먹으로 두들겼다. 아무것도 할 수 있는 게 없었다. 루프스는 비척비척 걸음을 옮겼다.

"……네가 가는구나."

루프스는 실성한 수인처럼 그 말만 중얼거렸다. 루프스는 제정신이 아닌 상태에서도 용케 알현실을 찾아 들어갔다. 그 안에는 염소 수인 둘이 커다란 액자를 들고 그를 기다리고 있었다.

"무슨 일이냐?"

"아. 전에 요청하신 물건의 중간 과정을 보여드리기 위해서 왔습니다."

염소 수인은 액자를 감싸고 있는 천을 벗겼다. 아직 완성되지 않은 유채의 초상화였다. 스케치 위에 밑 색만이 칠해진 상태였다. 에클레시아가 다시 일어난 기적 후에 유채의 모습을 그린 것이었다. 루프스는 뭔가에 홀린 듯 그림 앞에 섰다.

"마음에 드십니까?"

염소 수인이 조심스럽게 물었다. 루프스는 초상화에서 눈을 떼지 못한 채 고개만 끄덕였다.

"잠시만, 나가주겠나?"

염소 수인 둘은 어리둥절한 표정을 주고받더니 이내 방을 나갔다. 루프스는 유채의 그림 앞에 서서 굳은 입매를 움직여서 억지로 미소를 만들었다. 우는 것인지 웃는 있는 것인지 분간이 가지 않는 표정이었다.

"잘 가라."

간단한 한마디가 너무 어려웠다.

"나는…… 네가 행복하기를…… 바란다……."

머릿속으로는 수천, 수만 번을 생각했었던 것인데 막상 입 밖으로 꺼내니 말이 잘 나오지 않았다. 루프스는 목 깊숙이 애원을 억눌렀다.

"……이곳에서의 힘들었던 기억은 모두 잊고, 그곳에서 행복하게 살아라. 너를 위해, 아무것도 해주지 못해서 미안하다. 내 몫까지…… 그곳에서 행복해라. 나 같은 이상한 수컷 만나지 말고."

이렇게 연습을 하다 보면 마지막 날 울지 않고 유채를 보낼 수 있을 것이다. 웃는 얼굴로 보낼 수 있을 것이다. 루프스는 눈물을 꾹 참았다.

"잘 가라. 부디 행복해라."

루프스는 그림 속 유채의 머리카락을 매만졌다. 그는 유채의 머리카락과 부드러운 살결을 떠올렸다. 유채는 영원히 초상화 속의 모습으로 남을 것이다. 가장 아름다운 모습으로 평생 그를 괴롭히고 벌을 줄 것이다. 이게 그가 받을 벌이었다.

루프스는 염소 수인들에게 미완성의 초상화를 들려 보내고 헤나를 불렀다.

"카날리스 호무스의 별장에 유채의 그림을 그린 적이 있는 궁관이 있다. 바실리사에게 전해서 그를 여기로 데려오게 해라."

"알겠습니다. 한데, 그 궁관은 무슨 일로 찾으십니까?"

"그의 그림 실력이 괜찮더군. 그림을 부탁하려고 한다."

헤나는 뭔가 변한 것 같은 루프스의 명령에 의아해하면서 고개를 끄덕였다.

"그리고 여기에 가까운 곳에서 축제가 열리는 곳이 있나? 여름에는 축제가 많다고 그러더군."

"알아보겠습니다."

헤나는 떨떠름한 표정으로 명령을 받았다. 루프스는 나가려던 헤나를 다시 한 번 불러 세웠다.

"하나 더, 별이 잘 보이는 해변도 알아봐 주게. 오늘 밤 다녀올 수 있는 곳으로."

함께할 수 있는 시간이 얼마 남지 않았다면 후회하지 않을 시간을 보내고 싶었다. 지금 행복할수록 앞으로 그는 괴로워질 테지만 그럼에도 루프스는 유채와 보낼 마지막 오 일을 제 인생에 가장 찬란한 순간으로 남기고 싶었다.

이곳에서의 유채의 마지막 시간은 그동안 힘들었던 것을 모두 잊을 수 있을 만큼 아름답게 빛날 수 있기를 바랐다.

⚜

루프스의 등에서 내린 유채는 하늘을 올려다보았다. 파도치는 소리가 시원한 여름밤의 해변이었다. 루프스는 위르형으로 돌아와서 유채가 들고 있던 바구니를 옮겨 받았다. 헤나에게 부탁해 알아낸 해변으로 밤 산책을 나온 것이었다.

"잠깐만 기다려라."

루프스는 천을 펼쳐서 유채가 모래사장에 앉을 수 있게 했다. 유채는 치맛자락을 정리하며 그 위에 앉았다. 루프스도 그 옆에 앉아 바구니에서 마실 것들을 꺼냈다. 그런데 그가 유채에게 주는 것과 제 앞에 놓는 것이 달라 보였다.

"그쪽은 뭐 마셔요?"

"와인이다. 이런 날에는 와인이지."

"나도 줘요. 오늘 같은 날은 술 한번 마셔보고 싶으니까."

"나이가 안 되서 못 마신다고 하지 않았나?"

"이제는 마실 수 있을 거예요, 그러니까 줘요."

루프스는 유채에게 술을 건넸다. 유채는 뚜껑을 열고 병째로 술을 들이켰다. 생각보다 단맛에 유채의 표정이 풀렸다. 술이 아니라 약간 톡 쏘는 과일 음료를 마신 기분이었다.

“나이가 어떻게 되나?”

루프스는 아직 유채의 나이조차 모르고 있는 자신이 한심했다. 유채는 술을 홀짝이면서 대답했다.

“당신하고 처음 만났을 때는 열아홉, 지금은 스물이에요. 그쪽은 스물일곱이죠?”

“맞다. 나와 일곱 살 차이네. 많이 어리구나.”

루프스는 술인 것도 잊은 것처럼 홀짝홀짝 병을 기울이는 유채를 말렸다. 병을 빼앗자 유채는 그것을 되찾기 위해서 손을 뻗었다. 하지만 원체 몸집 차이가 있다 보니 아무리 팔을 뻗어도 그가 들고 있는 술병을 잡을 수가 없었다. 유채가 도끼눈을 뜨고 루프스를 노려봤다.

“급하게 마시면 빨리 취한다. 처음 마시는 게 아닌가? 천천히 마셔. 무슨 일이라도 있나?”

루프스가 한숨과 함께 술을 돌려주면서 물었다. 유채는 겨우 술병을 손에 쥐었다.

“할 이야기 없으면 내 이야기나 들어줄래요?”

“하고 싶은 이야기가 있나?”

루프스는 허리를 곧게 펴고 똑바로 앉아 유채를 바라보았다.

“안주 없어요? 술에는 안주가 있어야지. 이대로 술만 마시려고 했어요?”

루프스는 바구니를 뒤져 육포 조금과 빵과 쿠키 등의 간식거리를 꺼내었다. 원래 술은 제가 마시려고 했던 거라 안주를 따로 챙긴 것은 없었다. 유채는 치맥은 집에 가서 해야겠다고 중얼거렸다.

"……치맥?"

"그런 게 있어요. 내가 그거 사러 나갔다가 뺑소니 당해서 여기로 왔거든요. 그런데도 그게 먹고 싶으니, 내가 속이 없는 건가?"

"뺑소니?"

"당신이 이해하기 쉽게 설명하자면, 동물형으로 변한 수인이 마레 위르를 온 힘을 다해 쳐서 죽을 위험에 빠뜨리고는 무시하고 지나가는 경우라고 할게요."

"뭐? 몸은? 몸은 괜찮은 건가?"

"빌어먹을 여신이 부려먹으려고 아주 말끔하게 고쳐 주었으니까 괜한 걱정 안 해도 돼요."

유채는 마음에 드는 건 아니지만 어쩔 수 없다는 듯 육포를 질겅질겅 씹었다. 이곳의 육포는 질기기 그지없었다. 유채는 육포를 꿀꺽 삼키며 와인도 다시 한 모금 마셨다.

"어릴 때, 난 다른 애들과 달리 좀 특이하게 생겨서 놀림을 많이 받았어요."

"내 눈에는 예쁘다."

루프스는 예전에 작은 늑대로 위장하고 있을 때 들었던 이야기에 다시 귀를 기울였다.

"입에 발린 소리 그만해요. 무슨 아부를 그렇게 떨어요? 왜, 내가 그쪽 창고라도 털어갈까 봐 겁나요? 요즘 왜 이렇게 내 외모에 관심들이 많은지 정말 미치겠다니까요."

"허언도 아니고 아부도 아니다. 너는 정말 아름다워."

루프스가 유채의 턱을 가볍게 잡아서 제 쪽으로 돌렸다. 술 때문인지 아니면 더위 때문인지 볼이 발그레했다. 유채는 저를 뚫어져라 바라보는 루프스의 시선이 부담스러워서 그의 손을 치우고 고개를 돌렸다. 루프스는 무릎에 팔을 올려 턱을 괴었다.

"레티티아가 무슨 뜻인지 아는가?"

"……궁녀들이 떠드는 것 들었어요."

"그 이름처럼, 넌 아름다워. 네가 사는 세계의 마레 위르들은 다들 동태눈깔인가 보군."

"예쁘고 안 예쁘고의 문제가 아니라 내가 독특하게 생겼기 때문에 생긴 문제였어요. 난 얼핏 보아도 외국 혼혈이라는 게 티가 많이 나는 얼굴이라, 아이들 사이에 섞이기 힘들었거든요."

"힘들었나? 많이?"

"그때는 그랬던 것 같아요. 울기도 많이 울었어요. 엄마가 더 힘들까 봐 말도 못 하고 혼자서 삭였어요. 그러다가 엄마가 알게 됐는데, 미안하다고 하더라고요. 엄마가 잘못했다고…… 아무것도 못 해줘서 미안하다고……."

유채는 손에 든 병을 벌써 다 비우고 바구니 안에서 또 다른 술을 찾았다. 루프스는 이번엔 사과로 만든 과실주를 들려주었다. 맛을 본 유채는 와인보다 이게 더 마음에 들어 만족스러운 표정을 지었다.

"정말 힘들었는데, 엄마한테 미안하다는 말을 들으니까 내 안에서 뭔가 사르르 녹아내리는 기분이더라고요. 그냥 누군가에게든 미안하다는 이야기를 듣고 싶었던 거예요. 내 잘못이 아니라는 말을 듣고 싶었던 건데, 나중에 나를 괴롭혔던 아이에게서 사과를 받고 나니까 알겠더라고요."

루프스도 왜 유채가 헤임달을 찾아가 그와 마주하려고 했던 것인지 이제야 알 것 같았다.

"너는 아무 잘못 없다."

"그건 내가 가장 잘 알아요. 그런데 털어내려고 해도 그러지 못하는 게 있어요. 시간이 지나면 잊을 수 있을 줄 알았는데, 아직도 밤마다 잠에서 깨요. 평생 이 기억을 털어낼 수 있을까 싶어요."

"괜히 힘들게 잊으려고 하지 말고 힘든 만큼 내게 요구해라. 네가 원하는 건 뭐든 해줄 수 있다. 그러니 네가 겪은 모든 힘든 일은 다 내 잘못이니, 내가 보상해 주겠다. 그렇게라도 마음을 편하게 먹으면 안 되겠나?"

"나는 내가 물욕이 많은 사람이라고 생각했는데, 생각보다 아니더라고요."

유채는 뒤로 드러누워 하늘을 올려다보았다.

"헤르티아와 빅터는 만났나요? 어떻게 하기로 했어요?"

"헤르티아와는 서로를 용서하고 이해하기로 했다. 그것 외에는 딱히 할 것이 없더군. 헤르티아가 계속 미안해하며 사죄하고 싶어 하기에 내가 하고 싶은 일이 있는데, 그것을 도와달라고 부탁했다. 예전처럼, 서로 교류하고 친하게 지내던 그때처럼 돌아갈 수 있게 도와달라고 했다."

"빅터는요?"

"솔직히…… 나도 그를 어떻게 대해야 할지 모르겠다. 평생을 내게 속죄하며 살겠다고 하는데…… 할 말이 없어서 돌려보냈다. 그것밖에 할 수 없었어."

"잘했어요. 나처럼 괜한 것에 집착해서 머리 복잡하게 만들지 말아요."

유채는 벌떡 일어나 앉아 사과주까지 벌컥 들이켰다. 루프스는 그녀가 술을 너무 급하게 마시는 것 같아서 말리려고 했지만 유채는 아랑곳하지 않았다.

“그렇게 마시다가는 취한다. 그만 마셔라. 술도 처음 마신다 하지 않았나?”

“고작 이걸로요? 나 말짱하거든요. 달달하니 맛있기만 하구만.”

유채는 몇 모금을 더 들이켜고는 다시 뒤로 누웠다. 루프스도 체념했는지 한숨을 쉬곤 그녀의 옆에 등을 대고 누웠다. 루프스는 유채에게 팔베개를 해주고 싶어 팔을 움찔거리다가 그녀가 원하지 않을 것 같아 그만두었다.

유채가 하늘로 손을 뻗었다.

“칙칙한 이야기는 그만하고 이제 좀 재미있는 이야기 좀 해봐요. 별자리 이야기도 좋고, 뭐든 좋으니까 웃을 수 있는 이야기 좀 해봐요.”

“난 말재주가 별로 없다. 너도 알지 않나…….”

“그럼 횡설수설이라도 해봐요. 당신이 당황해서 허둥지둥하면서 멍청한 짓을 하는 걸 보고 싶으니까.”

루프스는 없는 말재주로 더듬더듬 이야기를 시작했다. 그의 이야기를 들으면서 유채는 가끔 벌떡 일어나 앉아 술을 마시고 다시 눕기를 반복했다. 벌써 그가 가지고 온 술의 절반 이상을 유채가 다 마셔 버렸다. 유채의 얼굴은 붉게 달아올라서 보다 못한 루프스는 더 이상은 안 된다며 술병을 뺏었다.

“왜요! 잘 마시고 있는데!”

“취했다. 이 이상 마시면 내일 고생할 거다. 술은 취하려고 마시는 것이 아니야.”

“내 마음이에요. 그리고 나 안 취했어요!”

유채는 벌떡 일어나서는 루프스의 몸 위로 올라왔다. 그 과감

한 몸짓에 루프스는 당황해서 술병을 놓쳤다. 유채는 그때를 놓치지 않고 술병을 낚아챘다. 본인은 안 취했다고 하지만 이미 취한 것이 분명한 유채는 실실 웃으며 술병을 소중히 품에 안았다.

"헤헤."

루프스는 제 허벅지 위에 앉아 몸을 가까이 붙인 유채에 당황해서 움직일 수가 없었다. 술에 취한 탓에 유채는 맨정신이라면 절대 하지 않을 짓을 과감히 벌이고 있었다.

"어때요? 이제 당신도 알겠죠?"

유채의 혀는 이미 꼬일 대로 꼬여 있었다. 루프스는 골치 아프다는 표정을 지었다. 술에 취한 자는 강제로 재우는 게 답인데 그가 유채에게 감히 그런 짓을 할 수 있을 리가 없었다. 유채는 실실 웃으면서 그의 다리 위에 버티고 앉았다

"누군가 위에서 억지로 잡아 누르는 것이 얼마나 기분 나쁘고 무서운지 알아요? 당신도 당해보니까 알겠죠?"

유채의 얼굴이 가까이 다가왔다. 붉어져서는 헤실헤실 웃는 얼굴이 귀여웠다. 유채는 그의 위에 앉은 채로 연신 알아듣기 힘든 말을 중얼거렸다. 갑자기 흐느껴 울다가 문득 욕설을 내뱉기도 했다. 전형적인 술주정뱅이의 주사였다. 하지만 루프스에게는 마냥 귀엽기만 한 모습이었다.

"어? 술 다 떨어졌네. 더 없어요?"

유채의 말은 이제 알아듣기 힘들 정도였다. 루프스는 바구니를 뒤로 숨겨 유채에게 술을 주지 않으려 했지만, 유채는 이제 그의 어깨를 때리면서 술을 내놓으라고 행패를 부렸다.

그러다 금세 또 술은 잊고 이제는 루프스의 얼굴을 향해 삿대질을 하기 시작했다.

“그러고 보니, 그쪽이 강제로 키스할 때마다 내가 얼마나 불쾌했는지 모르죠?”

“미안하다. 그러니 이제 좀 비키는 것이 어떠냐. 너무 많이 취했다.”

“나 안 취했다니까? 이렇게 멀쩡한데 왜 자꾸 취했다고 해요? 당신 부자라며? 술값이 그렇게 아까워요? 진짜 쪼잔하네.”

술 취한 이들은 자기가 취한 것을 모르는 법이었다. 루프스는 골치가 아파 고개를 설레설레 저었다. 유채를 떨쳐 내지도 못하고 그렇다고 내내 이 주정을 계속 들어줄 수도 없었다.

“아니지. 직접 당해야 알려나?”

루프스의 입술에 유채의 따뜻한 입술이 닿았다. 그에 그의 눈이 커다래지던 순간이었다.

“으윽!”

루프스의 아랫입술을 물어뜯은 유채는 헤헤 웃는 얼굴로 자랑스럽게 그를 내려다보았다. 유채는 어안이 벙벙하여 아랫입술에서 피를 흘리는 루프스를 만족스러운 얼굴로 보았다.

“복수했다. 와 진짜. 내가 그때 얼마나 억울하고 화나고 짜증나고 분하고 슬펐는지 알면, 이건 정말로…….”

유채는 눈을 깜박깜박하더니 말끝을 흐리면서 앞으로 픽 쓰러졌다. 길고 길었던 술주정의 끝이었다. 유채는 루프스의 어깨에 기대어 작게 코까지 골며 잠이 들어버렸다.

루프스는 이 어이없는 상황에 헛웃음을 흘렸다. 루프스는 유채가 불편하지 않게 고쳐 안고 주위를 정리했다. 그가 움직이는 중에도 유채는 깨지 않고 얌전하게 잠만 잤다. 도저히 방금 전까지 술주정을 부리던 이라고는 생각할 수 없을 정도였다.

"앞으로 술은 마시지 마라."

도수도 낮은 술에 이 정도로 취하는 거라면 술이 약한 것이 분명했다. 루프스는 유채의 등을 쓸었다. 그러자 유채는 불편한 것인지 잠깐 움찔움찔하다가 그의 품으로 파고들었다. 루프스는 유채의 술이 좀 깨면 움직이기로 하고 지금은 그녀의 잠을 방해하지 않기로 했다.

"엄마……."

어깨 위가 축축이 젖어들기 시작했다. 유채가 루프스의 옷자락을 움켜잡고 눈물을 흘렸다. 루프스는 그녀를 끌어안고 등을 토닥였다. 나이가 이제 스물이라고 했다. 이만큼 괜찮은 척을 하는 게 대견할 정도로 어린 나이였다. 루프스는 유채의 관자놀이에 입을 맞췄다.

"……돌아가면 말이다."

그는 유채의 귓가에 조근조근 속삭였다.

"이곳에서 겪은 안 좋았던 일은 모두 잊고, 부모님에게 위로받고 다시 평범한 일상을 보내라."

루프스는 고개를 슬쩍 숙였다. 바로 앞에 유채의 입술이 있었다. 조금만 더 가까이 다가간다면 입술이 닿을 수 있을 것이다. 그러나 그는 차마 가까이 다가가지 못하고 입술만 깨물었다.

"그동안에 즐기지 못했던 스티폴로르를 네게 보여주마."

루프스는 유채의 이마에 제 이마를 기대었다. 그런 두 사람을 하늘 가득한 별과 달이 품고 있었다. 누군가 본다면 참으로 낭만적인 모습이라고 생각할 법도 했지만, 정작 당사자인 루프스는 한없이 슬퍼하고 있었다.

⚜

"여긴 어디예요?"

위르형으로 돌아온 루프스가 곧장 유채의 머리 위에 모자를 씌웠다. 유채는 헛기침을 하며 루프스의 손을 피하곤 뒤로 한 걸음 물러났다. 어젯밤, 술에 취해서 제가 무슨 짓을 했는지 분명하게 기억한 탓이었다.

아침에 일어났을 때, 유채는 머리를 쥐어뜯고 싶었다. 술이 원수였다. 그렇게 꿈이길 바랐는데 루프스의 입술에 피딱지가 진 것을 보고 유채는 절망했었다.

"바다 옆에 있는 이 마을에서 마침 축제가 열린다 하더군. 해산물 좋아하나?"

"늑대는 고기 좋아하는 거 아니에요?"

"우리는 짐승으로 변할 수 있을 뿐, 짐승인 건 아니다."

"장난이에요. 근데 난 돈 없는 거 알죠? 당신이 다 살 건가요?"

"당연한 것 아닌가?"

루프스는 유채와 함께 축제가 한창인 마을 안으로 들어갔다. 운 좋게 전쟁을 피한 곳이라 예전처럼 축제를 열 수 있었다. 바다 근처라 그런지 파는 먹거리는 거의 다 해산물이었다. 루프스는 헤나가 알려준 바다가 보이는 곳을 찾아갔다. 유채는 탁자 앞에 앉아 턱을 손에 기대고 바다를 바라보았다.

밤을 밝히는 등불에 유채의 눈이 반짝였다. 루프스는 적당한 음식을 사왔다. 그녀의 앞에 접시를 내려놓으며 그는 장난스럽게 물었다.

"술은 마실 생각 없지?"

"없어요!"

유채가 버럭 소리를 질렀다. 유채는 신경질적인 표정을 지은 채 버터에 구운 조개를 포크로 찔렀다. 루프스는 작게 웃으면서 술을 마셨다.

"이건 무엇을 위한 축제죠?"

"이곳은 많은 수인들에게 베풀면 그만큼 셀레네님이 그들을 도와줄 것이라는 생각을 가지고 있어 특정한 기간 동안 싼값에 이런 해산물을 판다고 하더군."

"그쪽, 이런 데 한 번도 온 적 없죠?"

"응?"

"누구한테 들은 걸 그대로 전달하는 느낌이에요. 헤나 씨인가?"

"헤나가 알려준 것 맞다. 귀신같이도 아네."

"왜 그런 걸 물어보고 날 여기에 데려와요?"

"겸사겸사 알아본 것이다. 나도 이 정도 여유는 즐겨도 되고. 그리고 너도 할 일이 없이 심심했을 텐데?"

"핑계는 그만 대요. 왜 이렇게 민감하게 반응해요?"

"그게 아니라……."

루프스는 그제야 유채가 제게 장난을 친 거란 걸 알아차렸다. 루프스는 결국 웃기만 한 채 술을 홀짝였다. 유채는 만족스럽게 접시를 비웠다. 두 개의 접시가 완전히 비고 난 후 루프스가 다른 음식을 가지러 일어나자 유채도 따라 일어났다.

"이번엔 내가 골라볼래요."

"네가 혼자? 위험할 수 있다."

"당신이 내 호위라면서요. 날 지켜준다더니 위험할지도 모른다고 뒤로 빼는 거예요?"

"만약이라는 것이 있지."

"괜찮으니까 돈이나 줘요. 불안하면 내 뒤에 있으면 되잖아요."

유채는 손을 내밀자 결국 루프스는 품에서 돈을 꺼냈다. 유채는 돈을 꼭 움켜쥐고는 신이 나서 걸어갔다. 루프스는 혹시 모르는 위험을 대비하기 위해서 그녀의 뒤를 따라갔다. 유채는 죽 늘어져 있는 먹거리들을 찬찬히 살폈다. 유채는 맛있어 보이는 것들은 다 주문하고 보았다.

"아가씨."

누가 어깨를 건드리자 유채는 뒤를 돌아보았다. 개 수인으로 보이는 남자 셋이 있었다. 유채에게 말을 건 것은 그중 한 명이었다. 그는 옆머리를 옆으로 쫙 넘기면서 멋을 부리는 척을 하고 입을 열었다.

"고양이 수인 일족 출신이에요? 그렇지 않고서야 이런 미인이 우리 수인들 사이에 있을 리가 없죠."

개 수인은 유채의 머리카락을 한줌 움켜쥐고 입을 맞췄다. 유채는 어색하게 웃으면서 그의 손을 떨쳐 냈다. 괜한 난동을 부리고는 싶지 않았다.

"말씀은 감사한데, 전 일행이 있어요. 그만 가주시겠어요?"

"예?"

"에이, 그러지 마시고. 저희랑 같이 노는 건 어때요?"

그중 하나가 유채의 팔목을 붙잡았다. 주위에는 딱히 도와주려는 사람도 안 보였고 루프스는 어디로 사라졌는지 나타나지도 않았다. 소란을 일으키고 싶진 않았지만 이젠 어쩔 수 없다. 마법이든 뭐든 쓰려고 입을 열려는 때 누군가 그들 사이로 끼어들었다.

"미안하지만, 이 아름다운 암컷은 내 일행이다."

강인한 손이 유채의 팔목을 잡고 있는 개 수인 남자의 손을 쳐내었다. 그리고 제 옆으로 유채를 끌어왔다.

"내 부인은 소란을 만들고 싶지 않은 모양이지만 나는 아닌데. 어디 가서 나와 격한 대화를 나눌 생각이 있나?"

"아, 아닙니다."

개 수인 셋은 루프스의 협박에 조용히 물러났다. 유채가 올려다보자 루프스는 어깨를 으쓱였다.

"내가 왜 당신 부인이에요?"

"그럼 내가 뭐라고 해야 했지? 내 여동생? 닮지도 않아서 믿지도 않았을 것이다."

"호위라고 하면 되지, 그리고 왜 이리 늦게 나타나요?"

"즐기는 것처럼 보이더군. 그래서 상황이 심각해지기 전까지는 기다렸다."

유채는 흥, 콧방귀를 뀌고는 다시 먹을 것을 찾아 움직였다. 이미 접시 위에는 먹을 것이 한가득인데 뭘 더 찾는 건지 유채는 두리번거렸다.

"뭐, 찾는 음식이라도 있나?"

"예. 여긴 회는 없나 보네요. 훈제한 생선이 있길래 회도 있을 줄 알았는데……."

유채는 실망한 표정이었다. 루프스는 '회'라는 음식 이름은 처음 들어서 그게 뭘까 생각을 하다가 예전에 뱃사람들은 물고기를 잡으면 그 자리에서 바로 먹기도 한다는 말을 들었던 것을 떠올렸다. 아마도 유채는 그것을 찾는 것 같았다.

루프스는 유채의 손목을 잡았다.

"따라와라. 여기는 아마 없을 거고, 지금쯤이면 밤낚시를 나갔다 돌아오는 어부들이 있을 테니 그쪽에 물어보면 될 거다."

유채는 루프스가 이끄는 대로 따라가다 보니 선착장까지 오게 되었다. 유채는 접시 위의 음식을 흘릴까 봐 몸놀림이 조심스러워졌다.

마침 어부 한 명이 배를 선착장에 고정시키는 중이었다. 루프스는 배 가까이 다가가 어부와 이야기를 나누었다. 그러더니 손짓으로 유채를 불렀다. 나이든 늑대 수인 어부 부부는 배에 오르라고 손짓했다.

"접시."

유채는 배에 먼저 타고 있는 루프스에게 접시를 건네었다. 부인이 그 접시를 받아서 배 안으로 들어갔다. 루프스는 유채에게 손을 내밀었다. 하지만 유채는 쉽게 배에 오르지 못하고 머뭇거렸다. 작고 낡은 배는 아무리 보아도 금방 무너질 것처럼 허술하기만 했다.

"안 위험해. 내가 받아줄 테니까 뛰어."

"뛰었다가 배가 뒤집히면 어떡해 해요? 너무 불안한데."

"네 몸무게에 넘어갈 배라면 어떻게 여태껏 어업을 해왔겠나? 넘어와라. 내가 잡아줄 테니까."

"싫어요. 무서워. ……꺄악!"

루프스가 유채의 팔목을 잡고 당기자 유채는 비명을 질렀다. 그 덕에 겨우 배 위에 오른 유채의 얼굴이 새빨갛게 물들었다. 유채는 얼른 루프스의 가슴을 밀곤 헛기침을 몇 번 한 뒤에 그에게 물었다.

"갑자기 배에는 왜 타고…… 으악!"

유채는 누군가 갑자기 등을 두드리자 놀란 고양이처럼 털을 곤두세우곤 뒤를 돌아보았다. 아까 접시를 받아 안으로 들어갔던 부인이었다. 루프스가 쿡쿡 웃자 유채는 그의 옆구리를 찔렀다.

"내가 이렇게 구는 데 당신 탓도 있거든요. 기습을 한두 번 당했어야지. 이런 상황에서 경계심만 높아지는 게 당연한 거 아니에요?"

유채의 말에 루프스는 금세 시무룩해져 입을 다물었다. 유채는 그를 등지고 부인이 가리킨 선실로 들어가려고 했다. 그때 루프스가 갑자기 유채의 손목을 잡았다. 유채는 뒤를 돌아보았다, 루프스는 어두운 표정이었다.

"그럼, 왜 나에게 그렇게 굴지 않지? 그러니까, 예전에 그랬던 것처럼 왜 나는 경계하지 않는 건지…… 마치……."

희망을 주는 것 같았다. 유채가 떠날 거라는 걸 아는 그는 그녀가 이러는 게 제게 더한 절망을 안기기 위해서가 아닌가 싶었다. 유채가 그만큼 저를 미워하는 것이 아닐까 하는 생각이 들었다. 루프스는 한쪽에 미뤄두고 있던 생각을 애써 끄집어내었다.

"당신에 대한 감정을 정리했으니까요. 그러니까 어떻게 해야 할지 결정했어요."

유채는 씩 웃고는 그를 두고 선실 안으로 들어갔다. 루프스는 저 말을 긍정적으로 해석해야 할지 아니면 부정적으로 해석해야 할지를 고민했다.

선실 안에서 늑대 수인 어부는 갓 잡은 생선으로 회를 떴다.

"내륙 수인들은 잘 모르는 별미인데, 아가씨는 뭘 먹을 줄 아는구만."

어부는 씩 웃으면서 접시에 회를 담아서 건넸다. 그는 칼을 든 손으로 루프스를 가리켰다.

"저 청년이 아가씨가 회를 먹고 싶어 한다고 간곡하게 부탁하기에 특별히 주는 걸세."

"근데, 아가씨 정말 예쁘네. 청년도 정말 잘생겼고. 둘이 무슨 사이야?"

부인이 유채와 루프스의 사이를 궁금해했다.

"부부?"

"아니에요, 그런 사이!"

"지금은 아니라도 곧 그런 사이가 되겠지. 늑대 일족이 언제 좋아하지도 않는 여인을 데리고 돌아다니는 것 봤어? 게다가 오죽 아가씨를 좋아하면 우리한테 이런 부탁까지 하겠어. 그만 튕기고 마음이나 받아줘."

부인이 유채의 옆구리를 찔렀다. 유채가 뭐라고 말도 못하고 우물쭈물하는 사이 어부는 다른 여러 생선들도 회를 떠주었다. 다행히 여기도 매운 맛을 내는 소스가 있어서 유채는 오랜만에 회를 즐길 수 있었다.

루프스는 생선회의 냄새가 비려서 먹지는 못하고 유채를 바라보기만 했다. 유채는 제가 가져온 음식을 어부 부부에게 권했다.

"이거라도 드세요. 저 때문에 회까지 내어주셨는데."

"에이, 괜찮아. 아가씨나 많이 먹어. 몸이 그게 뭐야, 피죽도 못 먹는 것같이 말라가지고 말이야. 이러니 청년이 직접 와서 음식 찾느라 저 난리지."

유채는 부인의 말에 어색하게 웃었다. 유채는 루프스에게도 회를 권했다.

"안 먹어요?"

"입맛에 안 맞는다. 난 따로 챙겨 먹을 테니 맛있게 먹어라."

"그래. 청년은 나랑 술 한잔하자고."

어부가 어디선가 꺼낸 술을 루프스에게 권했다. 루프스는 그 술을 받아 유채가 들고 온 접시에 있는 음식을 안주 삼아서 먹었다.

"그쪽은 생각보다 잘 마시네요."

"일하다 보면 마실 수밖에 없지. 술 좋아하는 이들이 한둘이어야지 말이야."

"그래도 그렇게 술이 강한 것 같지는 않던데?"

"너만 하겠나. 그 조금 마시고 취하는 건 뭔가?"

루프스가 어제를 떠올리며 장난스럽게 웃었다. 유채는 어제를 떠올리면서 얼굴을 붉혔다. 술주정도 술주정이지만, 어제 막판에 한 그 일은 정말로 제가 생각해도 못 볼 짓이었다.

"귀엽긴 했지만, 다른 수컷들 앞에서는 하지 마라. 나쯤 되니까 참은 것이지. 다른 놈들이면 무슨 일이 났을지 모른다."

루프스는 약간 술기운이 올라, 평소보다 더 장난스레 말했다.

"나 어제 아무 일도 없었거든요!"

유채는 씨알도 안 먹힐 거짓말을 했다. 루프스가 호탕에게 웃었다. 유채는 루프스의 웃음에 얼굴을 붉혔다. 루프스가 대범하게 유채의 허리를 자신의 팔로 감았다. 유채의 몸이 루프스의 가까이 끌려왔다. 루프스는 고개를 내렸다. 유채의 눈에 피딱지가 내려앉은 입술이 보였다.

"그럼 내 입술이 이렇게 된 건 뭔가?"

"난 아무 상관없어요!"

유채가 루프스의 말에 버럭 소리를 지르고 밖으로 뛰쳐나갔다. 루프스는 제 장난이 심했다는 것을 깨닫고 입술을 짓씹었다.

"토라진 암컷은 바로 풀어줘야 해. 안 그럼 한참을 고생한다니까. 내 다 경험해 보고 충고하는 거야."

"알겠습니다."

루프스는 일어서서 유채를 따라 나갔다. 유채는 뱃전에 걸터앉아 바닷바람을 쐬고 있었다. 루프스는 부르자 유채는 그를 돌아보고는 심통이 난 표정으로 다시 고개를 돌렸다. 루프스가 옆으로 다가갔다.

"화났나?"

"아니요? 내가 왜 화내요?"

"아까 전에 웃은 게 불쾌했다면 미안하다. 그냥 네가 귀여워서 그랬다."

"별것 가지고 사과를 다 하네요. 화나지도 않았고 괜찮아요. 그냥 바람을 쐬고 싶었던 것뿐이에요."

"알았다. 그럼 들어가자."

"싫어요. 내가 왜 당신 말을 따라야 해요."

유채는 루프스가 손목을 잡고 당기자 발에 힘을 주고 버텼다. 유채가 정말로 싫어하는 것 같아서 루프스는 금방 그녀의 손목을 놓았다. 그런데 몸에 힘을 주고 있던 중에 갑자기 잡아당기는 힘이 없어지자 유채는 자연스럽게 뒤로 넘어가고 말았다.

"꺅!"

루프스는 유채가 바다에 빠지기 전에 얼른 그녀를 제 품으로 끌어안았다. 유채는 놀라서 희게 질린 얼굴을 하곤 루프스의 팔뚝을 잡았다. 뒤를 돌아보니 검게만 보이는 바닷물이 넘실거렸다.

"수영 못 하나?"

"수영 잘하는 거랑 물에 빠질 뻔해서 무서워하는 거랑 다른 거거든요? 봐봐. 여기 위험하잖아. 내가 이래서 통통배는 싫다니까."

유채가 투덜거리기 시작했다. 루프스는 여기 더 있다가는 유채가 더 겁을 먹을 것 같아서 어부 부부에게 적당한 보수를 제공하고 다시 마을로 들어갔다. 유채는 피곤한 것인지, 자꾸 루프스의 몸 쪽으로 기대었다. 루프스는 유채의 몸을 부축했다

"피곤한가?"

"조금. 그래도 괜찮아요. 버틸 만해요."

유채는 자신이 한 말과 달리 졸린 듯 눈을 껌벅였다. 루프스는 적당한 곳에 유채와 같이 앉았다. 루프스는 유채의 어깨를 팔로 감싸고 머리를 제 가슴에 기대게 하였다. 유채는 버팀목이 생긴 것이 안정적인지 한결 편안한 표정을 지었다.

"재밌네요. 먹을 것도 많고, 재미있는 것도 많고."

"마음에 들어 하니 다행이다."

"내가 특별히, 아주 특별히. 칭찬 하나 해줄까요?"

유채는 피로가 몰려와 졸린 것인지 졸음이 가득한 목소리로 입을 열었다.

"그래. 말해봐라."

"당신, 잘생겼어요. 솔직히 외모만큼은 내 취향이랄까?"

이번에 붉게 물든 것은 루프스의 볼이었다. 유채는 붉게 물든 루프스의 얼굴을 보며 장난스러운 미소를 지었다.

"근데, 딱 외모만 내 취향이에요. 나머지는 맘에 드는 구석이 하나도 없어. 남자 얼굴 뜯어먹고 살 것도 아닌데 뭐 하러……."

말꼬리가 흐려진다 싶더니만 이내 유채의 고개가 아래로 떨어졌다. 루프스는 유채의 머리를 제 어깨에 기대게 했다. 많이 피곤했는지 유채는 금방 곯아떨어졌다. 루프스는 잠든 유채의 어깨를

감싸 안으며 속삭였다.

"너도 예쁘다. 외모만큼은 정말 내 취향이지."

유채는 루프스의 말을 듣지 못했다.

"근데, 나는 네 외모보다 네 성품이 더 좋다."

루프스는 잠든 유채의 얼굴 가까이로 고개를 기울였다. 살짝 벌어진 말캉한 입술에 제 것을 가져다 댔다. 그냥 그렇게 맞대고만 있을 뿐인데도 너무나 가슴이 설레서 루프스는 오랫동안 입술을 떼지 못했다.

⚜

유채는 늦은 아침을 먹고 오늘은 하루 종일 빈둥거리겠다고 다짐했다. 이 땅에 와서 처음으로 마음 편하게 누리는 여유였다. 그런데 또 막상 놀려고 하니 할 게 없었다. 하필 블루벨은 오늘 케릭스랑 놀러 가기로 했다며 얼굴도 비치지 않았다.

"내 딸도 아닌데, 왜 이렇게 딸 시집보낸 기분이지."

유채는 베개를 끌어안고 침대 위에서 뒹굴거렸다. 블루벨이 있으면 참 좋을 테지만, 블루벨에게도 사생활이 있는데 마냥 귀찮게 할 수는 없었다.

"저…… 레티티아님. 마실 것을 가져왔습니다."

한 궁녀가 벌벌 떨면서 유채의 방으로 들어왔다. 유채는 그 궁녀가 누군지 기억했다. 처음 토스 호무스에 왔을 때, 저질스런 장난으로 괴롭히던 다람쥐 수인 궁녀였다. 그랬던 궁녀는 이제 유채의 지위가 바뀌자 그녀에게 벌을 받을까 두려워서 벌벌 떨었다. 궁녀는 유채의 앞에 납작 엎드렸다.

"죄, 죄송합니다. 레, 레티티아님이 어떤 분인지 모, 몰라 뵙고 제가 가, 감히 그랬습니다."

"나가요. 당신의 변명은 듣고 싶지 않아요. 내게 정말로 미안한 게 아니잖아요? 사과를 하려거든, 제대로 마음을 갖추고 하길 바라요. 그럼 나도 받아줄게요."

유채는 사소한 것에는 신경을 끊기로 했다. 피곤해질 것 같은 일에는 애초에 관심을 보이지 않기로 했다. 유채는 궁녀가 가져온 붉은색의 음료수를 마시며 가련하게 몸을 떠는 궁녀를 외면했다.

"나가요. 눈앞에서 어슬렁거리지 마시고요. 아무튼 차는 고마워요."

궁녀는 눈물을 훌쩍이면서 방을 나섰다. 유채는 이 정도로 만족했다. 딱히 저 궁녀에게 위해를 가할 생각은 없었다. 하지만 저이는 언제 벌이 내려질지 몰라 불안에 떨 것이다. 그것만으로도 충분한 복수가 될 터였다. 그러고 보니 오늘 아침에는 드물게 헤나가 깨우러 왔었다.

헤나는 유채가 옷을 입는 것을 도와주었다. 이곳의 옷은 혼자서 입기에는 많이 복잡해서 유채는 옷을 갈아입을 때마다 누군가의 도움을 받아야 했다. 헤나는 유채의 가슴띠를 매어주고 옷매무새를 손봐주었다. 옷을 다 입은 후에도 헤나는 나가지 않고 유채의 앞에 앉았다.

"나한테 할 얘기가 있나요?"

"여기 남으실 생각이십니까?"

단도직입적으로 묻는 질문에 헤나도 곧바로 용건을 꺼냈다. 유채는 고개를 저었다. 그 단호한 태도에 헤나는 금방 얼굴빛이 흐려졌다.

헤나는 최근 루프스의 이상 행동을 가장 가까이에서 보고 있었다. 루프스는 개 수인 궁관을 불러서 유채의 그림을 그려달라고 부탁을 했다. 염소 수인들에게는 얼른 초상화를 완성시키라고 재촉했고 갑자기 연인끼리 놀러갈 수 있을 만한 곳을 알아오라 시키기도 했다. 그리고 몸이 두 개라도 모자랄 정도로 일에 치여 쉴 시간도 없는 상태에서 늦은 밤까지 밖을 돌아다녔다.

본래 루프스의 수면 시간은 매우 짧은 편이었는데 요즘은 아예 잠을 자지 않는 것 같기도 했다. 원래 체력이야 좋은 수인이니 지금이야 괜찮다지만 앞으로도 계속 이런 식이면 문제가 생길 것이 분명했다. 문제는 지금도 낮에 꾸벅꾸벅 졸면서 루프스가 밤나들이를 포기하려 하지 않는다는 것이었다.

"루프스님은 레티티아님을 연모하십니다."

"……그게 내가 그 사람을 책임져야 할 이유가 되진 않아요. 그건 그 사람 감정일 뿐이에요."

"책임지실 생각이 없으시다면, 그분의 호의를 거절해 주세요. 희망은 꿈을 꾸게 하고 행복하게 하지만, 절망하게도 합니다. 그러니 그분을 거절해 주시기를 바랍니다. 그분께 희망을 주지 말아주십시오."

"헤나님은 왜 그렇게 루프스를 챙기나요?"

"블랑카님께 입은 은혜를 갚기 위해서입니다. 그분이 저를 살리셨습니다. 그리고 저는 루프스님을 그분이 열다섯 살일 때부터 가까이서 모셔왔지요. 그렇다 보니 이제는 제 아들 같다는 생각마저 듭니다. 그러니, 아들을 위한 걱정에서 하는 말로 들으시고 그분을 가엾게 여겨주시기 바랍니다."

헤나는 유채의 왼손 약지에 끼워져 있는 반지를 보았다.

"블랑카님의 반지를 드릴 만큼, 그분의 마음은 진심입니다. 그러니, 부디 그분께 희망을 주지 마세요. 거절해 주세요."

헤나는 깊이 고개를 숙였다.

"부탁드립니다."

유채는 아무 대답도 하지 않았다.

아침나절의 대화를 곱씹고 있는데 방문을 두드리는 소리가 들렸다. 유채가 대답을 하자 문을 열고 들어온 사람은 루프스였다. 그는 요새 전후 처리로 온갖 수인들을 상대하는 중이라 깔끔한 복장을 한 상태였다. 루프스는 성큼성큼 걸어와선 유채의 옆에 앉았다.

"심심하지 않나? 듣자 하니 블루벨은 바쁘다고 하던데."

"연애하느라 바쁘죠. 딸 시집보낸 엄마가 된 기분을 느끼는 중이에요. 카넬리안 언니도 바빠서 직접 오지 못한다고, 인디키움 일을 해결하면 케릭스를 반쯤 죽여놓겠다고 벼르고 계시더라고요."

유채는 얼마 전에 카넬리안에게서 온 편지를 가리켰다.

루프스는 답답한지 상의의 단추를 여러 개 풀었다. 그러자 그의 탄탄한 가슴 근육이 반쯤 드러났다.

"그쪽은 은근히 예복 입는 걸 싫어하네요."

"답답하니까. 난 몸에 열이 많은 편인데 이 옷은 보기에만 예쁘고 바람도 안 통하는 데다 무겁기까지 해."

그의 이마에는 땀이 송글송글 맺혀 있었다. 유채는 들고 있던 컵을 루프스의 볼에 대주었다. 루프스는 갑작스런 차가움에 소스라치게 놀라서 유채를 향해서 고개를 돌렸다.

"땀이나 식혀요. 땀 냄새 나요."
"나는 술 냄새를 싫어한다. 특히 술주정 부리는……."
"도대체 그 일로 몇 번을 놀려먹는 거예요. 난 그때 처음 술 마셨다고요!"
"귀여워서 그런다. 귀여워서. 그때 좀 많이 귀여웠다."
"난 기억하기도 싫어요!"
유채가 얼굴을 붉혔다.
"기억하기 싫다고 해서 그 일이 없어지는 것은……. 읍."
유채는 루프스의 입을 막기 위해 그의 볼을 음료수 잔으로 꾹 눌렀다. 루프스는 몸을 옆으로 기울이면서 유채의 손을 잡았다. 루프스가 장난기 가득한 얼굴로 물었다.
"심심한가?"
"조금은요. 이렇게 뒹굴거리는 것도 조금 지루하네요."
"나도 간만에 옛날처럼 모범생 노릇을 하고 있으려니 좀이 쑤시더군."
루프스는 유채의 손에서 음료수 잔을 뺏어 탁자 위에 놓아두고 그녀에게 물었다.
"같이 나가겠나?"
"무슨 말이에요?"
"아무에게도 알리지 않고, 우리 둘이 사라지면 궁에서 무슨 꼴이 일어나는지도 구경하고 놀러다니는 거야. 나쁘지 않지 않나? 어차피 지루하잖아."
"안 바빠요?"
"바쁘니까 하는 일탈이지. 축제 때 가보지 못한 곳을 가보겠나? 궁의 동쪽에 구시가지가 있는데 거기에 볼 게 많다."

"나나 당신이나 정체가 들통이 나면 골치 아파지지 않아요?"

"그러니, 숨기고 가야지. 모자를 쓰고 돌아다니면 될 거다. 스릴도 있지 않겠나. 여기서 가만히 앉아서 빈둥거리며 시간을 보내는 것보다는."

유채는 한참을 고민했다. 어차피 할 일도 없는 터라 이내 고개를 끄덕였다. 루프스는 유채를 붙잡아 일으켰다.

"그럼 출발하자."

"지금요? 아무런 준비도 없잖아요?"

"원래 이렇게 급작스럽게 가는 게 더 재밌는 거다. 게다가 우물쭈물거리며 이것저것 준비하려다가 들키는 법이지. 어서 나와. 어차피 네가 입은 옷은 수수해서 들키지는 않을 것이다. 그러니, 어서 따라와."

루프스는 유채를 안은 채로 열린 창을 통해 방 밖으로 나갔다. 궁에 익숙한 그는 이리저리 인적이 드문 곳으로 움직여 궁관들의 숙소를 찾았다. 그리고 유채에게 잠시 기다리라고 하곤 그 안으로 들어갔다.

유채는 이곳이 뭐 하는 곳인가 해서 까치발을 들고 창문 틈으로 슬며시 안쪽을 보았다가 화들짝 놀라서 쪼그려 앉았다. 유채의 얼굴이 토마토처럼 붉게 물들었다. 루프스가 안에서 옷을 갈아입고 있었다.

유채는 당황해서 붉어진 얼굴을 양손으로 누르며 식혔다. 얼마 지나지 않아 루프스가 나왔다. 그는 평범한 수인의 복장을 입은 상태였다. 루프스는 한쪽 무릎을 꿇어 유채와 눈높이를 맞추었다.

"뭐 하나?"

"그쪽 기다리잖아요."

유채가 루프스의 시선을 피했다. 루프스는 유채의 머리카락을 헝클어뜨렸다.

“귀엽다. 원래 이렇게 귀여웠나?”

유채는 붉어진 얼굴로 루프스를 올려다보고는 그는 알아듣지 못하는 말로 욕설을 뱉었다.

“난 칭찬했다. 아까처럼 놀린 것도 아니고 그런데 왜 이렇게 험악하게 구나?”

“됐어요. 이제 뭐 할 거예요?”

“이제 슬슬 움직이려고. 슬슬 알아챌 때가 됐으니까.”

루프스의 말대로 멀리서 웅성거리는 소리가 들리는 것 같기도 했다. 루프스는 유채의 손을 잡고 뛰었다. 이리저리 병사들을 피해 몰래 움직이면서 유채는 첩보영화의 주인공이 된 듯한 기분을 느꼈다. 루프스는 적당히 병사들을 따돌렸다고 생각한 것인지 유채의 몸을 들쳐 안았다.

“우앗! 지금 뭐 하는 거예요.”

“이제 담을 넘어야 한다. 조용히 해라. 들키고 싶지 않으면.”

루프스는 훌쩍 담 위로 도약해 한 번에 건너편 땅으로 내려섰다. 그가 내려주자 유채는 밀려올라간 옷을 주섬주섬 끌어내렸다.

“왜 저렇게 병사들이 빠른 시간 내에 수색을 시작한 거예요?”

“뭐, 내가 장난을 좀 쳤거든.”

루프스가 바지 주머니에서 뭔가를 꺼내는데, 그것은 도장이었다.

“독수리 일족 수장의 도장이다.”

“이걸 왜 가지고 나와요!”

“그래야 재미있을 것 같아서. 아마 케릭스라면 내가 한 짓이라는 것을 알 것인데, 토끼 꼬마와 시시덕거리는 중이라 조금 늦게 나설 것 같군. 가자."

루프스는 유채의 손을 잡고 이끌었다. 유채에게는 귀를 가릴 모자가 필요했다. 루프스는 유채의 머리 위에 궁에서 가지고 나온 챙이 넓은 모자를 씌워주었다. 유채는 뭔가 루프스의 페이스에 말려 버렸다는 기분이 들었다.

"그럼, 우리 지금 범죄자가 된 거예요?"

"정확히는 나만이지."

"나는 당신 때문에 공범이 된 것이고요?"

"지루한 일상에 이 정도면 괜찮은 일탈이 아닌가? 가자. 시장에 재미있는 것이 많다."

루프스는 유채의 손을 잡고 인파 사이로 섞여들었다. 여름의 햇볕은 뜨거웠다. 급하게 나오는 바람에 유채는 온도를 낮춰주는 마법 물품을 챙기지 못했기 때문에 땀을 흘렸다. 유채가 너무 더워하자 루프스는 적당한 식당으로 들어갔다. 실내로 들어가 해를 피하니 좀 살 것 같았다. 루프스는 유채를 자리에 앉힌 후 직접 음식을 주문하고는 자리로 돌아왔다.

"어릴 때 왔던 곳인데, 하나도 변하지 않았군."

"전쟁을 겪었는데도요?"

포트리스의 사람들에게 직접 점령되었었던 이곳은 아직 피해 복구로 한창이었다. 그나마 포트리스의 목표가 루프스가 있는 본대였던 탓에 점령보다는 진격에 중점을 두어서 금방 독수리 일족 측으로 빠져나간 것이 다행이었다. 그럼에도 전쟁의 상처는 여러 군데에 남아 있었다. 지금 이 식당도 벽 여기저기에 판자를 덧붙인 흔적들이 보였다. 루프스는 고개를 끄덕였다.

"그러니까 신기한 것이지. 가끔 아버지랑 나와서 음식을 먹고 돌아가곤 했었다."

"당신 아버지는 어떤 분이셨어요?"

"용맹하고 호탕하고 수컷다운, 멋있는 분이셨지. 어머니는 자애롭고 밝고 쾌활하시며 정의로운 분이셨고."

"당신 아버지랑 많이 닮았더라고요. 아버지 쪽이 선이 더 굵다는 것만 제외하면."

"많이 들었던 이야기다. 아버지는 체격이 우람하셨는데 나는 마른 편이고."

점원이 유채와 루프스의 앞에 쿠키와 붉은 빛깔의 음료수, 아이스크림의 초기 형태에 가까워 보이는 먹을거리와 과일 샤베트를 가져왔다.

"그건, 이 쿠키에 이렇게 얹어 먹는 것이다."

루프스는 쿠키에 아이스크림을 발라서 유채의 입에 넣어주었다. 기대한 것보다 달고 맛있어서 저절로 미소가 피어오르는데 루프스가 그녀의 입가에 묻은 가루를 털어주었다.

"맛있네요."

"실수로 만든 것인데, 그것이 유명해져서 이젠 이곳의 명물이 되었지."

유채는 루프스가 알려준 방법대로 쿠키 위에 아이스크림을 발라 먹었다. 유채가 맛있게 먹는 것을 지켜보다가 루프스가 슬쩍 물었다.

"이니투스의 보자기는 어떻게 되었는가?"

"셀레네에게 돌아갔어요. 리와인더의 조각을 보내는 조건에 필요한 것이 그 보자기였거든요. 훔쳤다고 생각한다면……."

"네가 달라고 했으면 그냥 주었을 것이다. 네가 셀레네님의 선택을 받았건 받지 않았건 그것은 네 것이었다. 그러니 걱정 마라. 너를 탓할 생각 없다."

루프스의 말에 유채는 뭔가를 물어보고 싶어 입을 달싹거리다가 말았다.

"……케릭스는 왜 그딴 소리를 해가지고."

유채가 중얼거리는 말을 용케 들은 루프스는 한쪽 눈썹을 들어올렸다.

"케릭스가 이상한 소리를 했나?"

"아니요. 아주 일상적인 말이었어요. 몰라도 돼요."

유채는 어깨를 으쓱였다. 루프스는 하루하루 그녀의 새로운 모습을 알아갈 때마다 기쁘기도 하고 씁쓸하기도 했다. 언제나 무표정하거나 화내거나 우는 얼굴만 보아서 잘 몰랐었는데 지금 보니 이제 갓 스물이 된 소녀다운 귀여운 구석도 많은 아가씨였다. 유채는 루프스의 시선에 눈을 살짝 치켜떴다.

"뭘 그리 빤히 쳐다봐요. 사람 먹는 거 처음 봐요?"

루프스는 손을 뻗어서 유채의 입가에 묻은 크림을 손으로 훔쳐 혀로 핥았다. 유채는 흠칫 놀라서는 몸을 뒤로 빼고 손으로 입가를 쓸었다.

"뭐가 묻었으면 말을 해요. 내가 닦을 수 있어요."

"몰랐는데, 생각보다 귀여운 구석이 많구나. 이제는 우아하다는 말보다 귀엽다는 말이 더 잘 어울리는 것 같아."

"그거 칭찬이에요, 욕이에요?"

"칭찬이다. 귀엽다는 말을 듣기 싫어하나?"

"별 감흥이 없어서요. 근데 이거 이름이 뭐예요?"

"그냥 차가운 크림이라고 부르더군. 이 집 딸이 크림을 얼려 버렸다가 녹이는 과정에서 만들어진 것이라."

유채는 살짝 웃었다. '차가운 크림'이라니, 아이스크림과 이름도 비슷했다. 그러던 중 루프스가 귀를 가리키자 유채는 제 귓불을 만지작거렸다. 또 뭐가 묻었나 싶었다.

"귀걸이는 왜 하지 않나?"

유채는 고개를 끄덕이곤 대수롭지 않게 설명했다.

"귀 뚫는 게 무서워서요. 내 친구 중에 귀를 잘못 뚫어서 엄청 고생한 애가 있거든요. 걜 보니까 난 무서워서 못 하겠더라고요."

"그럼 만일 무섭지 않고 아프지도 않게 해준다면 귀걸이를 할 생각이 있나?"

유채는 루프스의 귀를 보았다. 그의 귀에도 피어싱처럼 보이는 것 여럿이 붙어 있었다. 블루벨에게 듣기로 고대 수인들은 성인식에 귀에 구멍을 뚫고 거기에 장신구를 달았다고 했는데 그 전통이 이어지는 것이라 하였다.

유채는 구멍조차 뚫지 않은 제 귓불을 만지작거렸다. 귀걸이를 해보고 싶기는 했다. 게다가 아프지도 않고 무섭지도 않게 해준다는데 한번 믿어볼까 싶었다. 유채는 남은 음료를 홀짝 마시고 긍정의 뜻으로 고개를 끄덕였다.

루프스는 곧장 일어나서 유채의 팔목을 잡았다.

"가자. 적당한 곳을 안다."

"지금 바로 하자고요?"

"말이 나온 김에 해야지. 근처에 귀금속을 파는 뱀 수인이 있다. 거기로 가자."

루프스는 유채를 재촉해 식당을 나갔다. 그녀와 이렇게 평화로운 일상을 공유할 수 있다는 게 너무나 좋았다.

"응? 왜 그러나?"

잘 걷던 유채가 갑자기 멈춰 서서 루프스의 팔을 꽉 움켜잡았다. 그리고 고개를 푹 숙인 채로 몸을 달달 떨었다. 루프스는 주위를 둘러보다가 금방 원인을 알아냈다.

소 수인이 가까운 곳에 있었다. 그것도 헥터와 형제라고 해도 믿을 정도로 흡사하게 생긴 거구였다. 창백하게 질린 유채가 루프스의 팔을 잡고 늘어졌다. 루프스는 유채를 단단히 끌어안고 그녀가 안심하게 속삭였다.

"저건 헥터가 아니야."

유채는 심장이 콩닥콩닥 뛰었다. 헥터의 유령일까? 아니면 살아 있는데 죽었다고 제게 거짓말을 한 걸까? 유채는 입술을 물어뜯었다. 루프스가 그녀의 등을 토닥이면서 연신 중얼거렸다.

"헥터는 죽었다. 내가 죽였어. 너를 건드린 죄로 그놈은 죽었다. 그러니 저건 헥터가 아니야."

루프스는 유채가 불안하지 않게 아이를 달래듯이 그녀의 등을 쓸었다. 유채의 떨림이 조금씩 잦아들었다.

"불안해하지 마라. 걱정 마라. 내가 있다. 내가 지켜주마."

루프스가 헥터와 닮은 소 수인이 멀리 지나가는 것을 확인한 후에야 유채에게 말해주었다. 그제야 유채는 겨우 고개를 들었다. 루프스는 허리를 숙여서 유채와 눈을 맞췄다.

"아직도 무섭나."

아래로 내리깐 유채의 눈은 불안하게 떨리고 있었다.

"괜, 괜찮을 줄 알았는데…… 그가 아니라는 걸 아는데도……."

루프스는 커다란 손으로 유채의 뺨을 감쌌다.

"이제 헥터는 죽고 없다. 그리고 이제 그 누구도 너를 함부로 대할 수 없어. 너는 우리의 성녀가 되었다. 수인의 왕이자 모든 늑대들의 왕인 내가 너를 지키고 있다."

유채의 이런 모습을 볼 때마다 루프스는 깊은 죄책감을 느꼈다. 제가 잘못해서 유채가 이렇게 된 것이다. 루프스는 이를 악물었다.

"그러니 걱정 마라. 누구도 너를 함부로 대할 수 없다. 심지어 나조차도. 그러니 안심해라. 너는 그 누구보다 안전하다."

루프스는 굽혔던 허리를 일으켜 세우고 유채를 이끌었다.

"가자. 예쁜 귀걸이를 사주마. 바실리사는 기분이 좋지 않을 때는 뭐든 사면 기분이 풀린다고 그러던데 너도 예쁜 물건을 보고 기분이 풀렸으면 좋겠다."

루프스의 노력 덕에 유채는 조금씩 불안감을 지우기 시작했다. 그래, 헥터는 죽었다. 이제 다시 제 앞에 나타나는 일은 없을 것이다. 유채는 불안을 극복하기 위해서 억지로 웃어 보였다, 그 미소를 본 루프스는 순간 심장이 덜컥 내려앉는 기분이었다. 그는 주먹을 쥐었다.

그래, 감히 이 이상의 것을 바라지 말자. 자신은 유채에게 한없이 죄인이었다. 감히 유채에게 아무것도 바랄 수 없는 죄인이었다.

"잠, 잠깐만요! 그, 그거 소, 소독하신 것 맞죠?"

벌써 세 번째로 '잠깐'을 외치면서 유채는 뱀 수인의 팔을 잡았다. 그도 이제는 질린 것인지 연거푸 한숨을 쉬었다.

루프스는 유채가 호들갑을 떠는 것에 숨을 죽이고 웃었다. 그 킬킬거리는 웃음소리에 유채는 사나운 눈으로 그를 쏘아보았다. 루프스는 찔끔해서는 웃는 걸 멈추고 유채의 옆으로 다가왔다.

"하나도 아프지 않아. 그냥 조금 따끔하고 끝이지."

"그 말을 어떻게 믿어요? 아프면 어떻게 해요!"

루프스는 겨우 작은 바늘에 찔리는 것에도 호들갑을 떠는 유채를 보면서 가슴 한구석이 아려왔다. 헤임달이 그녀의 배와 어깨를 찔렀다고 했었다. 잠깐 바늘에 찔리는 것도 무서워하는 아이인데 그런 엄청난 고통을 어떻게 견뎠을까.

유채는 절대 싸움에 어울리는 이가 아니었다. 그런 유채를 싸움터에 밀어 넣은 것은 바로 자신이었다. 유채가 얼마나 무서워서 떨었을지를 생각하면 그는 가슴이 무거워졌다.

"안 아파, 아가씨. 나이는 먹을 만큼 먹은 아가씨가 어린애처럼 엄살이 왜 이렇게 심해."

"엄살이 아니라, 내 친구가 귀 뚫고 고생했다니까요."

"치유마법으로 확실하게 고쳐 줄 테니까 걱정 말라고."

루프스는 유채에게 팔을 내밀었다.

"잡아라. 아프면 꽉 움켜쥐어도 돼. 네가 나를 미워하는 만큼 세게 잡아도 된다."

유채는 반신반의한 얼굴로 루프스의 팔을 잡았다. 루프스는 뱀 수인과 시선을 교환하고 유채가 움직이지 못하도록 그녀의 몸을 안았다.

"아앗. 앗!"

유채가 움찔거림과 동시에 귀에 금세 구멍이 뚫렸다. 뱀 수인은 능숙한 솜씨로 귀를 치료해 준 다음 유채가 호들갑을 떨고 있는 동안 루프스가 골라온 귀걸이를 보여주었다.

"청년이 안목이 좋아. 원래 미인은 자수정 눈동자를 갖는다는 말이 있거든. 아가씨 같은 미인에게는 그러니까 자수정 귀걸이가 최고지."

루프스가 골라온 것은 백금으로 세공된 몸체에 자수정이 달려 있는 우아한 디자인의 귀걸이였다. 유채는 아파했던 것도 잊고 금세 귀걸이에 시선을 빼앗겼다.

"우리 가게에서 제일 비싼 거야. 정말 귀한 거라고."

뱀 수인이 유채의 귀에 귀걸이를 달아주었다. 루프스는 반대쪽 귀는 제가 하겠다며 귀걸이를 받았다. 뱀 수인이 거울을 가지고 오자 제 모습을 비춰본 유채는 귀걸이가 아주 마음에 들어 방긋 웃었다.

루프스는 귀걸이와 한 세트인 목걸이를 주머니 속에서 만지작거렸다. 유채의 하얗고 가는 목에 잘 어울릴 것 같았지만 지금은 줄 수 없었다. 그날 주기 위해서 남겨둔 물건이었다. 루프스는 쓴웃음을 지었다.

"마음에 드나?"

"예. 마음에 들어요. 예뻐요."

"마음에 들어서 다행이군. 가자. 근사하게 저녁을 먹을 수 있는 곳을 알아놓았다."

루프스는 앉아 있는 유채에게 손을 내밀었다. 유채는 그의 손을 바라보며 잠시 머뭇거리다가 이내 혼자서 자리에서 일어났다. 루프스는 민망해진 손을 거두고 유채의 뒤를 좇았다. 간만에 큰 거금을 번 뱀 수인은 둘 사이에는 별 관심이 없는지 돈을 세면서 건성으로 인사했다.

유채는 밖으로 나오자마자 갑자기 저를 잡아끄는 루프스의 손에 이끌려서 골목으로 들어갔다. 유채는 골목의 벽과 루프스 사이에 갇혔다. 루프스는 입술에 손가락을 올리고 골목 밖을 내다

보았다.

시카리우스였다.

"케릭스 놈이 일을 시작했군."

"케릭스요?"

"그놈이 날 찾으라고 시카리우스들을 내보낸 거야. 지금쯤 길길이 날뛰고 있겠군. 쌤통이야. 나는 바빠 죽겠는데, 그놈은 연애질로 노닥거리던 중이니까. 간만에 고생 좀 해보라고 하지 뭐."

루프스는 장난기 가득한 미소를 지어 보였다. 시카리우스가 골목 쪽으로 다가오자 그는 유채를 한 팔로 안아 올렸다.

"지금. 뭐 하는 거예요?"

"범죄자답게 도망치기지. 케릭스 놈 고생 좀 해보라고."

루프스는 유채를 안고 달렸다. 유채는 떨어질까 봐 루프스의 어깨를 꼭 붙잡았다. 시카리우스도 눈치를 챈 것인지 그들을 따라오는 소리가 들렸다.

"그냥 돌아가면 안 되나요?"

"내 자존심이 있지. 어떻게 시카리우스 따위에게 붙잡혔다고 돌아가나?"

루프스는 힘껏 뛰어올라 지붕 위로 올라갔다. 유채는 눈을 꼭 감았다. 루프스는 시카리우스 몇을 따돌리고 다시 아래로 내려왔다. 시카리우스가 골목에 숨은 루프스와 유채를 발견하지 못한 채 그 앞을 지나쳐 갔다.

유채는 갑자기 긴장이 풀려 털썩 주저앉았다. 루프스는 이 상황이 재미있는지 크게 웃었다. 유채는 그를 향해 눈을 흘겼다.

"재미있어요?"

"응. 아주. 나름대로 기분 전환이지."

루프스는 웃옷을 벗고 땀을 식히려 했다. 마침 근처에 우물이 있어 둘은 그쪽으로 향했다. 유채는 두레박으로 우물물을 퍼서는 그를 향해 손짓했다.

"엎드려요. 내가 뿌려줄 테니까."

루프스는 순순히 엎드렸다. 유채는 바가지로 루프스의 등에 찬물을 뿌렸다. 루프스는 시원한 듯 기분 좋은 신음을 흘리기도 했다. 유채는 새삼 루프스의 등에 가득한 흉터들을 보면서 물었다.

"안 아파요? 이 상처들?"

"지금은 안 아프고 그때는 아팠지."

대답 끝에 그르렁거리는 듯한 소리도 났다. 유채는 이럴 때 보면 완전히 늑대인 것 같기도 하단 생각이 들었다.

"그런데, 그때는 몸보다 마음이 더 아팠다."

루프스의 말에 유채는 물을 뿌리는 것을 멈추고 허리를 세웠다.

"죽고 싶어서 싸웠던 것 같다. 그렇게라도 하지 않으면, 에리카에게 미안하고 아버지께 미안하고 어머니께 미안해서. 죄책감에 죽을 것 같았지. 그래서 모두 잊기 위해서 싸웠던 것 같다."

"……당신이 당신 가족들에게 잘못한 건 없어요."

"안다. 하지만, 그래도 마음이란 것이 마음대로 되는 것이 아니지 않나."

루프스는 바닥에 짚고 있던 손을 씻고 머리의 물기도 털어냈다. 유채의 검은 눈이 그를 응시했다.

"당신 가족들은 당신을 원망하지 않아요. 그저 당신이 행복하기를 바라요."

"안다."

"그러니까, 스스로를 괴롭히지 마요. 최소한 당신 가족 일로는

요. 뭐, 나한테 한 일로는 아주 많이 괴로워해도 되지만."

루프스는 쓰게 웃으면서 그녀의 머리카락을 귀 뒤로 넘겨주었다. 유채의 귀에 달린 자수정 귀걸이가 맑은 소리를 내었다. 그의 행복은 지금 그의 손에 닿아 있었다. 그리고 이제 보내줘야 했다. 내일이 유채와 마지막으로 추억을 쌓을 수 있는 날이고 그 다음 날은 유채를 보내줘야 했다. 루프스는 아릿한 가슴을 꾹 누르면서 웃었다.

"내일 재미있는 축제가 하나 있다. 같이 갈 생각 있나?"

"뭐, 할 일도 없으니까…… 갈게요."

"내일은 예쁘게 꾸미도록 해라. 내 눈이 멀 정도로 예쁘게."

찬란하게 빛이 나는 모습만 기억할 수 있게. 이곳에서 홀로 늙고 병이 들어도 그 기억을 떠올리며 웃을 수 있게. 머릿속에, 기억 속에 남겨서 두고두고 꺼내볼 수 있는 모습을 보고 싶었다.

"나머지는 내가 다 준비하마."

이제 남은 것은 그의 몫이었다. 그의 마음도, 그의 사랑도, 그의 행복도, 죄도, 죄책감도 이제 온전히 그의 몫이었다. 루프스는 불에 타 바스러지는 마음을 끌어안고 웃었다. 웃는 것 외에는 그녀의 앞에서 할 수 있는 것이 없었다.

⚜

유채는 마음먹고 꾸민다는 것이 얼마나 피곤한 일인지 분명히 깨달았다. 전에는 시키는 대로 입기만 했으니 적어도 정신적으로 피곤하진 않았었는데 오늘은 목욕할 때 띄울 꽃 하나부터 옷 색에 장신구까지도 모두 다 자신에게 선택권을 주니 머리가 핑핑 돌

지경이었다.

겨우겨우 옷을 다 입고 화장까지 다 한 후에, 마지막으로 머리카락을 꽃으로 장식하는 것을 보자마자 유채는 얼굴이 하얗게 질렸다. 그것만은 하고 싶지 않았으나 오늘 종일 선택권을 주었던 궁녀들은 이번만큼은 자기들 의견을 굽히지 않았다. 유채는 그나마 제가 고른 옷이 화려하지 않다는 것과 낮은 굽의 신발을 신을 수 있다는 데에 만족하기로 했다.

[왔나?]

밖으로 나오니 늑대로 변해 있는 루프스가 그녀를 맞았다. 루프스의 늑대 머리가 유채 쪽으로 기울어졌다. 유채가 그의 콧잔등을 한번 쓸어주자 루프스의 목에서 만족스러운 갸르랑거리는 소리가 나왔다.

"어딜 갈 건데요?"

[그렇게 먼 곳은 아니다. 케릭스의 고향은 토스 호무스에서 두 번째로 큰 마을인데 오늘은 그곳에서 축제가 열린다고 하더군.]

"케릭스 씨 고향이요?"

[그래, 그의 본가는 그곳에 있다. 타라. 어서 가자.]

루프스가 엎드려 주자 유채는 그의 등 위로 올라탔다. 루프스가 자리에서 일어나자 유채는 복슬복슬한 털을 붙잡아 몸의 중심을 잡았다. 루프스가 달리기 시작하자 유채는 기껏 꾸며놓은 머리가 망가지지 않을까 걱정이 되었지만, 이내 내심 귀찮았는데 망가지면 장식을 다 빼버리면 된다는 생각을 하게 되었다.

한참을 달린 후 루프스가 멈춰 섰다. 언덕 아래에 축제 때문인지 잔뜩 불을 밝히고 있는 마을이 보였다. 플로서스가 반란의 중심으로 삼은 지역이지만 오히려 다른 어떤 곳보다도 전쟁의 피해를 거의 입지 않은 곳이었다.

유채는 루프스의 등에서 내려왔다. 아직 위르형으로 변하지 않은 루프스는 유채의 옆에 앉아서 불빛 가득한 마을 풍경을 바라보았다. 유채는 마치 커다란 인형에 기대는 기분으로 루프스의 다리에 몸을 비스듬히 기대었다.

"와! 멋있네요. 무슨 축제예요?"

[이곳의 지명의 이름을 따서 콘라르 축제라고 부른다. 꽃 축제인데 여자아이들의 건강과 평화를 바라는 목적으로 열리지. 원래는 더 나중에 열리는 축제나 반란의 중심지라는 오명을 벗기 위해서 케릭스 집안이 보다 일찍 열도록 주도했다고 하더군.]

"여기 이름이 콘라르예요? 그러고 보니 토스 호무스 궁 근처는 뭐라고 부르는 이름 없어요?"

[레지아 카푸트. 해석하자면, 왕의 도시, 중심 정도 된다.]

"수도 이름이 예쁘네요."

[다시 타라. 여긴 전경이 멋있다고 해서 보여주려고 온 것이다.]

유채는 다시 그의 등 위로 올라탔다. 그리고 그의 부드러운 털을 매만졌다.

"이럴 때보면 강아지 같아서 당신도 좀 귀여운 것 같네요."

루프스는 고개를 돌리려다가 이 모습으로는 제 등에 탄 그녀를 볼 수 없다는 것을 깨닫곤 다시 원래대로 앞을 보았다. 유채는 귀여운 것을 좋아하는 것 같았다.

"당신 정원에 살고 있는 어린 늑대가 있어요. 그 늑대를 돌봐줄 수 있어요?"

[돕겠다. 내가 찾는다면 돌보지.]

루프스는 까끌까끌한 혀를 움직여서 간신히 답했다. 유채가 말하는 늑대는 바로 자신이었다. 유채는 결국 그에게 그 자신을 부탁한 셈이었다. 그리고 그 작은 늑대가 바로 루프스의 처지였다. 루프스는 제 기분을 드러내지 않기 위해서 애를 썼다.

"펠릭스 다우스로 삼아서 잔인한 처벌에 이용하지 말아요."

[그러마. 약속하지.]

언덕은 금방 내려왔다. 위르형으로 돌아온 루프스는 남색의 민소매의 금실로 수를 놓은 옷을 입고 있었는데 유채가 입은 흰색과 금색이 섞인 원피스와 잘 어울렸다. 루프스는 바람에 흩날린 유채의 머리카락을 정리해 주었다. 바람 때문에 떨어진 장미 꽃잎이 유채의 머리카락에 붙어 있었다.

"정말 눈이 부실 정도군."

루프스는 유채의 작은 얼굴을 바라보았다. 유채는 루프스의 시선이 부담스러워서 고개를 살짝 돌렸다.

"매일 보는 얼굴 아니에요?"

"네 얼굴을 보는 게 질릴 리가. 네 모습은 화가가 그린 최고의 명작과 다름없다."

"낯간지러운 말은 그만하죠?"

유채가 얼굴을 붉히자 루프스는 웃으면서 장난스럽게 대답했다.

"내 얼굴은 보지 않을 건가? 전에 내 얼굴만큼은 네 취향이라고 말하지 않았나."

"그렇게 말하긴 했는데……."

유채는 얼굴이 새빨갛게 달아올랐다.

"왜 내 얼굴이 이제 네 취향이 아닌가? 이거 섭섭하네. 그래도 나 스스로 이 스티폴로르에서 내가 가장 잘생겼다고 말할 수 있을 정도로 외모에는 자신 있는데."

"잘생긴 거 인정해 줄 테니까 그만 입 닥쳐요."

유채는 부끄러운 듯 루프스의 가슴을 주먹으로 내리쳤다. 엄살을 떨면서 뒤로 물러나는 그를 흘겨보았다.

"칭찬으로 한 소리다. 나는 귀엽다는 말도 못 하나? 흰소리도 아니고, 진짜 네가 아름답고 귀여워서 하는 말이다."

"그럼 그 얼굴에 가득 묻어 있는 장난기나 치우고 말하죠?"

"네 눈에도 내가 잘생겼나?"

"본인이 가장 잘 알지 않아요? 내가 누구 때문에 방향 잃은 엉뚱한 질투 때문에 고생했는데."

"아무래도 다른 이들이 말하는 것은 아부성이 짙은 발언 같아서 믿을 수가 없어서 말이다. 그러니, 공정하게 네가 답해봐라. 너라면 누구보다 냉정하게 답을 줄 수 있지 않나?"

"맨입으로?"

루프스가 유채의 말에 싱긋 웃더니 그녀의 손목을 잡고 마을 안으로 이끌었다. 꽃의 축제답게 여자들이 머리카락을 다 꽃으로 장식하고 있어서 유채의 머리 장식도 눈에 띄는 것은 아니었다. 루프스는 수인들과 부딪쳐 유채가 다칠까 봐 그녀를 품에 안다시피 한 채로 인파를 헤쳤다.

"뭐 파는 곳이에요?"

"꽃으로 잼을 만든다고 하더군."

루프스가 상인과 이야기를 하더니 유채에게 잼을 바른 빵을 내밀었다. 유채는 꽃으로 만든 잼이란 말에 잠시 머뭇거리다가 빵을 입에 넣었다. 향긋한 장미향이 입안 가득 들어찼다. 유채는 눈을 동그랗게 뜨곤 고개를 끄덕였다.

"마음에 드는 모양이군."

루프스는 유리병에 예쁘게 포장되어 있는 잼을 샀다.

"이 정도면 뇌물이 된 것 같은데, 말해봐라. 내가 네 눈에도 잘 생겼나?"

"잘생겼어요."

정말 한 치의 거짓도 섞이지 않은 말이라 오히려 부끄러워지는 것은 루프스였다. 유채가 고개를 살짝 기울이고 말을 이었다.

"궁금한 것이 있는데, 수인들은 수명이 120년이잖아요. 노화도 늦나요? 당신은 스물일곱 살인데, 겉보기에는 이제 갓 스물이 된 것처럼 보여서요. 당신이 유별난 건가요?"

"아니, 수인들은 마레 위르보다 노화가 느리다. 참고로 케릭스는 노안이다. 그놈이 워낙 인상 쓰고 다녀서 나이가 좀 들어 보이지. 내가 항상 웃고 다니라고 말을 해도 그 모양이라."

루프스는 유채의 잼을 들지 않은 나머지 손을 잡았다.

"가자."

"그쪽도 웃어요."

루프스는 갑작스러운 말에 놀라서 뒤를 돌아보았다.

"처음엔 찌르면 얼음덩어리가 나올 것 같은 조각상 같아 보였는데, 웃으니까 살아 있는 사람 같아요."

"내가 웃을 수 있는 것은……."

유채에게 부담을 줄 수 있는 말은 하지 않는 것이 나았다. 하지만, 이미 움직인 그의 입은 마음속에 품고만 있던 말을 결국 내뱉고 말았다.

"네가 내 곁에 있어서다."

유채가 제 곁으로 왔기에 그는 행복이 무엇인지, 즐거움이 무엇인지 다시 알게 되었다. 유채가 있어 웃을 수 있었다. 루프스는 볼

안쪽을 깨물어 목 끝까지 차오른 가지 말란 말을 다시 삼켜냈다.

“가자. 놀려고 온 건데 이런 심각한 이야기를 할 필요가 있나? 저쪽에 뽑기 놀이를 하는 곳이 있는 것 같군.”

“뽑기?”

“운을 가지고 하는 놀이지. 나와 내기를 해볼 텐가?”

“난 걸 것이 없는데요? 돈은 한 푼도 없는 거지인 데다가, 그쪽이 나한테서 얻어낼 것이 뭐가 있다고요.”

“진 쪽이 이긴 쪽 소원을 들어주는 것으로 하지. 어때?”

“내가 불리한 것 아니에요? 나는 당신에 비해서 힘도 없고 이곳에 대해서 아는 것도 적은데요?”

“그럼 네가 놀이를 골라라. 네가 이길 수 있을 만한 것으로 골라서 그걸 하도록 하지. 그럼 공평하지?”

유채는 잠시 고민하더니 고개를 끄덕였다. 솔직히 그냥 하는 게임은 재미없었다. 뭔가 걸려 있으면 승부욕도 생길 것 같았다.

루프스는 유채의 손목을 잡고 걸었다. 이렇게 있으니 연인이 된 듯한 기분이었다. 왁자지껄한 분위기 속에서 제게 의지하고 있는 유채, 아름답고, 그래서 더 슬펐다.

루프스는 유채가 인파에 휩쓸리지 않게 제 옆에 그녀를 딱 붙였다. 그는 등불에 비친 유채의 얼굴을 내려다보고 웃었다. 이 순간이 영원히 계속됐으면 했다.

“이건 사기야! 사기!”

유채가 탁자를 쾅 내려쳤다. 가판대 주인은 유채가 열을 내는 것을 보면서 쿡쿡 웃었다. 운이 없어도 저렇게 없는 아가씨는 처음이었다. 유채는 옆에서 실실 웃기만 하는 루프스를 흘겨보았다.

"당신이 무슨 술수 부린 것 아니에요?"

"너는 내가 뭔가 술수를 부릴 수 있을 것이라 생각되나?"

"맞네. 아가씨. 내가 장담하건대, 여기서는 그 어떤 도박꾼도 술수를 부릴 수가 없다고. 오히려 난 아가씨가 내리 세 판을 진 것이 더 신기하다니까."

유채는 분해서 씩씩거렸다. 유채가 고른 것은 다른 실력은 다 필요 없고 오로지 운으로만 승부가 결정되는 것이었다. 두 사람이 미리 번호를 뽑아놓으면 상인이 돌림판을 돌리며 구슬을 던지는데, 그 구슬에 놓인 숫자와 가까운 번호를 뽑은 사람이 이기는 게임이었다. 첫 판을 졌을 때, 유채는 이건 연습이라 주장하면서 한 판을 더 하자고 했고, 루프스는 수긍했다. 그러나 내리 세 판을 연달아 지게 되자 본인이 고른 놀이라는 것을 알면서도 뭔가 함정이 있는 게 아닌가 하는 생각을 하게 되었다. 루프스는 유채의 앞머리를 헝클어뜨리며 그녀를 달랬다

"더 할 건가? 돈은 충분하다만 여기서 다 쓰기는 좀 아까울 것 같은데?"

"알았어요! 당신이 이겼어요! 당신이 이겼어!"

유채는 심통이 난 듯이 손에 든 구슬을 내던지며 일어났다. 유채가 쿵쿵거리면서 다른 쪽으로 가버리자 루프스는 상인에게 급하게 돈을 지불하곤 그녀를 쫓아갔다.

유채는 볼을 부풀리고 심통 난 표정을 짓고 있었다. 루프스는 그런 유채가 귀여워서 손가락으로 볼을 톡톡 건드렸다.

"약속은 약속이지 않나? 네가 고른 놀이를 나는 술수를 부리지도 않았고 무려 세 판이나 이겼다."

"알았어요! 그래서 소원이 뭔데요?"

"오늘 하루만 내 부인이 되어주었으면 한다."

유채는 그게 무슨 미친 소리냐고 하려다가 너무나도 진지한 그의 청회색 눈동자를 보고 입을 다물었다. 루프스는 유채의 손을 잡아 손등에 입을 맞췄다.

"오늘 하루면 된다. 자정이 될 때까지만, 내 비(妃)가 되라. 그게 내 소원이다."

단 하루라도 유채와 부부가 되고 싶었다. 이루어질 수 없는 평생의 소원이니, 잠시만이라도 그녀와 부부였고 연인이었다는 기억을 간직하고 싶었다. 남은 생을 괴로움에 몸부림치더라도, 평생을 후회할지라도 오늘만큼은 그렇게 지내고 싶었다. 유채의 눈빛이 흔들리는 것을 보면서 루프스는 그녀의 손을 꽉 잡았다.

"……약속이니까. 단, 그렇다고 너무 과한 것을 할 생각은 하지 마요."

"그 정도로 파렴치하지는 않다. 그럼 소원을 들어주는 것인가?"

"약속이니까요."

루프스는 싱글벙글한 얼굴로 유채의 허리를 당겨 끌어안았다. 유채는 당황해서 루프스의 어깨를 밀어냈다.

"뭐 하는 거예요."

"당신이 아니라 라이. 오늘은 부부이지 않나? 라이라고 불러라."

루프스가 유채의 귓가에 달콤하게 속삭였다. 유채는 소름이 돋아 몸을 떨었다. 루프스는 유채의 이마에 제 이마를 댔다. 너무나 가까워진 얼굴에 유채는 눈 둘 곳을 찾지 못했다. 숨결이 가까이 닿았다.

"말해봐라. 말해야 늘지."

"내가 왜 당신……."

쪽.

유채의 입술에 루프스의 입술이 닿았다. 유채는 온 힘을 다해서 루프스를 밀어냈다. 유채는 입술을 벅벅 문질렀다. 그 바람에 입술연지가 다 번지고 말았다. 루프스가 그것을 닦아주기 위해 손을 뻗자 유채는 당황하여 손을 내저었다.

"잠깐, 멈춰요. 뭐 하는 짓이에요? 지금 갑자기……."

"부부끼리 이 정도 닿는 건 가능한 것 아닌가? 그리고 계속 날 당신, 그쪽, 이렇게 부르면 나도 하는 수 없다."

이름을 부르지 않으면 계속 이렇게 입을 맞추겠다는 뜻에 유채는 입을 떡 벌렸다.

"그러니까, 나보고 선택하라고요?"

"어느 쪽이든 상관없으니까."

루프스는 어깨를 으쓱이고 유채의 허리에 팔을 감아 그녀를 가까이 끌었다. 새삼 인식하고 나니 연인과 같은 포즈인지라 유채는 당황했다.

"그럼, 갈까?"

유채는 표정이 불퉁해져서는 루프스를 따라 걸었다. 루프스는 낮은 웃음소리를 내면서 유채의 관자놀이에 입술을 맞췄다. 이제는 일일이 반응하기도 번거로워서 유채는 그를 잠시 흘겨보기만 했다. 무엇보다 아까 아무 생각 없이 문지른 입술이 더 걱정이었다. 유채가 계속 입을 손으로 가리고 있자 루프스가 먼저 적당히 쉴 만한 곳을 찾아 그녀를 이끌었다.

"이리 와라."

카페와 비슷해 보이는 곳이었다. 루프스는 유채를 데리고 안으로 들어가서 남들 눈에 잘 띄지 않는 곳에 자리를 잡고 주문을 하러 갔다. 유채는 주변을 돌아보며 여기저기 아름다운 꽃으로 장식된 것을 보고 감탄했다.

금방 돌아온 루프스의 손에는 손수건이 들려 있었다.

“이쪽으로 고개를 돌려라.”

루프스는 유채의 앞에 한쪽 무릎을 꿇고 앉았다. 물에 적신 손수건으로 입가를 닦는 손길이 섬세했다. 화장을 정리해 준 후 그는 유채의 맞은편에 앉았다.

“근데, 당신 안 바빠요? 이렇게 매일 놀러 나와도…….”

상체를 길게 뺀 루프스의 입술이 다시 유채의 입술에 닿았다. 유채는 얼굴을 일그러뜨렸다. 큰 소란을 일으키고 싶진 않아 유채는 짜증이 역력한 얼굴로 이를 악물고 물었다.

“안 바빠요, 라이?”

내용과 달리 말투는 정말 딱딱하기 그지없었으나 루프스는 유채가 이름을 불러준 것만으로 좋아 가볍게 웃으며 대꾸했다.

“내가 언제부터 성실했다고.”

“당, 아니, 생각보다 성실하잖아요? 정말로 그쪽이 국정운영에 신경을 조금도 쓰지 않는 폭군이었다면, 이렇게 안정적인 체제를 만들지 못했겠지요. 전쟁 피해도 빨리 복구 중이고, 내전 후에 벨라토르를 만든 것도 그렇고…….”

“그동안 내가 한 것은 나에 대한 반발을 억누르는 것일 뿐이었지 진정한 통치는 아니었다. 안 하던 짓을 하느라 요새 좀 바빠지기는 했지만 갑자기 성실하게 일하려니 좀도 쑤셔서 이렇게 돌아다니는 것이다.”

“그럼 어울리지도 않게 왜 갑자기 성실한 척을 하는 건데요?”

“네가 있으니까. 네가 나를 변하게 하고 내 어릴 적 꿈을 찾게 해줘서. 그래서다.”

루프스는 애써 밝게 웃었다. 이렇게 황홀한 시간이 지나가는 것이 너무나 아쉬웠다.

“이런 우울한 이야기는 그만하고, 밝은 이야기도 좀 해보자. 그러고 보니 나는 내 부인의 애교를 본 적이 없는 것 같은데?”

“왜 여자만 애교를 떨어요? 그, 아니, 라이가 애교를 떨어봐요.”

“내가? 기겁할 텐데?”

“……그건 그러네요.”

루프스는 왼손으로 턱을 괸 채 오른손으로 유채의 머리카락에 붙은 장미 꽃잎을 떼어주었다. 분홍색 꽃잎과 유채의 장밋빛 볼은 잘 어울렸다.

“매번 생각하는 것이지만, 네가 꽃보다 예쁘다.”

“나를 보고 할 말이 예쁘다는 말밖에 없어요?”

“예쁜 것을 예쁘다고 말하는 것이 잘못인가? 정말 예뻐서 하는 말인데, 다른 이야기를 듣고 싶은 거라면 말해봐라. 뭐든 해주마, 나의 부인.”

“……됐어요. 그냥 그 말만 들을게요.”

“근데, 정말 그곳에서 고백을 받아본 적이 없나? 그곳의 수컷들은 정말로 동태눈깔들밖에 없나?”

“여고 출신이라서 주위에 남자들이 없기도 했지만…… 몰라요. 받아본 적 없어요. 애초에 내가 사교성이 좋지는 않거든요.”

점원이 갈린 얼음 위에 지난번 먹었던 차가운 크림을 얹은 접시를 두 사람 사이에 놓았다. 그 옆에 색색의 시럽 병도 놓였는데 꼭 생긴 것이 빙수인 것 같아 유채는 눈을 동그랗게 떴다. 루프스

붉은빛의 시럽을 빙수 위에 뿌리면서 설명했다.

"꽃으로 만든 시럽이다. 이 얼음에 시럽을 뿌려서 같이 먹는 거지."

루프스는 크림과 시럽이 뿌려진 얼음을 크게 한 숟갈을 떠서 유채의 입 앞으로 가져갔다.

"나도 손 있어요."

"오늘은 부부라고 하지 않았나? 협조 좀 하지?"

유채는 귀찮다는 표정으로 입을 벌려서 루프스가 건넨 것을 받아먹었다. 입안에 차가운 얼음이 사르르 녹으면서 꽃향기가 입안에 퍼졌다. 과하지 않은 단맛과 꽃향기가 마음에 들어서 유채는 숟가락을 들었다. 그러자 이번에는 루프스가 유채에게 얼굴을 가까이 붙였다.

"내가 한 번 했으니, 이번에는 네 차례가 아닌가?"

루프스가 제 입을 가리키는 것을 보고 유채는 어이가 없어서 웃었다.

"은근히 오글거리고 유치한 것 좋아하는 것 알아요?"

"수컷은 커도 애라고 했다. 그러니 애를 돌보는 것이라 생각하고 한 번만 해라."

유채는 질린다는 표정으로 고개를 저으면서 결국은 루프스가 원하는 대로 해주었다. 루프스는 만족스런 표정으로 유채가 먹여준 얼음을 씹어 먹었다.

"이제 끝이에요. 더 이상 이런 오글거리는 짓 안 해요!"

"알았다."

유채는 입술을 쭉 내밀고 빙수를 떠먹었다.

"근데, 어제 케릭스랑은 잘 해결했어요?"

"잘 해결했다. 나만 이렇게 바쁜 것이 정말로……."

"하지만 케릭스 씨한테 휴가를 준 것은 라이, 당신이잖아요? 플로서스의 일로."

루프스는 숟가락을 내려놓았다. 그의 속눈썹이 내리깔리며 눈 밑에 그림자를 만들었다.

"플로서스는 어떻게 처리했어요?"

"여우 일족에게 넘겼다. 가장 큰 피해를 입은 것은 베니니타스의 가족들이니."

"당신도 피해자잖아요. 당신은 분하지 않아요?"

"분하다. 분하고 억울하지만, 그래도 케릭스의 아버지인 것도 사실이다. 케릭스는 내 충신이며, 얼마 남지 않은 친구이기도 하다. 그를 위해서라도, 플로서스의 처벌은 내가 내릴 수가 없었다. 이런 내가 바보 같은가?"

"그래서 휴가를 주고, 블루벨과 함께 시간을 보내도록 해주었으면서 뭐가 억울해서 어제 일을 벌인 거예요?"

"그놈도 이제 일상으로 돌아와야지. 그리고 나도 좀이 쑤시기도 했고."

이번에는 루프스가 유채에게 물었다.

"너는 왜 케릭스의 눈을 고쳐 주지 않았나?"

"케릭스가 원하지 않았으니까요."

케릭스는 이제 한쪽 눈을 안대로 가리고 다녔다. 그것을 본 유채가 치료를 해주겠다고 해도 완곡하게 거절했다.

"아무리 아버지의 죄가 엄중했다지만, 아버지를 상처 입힌 불효는 자신이 책임을 져야 한다고 하더라고요. 그러니, 계속 그렇게 살아가겠다고 그렇게 말했어요. 자신이 책임져야 하는 일이라고."

"그놈답군."
루프스는 낮게 웃었다.
"프레드릭에게 우리 수인에 대한 이야기를 들었다. 우리 수인들의 동물형은 그저 싸울 때 뒤집어쓰는 외피에 불과하며, 지금 내 모습이 원래의 수인의 모습이라는 사실. 그리고 서로 다른 일족끼리 결혼해도 아무런 문제없다는 이야기. 그것이 정말인가?"
"뭐, 그렇다고 하더라고요. 그건 왜요?"
빙수를 다 먹자 루프스는 팁을 내려놓고 자리에서 일어났다.
"나는 더 이상 땅을 갖지 못해서 손해 보는 군소 일족의 불만을 없애고 싶다. 일을 하나 벌이려고 하는데 그러려면 프레드릭의 말이 사실이어야 해서."
루프스는 유채의 어깨를 감싸고 중앙광장으로 나왔다. 한창 불꽃놀이가 펼쳐지는 중이었고 음악이 광장을 가득 채웠다. 쌍을 이뤄서 춤을 추는 수인들이 많았다. 루프스가 유채의 손을 잡고 광장 중앙으로 들어가려 했다.
"왜 이래요?"
"축제의 꽃은 춤과 음악이라고 누가 그러더군. 함께 한 곡 추지 않겠나?"
루프스는 유채의 허리에 팔을 감았다. 그리고 유채의 손을 제 어깨에 짚게 하였다.
"나는 춤 출 줄 몰라요."
"내가 이끌 테니까 그냥 따라와."
"발 밟아도 내 책임 아니에요."
말이 끝나자마자 루프스는 유채에게 발을 밟혔다. 하지만 루프스는 내색하지 않고 유채의 허리에 팔을 감은 채 그녀를 능숙하게 이끌었다. 처음에는 어색하게 굳어 있던 유채는 몇 번을 빙글빙글 돌고 나니 춤을 추는 것에 재미를 붙였는지 꺄르르 웃기도 했다. 루프스는 유채의 웃음소리를 들으면서 빙긋 웃었다.

유채의 검은 머리카락이 넓게 퍼졌다. 루프스는 제 품에 있는 유채를 보았다. 눈물이 날 것만 같았다. 그는 간신히 눈물을 참았다. 유채의 얼굴은 생기 넘쳤고 눈이 멀 것처럼 빛났다.

경쾌한 음악이 끝나고 부드러운 선율이 흐르기 시작했다. 곧 자정이었다. 루프스는 그 자리에 우뚝 멈춰 섰다. 달콤했던 부부 노릇도 이제 곧 끝이었다. 루프스는 유채의 허리를 감고 있던 왼손으로 유채의 볼을 감쌌다.

"한 번은 연습이었다고 치면 내가 두 번을 이긴 것이니, 두 번째 소원을 빌어도 되나?"

"뭔데요?"

"시계탑이 자정의 종을 칠 때까지 가만히 있어줘. 그것이면 돼."

"알겠어요. 근데 그건…… 읍."

루프스는 한 손으로 유채의 턱을 잡아 올리고 입술 위에 제 것을 맞췄다. 다른 한 손은 유채의 왼손과 꽉 깍지를 끼고 있었다. 여태까지의 약탈적이고 강압적이며 갈급했던 키스와 달리 깃털처럼 부드러운 키스였다.

루프스는 유채의 허리를 끌어안고 따뜻하고 달콤한 입술을 탐했다. 참고 참았던 눈물이 흘러내렸다. 이게 끝이었다. 그가 바란 모든 것이었다. 유채의 웃음을 마음껏 보았고 그녀를 안았고 입을 맞출 수 있었다. 유채에게 행복한 기억을 선사해 줄 수 있었다.

댕. 댕. 댕.

시계탑의 종이 울리기 시작했다. 더 이상 저는 유채에게 연인이 될 수 없었다. 유채의 밤과 낮을 차지하는 것은 다른 세상의 이름 모를 수컷이 될 것이다. 하지만 유채는 루프스가 죽을 때까지 그의 비(妃)로 남을 것이다. 그녀의 손에 끼워진 블랑카의 반지는, 비겁하지만 그것을 위한 흔적이었다.

댕. 댕. 댕.

마지막 종소리가 울림과 동시에 그의 황홀했던 짧은 결혼도 끝이 났다. 루프스는 천천히 입술을 떼고 속삭였다.

"안녕히. 나의 부인이여, 나의 여왕이여."

안녕히. 나의 영원한 사랑이여, 나의 영원한 행복이여.

루프스는 붉은 눈을 하고서 저를 올려다보는 유채를 향해서 웃었다. 울고 싶은 마음을 감추고 웃었다.

⚜

개 수인 궁관 출신인 세드릭은 루프스의 명에 따라 그린 그림을 소중히 품고 알현실로 들어갔다. 피곤한지 눈을 문지르고 있던 루프스는 세드릭에게 손짓을 했다. 세드릭은 완성한 그림을 그의 앞에 내려놓았다.

"워낙 아름다우신 분이시라, 그림을 그리는 보람이 있었습니다."

루프스는 세드릭이 그려온 그림들을 살폈다. 초상화 속의 아름답지만 약간은 무감정해 보이던 유채와는 다르게 생기가 가득한 모습들이었다. 환하게 웃는 얼굴, 키득거리는 얼굴, 토라진 얼굴도 있었다. 그는 떨리는 손으로 그림을 만졌다. 이제 유채의 모습을 하나도 빠짐없이 기억할 수 있게 되었다. 유채의 온기와 향기, 촉감은 잊지 않기 위해서 수없이 노력해야 하겠지만, 그래도 유채의 얼굴만은 드디어 영원히 남겨둘 수 있었다.

"이건…… 뭔가?"

루프스는 아직 덜 완성된 듯한 그림을 가리켰다. 그 그림에는 어제 축제에서 춤을 추었던 유채와 루프스가 그려져 있었다. 세드릭은 벌벌 떨었다.

"저……. 카니스 바실리사님께서 부탁을 하셨습니다. 성녀님과 루프스님이 같이 계시는 그림 한 장 그려줄 수 없느냐고. 그래서 케릭스님의 도움을 받아 축제에 참여하신 두 분의 모습을 그렸습니다. 주제넘었다면 사죄드립니다."

"아니다. 잘, 잘했다. 정말. 잘했다."

루프스의 목소리가 가라앉았다. 루프스는 고개를 들지 못하고 그림만 쓸었다.

"미완성된 그림은 완성하여 가져와라. 그 그림에 대한 값은 따로 지불하겠다. 나가봐라. 정말. 잘했다. 그림에 대한 값은 헤나가 줄 것이다."

루프스는 세드릭이 나가자마자 무너져 내렸다. 그는 저와 유채가 그려진 그림을 품고 오열했다. 죽어도 보내고 싶지 않았다. 유채 없이 어떻게 살아가야 할지 아무것도 생각할 수가 없었다. 요 며칠 간은 정말 행복하면서 동시에 가슴이 문드러지는 나날이었다. 수만 번을 생각해도 결론은 하나뿐이었다. 억지로 붙잡는다 한들 유채는 이 세상에서 행복할 수 없다. 그는 유채가 행복하기를 원했지만 그녀에게 행복을 줄 수는 없었다.

"사랑한다. 내가 너를 연모해."

세드릭의 그림에는 루프스가 수없이 꿈꿨던 것이 들어 있었다. 루프스는 손으로 그림을 애잔하게 쓸었다. 이제 되었다. 슬픔도 비참함도 모두 그의 몫이다. 유채가 내려주는 벌이니 기꺼이 감내할 것이다.

힘들고 고통스러운 것은 저 혼자면 충분하다. 유채는 행복 속에 살아가면 된다.

알현실은 한동안 그의 억눌린 울음소리로 꽉 채워졌다.

"이제 준비 끝인가?"

유채는 짐을 정리했다. 이곳에 올 때 입고 온 옷과 휴대폰을 찾지 못한 것은 아쉬웠지만, 그 외에도 갖고 갈 물건들이 많았다. 유채는 선물받은 것들 중에 마음에 들었던 장신구를 몇 개 챙겼다. 준비를 다 마친 후에는 왼손의 반지를 만지작거렸다.

똑똑.

방문을 두드리는 소리에 유채는 문을 열었다. 궁녀 하나가 쟁반에 옷과 가방 등을 챙겨 들고 서 있었다. 유채의 눈이 커졌다.

"루프스님께서 이 옷을 입고 정원으로 나오라고 하셨습니다."

"알겠어요."

유채는 궁녀가 전해준 옷을 받았다. 상의는 제 것이 아니었지만 바지는 분명 제 청바지였다. 코트와 신발까지 그대로였다. 유채는 오랜만에 청바지를 입고 워커를 신었다. 코트 주머니에 휴대폰이 들어 있었다. 보관을 잘한 것인지 어디 망가진 구석도 없이 멀쩡한 것 같았다.

유채는 챙겨놓은 짐을 들고 정원으로 나갔다. 별이 가득한 밤하늘 아래 늑대로 변한 루프스가 엎드려 있었다. 그는 유채가 나오는 것을 보고 제 등을 가리켰다.

[타라.]

유채는 루프스의 등에 탔다. 루프스는 유채를 태우고 어딘가로 달렸다. 그는 한참을 달린 후에야 멈춰 섰고 유채는 그제야 고개를 들 수 있었다.

"……유채꽃?"

철 지난 유채꽃이 들판에 가득 피어 있었다. 루프스는 몸을 굽혀서 유채가 편하게 내리게 해주었다.

이곳은 프레드릭에게 부탁하여 준비한 그의 선물이었다. 프레드릭은 일정 지역의 시간을 되돌릴 수 있는 마법이 담긴 마력석을 만들어주었다. 지금 이 때아닌 유채꽃밭은 그 마법석의 힘이었다. 유채가 유채꽃밭에 정신이 팔려 있을 동안 루프스는 위르형으로 돌아왔다.

"당신?"

유채는 루프스의 모습을 보고 놀랐다. 누가 봐도 공을 들여서 꾸민 모습이었다. 항상 대충 풀어헤치고 다니던 은발은 앞머리를 뒤로 넘겨서 단정하게 정리했고 예복은 답답해서 싫다던 사람이 금실로 수놓은 화려한 예복을 단정하게 입었다. 루프스는 마지막만큼은 유채에게 가장 멋있는 모습으로 보이고 싶었다. 루프스는 유채에게 다가가 그녀의 목 뒤로 손을 뻗었다.

유채의 목에 채워져 있던 파렌티아가 딸깍 소리와 함께 드디어 풀렸다. 이제 유채를 이 땅에 붙잡을 수 있는 물건은 아무것도 없었다. 그와 유채를 이어주던 끈도 완전히 사라졌다.

루프스는 품속에서 지난번에 산, 자수정 귀걸이와 한 세트인 목걸이를 꺼냈다. 파렌티아가 사라진 자리를 자수정이 달린 백금 목걸이가 차지했다. 눈물을 참기 위해서 잠시 시선을 내리깔았던 루프스가 유채의 검은 눈을 마주했다.

"유채."

제정신인 유채에게는 처음으로 부르는 이름이었다. 가슴이 아파왔다. 루프스는 주먹을 쥐었다. 여기서 울면 안 된다. 끝까지 웃는 모습으로 보내야 한다. 루프스는 연습했던 대로 입꼬리에 힘을 주고 미소를 지어 보였다.

"……잘 가라."

가지 말라는 말을 억누르는 것이 힘들었다.

"힘들게 해서 정말 미안하다. 그 어떤 말로도, 그 무엇으로도 보상이 되지 않는다는 것을 알지만, 정말 미안하다. 평생 네게 지은 죄를 속죄하며 살아가겠다. 정말 미안하다."

"……."

"진심으로, 내 마음을 다 바쳐서 너를 사랑했다. 아니, 사랑할 것이다. 그러니 너는 돌아가서 행복해져라. 나 같은 놈 만나지 말고, 나보다 더 잘난 놈을 만나서 행복해라."

루프스는 손톱이 살갗을 파고들 정도로 주먹을 꽉 쥐었다. 그렇게 참으려고 했는데 결국 그는 눈물이 그렁그렁한 얼굴로 웃을 수밖에 없었다.

"잘 가라. 그리고 행복해라."

바람이 둘 사이를 스치고 지나갔다. 유채꽃 향이 확 풍기는 가운데 내내 열리지 않을 것 같던 유채의 입술이 열렸다.

"역시 그 늑대가 당신이었네요. 난 바보같이 그것도 모르고 당신한테 작전을 다 털어놓은 거네요."

루프스의 눈이 커다래졌다. 유채는 앞머리를 쓸어 올렸다.

"모르는 척하지 마요. 내가 언제 떠날 거라고, 시간을 미리 알려준 것은 그 늑대밖에 없어요. 당신이 내가 리와인더의 조각을 찾고 있는 걸 어떻게 알았나 했는데, 그 늑대가 당신이었네요."

"속일 생각은 없었다. 그냥, 나는 너를 가까이에서 보고 싶었을 뿐이다. 그런데, 네가 나를 알아보지 못하고…… 그냥 어린 늑대라 생각해서 정을 주는 것 같아서……. 나란 것을 알렸다가는 네가 나를 더 경멸할 것 같아서 말하지 못했다. 속여서 미안하다."

"난 당신이 가지 말라고 매달릴 줄 알았는데요."

루프스는 한동안 침묵을 지켰다. 그는 고개를 쳐들고 필사적으로 눈물을 삼켰다. 눈물을 흘려서는 안 된다, 수없이 자신에게 속삭인 뒤에야 루프스는 잔뜩 가라앉은 목소리로 유채의 질문에 되물었다.

"가지 말라고 하면 가지 않을 것인가?"

유채를 똑바로 바라보는 루프스는 이를 악물고 있었다. 슬픈 피에로처럼 그의 얼굴은 눈물을 참으려는 노력과 웃으려는 노력이 범벅이 되어서 일그러져 있었다.

"……아니지 않나? 너는 갈 것이다. 내가 네 발치에 엎드려 애원을 해도 너는 갈 것이지 않나. 이곳에 남으면 너는 행복해질 수 없겠지. 나는 네가 행복하기를 원한다. 그러니, 가라. 나는 여기 남아서 살아가겠다. 부디 내가 너를 기억하는 것만큼은 허락해 주어라. 내가 여기서 너를 사랑하면서 살아가는 것만큼은 허락해 줘라. 그것이면 된다. 나는 너에게 받은 것이 많아서 이것이면 된다. 그러니, 뒤돌아보지 말고 잘 가거라. 이 말밖에 해줄 수 없어서, 이 이상의 것을 해줄 수 없어서 미안하다."

유채는 루프스의 일그러진 얼굴을 바라보다가 주먹 쥔 그의 왼손을 잡아서 손바닥을 펼치게 했다. 그리고 왼손 약지에 끼고 있던 반지를 빼서 그 위에 내려놓았다. 루프스의 청회색의 눈이 흔들렸다.

유채는 그대로 등을 돌렸다. 루프스는 그 자리에 망부석처럼 서 있었다. 이내 그의 눈빛이 번쩍이더니, 루프스는 유채를 거칠게 돌려세웠다.

"가져가."

"싫어요."

루프스가 간절하게 매달리는데도 유채는 팔을 비틀면서 그를 피했다.

"가져가라고!"

실랑이 끝에 루프스가 버럭 소리를 질렀다. 유채가 눈을 동그랗게 뜬 채 움직임을 멈추었다. 루프스의 눈에서 눈물이 흘러내리고 있었다. 그는 눈물을 닦을 생각도 없는지 흐르는 그대로 내버려 두었다.

"젠장할! 빌어먹을!"

울지 않으려고 했지만 결국은 울어버렸다. 루프스는 유채의 앞에 무너졌다. 그가 무릎을 꿇었다.

"제발, 가져가."

루프스는 울음 섞인 애원을 토해내었다. 유채꽃이 바람과 한 남자의 진득한 울음소리에 흔들렸다.

"왜, 왜……. 너는 나에게만 이렇게 잔인한가? 왜 나에게만……."

루프스는 눈물을 뚝뚝 흘렸다.

"왜…… 나에게만 잔인해……."

루프스는 유채의 손을 붙잡고 반지를 쥐여주었다.

"그냥 가지고만 가. 팔아도 괜찮고, 버려도 괜찮다. 그러니 가지고만 가. 제발."

어머니가 사랑하는 암컷에게 주라고 한 소중한 물건이었다. 늑대의 일생에 한 번 찾아오는 사랑에게 그가 남길 수 있는 유일한 흔적이었다.

"내가 너를 사랑하였음을 알 수 있게. 네가 없어도 네가 내가 만들어낸 환상이 아니라 내 곁에서 살아 숨 쉬었었다는 증거가 될 수 있게. 다른 것은 바라지 않아. 그냥 가져가."

루프스는 유채의 손을 절박하게 잡았다. 물에 젖은 청회색의 눈이 간절하게 그녀를 바라보았다.

"나는 여기서 평생 괴로워하겠다. 그러니까, 마지막으로 자비를 베풀어다오. 이것만은 가져가."

그렇게 애원했는데도 유채는 결국 루프스의 손에 다시 반지를 돌려주었다. 절망한 루프스는 더 이상 아무 말도 하지 못하고 반지만 붙들고 눈물을 흘렸다. 마지막까지 외면당하는 이 비참한 마음을 어찌할 수가 없었다.

"이봐요. 사람 말을 끝까지 들어요."

유채가 약간은 안쓰러운 듯, 그리고 묘하게 장난기가 섞인 듯한 어조로 입을 열었다. 유채는 그를 향해 고개를 기울이며 웃었다.

"내가 셀레네에게 무슨 소원을 빌었는지 알아요?"

유채는 셀레네에게 소원을 빌었던 때를 떠올렸다.

"내 소원은 당신이 내 소원 백 개를 들어주는 거예요? 어때요 아주 쉽죠?"

"뭐?"

셀레네는 듣도 보도 못한 소원에 경악해서 눈을 찌푸렸다.

"왜요? 내가 엄청 생각하고 또 생각해서 그래도 숫자를 낮춘 건데? 원래는 한 천 개쯤 들어달라고 하려다가, 당신이 내 목숨 구해준 것도 있고 해서 에누리해서 백 개로 줄인 거라고요."

셀레네는 뒤통수를 세게 맞은 듯한 표정으로 유채를 바라보았다. 유채는 통쾌한 듯이 하하하 웃었다. 소원을 들어준다는 동화를 읽을 때마다 항상 하던 생각이었다. 왜 동화 속의 주인공들은 딱 정해진 숫자의 소원만으로 만족했을까? 소원 숫자를 늘려달라고 빌면 그만큼 소원을 더 빌 수 있는 것 아닌가? 유채는 동화 속 주인공들을 대신해 소원을 빌었다. 셀레네의 표정이 볼만해진 것은 또 다른 즐거움이었다.

"왜요? 안 돼요? 소원을 들어준다고 한 건 그쪽이잖아요? 생각해 봐요. 내가 얼마나 힘들었는지 알아요? 나를 살려준 것은 고맙지만, 당신은 나를 살려주고서 아무런 조치도 하지 않았잖아요. 내가 여기서 죽을 뻔한 게 대체 몇 번인데?"

"내가 네 소원을 백 가지나 들어준다면, 나는 신의 자리에서 박탈당하고 소멸당할 것이다."

"음…… 그건 문제네요. 나 때문에 누군가 죽는다는 것은 싫어요."

"그러니 내가 들어줄 수 있는 소원을 말해."

"좋아요. 인심 좀 더 쓰지 뭐. 오십 개."

"안 된다."

"아, 진짜 쩨쩨하네. 열 개."

"안 된다."

"다섯 개!"

셀레네가 계속 고개를 흔들자 유채는 머리끝까지 짜증이 치밀어 오른 표정으로 손가락을 세 개 펼쳐 보였다.

"세 개. 나도 더 이상은 안 돼요. 그러니까 당신이 포기해요."

셀레네는 깊은 한숨을 쉬었다. 그래, 이 정도만 해도 다행이었다. 셀레네는 결국 고개를 끄덕였고 유채는 소원의 수를 늘린다는 목적을 이루었기에 만족했다.

"그래서 무슨 소원을 빌 거냐?"

"첫째, 우리 언니, 부작용 없이 완치할 수 있게 해줘요."

골수이식을 받아도 유하가 버텨낼 수 있을지 장담할 수 없고, 일이 잘못되어서 부작용이라도 발생하면 더 큰일이 될 수도 있었다. 셀레네는 고개를 끄덕였다. 운명의 신인 그녀에게는 그리 어려운 일이 아니었다.

"두 번째는?"

"이곳 사람들의 동물화 문제를 해결해 줘요. 당신 잘못이니까 당신이 해결할 수 있는 문제인 거 아니에요? 안 된다고 하지 마요. 내가 소원으로 빌었으니 신이 개입하면 안 된다는 룰에 어긋나는 건 아니지 않을 거 아녜요."

"그건 소원으로 듣지 않으마. 내가 해야 할 일이니. 그러니 두 번째 소원을 말해봐라."

셀레네가 자애롭게 웃자 유채는 의아해하며 물었다.

"왜요? 당신은 내 소원을 하나라도 줄여야 이득 아니에요?"

"그것은 너를 위한 소원이 아닌 남을 위한 희생이지 않느냐? 그러니 그것은 소원으로 세지 않으마. 자, 두 번째 소원은 무엇이냐."

유채는 한참을 머뭇거리다가 입을 열었다.

"이곳을 오고가게 해줘요. 내가 살던 세상에서 이쪽으로 오고

갈 수 있는 능력을 줘요. 그것이면 돼요."

"꽤나 곤란한 소원을 비는구나. 이 소원을 이루어주기 위해서는 내가 고생한다는 것을 알고 있는 거겠지?"

"당신이 말한 세계의 법칙이라는 걸 곰곰이 생각해 봤는데, 나 자체가 바로 이 세상의 불순물이더라고요. 그러니 당신은 내가 이곳에 들어올 때마다 그것을 해결해야 할 테죠? 여기서 만난 인연들을 끊어내지 않을 수 있고, 내가 고생한 만큼 앞으로 당신이 고생하게 될 테니 이게 두 번째 소원이에요."

유채라는 이물질이 이 세상에 들어올 때마다 셀레네는 오류를 수정하기 위해서 바쁘게 움직여야 할 것이다. 그것이 유채가 생각해 낸, 셀레네를 고생시킬 수 있는 유일한 방법이었다. 또한 이곳에서 얻은 인연을 놓지 않을 수 있는 단 하나의 방법이었다.

"그렇게 된다면 동물화 관련 일이 쉽게 되겠구나."

셀레네는 유채의 이마에 집게손가락을 가져갔다. 셀레네의 손가락에서 생긴 빛은 유채에게 흡수되었다.

"이곳에서 안정적으로 머무르고 싶다면 내 힘이 필요하지. 그래서 너에게 내 힘을 주었다. 다음번에 돌아올 때는 네 이마에 내가 선택한 성녀라는 뜻에 성흔(聖痕)이 생길 것이다. 권능보다 강력하지는 않지만, 성력(聖力)도 쓸 수 있게 해주마. 나의 대리인이 되어 고통받는 이들을 구하렴. 다음번에 돌아올 때에는 그 성흔으로 그 누구도 너를 함부로 대할 수 없을 것이다."

"특별 부상이네요. 궁금한데, 내가 얻은 능력을 내 세상에 돌아가서도 이용할 수 있나요?"

"너의 세상은 나의 창조주인 위대한 그분이시지. 내 신격이 아무리 높다 해도 그분에겐 미치지 못한다. 내가 네게 준 능력은 그분의 세상에서는 이용할 수가 없다."

"아쉽네요."

아쉽다는 표정을 짓는 유채에게 셀레네가 물었다.

"이니투스의 자손은 어떻게 할 생각이냐? 네가 이곳에 다시 돌아오기까지는 시간이 조금 걸리겠지만, 어찌되었든 마주칠 확률이 높을 텐데…… 원한다면 네 존재를 감춰줄 수도 있다."

"그건 조금 생각을 해봐야 할 것 같아요."

유채는 주먹을 쥐었다.

"아직 소원 하나는 여전히 남아 있는 것이지요?"

셀레네는 고개를 끄덕였다.

⚜

유채는 무릎을 꿇은 루프스의 앞에 앉았다. 눈물이 범벅인 그의 얼굴을 닦아주고 있노라니 루프스가 유채의 허리를 끌어안았다. 유채는 그의 품에 얌전히 안겨서 그의 등을 쓸었다. 루프스의 등이 들썩였다.

"당신을 어떻게 해야 할지 고민을 많이 했어요. 어차피 이곳으로 돌아오기로 결정을 했지만 원한다면 당신을 영원히 피할 수 있으니까. 당신을 이곳에 혼자 버려두고 떠나는 것과 같은 효과를 보여줄 수 있었죠."

유채는 루프스를 버리고 떠나려고 했다. 하지만 그녀의 마음을 돌려놓은 것은 깨어 있음에도 자신을 잡지 않았던 그였다. 그의 팔을 고쳐 주고 포트리스로 갈 때, 움찔거리는 손끝을 보고 알았다. 그때 그는 분명히 깨어 있었다. 그런데도 잡지 않았다. 그때부터 고민이 시작되었다. 저 남자에게 기회를 주어도 될지.

유채는 도박을 했다.

⚜

"잠시 이야기를 할 수 있습니까, 유채님."

깊은 잠에서 깨어난 후 사람들을 치료하고 다니던 때 케릭스가 찾아왔었다. 유채도 그의 이야기를 듣고 눈을 고쳐 주겠다고 생각하고 있던 중이라 그를 반갑게 맞이했다. 하지만 케릭스는 유채의 제안을 정중하게 거절하고 조심스럽게 입을 열었다.

"이곳에 남아주실 수 있으십니까?"

"왜요? 당신의 주군이 나를 사랑해서? 나보고 그를 책임지라고 하는 거예요?"

"루프스님은 유채님이 리와인더의 조각을 찾고 계신다는 것을 아셨습니다."

"알아요. 그것을 바다에 버리라고 명까지 내려놨더라고요. 나도 다 들었어요. 그것만 봐도 충분히 알 수 있죠. 그 사람은 날 사랑하는 게 아니라 그냥 내게 집착하는 것뿐이에요."

"루프스님은 그것을 찾아서 유채님에게 드릴 생각이었습니다. 받으면 돌아간다는 사실을 알고 계시면서도 그것을 찾아 당신께 드리려고 하였습니다. 그분은 그만큼 진심이셨습디다."

"거짓말."

"믿지 않으셔도 됩니다. 하지만, 루프스님의 진심만큼은 매도하지 말아주십시오. 유채님이 쓰러져 있을 때, 잠도 줄여가면서 간호하신 분이 루프스님입니다. 떠나시더라도, 부디 그분의 진심만큼은 알아주셨으면 합니다."

"위선이에요."

"저는 루프스님의 과오에 대해서 무어라 변명하지 않을 것입니다. 그에 대한 처벌은 유채님이 내리는 것이니까요. 벌을 주셔도 됩니다. 하지만, 떠나실 것이라면 미련 남기지 마시고 그분을 밀어내 주십시오. 제가 바라는 건 그것뿐입니다."

유채는 그날 이후로 고민에 빠졌다. 루프스를 어떻게 대해야 할지 답을 내릴 수가 없었다. 블루벨에게도 털어놓을 수 없는 이야기인지라 오로지 혼자서만 생각하며 고민에 고민을 쌓았다.

심란한 마음에 정원을 거닐던 중 은빛 털의 새끼 늑대를 보았다. 유채는 반갑게 늑대에게 다가갔다. 안 본 새 늑대는 많이 자란 것인지 벌써 중형견만 한 크기가 되어 있었다. 유채는 늑대를 반가워하다가 우연히 기시감을 느꼈다.

유채는 수인이 아닌지라 당연하게도 수인의 동물형과 그냥 동물을 구분할 수가 없었다. 그리고 만일 수인이라 해도 그가 누구인지 알아낼 수 없었다. 유채는 찬찬히 늑대를 살폈다. 그러고 보니 은빛 털의 늑대는 루프스 외에는 본 적이 없었다. 유채는 설마 했다. 블루벨이 그랬던 것처럼 루프스가 몸집을 줄인다면 이렇게 보일 것도 같았다.

그때, 유채의 머릿속에 한 가지 생각이 스쳐 지나갔다.

리와인더의 조각에 대해 입 밖에 낸 것은 몇 번 되지 않았다. 그리고 그중에는 이 늑대도 있었다. 만일 루프스가 이 늑대라면, 그가 어떻게 자신이 조각을 찾는 것을 알아냈는지 설명이 되는 것이다.

유채는 입술을 깨물었다. 이 늑대가 루프스인지 아닌지는 확실하지 않았지만, 만일 정말로 루프스라면 시험해 볼 좋은 기회였다. 그에게 다시 기회를 줄 것인지 결정할 수 있을 것이다. 셀레네는 유채가 준비하는 대로, 원하는 때에 언제 어디서든 상관없이 집으로 보내주겠다고 했다. 유채는 충동적으로 늑대에게 언제 떠날 거라고 말했다. 그리고 루프스가 어떻게 나올 것인지를 살폈다.

첫 번째 날, 루프스는 풍광이 아름다운 바닷가로 데려갔다. 예상했던 상황과 너무나도 달라서 유채는 제가 잘못 착각한 것이 아닐까 싶을 정도였다. 루프스라면 제가 떠난다고 하면 묶어놓지 못해 안달을 할 거라고 생각했었던 것이다.

예상이 어긋났다는 데에 괜히 민망해져서 유채는 처음 마시는 술을 물 마시듯 들이켜다가 취해서 온갖 주사란 주사를 다 부리고 쓰러져서 잠이 들었다. 그리고 문득 정신이 들었을 때 제가 루프스의 품에 안겨 있었다는 것을 깨닫고는 놀랐다. 동시에 제가 무슨 짓을 저질렀는지 하나도 빼놓지 않고 다 기억이 났기 때문에 그의 얼굴을 볼 수가 없어 일어나질 못했다.

루프스는 제 머리를 쓰다듬어 주고 있었는데 안겨 있는 상태에서 생각하기에도 그의 자세가 굉장히 불편할 것 같았다. 그런데도 그는 저를 안은 채로 움직이지 않았다. 도대체 언제 일어나야 하는 건가 속으로 투덜거리고 있던 중에 유채는 그가 살짝 움직이자 오히려 찔끔해서는 더 눈을 꼭 감고 자는 척을 했다.

루프스는 조심스럽게 유채를 안은 채로 걷기 시작했다. 수인들이 인간보다 빠르다고 해도 동물형으로 변했을 때보다 빠른 것은 아니었다. 늑대로 변하면 훨씬 빨리 갈 수 있을 텐데도 그는 유채가 잠에서 깰까 봐 그 상태로 걷기를 택한 것이다.

그 다음 날은 축제였다. 루프스는 그날도 축제에 데려가 주었다.

제가 돌아가겠다고 했던 것과 관련된 일은 꺼내지도 않았다. 유채는 이젠 제가 어린 늑대를 오해하여 착각한 게 아닐까 싶어졌다.

피곤해서 곯아떨어진 상태로 궁에 돌아왔을 때, 왜 하필 그때 정신이 들었는지 모를 일이었다. 누군가 제 몸을 안아서 침대 위에 눕혀주는 것을 고스란히 느끼고 있는데 순간적으로 코 가까이 술 냄새가 섞인 숨결이 닿는 것이 느껴졌다. 저도 모르게 움찔할 뻔한 순간 숨결은 금세 멀어졌다.

낮게 욕설을 내뱉는 소리가 들리고, 루프스는 한참을 그 앞에서 있는 것 같더니 이내 제 귓가에 속삭이고 방을 나갔다.

"잘 자라. 나쁜 꿈꾸지 말고."

유채는 루프스가 나가자마자 자리에서 벌떡 일어났다. 저 인간이 뭐 하자는 것인지 종잡을 수가 없었다.

그 다음 날은 갑자기 어울리지도 않는 장난을 쳤다. 독수리 일족의 도장을 훔쳐서 도망을 가자고 하질 않나, 시카리우스에게 쫓기면서도 뭐가 그리 좋다고 웃는 것인지. 루프스와 벽 사이에 갇혀서 시카리우스를 따돌렸을 때, 장난기 가득한 루프스의 미소에 유채는 잠시 머릿속이 멍해졌다.

저 남자도 저런 표정을 지을 수 있구나, 싶었다. 그때의 그는 한 일족을 지배하는 지도자가 아니라 스물 중반의 평범한, 조금은 철없어 보이는 남자 같았다. 그에게 닥친 비극이 아니었다면 그는 저런 표정을 지을 줄 아는 남자가 되었을 것이다.

우물가에서 본 그의 등에는 수없이 많은 상처가 있었다. 고아가 된 열세 살 소년이 가혹한 세상을 헤쳐 온 굴곡이 고스란히 박혀 있었다.

떠나기를 하루 남겨두고, 케릭스의 고향에서 열리는 축제에서 그는 제게 뜬금없는 소원을 빌었다. 부인이 되어달라니. 그는 정말로 유채가 자신의 부인이라도 된 것처럼 굴었다. 절정은 자정이 가깝던 중앙광장에서 춤을 출 때였다. 몇 번이나 발을 밟히면서도 그는 웃으면서 춤을 추었다.

"시계탑이 자정의 종을 칠 때까지 가만히 있어줘. 그것이면 돼."

그 말에 온전하게 대답하기도 전에 루프스의 입술이 닿았다. 유채는 루프스가 눈물을 흘리는 것을 보았다.

댕. 댕. 댕.

마지막 종이 울리고 약속대로 루프스는 입술을 떼었다.

"안녕히. 나의 부인이여, 나의 여왕이여."

그때 그는 웃고 있었다.

유채는 심란해졌다. 루프스인지 아닌지 모를 늑대에게 말한 날짜대로 유채는 떠날 채비를 했다. 블루벨에게는 미리 말을 해두었다. 돌아올 거라고 하자 블루벨은 활짝 웃으면서 그렇다면 인사는 하지 않겠다고 했다.

셀레네에게 빈 소원의 내용을 유채가 가장 먼저 알린 것은 헤르티아였다. 그녀의 빚은 돌아와서 받겠다고 했다. 대신 돌아오기로 했다는 사실은 루프스에게는 비밀로 해달라고 부탁했다. 헤르티아는 충실하게 제 비밀을 지켜주었다.

⚜

"나는 내가 떠난다는 걸 알게 되면 당신이 나를 잠재워서라도 붙잡을 거라고 생각했어요."

유채는 제 가슴에 안겨서 울고 있는 루프스의 머리를 쓰다듬었다. 루프스는 어린아이가 엄마에게 매달리는 것처럼 유채의 몸을 끌어안고 있었다.

"솔직히, 이제 당신을 어떻게 대해야 할지 모르겠어요."

유채는 루프스의 얼굴을 제 가슴에서 떼어내고 그의 이마에 가볍게 입을 맞췄다. 루프스는 눈물을 감추기 위해서 고개를 숙였다. 유채는 철 지난 유채꽃밭을 둘러보며 물었다.

"이거 당신이 만든 거예요?"

"……프레드릭의 도움을 받았다."

루프스는 잔뜩 억눌린 목소리로 대답했다. 그는 여전히 고개를 들지를 못했다. 그의 눈물은 유채의 무릎에 떨어졌다.

"네가 좋아하는 꽃이 아니냐. 그러니까, 이곳에서 마지막에 보는 것이 이 꽃이기를 바랐다."

"당신은 내가 왜 그렇게 좋아요? 난 당신을 다치게 하기도 했고, 당신에게 고맙다고 말한 적도 없고, 오히려 당신이 죽었으면 좋겠다고 악담까지 했었는데……."

"말하지 않았나. 너라서 그냥 좋은 거라고. 소중한 이들을 지키려고 노력하는 네가 좋았다고, 나는 하지 못한 것을 하고자 하는 너를 동경했다고."

루프스는 간신히 고개를 들었다. 눈물로 범벅이 된 얼굴은 억지로 미소를 유지하기 위해 잔뜩 일그러져 있었다.

"그러니, 가서 행복해라. 나는 여기서 네 행복을 바라겠다."

"내가 없으면 죽을 것 같다면서요?"

"그것보다 네가 불행한 게 더 싫다. 네 행복은 여기에 없고 나는 너에게 행복을 줄 수 없을 테니. 네가 불행해지는 것을 지켜보는 것보다 내가 불행해지는 것이 낫다. 그러니, 가라. 나는 괜찮다."

사실은 괜찮지 않았다. 따라갈 수 있다면 따라가고 싶고 붙잡을 수 있다면 붙잡고 싶었다. 루프스는 유채의 볼을 쓸었다. 눈물 젖은 입술이 유채의 입술에 나비처럼 붙었다 떨어졌다.

"난 이것이면 되었다. 그러니, 돌아가서 행복해져라."

유채는 이제 결정을 내렸다. 그녀의 눈매가 곱게 휘어졌다.

"당신에게 기회를 줄게요."

만나지 않으려면 방법은 많았다. 그러려고 했다. 하지만 유채는 그의 진심을 보았다. 저를 잡지 않고 보내주려 한 노력에 마음이 움직였다.

"당신을 용서할 수 있을지 잘 모르겠어요. 하지만 당신의 마음이 얼마나 깊고 진심인지는 알 것 같아요."

유채는 루프스의 손을 마주잡으며 미소 지었다. 루프스가 사랑하는 그 미소였다.

"난 다시 돌아올 거예요. 여신의 말로는 내 세계와 당신 세계 사이의 시간의 비틀림을 해결해야 해서 좀 시간이 걸릴 거라고 하더라고요. 내 세계에서는 짧은 시간이라도 당신의 세계에서는 긴 시간이 될지도 모른대요. 하지만 난 돌아올 거예요. 당신이 살고 있는 이곳으로."

거짓말.

루프스는 유채가 거짓말을 하는 거라 생각했다. 그럼에도 그 거짓말이 황홀해서 그대로 믿어버리고 싶어졌다. 그 거짓말을 믿고 죽을 때까지 유채가 돌아오기를 기다리면서 살아갈 수 있을 것이다. 평생을 기다리느라 가슴이 졸아서 없어질지라도 영영 돌아오지 않는 그녀를 그리워하며 심장이 타버리는 것보다는 나았다. 루프스는 유채가 제게 남겨준 자비에 감사했다.

"그러니까, 내가 다시 이곳에 돌아오면, 그때 힘껏 나를 유혹해 봐요. 하나 알려주자면 나는 잘생긴 남자를 좋아하는 만큼 자상한 남자를 좋아해요."

유채는 루프스의 눈물을 닦아주었다. 루프스는 제 볼에 닿는 유채의 손길에 눈을 감고 그것을 느꼈다.

"생각을 정리하고 돌아와서 당신이 날 어떻게 유혹하는지 볼게요. 내가 그 유혹에 넘어가면 그때, 이 반지 받을게요. 그러니까 잘 가지고 있어요."

유채는 루프스의 턱을 손가락으로 들어 올렸다. 눈을 뜬 루프스는 환하게 웃고 있는 유채의 얼굴을 머릿속 가득 담았다.

"돌아올게요."

"한 가지만, 부탁해도 되나?"

"뭔데요?"

"잠시만 가만히 있어."

루프스가 유채의 얼굴을 감싸고 짧지만 부드러운 키스를 하고 물러났다. 그리고 그녀를 끌어안았다. 이것이면 되었다. 아마 그는 죽을 때까지 유채를 그리워하며 이 꽃밭을 찾아올 것이다. 그리고 하염없이 그녀가 돌아오기를 기다릴 것이다.

루프스는 유채의 온기와 촉감을 기억하기 위해서 그녀의 목덜미에 제 볼을 비볐다. 이내 그녀에게서 떨어진 루프스는 억지로 입꼬리를 올렸다. 유채에게 웃는 얼굴을 보여주고 싶었다.

그 순간, 기다렸다는 듯이 꽃밭 한가운데에 거대한 빛기둥이 솟아올랐다. 유채는 몸을 일으켰다. 루프스는 그 자리에 붙박이처럼 가만히 앉아 있었다.

"언제 만날지는 모르겠지만, 그동안 잘 지내요."

"잘 가라. 기다리고 있겠다."

해를 사랑한 해바라기처럼 평생을 기다릴 것이다. 이것이 유채의 거짓말이라도 그는 한 가닥의 희망을 가지고 기다릴 것이다.

"잘 있어요."

유채가 빛기둥 사이로 사라졌다. 그녀의 머리카락마저 빛기둥 안으로 사라지는 걸 본 루프스는 반사적으로 일어나서 앞으로 달려갔다. 손끝에 머리카락이 닿기도 전에 유채는 흔적도 없이 사라졌다. 그와 동시에 프레드릭의 마법도 사라졌다. 유채꽃은 지고 다시 푸른 벌판이 펼쳐졌다. 유채도 유채꽃도 모두 그가 만들어 낸 환상 같았다. 루프스는 그 자리에서 무릎을 꿇었다. 그는 그 어디에도 없는 유채의 흔적을 찾았다. 미약하게 남은 꽃향기에 섞인 유채의 체향을 찾았다.

"기다리겠다. 죽어서도, 너를 기다리겠다."

루프스는 블랑카의 반지를 손에 꼭 쥔 채로, 유채 앞에서 다 내뱉지 못한 울음을 토했다. 루프스는 그녀의 자비에 감사했다.

"사랑한다."

아마 평생을 다 바쳐서 기다려도 유채는 만날 수 없을 것이다. 유채와 헤어진 이곳이 제 무덤이 될 것이다. 땅에 묻혀 차게 식은 육신으로라도 이곳에서 유채를 기다릴 것이다. 혼자여도 외롭지 않을 것이다. 봄마다 유채의 이름을 가진, 유채를 닮은 꽃이 피어서 그의 사랑을 위로하고 그의 기다림을 응원할 것이다.

"네가 내가 준 형벌이 기다림이라면, 나는 이곳에서 너를 영원히 기다리겠다."

만일 신의 자비가 있다면 죽어서 영혼이 되어 유채를 만날 수 있을지도 모른다. 그렇게라도 만날 수 있다면 영혼의 소멸이라는 영원한 죽음이 찾아와도 상관이 없었다.

"기다리겠다. 기다릴 테니까, ……돌아와."

루프스는 아무도 듣는 이 없는 벌판에서 읊조렸다. 이제 그에게 남은 것은 기다림의 증표와 황홀한 기다림이었다. 바람이 그를 위로하듯이 스치고 지나갔다. 루프스는 눈을 감았다. 바람에 유채의 향이 섞였다.

"평생을 너만 그리며 살아가겠다. 그러니, 너는 내가 사랑하는 마레 위르답게 그 누구보다 찬란하게 행복해라."

그의 조용한 고백만이 들판에 울려 퍼졌다.

유하는 초췌한 꼴로 망연자실하게 앉아 있는 엄마를 바라보았다. 엄마의 손에는 오늘에서야 나온 유채의 수능성적표가 들려 있었다. 아빠는 엄마와 결혼하면서 의절했던 할머니까지 찾아가서 도와달라고 무릎을 꿇고 빌었다. 할머니는 젊은 나이에 과부가 되어, 아들을 잘 키우겠다는 억척스러운 정신으로 엄청난 돈을 번 사람이었고 나름 높은 곳과도 연줄이 있었다. 아직도 엄마를 며느리로 인정하지 않는 할머니이지만, 그래도 손녀가 사라졌다는 말에 나서주었다. 할머니 덕분에 경찰은 이미 포기하려고 했던 사건을 이제까지 붙잡고 흔적을 찾고 있었다.

서울에 있는 CCTV는 모조리 뒤져 보았다고 해도 과언이 아니었다. 유채라고 의심되는 사람만 보여도 득달같이 달려갔지만 모두 아니었다. 유채의 흔적은 어디에서도 찾을 수 없었다. 그리고 엊그제 경찰이 전해온 말은 부모님을 무너뜨렸다.

"유채 양이 사라진 시점에 나타난 검은 봉고차가 하나 있었습니다. 성매매를 위한 인신매매의 일종으로 보고 수사 방향을 바꿀 예정입니다."

엄마는 그 자리에서 실신을 했다. 깨어나서도 하염없이 눈물만 흘렸다. 지금 유채가 겪고 있을지도 모르는 고초를 생각하니 억장이 무너지는 기분이었다. 엄마와 아빠는 경찰들의 말을 믿고 싶지 않았지만, 유채가 살아 있다는 가정 하에 남은 가능성은 그것뿐이었다. 유채가 죽어서 차디찬 땅 아래에 묻혀 있을 것이라는 가정보다는 나았다.

아빠는 생업도 포기하고 경찰을 따라다니거나, 혹여 유흥가에 유채가 있을까 봐 평소에는 발걸음도 하지 않던 곳을 밤낮으로 뒤지고 다녔다.

병실 문이 열렸다. 들어온 것은 지친 아빠였다. 아빠는 병실로 들어와서 자리에 주저앉았다.

"유채는? 유채는 찾았어?"

"……없어."

아빠는 머리를 감싸 쥐고 고통스러워했다. 아빠의 턱밑에는 손질이 되지 않은 수염이 지저분하게 붙어 있었다. 엄마는 손에 꼭 쥐고 있던 유채의 수능 성적표를 아빠에게 보여주었다.

"우리 유채 성적 되게 잘 나왔다? 평소보다 점수 많이 올랐어. 유채가 원하는 대학에 갈 수 있을 정도로 잘 나왔어."

엄마의 눈물이 성적표에 떨어졌다.

"그러니까, 돌아오기만 하면 되는데. 우리 유채만 돌아오면 되는데…… 돌아오면.”

아빠가 엄마를 끌어안았다. 유하도 눈물을 참기 위해서 모든 힘을 다했다. 너무 착한 동생이었다. 학교에서 힘든 일이 있어도 집에는 입 한번 벙긋하지 않던 너무나도 바보같이 착한 동생이었다. 신이 있다면 이럴 수는 없었다. 유채가 얼마나 착하고 얼마나 의젓한지 알았다면 이렇게 대할 수는 없었다. 수많은 악한 사람들을 내버려 두고 왜 유채에게 이렇게 가혹한 일이 생긴 것일까.

“우리 유채에게 해준 게 없는데, 엄마라고 뭐 해준 것도 없는데, 뭐든지 알아서 척척 하는 이쁘고 착한 우리 딸이 뭘 잘못했다고…….”

“유채는 살아서 건강하게 돌아올 거야. 경찰들도 찾을 수 있다고 했어. 그러니까…….”

아빠의 목 깊숙한 곳에서도 울음이 끓어올랐다. 시간이 지나면 지날수록 희망이 점점 사라졌다. 경찰도 이젠 사망 쪽으로 몰고가려는 입장을 보였다. 아빠가 워낙 강하게 반발을 해서 말은 안 하고 있지만, 유채가 뺑소니를 당하고 범인이 시신을 유기한 것이 아닐까 하고 조사를 하고 있었다.

“유채는 돌아와. 그러니까 우리는 우리 딸을 기다리면 돼.”

아빠는 엄마에게 속삭였다. 엄마를 위로하는 말임과 동시에 스스로를 위로하는 말이었다. 유하도 고개를 격하게 끄덕였다. 울음을 참느라 유하의 코도 빨갛게 물들었다. 아빠는 유하를 위로하기 위해서 자리에서 일어났다.

유하는 지속적인 항암치료로 몸이 나무젓가락처럼 말라갔다. 골수이식을 하지 않으면 목숨이 위험할지도 모른다고 했다. 목숨을 내어주어도 아깝지 않은 두 딸에게 왜 이런 시련이 생기는 것인지 알 수가 없었다.

"아빠, 난 괜찮아. 그리고 유채도 괜찮을 거야."

유하는 비쩍 마른 손으로 아빠의 거친 손을 쓸었다. 갑자기 닥쳐 온 불행에 가족들은 서로를 의지하는 것 외에는 방법이 없었다. 눈물이 마르지 않는 일상이었다.

갑자기 병실의 문이 열렸다. 간호사도 어지간해서는 들어오지 않는 깊은 밤중이었다. 무심코 문 쪽으로 시선을 주었던 엄마는 너무 놀라서 바닥에 털썩 주저앉았다. 이제는 다 말라 버렸다고 생각했던 눈물이 주룩주룩 흘러나왔다. 아빠도 다리에 힘이 풀려 휘청거렸다.

"하느님 아버지. 감사합니다. 감사합니다."

엄마는 두 손을 모으고 통곡을 했다. 유하도 침대에서 비틀거리며 내려왔다.

믿을 수 없게도 문 앞에는 유채가 서 있었다. 마지막으로 보았을 때보다 머리카락이 많이 길었지만 분명히 유채였다. 유채는 눈물이 그렁그렁한 눈을 하고 밝게 웃었다.

"내가 많이 늦었지, 언니?"

유채는 치킨과 맥주가 든 봉투를 들어 보였다. 유하는 다리에 힘이 풀려서 주저앉았다. 지금 자신이 꿈을 꾸고 있는 것이 아닐까 하는 생각이 들었다.

유채는 빨개진 코를 훌쩍이면서 병실 안으로 걸어 들어왔다.

"다녀왔습니다."

유채의 말에 벌떡 일어난 엄마가 유채를 끌어안고 펑펑 울었다. 유채도 그동안 흘리지 못했던 눈물을 쏟았다. 아빠가 달려와서 유채의 얼굴을 확인했다. 분명히 제 딸이었다. 아빠도 유채를 끌어안고 울었다.

유채는 엄마와 아빠의 품에서 오열했다. 그동안 겪었던 일들이 모두 떠오르고 드디어 다시 가족을 만났다는 기쁨에 눈물이 멈추지 않았다.

"왜 이제 왔어! 왜 이제 와!"

엄마는 유채의 얼굴을 손으로 정신없이 쓸었다. 어디 다친 곳은 없는 것 같았다. 딸의 온기와 익숙한 촉감에 엄마는 이것이 꿈도 환상도 아니라는 것을 깨달았다.

"어디 다친 곳은 없고? 무슨 험한 일을 당한 건 아니지?"

유채는 엉엉 우느라 말을 하지 못했다.

"괜찮아. 엄마는 네가 돌아왔으면 됐어. 그거면 됐어. 우리 유채가 무사하게 돌아왔으니까 됐어."

드디어 다시 한 자리에 모인 네 가족이 서로를 얼싸안고 울었다.

"괜찮아, 유채야. 울어서 마음이 풀리면 마음껏 울어. 돌아왔으니까 됐어."

유채는 울어서 퉁퉁 부은 눈으로 가족들을 바라보았다. 모두 눈물콧물 흘려서 엉망인 얼굴을 하고서 서로를 바라보곤 기쁨의 웃음을 터뜨리기도 했다. 유채는 눈물을 닦으면서 가라앉은 목소리로 말했다.

"나, 되게 많은 일 겪었다. 진짜진짜 꿈 같은 일들이었어. 이거 다 말하려면 하루도 모자랄 거야."

엄마와 아빠, 언니가 믿어줄지는 모르겠지만 유채는 제가 겪은 일들을 모두 말해주기로 결심했다. 뺑소니를 당해 죽을 뻔했는데 어떤 여신이 저를 굴려먹기 위해서 수인들이 사는 세상에 보냈고, 여우 수인들의 손에 잡혀서 루프스라는 늑대 수인에게 애완동물로 바쳐졌고, 헥터라는 놈이 겁탈하려 한 것 때문에 한참을 고생하다가 탈출해서 여신을 만나 진상을 들었으며, 내전에 휘말려서 다시 죽을 뻔했고, 그러는 중에 저를 애완동물로 삼았던 남자에게 사랑한다는 고백을 받았고, 모든 일의 원흉이었던 헤임달과 싸워서 이기고 세상을 구해 다시 이곳에 돌아올 수 있었다고. 그 모든 이야기를 털어놓기로 했다. 유채는 눈물을 삼키며 웃었다.

"나중에, 나중에 다 얘기해 줄게."

유채는 제 세상으로 돌아왔다는 기쁨을 만끽하고 싶었다. 엄마와 아빠가 있고 언니가 있는, 원래의 세상에 돌아왔다는 기쁨을 느끼고 싶었다.

"나 돌아왔어."

유채는 울면서 환하게 웃었다. 드디어 다시 가족의 곁으로, 원래 있어야 할 곳으로 돌아왔다. 유채는 가족을 끌어안았다. 이 행복이 영원했으면 했다.

⚜

이 년 뒤.

"프레드릭, 뭘 그렇게 봐?"

레이라가 뒤에서 프레드릭의 목을 끌어안았다. 프레드릭은 레이라의 팔을 어루만지면서 서류를 보여주었다. 대륙에서 보내온 것이었다.

"이제 대륙 상황도 정리가 거의 끝난 거야?"

"그렇지 뭐. 아르젠은 원래부터 굳건했고, 그 아르젠 아래 베르나도테의 애첩의 아들이 세운 뤼벤이 기틀을 잡았고 그 아래에는 발루아 백작의 사생아 딸이 아버지를 유폐시키고 카롤리안이란 새로운 가문을 세워서 황가로 삼고 아르망드를 세웠지. 코르테스는 기반을 닦는 중이고."

"뭐, 나라들의 시작이 그리 좋지는 않네."

레이라가 씁쓸하게 중얼거렸다. 레이라는 이제는 한 나라의 수도가 된 레지아 카푸트(Regia Caput)의 전경을 바라보았다. 이 년 전 루프스의 전폭적인 도움 아래에 포트리스는 전염병을 해결할 수 있었다. 그 덕분에 인간과 수인 사이의 앙금이 조금은 풀어졌다. 문제는 그 다음이었다. 감시가 소홀해진 틈을 타 세라가 란텔과 함께 탈옥을 한 것이다. 둘은 대륙으로 가 베르나도테 공작을 만났다. 그리고 스티폴로르의 수인들이 반쯤 괴멸되었다고 상황을 과장하여 전해 공작을 스티폴로르로 불러왔다. 세라와 란텔은 운이 좋았다. 유채가 리와인더의 조각을 여신에게 돌려보냈기 때문에 에퀘레우스가 바다의 소용돌이를 거둔 덕분이었다.

베르나도테 공작의 군대는 포트리스를 침략했다. 포트리스의 사람들 모두 힘껏 저항했지만 역부족이었다. 결국 렉스와 프레드릭은 포트리스를 버리고 사람들을 모두 모아 여우 일족의 땅으로 후퇴했다. 베르나도테 공작은 친정을 통해서 전후 처리 중이라 아직 혼란스럽던 미노르 호무스와 상대적으로 전력이 약한 라나투스 호무스를 공격했다. 급작스러운 기습에 수인들도 속수무책으로 당했다.

그때 나선 것이 루프스였다. 루프스는 직접 대륙의 군대를 상대하며 엄청난 전공을 세웠다. 베르나도테 공작 측에는 루프스를 제대로 상대할 만한 인물이 없었다. 루프스는 포트리스 사람들의 협력을 받아서 공작의 부대를 휩쓸었다. 퇴로를 차단하고 그들 모두를 포로로 잡았다. 친정을 왔던 공작도 잡혔다.

헤임달이 스티폴로르를 집어삼켜 결국은 공작에게 바치려고 했던 것을 알기에 루프스는 그를 직접 심문하고자 했다. 그 사이에 대륙의 세력 구도를 잘 아는 프레드릭은 훗날 뤼벤의 황제로 등극하는, 베르나도테 공작의 사생아, 프란츠에게 편지를 보냈다. 그에게 이곳의 상황을 알려주고 공작의 뒤를 치라고 한 것이다. 베르나도테 공작가는 대륙에 있는 프란츠에게 맡기고 루프스는 느긋하게 공작을 심문했다.

베르나도테 공작은 발루아 백작을 치기 위해서 오를레앙 남작과 결탁하고 있었다. 헤임달에게 약속한 대로 오를레앙 남작에게 복수할 수 있게 도와주겠다 했던 것은 모두 거짓이었다. 추국장에 울려 퍼지던 헤임달의 짐승 같은 절규가 생생했다. 공작은 헤임달을 이용해서 프레눔을 얻을 생각뿐이었다.

루프스는 심문으로 알아낸 결과를 프레드릭을 통해서 후일 아르망드의 여왕이 되는 카트린에게 편지로 전했다. 아버지의 자리를 노리던 카트린은 아버지를 치고 오를레앙 남작에게 반역의 죄를 물어서 그를 그의 영지민에게 던져 주었다. 이미 많은 영지민들에게 원한을 샀던 오를레앙 남작은 분노한 그들에게 붙잡혀 사지가 잘리고 죽을 때까지 얻어맞다가 산 채로 화형에 처해졌다. 오를레앙 남작의 지위는 그의 세 번째 부인의 둘째 아들이 차지했고 그의 형은 카트린 1세의 부군이 되었다.

공작은 루프스에게 헤임달의 죄를 다 털어놓고 제가 가지고 있는 것을 모두 줄 테니 자신을 부하로 삼으라며 목숨을 구걸했다. 문제는 공작이 거기서 너무 나아가서 유채를 제게 달라고 요구한 것이었다. 그는 이곳에서 정착해야 하니 새로운 처가 필요하다며 유채를 자신의 부인으로 요구했다. 공작의 이용 가능성을 점치던 루프스는 그 말에 불같이 분노하여 그를 처형하기로 결정했다.

공작과 그의 가신들은 처형대에서 목이 잘렸다. 잡힌 포로들은 공작의 처형 후 입장을 결정하라는 통보를 받았다. 그들은 루프스의 강함에 겁을 집어먹은 상태였기에 얌전히 투항을 결정했다. 그들 모두 죄의 경중에 따라 다른 형량을 받았다.

헤임달은 공작이 자신을 속였다는 데에 절망한 채로 감옥에 갇혀 있었다. 그에 대한 처벌도 처형으로 결정이 났다. 그러나 그의 처형 날, 병사들은 아사한 헤임달의 시신을 발견했다. 루프스와 하워드 형제, 헤르티아는 그 소식을 듣고 크게 동요하지 않았다. 그들은 그것이 헤임달에게 가장 비참한 죽음임을 알았다. 제가 했던 일이 모두 무의미한 것이었고 다시 한 번 더 이용당했다는 사실은 그를 미치게 만들었을 것이다.

오빠의 죽음을 들은 헬라는 감옥에서 목을 매어 자살했고 알폰소는 끝까지 살겠다고 발악을 하다가 처형장에서 늑대에게 잡아먹혀 죽었다. 세라와 란텔은 전쟁이 끝난 뒤에 시신으로 발견되었다.

모든 일이 끝나고 당연하게 포트리스를 점거할 줄 알았던 루프스는 평화적으로 포트리스 사람들에게 땅을 양도했다. 인간들이 루프스를 믿게 되는 결정적인 사건이었다. 더불어서 포트리스를 향한 수인들의 여론 역시 돌릴 수 있었다. 대륙의 군대에 밀려 위기 상황에 처한 수인들을 포트리스의 사람들이 도왔다는 점에서 수인들은 그들을 긍정적으로 볼 수 있게 되었다.

영원히 풀리지 않을 것 같던 두 집단 사이의 앙금이 풀릴 방법이 드디어 나왔다. 수인과 인간들은 서로 대화를 나누며 잘못을 깔끔하게 인정하고 사과하는 것부터 시작했다. 인간들은 스티폴로르에 처음 도착했을 때 수인들에게 저질렀던 악행에 대해서 먼저 사과를 했고 수인들은 자신들의 세력 싸움에 본의 아니게 피해를 입은 포트리스 사람들에게 사과했다. 서로 무고한 피해자에 대한 사과와 보상도 진행되었다.

루프스는 대륙처럼 스티폴로르를 하나의 나라로 만들기를 원했다. 수인들은 서로간의 자치권이 강해서 연맹 같은 구조였기에 하나의 나라가 되기 힘들었다. 아이러니하게도 전쟁이 그의 계획에 도움이 되었다. 붕괴된 각 일족들은 루프스의 도움을 받아야 하는 처지가 된 것이다. 루프스는 그것을 이용해 쉽게 수인들을 통합할 수 있었다. 물론 자치권을 완전하게 뺏은 것은 아니고 일족의 수장에게 주어지는 권한을 축소했을 뿐이었다.

이 일에는 감옥에 투옥되어 있는 투항한 포로들의 도움을 받았다. 어떻게든 살고 싶어서 발악하는 그들은 루프스의 마음에 들기 위해서 성실하게 그를 도왔다. 그들의 적극적인 도움으로 루프스는 대륙과 비슷한 행정 체계를 만들 수 있었다. 대륙 출신 포로들은 그 어떤 특권도 받지 못했지만, 바라는 대로 목숨만은 부지할 수 있었다.

그리고 이 년, 루프스는 나라의 기틀을 꾸렸다. 군소 일족들은 더 이상 땅이 없다는 설움과 거대 일족의 횡포에 휩쓸리지 않았고 포트리스의 인간들은 더 이상 한정된 자원에 허덕이지 않았다.

"그래도 이제 많이 정리가 된 것 같아, 프레드릭."

레이라가 프레드릭의 옆에 의자를 놓으며 앉았다. 프레드릭은 루프스의 부탁으로 포트리스의 대표로서 레지아 카푸트에 와 있었다. 모든 편의는 루프스가 보장했다.

헤르티아와 단테는 수장 자리에서 물러난 뒤, 루프스의 부탁으로 각 수인 일족들 간의 갈등을 조율하는 일을 해주었다. 둘은 스티폴로르 이곳저곳을 떠돌아다니면서 곤경에 처한 이들을 도왔다. 알렉스는 군대를 편제하면서 포트리스의 최고 사령관의 지위로 레지아 카푸트에 있었다.

포트리스는 항구를 발전시켰다. 루프스는 슬슬 대륙과 거래를 트기 위한 준비를 하고 있었다. 스티폴로르에 매장된 엄청난 양의 프레눔과 마력석은 경제적으로 큰 도움이 될 터였다. 루프스는 대륙의 카트린 여왕, 프란츠 황제와 돈독한 사이를 유지하고자 하였다.

"그렇지? 아직 차별 문제라든가 행정적인 문제가 많이 있지만, 이 정도면 많이 안정된 셈이야."

"유채 양은 소식 없어?"

"없네."

유채는 갑자기 사라졌다. 그리고 그것에 대해 설명한 것은 오라클라 리네아였다. 그녀는 유채가 신의 사명을 마치고 신의 품으로 돌아갔다고 했다. 모두가 리네아의 말을 믿었다. 리네아는 다시 은둔했고 그 뒤로 그녀를 본 사람은 없었다.

"유채 양은 행복할까?"

"가족의 품으로 돌아갔으니 행복할 거야. 그리고 유채 양은 행복할 자격이 있어."

"그렇지. 유채 양은 행복할 자격이 있지. 아, 루프스는 어때? 이제 다른 이름으로 불러야 하나?"

프레드릭은 피식 웃으면서 고개를 저었다. 루프스는 멀쩡했다. 유채가 떠났다는 이야기를 가장 먼저 전한 사람도 그였다. 그는 너무나 멀쩡하게 제 할 일을 했다. 프레드릭은 오히려 그게 더 무서웠다. 억지로 멀쩡한 척 가장하고 있는 것 같아서 안쓰러웠다.

"괜찮겠지. 시간이 약이니까."

레이라는 프레드릭의 머리카락을 쓰다듬으며 분위기를 반전시킬 요량으로 그와 시선을 맞추었다.

"그동안 바빴으니, 프레드릭 씨도 이제 쉴 수 있으신가요?"

레이라는 프레드릭의 무릎에 앉아서 그의 목을 끌어안았다. 프레드릭은 레이라의 허리를 끌어안고 그녀에게 입을 맞췄다.

"유혹하는 거야, 레이라?"

"아내를 독수공방시킨 게 무정하다고 생각하지는 않나 봐?"

"당신도 포트리스의 일로 바빴잖아."

레이라가 입술을 쭉 내밀었다. 루프스는 레이라를 포트리스 쪽의 벨라토르르로 임명했고, 그로 인해 당연히 그녀도 바빠졌다.

"그래서 오늘은 같이 있는 거야?"

레이라가 머리카락을 뒤로 넘기고 어깨 아래로 옷을 끌어 내리면서 유혹적인 자세를 취했다. 프레드릭은 레이라의 귀여운 유혹에 킥킥 웃으면서 그녀의 콧잔등에 입을 맞췄다. 곧이어 입술은 아래쪽으로 내려갔다. 레이라는 프레드릭의 머리를 끌어안았다.

"으아아앙. 으앙."

하지만 모처럼 부부의 시간을 보내던 두 사람을 방해한 것은 레베카의 울음소리였다. 레이라는 프레드릭을 밀어내곤 얼른 레베카에게 달려갔다. 이제 막 걷기 시작한 레베카는 낮잠에서 깨어나 엄마를 찾다가 넘어진 것이었다. 레이라는 얼른 레베카를 안아 올려서 달랬다. 프레드릭도 딸의 앞에서 재롱을 떨며 울음을 그치게 하려고 했다. 레베카는 금세 울음을 그치고 방긋방긋 웃었다.

"레베카, 엄마가 동화책 읽어줄까? 「늑대와 소녀」?"

"「늑대와 소녀」? 그게 뭐야?"

"스티폴로르에 구전으로 돌던 이야기를 동화책으로 냈더라고. 그중에 가장 인기 있는 게 그 이야기야. 동굴에 사는 늑대와 마을에 사는 여자아이의 우정에 관한 이야기 말이야."

레이라의 설명에 프레드릭이 갑자기 배를 부여잡고 웃었다. 레이라는 고개를 갸웃거렸다.

"왜 웃어? 물론 내용이 정말 허황되긴 하지만, 아이들에게 읽어주기엔 좋단 말이야. 표현이 되게 참신하고 섬세하던데."

"그거 누가 쓴 건지 알아?"

"작자미상 아니야?"

"아니. 작가가 있어."

프레드릭은 한참을 웃다가 레이라가 가져온 동화책을 집었다. 보곤 이내 씁쓸한 표정을 지었다.

"소녀를 기다리는 늑대랄까?"

루프스는 유채를 기다리고 있었다. 이 년이 지났는데 유채는 아직 돌아오지 않았다. 그럼에도 루프스는 유채가 돌아올 거라는 희망의 끈을 놓지 않았다. 루프스는 평생을 기다릴 것이다. 제 인생을 다 바쳐서.

그것이 바로 늑대의 사랑이었다.

프레드릭은 창밖의 하늘을 올려다보았다. 맑게 갠 여름 하늘이 푸르렀다. 오늘은 유채와 루프스가 헤어진 바로 그날이었다.

"형."

허리에 비스듬히 검을 차고 검은 예복을 입은 알렉스가 나갈 채비를 하는 루프스를 찾았다. 루프스는 제 옷매무새를 봐주던 궁녀들을 물리고 알렉스를 맞이했다.

"예의는 어디다 팔아먹었냐."

"이번 일은 서부 사령관으로 온 것이 아니라 베니니타스의 아들인 프리드 겸 알렉스로 온 것이라서요."

"너희가 그냥 알렉스와 프레드릭이란 이름을 쓰기로 했을 때 놀란 것이 꽤 오래전 일 같은데."

"옛날 이름은 너무 어색해서 말이지요. 이름이 무엇이든 우리가 부모님의 아들인 것은 변하지 않는 사실이니까요."

루프스는 다리를 꼬면서 의자에 앉았고 알렉스도 맞은편에 앉았다.

"오늘 되게 멋있네요. 원래 형이 잘생긴 건 알았지만, 이렇게 가꾸지는 않잖아요. 무슨 일인데요?"

"기분 전환. 나라고 매번 편하게 다니는 건 아니야."

"아직도 유채 양을 기다리는 것 아닙니까?"

알렉스는 루프스의 침실 한켠에 걸려 있는 유채의 초상화를 바라보았다. 성녀의 초상화라고, 알현실에 붙어 있는 것과 똑같은 그림이었다. 그리고 루프스의 목에는 주인 잃은 반지가 목걸이로 걸려 있었다. 알렉스는 루프스가 아직도 유채를 기다리고 있음을 알았다.

"유채 양은 돌아오지 않을 겁니다."

알렉스는 이만 루프스가 유채를 보내주기를 원했다. 이 상황에 괴로운 것은 그 하나였다. 돌아오지 않을 사람을 기약 없이 기다리며 외로워하고 괴로워하는 건 더 이상 보고 싶지 않았다.

"돌아온다고 했다."

루프스는 그렇게 기다리는 것 외에는 살 수 있는 방법을 몰랐다. 그저 기다렸다. 눈이 와도, 비가 와도, 바람이 불어도, 햇볕이 뜨겁게 내리쬐어도 유채와 헤어졌던 곳으로 가서 기다렸다. 그 방법 외는 알지 못했다. 그렇게라도 몸을 혹사시키지 않으면 그리움이 밀려왔다. 가슴을 누군가 칼로 저미는 것처럼 아파왔다.

"돌아온다고 했어. 블루벨도 그렇게 들었다고 했다."

루프스는 이따금 블루벨을 궁으로 불러들였다. 같이 유채의 추억을 공유할 수인은 블루벨밖에 없었다. 블루벨은 유채와 있었던 이야기를 조잘조잘 털어놓았다. 그중에는 그가 모르던 이야기도 있었다. 블루벨의 이야기에는 펠릭스 다우스로 끌려온 유채의 고통과 슬픔이 가득했다. 루프스는 이야기들을 들을 때마다 유채에게 미안해했다. 그렇게 루프스는 유채를 추억했다. 그렇게라도 하지 않으면 죽을 것만 같았다.

"그리고 그것이 설령 거짓이라 할지라도."

루프스는 알렉스에게 웃어 보였다. 알렉스는 그것이 루프스의 눈물로 보였다.

"나는 죽어서도 그녀를 기다릴 것이다. 그것도 나의 선택이야."

알렉스는 입을 다물었다. 스스로 가시밭길을 걷기로 선택한 사람을 설득할 수 없었다. 그저 지켜보는 수밖에는.

"블루벨 양은, 아니, 이제 콘라르 부인이라 불러야 하나요?"

"마레 위르들은 성(姓)을 왜 이리 중요시 여기는 것인지 모르겠군. 졸지에 그런 귀찮은 것이나 붙이게 됐다."

"대륙과 교류를 하기 위해서는 감수해야 하는 부분입니다."

케릭스는 자신의 고향의 지명인 콘라르를 성(姓)으로 삼았고 루프스는 하는 수 없이 제 원래 이름을 되찾고 루프스는 성(姓)으로 해서 대륙에 사신을 보냈다.

"케릭스 씨는 깨가 쏟아지나요?"

"말도 마라. 내가 블루벨을 부르기만 하면 득달같이 찾아와서 데리고 돌아가는 것이 일상이다. 누가 보면 내가 케릭스 놈의 적으로 보일 정도다."

루프스는 케릭스와 블루벨의 결혼을 성대하게 치러주었다. 목적은 하나였다. 서로 다른 일족 간 혼인을 해도 아무런 문제없음을 알리고 오히려 일족끼리 혼인을 할 경우 동물화의 위험이 있음을 널리 알리기 위해서였다.

인디키움의 수장이 된 카넬리안은 딸과 나이 차이가 많이 나는 사위를 마음에 들어 하지 않아서 종종 괴롭히기는 하지만 그래도 그를 사위로 인정을 해주었다. 새로이 레푸스가 된 카넬리안과 루프스의 지지로 서로 다른 일족 간에 혼인을 하고 숨었던 이들도 조금씩 모습을 드러냈다. 그들 덕분에 루프스가 밝힌 동물화 문제의 비밀은, 그동안 금기시되었던 편견 또한 없애고 있었다.

"동부 사령관인 케릭스랑 좀 잘 지내보지? 매일 너희가 또 싸웠다는 말만 들으면 머리가 지끈거린다. 총사령관인 루크레치아도 돌아버리려고 하더군."

"제가 기억하기론, 저랑 케릭스 형은 원래 사이가 안 좋았어요. 어릴 때도 허구한 날 케릭스 형에게 당해서 울었던 기억이 많은데 플로서스……."

알렉스는 저도 모르게 플로서스의 이름을 입에 담았다가 그대로 입을 다물었다. 형제는 부모님을 죽인 플로서스를 용서하기로 결정했다. 힘든 결정이었다. 그들은 플로서스를 죽이려 하기보다는 그가 평생 감옥에서 자신의 죄를 뉘우치기를 원했다. 형제가 자신들의 결정을 전하기 위해서 감옥에 갔을 때 발견한 것은 목을 매서 자살한 플로서스였다. 플로서스가 남긴 것은 누구에게 보내는 말인지 알 수 없는 '죄송하고 미안합니다'라는 쪽지와 아들과 딸에게 남긴 편지뿐이었다.

"원래 그놈이 그랬다. 그때 그놈은 참 거만했지."

루프스는 알렉스를 위해 화제를 다른 쪽으로 돌렸다. 알렉스와 루프스는 헤르티아와 단테의 근황에 관해서 떠들었다. 헤르티아는 군소 일족들과 땅을 가진 일족들 사이에 갈등을 조절하고 제 마법을 이용해서 힘든 이들을 돕고 있었다.

"헤르티아 고모 임신했다고 단테 고모부가 전해오더라고요. 아무래도 고모의 나이가 있는지라 당분간은 정착해서 쉬겠다고 하던데요."

"들었다. 그래서 토스 호무스에 자리를 마련해 놓았다. 지금 이리로 돌아오는 중일 거다."

둘은 한참 대화를 나누다가 할 일이 있다면서 알렉스가 먼저 자리를 떴다. 혼자 남은 루프스는 유채의 초상화를 보고 섰다. 손가락으로 유채의 볼을 쓸었다. 이 끝에 부드러운 살결이 닿기를 언제나 바라는데 현실은 우둘투둘한 천과 물감의 촉감이었다.

"잘 지내나?"

루프스의 일과 중 하나였다. 그는 초상화 속 유채에게 말을 걸었다.

"그곳은 어떤가? 여기는 날씨가 많이 덥다. 바람에 습기가 가득 차 있어서 가만히 있어도 땀이 날 정도로 더워. 그곳은 어떤가? 더운가, 아니면 추운가?"

대답이 돌아오지 않는다는 것을 알아도 루프스는 말을 멈추지 않았다. 언젠가는 그녀가 나타나서 대답해 줄지도 모른다는 부질없는 희망을 그는 버리지 않았다.

"블루벨이 말하기를 비를 좋아한다던데, 나는 비에 관해서 좋지 않은 추억만 안겨준 것 같다. 그곳에는 비가 오는가?"

하나 안타까운 것은 그녀의 얼굴은 그림을 남겨두어 언제든 볼 수 있는데, 목소리는 점점 희미해져 간다는 것이었다. 목소리, 촉감, 향기, 무엇 하나 잊고 싶은 것이 없었는데, 희미해져 가는 것들이 있었다.

"……행복한가?"

루프스의 목울대가 울컥거렸다.

"당연히 행복하겠지. 내가 어떤 마음으로 보내주었는데, 당연히 행복하겠지. 그토록 그리던 가족들 곁에서 행복하겠지."

루프스는 유채의 입술을 쓸었다.

"좋은 수컷은 만났나? 내가 질투할 만큼 잘생기고 착하고 다정하고 나보다 잘난 수컷을 만났나?"

루프스는 유채의 입술에 입을 맞춘 뒤에 그림에 이마를 기대었다.

"나는 그럭저럭 살아가고 있다. 매일이 바쁘다. 나를 찾는 이들도 많고, 대륙과 교류를 결정하고 마레 위르와 수인들 사이를 조절하느라 바빠. 그래서 그런지 너를 덜 떠올려서 덜 괴롭다."

거짓말이었다. 하루에도 수십 번씩 찾아오는 기억에 루프스는 바보가 되었다. 그는 항상 주위를 돌아보면서 유채의 흔적을 찾았다. 기대하고 절망하는 것의 반복이었지만, 루프스는 그럼에도 기대를 품고 살아갔다. 유채의 모습이 꿈에서라도 보이면 그날은 잠을 설치고 뜬눈으로 밤을 지새웠다. 루프스는 조금씩 그리움에 말라가고 있었다.

"언제쯤 이 그리움을 참을 수 있게 될지 모르겠다. 지금은 그저 아프기만 해. 너를 볼 수 없다는 사실이 그저 괴롭기만 해."

루프스는 다시 똑바로 서서 초상화 속에서 미소 짓고 있는 아름다운 유채를 보면서 웃었다.

"그럼에도 네가 행복할 것이라 생각하면 참을 만하다. 그러니 나는 괜찮아. 너만 행복하다면 나는 괜찮다."

루프스는 애잔하게 유채의 초상화를 바라보다가 마지막으로 한 번 더 입을 맞추고 방을 나섰다. 그가 향한 곳은 내궁 깊숙한 곳, 유채가 쓰던 방이었다. 그 방은 유채가 사용하던 때와 하나 다름없이 똑같은 모습으로 유지되고 있었다. 루프스의 명으로 이 방은 매일 먼지를 터는 정도의 청소만 되는 상태였다.

벽에는 세드릭이 그린 유채의 생생한 그림들이 걸려 있었다. 루프스는 그 그림들을 한참 쳐다보다가 침대에 걸터앉았다. 침대 위에는 유채의 머리카락이 담긴 상자가 놓여 있었다. 루프스는 상자를 열어 이제는 만지면 바스락거리는 소리를 내는 그녀의 머리카락을 건드렸다.

눈을 감으면 그녀는 항상 제 앞에 등을 보이고 앉아 있었다. 웃고 있을까, 아니면 불퉁스런 표정을 짓고 있을까? 루프스는 그녀의 표정을 상상했다. 손끝에 닿는 머리카락의 촉감은 유채의 부드러운 머리카락을 쓰다듬었던 기억을 떠올리게 해주었다. 루프스는 크게 숨을 들이쉬고 눈을 떴다.

"젠장."

매번 이런 식이었다. 그럴 리 없다는 것을 알고 있음에도 눈을 뜨면 그녀가 있기를 바랐다. 혹시나 기억 속에서 조금이라도 흐려질까 봐 하루에도 몇 번을 이 방에 찾아오는지 몰랐다. 유채의 웃는 표정이 어땠고 삐친 듯한 표정이 어땠는지를 기억하기 위해서 그는 수없이 많은 시간 동안 이 그림을 바라보았다. 그럼에도 자꾸만 기억 속에서 유채가 흐릿해져 가는 것 같아서 가슴이 아팠다.

"루프스님."

헤나가 찾으러 오자 루프스는 애써 멀쩡한 척을 하며 그녀를 보았다.

"잠시 나갔다 오겠다. 급한 일은 알렉스나 프레드릭에게 말해서 처리하라."

루프스는 헤나를 지나쳐서 궁을 나왔다.

"이것도 매번 하니 이제는 실패하지도 않는군."

루프스는 프레드릭의 힘이 담긴 마력석을 이용해서 들판에 유채꽃을 피웠다. 유채가 돌아온다면 제일 처음 보여주고 싶은 풍경이었다. 루프스는 유채꽃을 활짝 피워놓은 다음에 그 사이에 앉았다. 혹여나 유채가 돌아온다면 초췌한 모습을 보여주고 싶지 않아서 오늘도 예전처럼 잔뜩 멋을 부렸다. 그는 목에 건 반지를 만지작거렸다.

"벌써 이 년이구나."

유채가 떠난 것이 이 년 전 오늘이었다. 루프스는 유채가 떠났던 그곳에서 그녀를 기다렸다. 시간을 낼 수 있을 때마다 이곳에 왔다. 매번 기대했다가 실망하고 낙담하고 돌아가면서도 포기할 수가 없었다.

바람이 그를 스치고 지나갔다. 이마에 땀방울이 맺히고 떨어졌다. 뙤약볕 아래서 그늘도 없는 곳에 앉아 있는 것이 힘들 만도

한데 루프스는 돌이 된 것처럼 움직이지 않았다. 그러는 사이 하늘에 노을이 지기 시작했다.

"오늘도 오지 않는구나."

오늘도 이렇게 하루가 갔다. 허탈한 듯 중얼거리는 그는 점점 지쳐 가고 있었다. 루프스는 두 손을 들어서 얼굴을 묻었다. 버틸 수 있을 줄 알았다. 하지만, 아니었다. 하루하루 살아가는 것이 고통이었다. 죽고 싶었다. 하지만 유채가 돌아온다는 그 거짓말이 그를 옭아매었다. 조금만 기다리면 오지 않을까, 내일은 오지 않을까 그런 생각만 하며 루프스는 하루하루를 살아갔다.

태양이 사라지고 달이 떴다. 루프스는 하늘을 올려다보고 자리에서 일어났다.

"오늘은 이만 가야겠다."

루프스는 답을 해줄 이가 아무도 없다는 것을 알면서도 그녀에게 하는 것처럼 속삭였다. 루프스는 마력석을 회수하기 위해 뒤돌아섰다. 그때였다.

"저기요? 거기 키 큰 아저씨."

너무나도 그리운 목소리가 들렸다. 루프스는 몸을 굳혔다.

환청이다. 분명히 환청일 것이다. 루프스를 이를 악물었다. 그는 어깨를 딱딱하게 굳힌 채로 목소리를 무시하고 앞으로 걸어갔다.

"이봐요! 내 말 안 들려요! 나 짐 많단 말이에요! 나 혼자 여기서 어떻게 가라고!"

루프스는 그 자리에 멈춰 섰다. 환청인지 실제인지 헷갈릴 정도였다. 하지만 이걸 믿고 뒤돌아섰다가 다시 실망하게 되면 이제는 도저히 마음을 추스를 수 없을 것 같았다. 루프스는 망설였다.

꿈에서 유채는 제 앞에 서 있었고 제가 끌어안으면 항상 연기처럼 사라졌다. 허허벌판에 혼자 남는 것은 항상 자신이었다. 그렇게 꿈에서 깨면 그는 유채가 없다는 사실에 깊이를 알 수 없는 절망에 빠졌다.

"이 아저씨가! 아저씨라 불렀다고 지금 그러는 거예요?"

바퀴가 질질 끌리는 소리가 났다.

"라이!"

루프스는 그 말이 기폭제가 된 것처럼 급하게 뒤를 돌았다. 루프스는 순간 얼어버렸다. 저 앞에 유채가 보였다. 제가 기억하는 모습과 달리 구불거리는 단발머리였다. 어깨를 훤히 내보이는 하얀색 상의에 짧은 치마를 입고 굽이 있는 샌들을 신은 그녀의 한쪽 손에는 바퀴가 달린 커다란 분홍색 가방이 들려 있었다. 유채가 웃었다.

"여기는 시간이 얼마나 흘렀어요? 나는 아직도 스무 살이에요. 이제 대학교 1학년 1학기를 마치고 여름방학을 보내는 중이죠. 당신은 몇 살이에요?"

루프스는 종알거리는 유채를 홀린 듯이 바라보고만 있었다. 그는 치열하게 고민했다. 제 앞에 보이는 유채가 환상인지 아닌지를. 그의 손이 가늘게 떨렸다.

"여기랑 내가 사는 세상이랑 같은 날짜로 차원의 문을 열려면 좀 복잡해서 오래 체류해야 할지도 모른다고 하더라고요. 그래서 짐을 많이 싸왔거든요? 이거 무겁다고요! 좀 들어달라고 이렇게 열심히 티 내고 있는데 계속 그렇게 쳐다보고만 있을 거예요?"

유채는 분홍색의 캐리어를 끌고 한 걸음 다가갔다. 루프스는 저도 모르게 뒷걸음질 쳤다. 그의 눈에서는 저도 모르게 눈물이 흘러내리고 있었다. 이게 꿈이라면 깨지 않기를 바랐다. 이게 환상이라면 평생 환상이라는 것을 깨닫지 못하기를 바랐다.

유채가 다시 한 걸음 다가왔다. 루프스는 다시 한 걸음 멀어졌다. 그녀와 가까워지면 이 꿈이, 이 환상이 깨어질 것 같아서 도저히 다가갈 수 없었다. 그는 눈물만 뚝뚝 흘렸다. 계속 한 걸음씩 멀어지는 루프스에게 다가가기 위해 유채는 두 걸음 앞으로 다가갔다.

"나 보고 싶지 않았어요?"

그 말을 듣자마자 루프스는 유채에게 달려갔다. 환상이든 무엇이든 상관없었다. 그는 유채를 꽉 끌어안았다. 꿈처럼 유채는 품에 안겨도 사라지지 않았다. 이 온기, 이 촉감, 이 향기, 모든 것이 기억하는 그대로 유채였다. 유채도 그를 마주 안아왔다.

환상이 아니다. 진짜 유채였다. 그녀가 돌아왔다. 루프스는 아무 말도 하지 못하고 울기만 했다. 목이 메어 제대로 된 말 한마디 뱉을 수 없었다. 유채가 돌아온다면 하고 싶은 말이 그렇게 많았는데, 사랑한다고 고맙다고 말하기 위해서 연습도 했는데 아무런 소용이 없었다.

"나 돌아왔어요."

사실은 믿고 있었다. 유채가 돌아올 것이라고. 하지만 그렇게 믿었다가 실망할 것이 두려워서 거짓말이라고 스스로에게 되뇌었다. 또 다시 절망하는 것이 두려워서 거짓말이라 부정했다.

그의 기다림의 끝이 다가왔다. 루프스는 유채의 몸을 꽉 끌어안았다. 팔에 감겨오는 몸이 너무나도 그리웠다.

유채는 루프스의 은빛 머리카락을 쓸었다.

"우리 언니 건강해졌어요. 이제 학교도 다시 다닐 수 있을 정도로 회복되었어요."

유채는 자신의 이야기를 털어놓았다. 유채의 실종 사건은 할머니의 덕으로 단순 가출 사건으로 종결되었다. 유채는 정시를 준비하고 언니에게 골수이식을 할 준비를 하다가 우연히 엄마에게 등의 상처를 보이고 말았다.

엄마는 기겁했고, 그때가 돼서야 유채는 가족들 앞에 자신이 겪었던 일들을 얘기할 수 있었다. 스티폴로르에게 가게 된 계기부터 그곳에서 누구를 만났고 어떤 일을 겪었는지.

당연히 가족들은 그 말을 쉬이 믿지 않았다. 가족들은 유채가 큰일을 당해 그것으로 인해 정신이 무너져 내릴까 봐 억지로 다른 이야기를 꾸며 그것을 믿는 것이라고 생각했다. 엄마는 유채의 정신과 진료까지 알아볼 정도였다.

유채가 자신이 겪은 일이 모두 사실임을 주장하던 중에 셀레네가 준 성력(聖力)이 갑자기 발휘되었다. 유채가 의도한 바는 아니었다. 제가 겪은 일을 있는 그대로 다 말하면 가족들이 충격을 받을까 봐 일부러 순화해서 말했었는데, 오히려 유채는 성력이 갑자기 발휘된 것에 제일 많이 놀랐다.

유채가 겪었던 일이 가족들의 눈앞에 영화처럼 펼쳐졌다. 셀레네가 말하기를 위대한 그분의 자비라고 했다. 위대한 그분이 유채의 진실을 가족들이 믿게 도와주기 위해서 한 조치라고 설명했다.

모든 일을 보여준 것은 아니었다. 유채가 말한 내용만 간략하게 정리되어 있었다. 그러나 유채의 말을 믿기에는 충분할 정도였다.

"우리 엄마랑 아빠랑 언니랑 내가 여기로 돌아간다고 하니까 엄청 뜯어말리더라고요. 그런 놈이 뭐가 이쁘다고 기회를 주냐고. 우리 아빤 당신을 만난다면 당신 찢어 죽일 기세였어요."

루프스는 유채의 말에 고개만 끄덕였다.

"나 거기에서도 가끔 당신이 생각났어요. 그쪽이 내 미의 기준을 너무 올려놔서, 남자를 만나도 어지간한 얼굴은 잘생겼다는 생각이 들지 않더라고요. 내게 잘해주려는 남자들도 자꾸 당신이랑 비교하게 되고. 내 일상 속에 이미 당신이 스며들어 있더라고요. 만날 수 없는 먼 차원에 있는 사람인데."

유채는 루프스의 얼굴을 붙잡아 들어올렸다. 그의 청회색의 눈동자가 물에 번질거렸다. 루프스의 목에 걸린 반지가 눈에 띄었다.

"당신이 정말 밉지만, 당신이 가엽고 계속 생각나더라고요. 이게 무슨 감정인지 모르겠어요. 당신을 용서한 것인지, 아니면 아직도 용서하지 못한 것인지. 하지만 분명한 것은 당신과 한 약속은 지켜야 한다는 것이었어요."

유채는 루프스의 눈물을 닦아주며 환히 웃었다.

"그러니까 이제 기회예요. 내 혼란스러운 마음에 들어와서 나를 헤집어놓을 기회. 나를 유혹할 기회."

유채는 잠시 말을 멈추고 할 말을 고르는 듯했다. 루프스는 두근두근해서 그녀의 말을 기다렸다.

"이제부터 노력해 봐요. 당신에게 주는 마지막 기회니까, 열심히 유혹해 봐요."

루프스의 고개가 약간 틀어지고 유채의 입술에 그의 입술이 닿았다. 유채는 살며시 눈을 감았다. 입술만 닿은 채로 루프스는 눈물을 흘렸다. 환상이 아니다. 진짜 유채였다. 기다리고 기다렸던 진짜 유채였다.

"평생을 기다리려고 했다. 죽어서도 너를 기다리려고 했다."

그의 손이 유채의 볼을 감싸 안았다.

"사랑해. 내가 내 마음을 어찌할 수 없을 정도로 너를 사랑한다. 그러니…….”

루프스는 목이 메어서 말을 잇지 못했다.

“……고맙다. 내게 기회를 주어서.”

루프스는 유채를 끌어안았다. 그의 행복이 지금 팔 안에 안겨 있었다. 그의 세상이 다시 찾아왔다. 너무나 어리석어서 놓칠 뻔했던 행복이었다. 이 행복을 손에 넣기 위해 너무 먼 길을 돌아왔다. 루프스는 유채의 목덜미에 제 얼굴을 묻었다. 유채의 손가락이 루프스의 머리카락을 헤집었다.

“나 돌아왔어요.”

루프스는 고개를 끄덕였다. 다시 잡을 수 없을 것이라 생각했던 그의 행복이 돌아왔다.

밤하늘의 별이 유채와 루프스의 재회를 축복했다. 풀벌레 소리와 바람 소리가 둘을 감싸 안았다. 멀고 먼 길을 돌아서 이렇게 다시 만났다.

약속을 지키러 다시 유채가 돌아왔다.

2부 돌아오다 完

Epilogue

Epilogue

엘제베른은 세상에 존재하는 국가 중에 가장 독특한 문화를 지닌 곳이다. 엘제베른의 시작은 대륙에서 스티폴로르 섬으로 이주해 간 수인들이 세운 나라로, 본디 스티폴로르 섬의 수인들은 각 일족들이 각자의 자치권을 가진 연맹국가의 형태였다. 이러한 형태의 존립이 깨지기 시작한 것은 대륙의 혼란으로 인해 대륙의 사람들이 유입되면서부터였다.

대륙의 이주민들이 스티폴로르의 수인들에게 저지른 만행으로 섬의 토착 수인들과 이주민들 간의 갈등이 심해지면서 수인들은 가장 강한 일족인 늑대 일족을 중심으로 뭉치기 시작했다. 그들은 늑대 일족의 장인 루프스를 왕으로 삼고 대륙 이주민들을 몰아냈다. 궁지에 몰린 이주민들은 포트리스라는 도시를 차지하고 그들에게 대항하였다.

포트리스와 수인들 간의 대치는 코르페네즈 제국의 멸망 이후 벌어진 전쟁만큼 길었다. 대륙 이주민과 수인들의 갈등이 심해지는 와중에 대륙의 아르망드와 뤼벤 접경 지역의 신녀 출신인 라일라라는 여인이 스티폴로르에 들어왔고, 여우 일족의 수장인 울페스 베니니타스와 결혼을 하게 되었다. 현명하고 자애로운 라일라의 존재와 그때 마침 대륙 이주민들에게 우호적인 태도를 보이던 루프스 로보 덕에 곧 두 세력 사이 화합의 분위기가 형성되었다.

그러나 베르나도테 공작의 하수인, 헤임달의 공작으로 라일라는 살해당했고 그에 대한 누명을 로보가 쓰게 됨으로써 수인들은 다시 한 번 내전을 겪었다. 내전 이후 이주민들과 수인들 간의 갈등의 골은 점점 더 깊어졌다. 그러던 중 한 신비로운 소녀가 스티폴로르에 나타난다. 아직까지도 학자들 사이에는 그 소녀의 출신에 관한 논쟁이 거세지만, 기록상 소녀는 지금까지도 엘제베른의 신성한 신전으로 여겨지는 에클레시아에서 빛기둥과 함께 나타났다고 한다.

소녀는 당시 루프스이자 엘제베른의 초대 황제가 된 라이칸 1세의 펠릭스 다우스, 직역하자면 애완동물, 쉽게 말해서는 노예가 된다. 레티티아라는 이름을 얻고 루프스 라이칸의 노예가 된 소녀는 그의 총애를 받는 위치에 올라선다. 이 소녀의 등장으로 스티폴로르의 운명은 크게 요동치게 된다.

지금까지도 엘제베른의 가장 큰 축제 중 하나인 베노르 콩레수스에서 수인 세계를 흔드는 커다란 사건이 벌어진다. 타우루스 헥터가 베노르 콩레수스 도중 레티티아를 겁탈하려 한 것이었다. 분노한 루프스 라이칸은 헥터의 다리를 자르고 그와 공모한 유력자 토모스의 딸인 젤다를 처형했다. 그로 인해 자존심이 상한 헥터는 내전을 일으켰고 그 내전으로 비롯된 혼란에서 헤임달은 다시 음모를 꾸며 수인들과 인간들을 멸족시키고 스티폴로르를 장악하려 했다. 그의 목적은 스티폴로르에 묻혀 있는 막대한 양의 프레눔이었다.

루프스의 노예였던 소녀는 헤임달의 악행을 막고 동시에 지도상에서 영영 사라질 뻔한 스티폴로르를 구했다고 역사는 전한다. 엘제베른의 역사서에 따르면, 루프스의 노예로 알려진 소녀 레티티아는 사실 셀레네 여신이 수인들을 구하기 위해서 보낸 신녀 한유채이며, 그녀는 전설로 내려오는 아르젠의 초대 여제인 은가연과 마찬가지로 이계의 사람이라는 것이다. 그녀는 스티폴로르의 무너진 신전인 에클레시아를 일으키는 놀라운 기적을 행한 뒤에 흔적도 없이 사라졌다고 한다.

그 뒤 스티폴로르는 놀라운 변혁을 거쳐서 엘제베른이란 나라로 재탄생하게 된다. 강력한 중앙집권국가가 된 엘제베른의 초대 황제는 루프스 라이칸이었고 그 이후로 그의 후손들이 황제의 자리를 이었다.

엘제베른은 유일무이한 수인 국가로 대륙에 비해서 능력에 따라 신분 이동의 기회가 열려 있다. 대륙과의 교류로 대륙의 신분제를 도입하기는 하였으나 초대 황제인 라이칸 1세의 이념에 따라서 그 신분제를 고정해 두지는 않았다. 이것이 대륙의 위대한 사상가인 레아 델피에게 지대한 영향을 주었다.

극도의 순혈주의를 고수한 뤼벤과 아르젠보다는 정도가 낮아도 그래도 순혈주의를 고수한 아르망드는 엘제베른을 야만인의 나라라 배척하고 이류 국가로 취급하였다. 특히 뤼벤은 국부로 추대되는 프란츠 1세의 아버지인 베르나도테 공작이 스티폴로르 정벌 과정에서 전사함으로써 엘제베른과 크게 척을 진다. 그러나

근대 이후로 혁명과 전쟁을 거치며 큰 혼란을 겪은 대륙과 달리 엘제베른은 황가가 먼저 권리를 내려놓으면서 입헌군주제를 도입하였고, 그 뒤 풍부한 지하자원을 바탕으로 눈부신 성장을 이루어 현대에 와서는 아르젠을 넘보는 강대국이 되었다.

이 놀라운 성장에는 엘제베른의 기틀을 닦은 라이칸 1세의 노력이 상당하였다. 라이칸 1세는 포트리스의 인재를 적극적으로 받아들이고 그들과의 융합을 위해서 노력했다. 수인과 인간 사이 차별과 증오범죄를 철저하게 처벌하였고 또한 보다 강한 중앙집권 체제를 유지하기 위해서 벨라토르와 같은 군사적, 행정적 기구를 설치하여 각 일족의 자치권을 약화시켰다. 군사적인 면에서도 뛰어난 센스를 보인 라이칸 1세가 세운 군사체제는 후일 아르망드의 대여제 카산드리아 1세의 정복 전쟁에서 가장 마지막까지 살아남은, 그리고 가장 먼저 독립을 쟁취한 나라가 될 수 있는 근간을 만들어주었다. 그 외에도 당시로는 파격적인 정책을 제시하기도 했다. 현대 국가와 같은 꼼꼼한 호구조사와 철저한 재산조사를 하고 그에 따라 차등을 두어서 세금을 거두었다. 일정 소득 이하의 국민에게는 나라에서 생활을 돕는 구휼제도도 있었다.

라이칸 1세의 업적은 그의 부인인 황후 한유채의 영향이 컸다. 루프스 라이칸의 펠릭스 다우스이며 성녀였던 그녀는 홀연히 사라졌다가 다시 스티폴로르에 돌아와 라이칸 1세의 황후가 되었다. 한유채 황후는 최초로 민주주의와 삼권분립 등의 정치체제에 대한 개념을 소개했다. 황후가 소개한 체제는 현대에 적용시킬 수 있을 정도로 발전된 개념이었다. 비록 시대의 한계로 적용될 수는 없었지만, 황후의 주장은 기록으로 남아 후일 엘제베른의 위로부터의 개혁의 기본 토대를 제공하였다.

또한 황후는 엘제베른이 이류 국가 취급을 받을 때도 대륙의 모든 나라들이 시기하였던 과학기술을 닦을 수 있었던 체계적인 실험과 검증이라는 법칙을 세웠다. 특히 황후는 약학 분야에서 엄청난 지식을 발휘했는데, 그것이 현재 제약 분야의 강국이 된 엘제베른에 크게 이바지했다. 또한 인권 개념을 체계적으로 정비하고 고문의 금지, 차별금지법 같은 선진적인 개념을 제시했다.

황후는 교육제도를 정비하여 평등한 교육의 기회를 마련하기도 했다. 복지국가라는 개념을 최초로 제시한 것도 한유채 황후였다. 황후는 황제의 반려라는 한계와 시대의 한계에 부딪쳐 본인이 주장한 모든 것을 이룰 수는 없었지만, 그녀의 제안은 후일 위대한 사상가라 불리는 아르망드의 레아 델피와 니콜라 드 발루아 부부에게 영향을 미쳤고, 근대의 시민 혁명 사상의 토대를 제공했다. 한유채 황후는 엘제베른이 후일 초강대국으로 도약하는 기틀을 닦은 여걸이었다.

신녀가 되었다지만 여성이고 노예였던 그녀의 의견을 무시하지 않고 수렴한 라이칸 1세의 결단력과 시대를 앞서간 한유채 황후의 통찰력이 없었다면 현재의 엘제베른은 존재하지 않았을 것이다.

라이칸 1세와 황후는 로맨틱한 사랑 이야기로도 유명하다. 젊었을 적 잔혹한 폭군으로 유명했던 라이칸 1세의 노예가 되어 그의 총애를 받고 마침내 그를 성군으로 변화시키고 스티폴로르를 구하고 홀연히 사라졌다가 다시 그와 재회한 황후의 이야기는 이미 수없이 각색되고 영화화되었다. 둘의 로맨틱한 이야기는 뤼벤의 크리스틴 1세와 레온하르트 대공의 이야기와 함께 전 세계인의 사랑을 받는 이야기이다.

사실 아직도 한유채 황후의 진위 여부는 많은 말이 오간다. 학계에서는 그녀가 신의 선택을 받은 성녀가 아니라 라이칸 1세가 마레 위르와 수인간의 화합을 보여주기 위해서 상징적인 의미로 들인 황후이며, 노예 신분을 세탁하기 위해 신화를 만들었다는 의견이 우세하다. 하지만 역사에 남은 수없이 많은 증거와 최근 발표된 유전자 감식의 결과 한유채 황후가 정말로 이계의 사람일지도 모른다는 주장도 서서히 힘을 얻고 있다. 수많은 일화와 증거들이 라이칸 1세와 그녀의 사랑을 뒷받침해 주고 있다. 그리고 엘제베른 황실의 미남, 미녀 유전자도 말이다.

……(중략)……

최근 굉장히 놀라운 연구 결과가 발표되었다. 엘제베른의 유명 전래 동화 「늑대와 소녀」의 저자가 라이칸 1세라는 것이다. 역사상 열 손가락에 꼽히는 무인 중 한 사람인 라이칸 1세가 아이들을 위한 동화를 썼다는 것에 학계가 들썩였다. 동굴에 외롭게 살던 늑대가 마을에서 올라온 소녀와 만나 우정을 쌓는다는 내용으로, 소녀가 아파서 동굴에 오지 못하는 것을 모르는 늑대가 폭풍우를 맞으며 기다리다가 시름시름 앓게 되었고, 병이 나아 자신을 찾아온 소녀를 보고 기뻐하며 영원한 우정을 약속했다는 이 이야기가 라이칸 1세가 황후와 헤어졌던 이 년간의 슬픔을 풀어내는 방법에서 비롯된 것은 아니었을까 추측하고 있다.

[대륙의 역사와 전래 동화의 기원 中 엘제베른 편에서 발췌]

⚜

"유하 선배."

유하는 자신을 찾아온 후배에게 반갑게 인사했다. 그녀의 옆에는 제 동기들, 유하에게는 마찬가지로 후배가 되는 남학생 둘이 더 있었다.

"유하 선배, 동생 있으시죠?"

"응? 내 동생은 왜?"

"진짜 여배우 뺨치게 예쁘다고 했잖아. 어지간한 연예인들은 상대도 안 될 거라니까?"

남학생 중 키가 작은 쪽이 큰 쪽에게 말했다. 여자 후배가 유하의 팔을 붙잡고 물었다.

"지난번에 선배 동생 왔었다면서요. 그때 다들 난리였는데 전 못 봤거든요. 동생 다니는 학교에서도 유명하다면서요? 사진 한 번만 보여주시면 안 돼요?"

"맞아요, 선배. 사진 한 번만 보여줘요."

유하는 어쩔 수 없단 듯 웃으면서 휴대폰에 있는 유채의 사진을 보여주었다. 사진을 본 키가 큰 남학생이 탄성을 지르며 유하의 손에서 휴대폰을 가져갔다.

"진짜 선배 동생이에요? 혹시 아이돌 준비해요? 아님 배우? 진짜 예쁘다. 완전 여신이네, 여신."

유하는 단호한 태도로 그에게서 다시 핸드폰을 뺏어왔다.

"아니. 약대 준비하고 있어. 어릴 때 길거리 캐스팅은 몇 번 당해봤는데, 본인이 싫다고 연예인 준비는 하지도 않았어."

"선배, 저 동생 좀 소개시켜 주면 안 돼요? 진짜 예쁘다. 선배, 저 착한 거 알잖아요. 제가 선배 복학하시고 적응하실 수 있도록 엄청 도와드렸잖아요. 그러니까 한 번만 소개시켜 주시면 안 돼요? 곧 겨울방학이잖아요."

거절을 잘 못하는 성격인 유하는 어색한 웃음을 지었다. 그러다 문득 쓸 수 있는 핑계를 떠올렸다.

"걔 남자친구 있어. 이번 겨울에 남자친구 만나러 외국 가."

유하가 말하는 것은 루프스였다. 외국도 아니고 심지어 다른 세상으로 가는 것이었고 말이다. 유채가 말하기를 아직 남자친구는 아니고 남자 사람 친구에 가까웠지만, 유하는 후배를 떨쳐 내기 위해 약간의 거짓을 섞었다. 솔직히 말해서 유하는 루프스를 유채의 남자친구, 아니, 남자 사람 친구로도 인정하고 싶은 마음이 조금도 없었다. 유채가 어떤 일을 겪었는지 알게 되었는데 그런 놈을 뭐가 예쁘다고 봐준단 말인가. 어찌나 싫은지 유채가 지난여름에 그를 만나러 그쪽으로 넘어가겠다고 할 때 드러누워서 뜯어말릴 정도였었다.

아무리 그가 유채를 사랑하고 이제는 유채를 위해 죽으라면 죽는 시늉까지 하게 되었다지만 그래도 유하는 언니로서 그를 도저히 받아들일 수가 없었다.

"약속했으니까 가야 해. 그리고 그 사람 이제 나 못 건드려. 말했잖아, 언니. 난 괜찮아."

유하와 마찬가지로 부모님도 유채가 그곳을 가는 것을 탐탁지 않게 여겼다. 아빠는 유채를 따라가고 싶어 했다. 지난여름, 세계의 법칙인가 하는 것 때문에 유채 외에는 차원 이동이 불가능하다는 것을 안 아빠는 심하게 절망했다. 그러나 여름이 지난 후 다시 돌아온 유채는 여신이 편법을 써서 가족들을 배려해 주기로 했다는 말을 전했다.

차원의 틈이 안정되면 가족들도 오고 갈 수 있게 만들어주겠다고 약속했다고 했다. 이것은 피가 이어진 가족만이 가능한 방법이며 유하는 유채의 골수를 이식받았기 때문에 부모님보다 쉽게 오고갈 수도 있을 거라고도 했다.

아빠는 최근 운동으로 킥복싱을 시작하였는데 그게 아무래도 루프스를 만나게 될 날을 염두에 두고 있는 것 같았다. 하지만 유채는 아빠의 노력에 깔깔 웃어버렸다.

"아빠. 그 인간이 맞아주기는 할 텐데, 때려봤자 아빠 손만 아플 거야. 내가 해봐서 알아. 차라리 검도 배워."

유채는 지난여름 이후 이번 겨울방학에도 그곳으로 가기 위해 짐을 챙기고 있었다. 물론 부모님과 유하는 반대했다.

"남자친구요? 외국인?"

"유럽 여행 갔다가 만났어."

"에이. 저 소개시켜 주기 싫어서 거짓말하는 거 아니에요?"

"아냐. 증거 있어."

유하는 이럴 때 쓰려고 받은 건 아니었지만 유채가 준 루프스의 사진도 보여주었다. 사진으로도 인간이 아닌 티가 좀 나는지라 눈의 형태와 머리카락 색을 보정한 사진이었다.

"세상에. 모델이에요? 아님 배우?"

"CEO야. 이제 서른일걸? 동안이라 좀 어려 보이긴 하더라."

거짓말은 아니었다. 회사를 경영하는 게 아니라 나라를 경영하는 게 차이이긴 하지만 말이다.

"대박이다. 역시 끼리끼리 노는구나. 진짜 잘 어울리네. 유하

선배, 혼혈이라고 했죠?"

"응. 근데, 나 이만 가봐야겠다. 동생 짐 싸는 거 도와주기로 했거든."

유하는 핑계를 대고서 후배들을 떨쳤다.

"근데 선배 그 목걸이 어디서 사셨어요? 진짜 예쁘다."

"이거? 유채 남자친구가 줬어."

유하는 루프스가 보냈다는 선물들을 유채를 통해서 받았다. 종류도 다양한 것이 건강식품에서부터 귀금속까지, 하나도 귀하지 않아 보이는 것들이 없었다. 그중 마음에 든 것을 착용한 유하였다. 하지만 물론 그런 것으로 그를 못마땅해하는 마음이 없어진 것은 절대 아니었다.

"진짜요? 대박이다."

유하는 싱긋 웃고 하늘을 올려보았다. 요즘 유채는 행복해 보였다. 루프스와 왕래하는 것이 마음에 들지 않아도 유채가 행복하면 그만이었다.

⚜

– 유채 21세 루프스 30세

"좀만 옆으로. 지금 아슬아슬하다고."

유채는 마치 기수가 말을 재촉하듯이 발로 루프스의 옆구리를 건드렸다. 루프스는 한숨을 내쉬면서 옆으로 약간 움직였다. 유채는 휴대폰을 높이 들어 올리고 통화권에 들어갈락 말락 하는 수신 감도를 지켜보았다.

[말로 해라, 말로. 내가 무슨 말도 아니고.]

"왜? 말로 하면 또 말투 가지고 뭐라고 하려고?"

[내가 언제 그랬다고? 네가 도착하자마자 서로 말을 놓자고 할 때도 별말 하지 않았다.]

"이제부터 나 그쪽한테 존대 안 해요. 이제 우리 동등하잖아요? 나이로 핑계 댈 생각 말아요. 그쪽이 나한테 잘못한 게 얼마나 많은데."

이 년 만에 돌아온 유채는 삿대질까지 하며 곧바로 말을 놓겠다고 주장했다. 루프스는 말이 편해지면 그녀가 저를 좀 더 편하게 대할 거라 생각했기에 군말 없이 허락했다. 가끔 너무 섣불리 결정을 내렸나 싶기도 했으나, 예상대로 유채가 저를 더 편하게 대하는 것은 확실했기에 후회는 하지 않았다.

"조금만 상냥하게 말해주면 안 되냐며?"

[그건 네가 너무 나한테 쌀쌀맞게 말해서 한 소리였다.]

"됐고. 조금만, 아주 조금만 움직여 봐."

유채는 다시 발로 옆구리를 차는 대신에 이번에는 털이 북슬북슬한 머리를 쓰다듬었다. 루프스는 순순히 움직여 주었다. 그럼에도 아직도 휴대폰은 통화권에 들지를 못하고 있었다.

셀레네의 배려로 차원의 문이 열리는 지역 근처는 통화권이 되었기 때문에 유채는 가족들과 전화 통화를 할 때마다 이렇게 루프스를 대동하고 나와서 갖은 노력을 다했다. 루프스는 언제 유채가 저를 불러낼지 몰라서 항상 빠른 속도로 일을 끝냈다. 모두가 칭송하는 엘제베른 황제의 빠른 일 처리의 배경은 한 남자의 구애에서 비롯된 것이라는 사실은 그 누구도 모를 것이었다.

"아, 근데 그 「늑대와 소녀」 당신이 쓴 거야?"

[뭐?]

루프스가 화들짝 놀라 몸을 뒤틀었다. 그 바람에 아래로 떨어질 뻔한 유채가 루프스의 목을 꽉 움켜쥐었다. 루프스가 목 졸리는 소리를 낸 후에 유채는 미안하다 하곤 바로 팔에 힘을 풀었다.

루프스는 당황해서 어쩔 줄을 몰랐다. 우연히 잠행을 나갔다가 만난 아이들에게 유채가 돌아오기를 바라는 마음을 담아 이야기를 들려주었는데 그 이야기가 널리 퍼지게 될 줄은 몰랐다.

"완전 미화 장난 아니던데, 누가 보면 늑대가 소녀에게 제 순정을 몽땅 바친 것으로 알겠던데? 실제로 소녀는 늑대 때문에 죽을 만큼 괴로워했는데. 방에 갇히고……."

[그냥…… 내가 너에게 원래 해주었어야 하는 일을, 속죄하는 마음으로 쓴 글이다.]

"누가 뭐랬나? 근데 아이들을 위한 동화라면서 표현이 장난 아니던데? 동화책에 그런 내용을 실어도 되나? '소녀의 아기같이 하얗고 부드러운 살결은 늑대의 혀에 닿으면 사라질 크림 같아 보였다. 소녀의 장밋빛 뺨은 이 세상 그 어떤 색보다 고왔다.' 너무 외설적인 것 아니야?"

유채는 루프스를 놀릴 요량인지 장난기 섞인 말투로 동화책 내용을 읊었다. 만일 위르형이었다면 루프스의 얼굴은 새빨갛게 달아올랐을 것이다. 루프스는 약간 기어들어 가는 목소리로 답했다.

[내 눈에는 네가 그리 보이고 그렇게 느껴졌다. 살결이 곱고 부드러워서 아기의 것 같고 장밋빛 뺨은 생기가 넘쳐서 화가가 심혈을 다해서 그린 그림을 보는 기분이었다. 미의 여신이 있다면 너

라고 생각했다.]

그를 좀 놀리려다가 유채는 되레 민망해져서 헛기침을 했다. 하지만 예쁘다는 말에 기분이 나쁜 건 아니었다. 유채가 아무 말이 없자 루프스는 이번엔 다른 화제로 말을 꺼냈다.

[네 부모님은 지난번에 드린 선물을 마음에 들어 하시던가?]

"음. 엄마랑 언니는 목걸이를 좋아했고, 아빠는 시큰둥하셔서 잘 모르겠네."

[내가 한번 찾아뵐 수 있으면 좋을 텐데.]

"우리 아빠도 당신을 만나고 싶어 하긴 하는데."

[잘됐군. 나는 그놈의 세계의 법칙 때문에 가지 못하니 한번 모시고 와라.]

유채는 루프스의 말에 박장대소를 했다. 유채는 한참을 웃더니 눈가에 고인 눈물을 닦아내었다.

[왜 그렇게 웃나? 내 말이 우스웠나?]

"아니. 동상이몽이 웃겨서."

[동상이몽?]

"우리 아빠는 당신 되게 싫어하거든. 그래서 당신을 만나면 손봐주겠다고 잔뜩 벼르고 있어. 아마 우리 아빠 만나면 당신 고생깨나 할걸? 어차피 때려봤자 아픈 건 아빠 손이겠지만 그래도 기분이라도 내고 싶으신가 봐."

루프스는 유채의 말에 착잡해졌다. 그는 유채의 가족에게는 한없이 죄인이었다. 남의 집 귀한 딸을 험하게 대한 죗값을 받아야 하기에 그는 그들의 마음을 살 만한 여러 가지 물건들을 유채를 통해서 보냈었다. 루프스는 낮게 가라앉은 목소리로 물었다.

[그렇게라도 하면 마음이 풀릴 거라 하시던가? 아버님이?]

그렇다면 루프스는 기꺼이 그렇게 해줄 용의가 있었다. 유채는 어쩐지 축 늘어진 것 같은 그의 귀를 내려다보곤 싱긋 웃었다.

유채는 오늘은 날이 아닌가 싶어서 휴대폰을 든 손을 내리곤 루프스의 머리를 톡톡 두드렸다. 자기혐오와 죄책감에 빠져 있던 루프스가 고개를 돌렸다.

[왜?]

"나 그쪽하고 아직 아무 사이도 아니야. 우리는 그냥 친구 사이인데, 벌써 무슨 아버님? 곧 있으면 장인어른이라고 부르겠다?"

유채는 장난기 가득한 목소리로 그를 놀렸다.

[친구의 아버지도 아버님이라고 부를 수 있는 거다. 내 말이나 선물들은 잘 전했나? 내가 네 개인 이동 수단 역할까지 하며 거의 하인같이 살고 있는 것은 아시나?]

"왜 그렇게 말하면 점수라도 더 받을 것 같아?"

[아니다. 그저 너희 가족의 마음이 편해졌으면 해서 하는 말이다. 딸을 괴롭혔던 이가 하인 노릇 하고 있다는 이야기라도 들으면 통쾌하시지 않을까 싶어서. 전화통화는 안 하나?]

아직 이곳의 언어로 전화통화라는 말이 없어서 루프스는 약간 어눌한 한국어 발음으로 말했다. 유채는 루프스의 어설픈 발음에 실실 웃었다. 데이트를 하기 위해서인지 아니면 점수를 따려고 하는 건지는 모르지만, 루프스는 매 저녁마다 유채에게 한국어를 조금씩 배우고 있었다. 그는 성실한 학생이고 가르치는 보람이 있어서 유채도 가끔은 가르치는 데 열을 올리게 되었다. 물론 가르침을 빙자해 그를 구박할 수 있다는 이유도 있었다.

"몰라. 포기했어. 오늘은 날이 아닌가 봐."

[좀 더 해보는 것이 어떠나? 어머니가 걱정을 많이 하실 것 같

은데. 다 큰 딸을 늑대 굴에 보내놨는데, 걱정이 없으실 리가…….]
"아. 그러고 보니까 지난번에 엄마가 그쪽하고 통화하고 싶다고…… 꺅!"
갑자기 루프스가 워르형으로 모습을 바꾸자 유채는 갑작스러운 추락에 놀라서 비명을 질렀다. 깜짝 놀라 눈을 질끈 감았다 뜬 유채는 밑에 루프스를 깔고 앉았다는 것을 깨닫고는 더 깜짝 놀랐다.
눈이 휘둥그레져서 내려다보는 유채의 볼을 부드럽게 감싼 루프스가 다른 팔로 그녀의 허리를 감싸고 제 쪽으로 잡아당겼다. 부지불식간에 유채는 서로의 코끝이 닿는 거리에서 루프스를 내려다보게 되었다. 뭐가 그리 기쁜 것인지 루프스는 눈을 곱게 접고 있었다.
유채의 얼굴이 붉어졌다. 그의 웃는 얼굴은 심장에 그리 좋지 않았다. 얼굴이 너무 가까워져 민망함에 눈 둘 곳을 찾지 못하고 시선을 이리저리 움직이는 유채의 양 뺨을 감싼 채 루프스는 떨리는 목소리로 물었다.
"정말 나와 통화하고 싶다고 하셨나?"
"응?"
유채는 예상하지 못한 루프스의 말에 고개를 기울였다. 커튼처럼 아래로 흘러내린 유채의 머리카락을 그가 귀 뒤로 넘겨주었다.
"나와 통화는커녕 내 목소리가 들리는 것도 싫어하는 분이 아니었나? 그래서 네가 가족들과 통화할 때 나는 입도 벙긋하지 못하지 않았나. 그런데 나와 통화하고 싶으시다는 건……."
루프스는 유채의 어머니에게 용서를 빌 기회가 생긴 것인가 싶은 마음에 물었다. 유채는 낮게 웃으면서 장난스러운 미소를 입가에 띄웠다.

"우리 엄마가 왜 그랬는지는 나도 모르지. 근데 추운데 계속 이렇게 있어야 해?"

루프스가 그녀의 등을 감싸자 유채는 그의 품에 순순히 안겼다. 그의 왼쪽 가슴에 볼을 대고 누웠더니 곧 몸이 따뜻해졌다. 수인들은 보통 인간들보다 체온이 높기에 루프스의 몸은 유채에게 난로나 마찬가지였다.

"내가 안아주마. 겨울엔 내가 따뜻해서 좋다고 하지 않았나."

"흠. 이건 좋네."

루프스는 유채의 머리카락을 쓰다듬었다. 다시 만났을 때는 어깨에 닿을 정도로 짧은 상태였는데 요즘은 다시 기르는 모양인지 어깨 아래로 길게 늘어져 있었다. 짧으나 기나 유채에게는 둘 다 잘 어울렸다.

루프스는 머리카락에 이어 유채의 등도 손으로 쓰다듬었다. 요즘처럼 행복한 때가 없었다. 루프스는 유채의 정수리에 입을 맞추곤 예전부터 말하고 싶었던 것을 물었다.

"근데 그 옷 말이다. 다른 옷은 열 벌이든 백 벌이든 만들어줄 테니, 그건 입지 않으면 안 되나?"

루프스는 유채가 입고 있는 원피스를 힐끔 내려다보았다. 그녀는 본래 세상의 옷을 입고 지냈는데 그곳의 옷은 루프스의 기준에서는 너무나 짧았다. 여름에는 어깨를 훤히 드러내는 상의를 입기도 했고 하의의 경우에는 엉덩이만 겨우 가릴 수 있을 것 같은 짧은 바지를 입을 때도 있었다. 지금은 그나마 겨울이라 좀 나아졌는데 그래도 치마가 짧은 건 마찬가지였다.

"춥다면서, 그 옷은 너무 짧지 않나? 더 따뜻하게 입는 편이 낫지 않겠나?"

"솔직히 말하지. 내가 짧은 치마 입는 게 싫다고."

"그래, 싫다. 네가 그런 옷을 입고 있으면 수컷들이 얼마나 너를 쳐다보는지는 아나?"

유채도 눈치가 있기에 항상 챙겨 온 옷만 입는 것은 아니었다. 하지만 여름에는 저도 할 말이 있는 것이, 이곳의 옷은 여름에 입기에는 정말 너무나 더웠던 것이다. 유채는 벌떡 몸을 일으키고는 그를 노려보며 볼멘소리로 말했다.

"그게 당신도 마찬가지 아니야? 대륙에 얼굴이 얼려진 뒤로 그곳 유력가의 여자들이 당신 좋다고 쫓아온다며. 나는 거기에 대해 아무 말도 안 하잖아. 게다가 뭐, 듣기에 나 만나기 이전에는 궁녀들이나 고급 접대부들을 침실로 불렀다며. 그것만으로도 감점인데 지금 겨우 그 정도로 나한테 뭐라고 하는 거야?"

루프스는 아차 싶었다. 베르나도테 공작의 일이 끝이 난 뒤에 종전 협상 건으로 대륙에 갔었는데 그때 라그랑주의 공주, 아르망드의 대공녀, 코르테스의 황녀로부터 혼담이 들어왔었다. 당연히 루프스는 그 제의를 모두 정중히 거절했으나, 라그랑주의 공주는 첫눈에 반했다 말하며 엘제베른까지 쫓아와 달라붙었다. 그리고 그 이야기가 유채의 귀까지 들어간 것이다.

"나는 그 암컷들 얼굴도 기억 안 난다. 지금 내 품에 여신님이 안겨 계신데 그 어떤 암컷들의 얼굴이 생각날까?"

루프스의 아부에 유채는 온몸에 닭살이 돋는 기분이었다. 유채가 부르르 떨자 루프스는 유채가 기분을 푼 것인 줄 알고 낮게 웃었다. 유채는 루프스에게 한소리 하기 위해서 그의 멱살을 잡고 잡아당겼다. 그러나 힘 차이가 있는지라 오히려 제가 몸을 가져다

댄 셈이 되었다. 갑작스럽게 가까워진 거리에 둘은 멈칫했다.

유채는 제가 스스로 한 짓이기에 어찌할 바를 모르고 눈만 굴렸다. 루프스의 목울대가 움직였다. 그는 유채 쪽으로 고개를 가져다 댔다. 입술이 닿기 바로 직전, 간발의 차이로 유채가 제 입술을 손으로 가렸다. 루프스의 입술은 유채의 손등에 닿았다.

"말했잖아? 내 허락 없는 입맞춤은 안 된다고."

유채는 다시 몸을 일으켜서 그를 내려다보았다. 루프스는 유채의 코를 가볍게 잡았다.

"유혹을 해보라고 하면서 이것도 안 된다. 저것도 안 된다. 나보고 어떻게 유혹하라고."

"말 잘 듣는 강아지가 되면 되지."

유채는 루프스의 턱을 강아지 다루듯이 간질였다. 그것마저 귀여운지 루프스는 씩 웃고는 그녀를 다시 품에 끌어안았다. 눈이 덮인 벌판에 누워서 유채를 안고 있는 것도 나쁘지 않았다.

"하나 솔직히 말해도 되나?"

"뭔데?"

루프스의 입술이 유채의 볼에 닿았다.

"이따금씩 말이야 예전의 내가 튀어나오려고 해."

"뭐?"

유채가 경악하며 루프스의 가슴에 손을 얹고 상체를 일으켰다. 루프스의 얼굴에는 장난기가 가득하였다. 유채가 고개를 갸웃 기울이자 루프스는 그녀의 뒷머리를 감쌌다.

"같잖은 수컷들이 너만 쳐다보지 않나? 특히 대륙에서 온 놈들이 네 손 한번 잡아보겠다고 하는 꼴이 정말 추잡해서 못 봐주겠더군. 예전 같으면 너를 내궁에 가둬두든지 아니면 그놈들을 죄다 쓸어버렸을 텐데, 이젠 그럴 수도 없고. 타는 건 내 속이지. 너는 태평하게 네 추종자 노릇 하는 수컷들의 낯간지러운 소리나 듣고 있고."

"이봐요. 그쪽도 나한테 아부 떨지 않나?"

"그놈들하고 나는 분명하게 다르다."

유채는 루프스의 질투에 킥킥 웃었다. 루프스는 그 틈을 놓치지 않고 유채의 입술에 가볍게 입을 맞췄다. 쪽 하는 소리가 난 후 놀라 동그래진 그녀의 눈이 귀여워서 루프스는 유채를 제 가슴에 꼭 끌어안았다. 유채는 바르작거리다가 이내 한숨을 쉬고 얌전히 그의 가슴에 얼굴을 기대었다. 루프스는 갸르랑거리는 소리를 내면서 유채의 머리카락을 쓸었다.

"어떻게 내 품에 이런 여신님이 안겨 계실 수 있는 것인지 모르겠어. 우아하고 도도하고 그 무엇보다 이렇게 귀엽기까지 한데."

"봐봐. 또 아부하잖아."

노골적인 아부에 유채의 얼굴이 붉어졌다. 유채가 멀어지려 하자 그는 유채의 팔을 잡고 자신의 가까이 끌어당겼다. 코끝이 닿는 거리였다. 루프스는 유채의 장밋빛 뺨을 쓸었다. 아기같이 여린 피부라 만질 때마다 부드러웠다. 루프스는 유채의 이마에 입술을 맞췄다.

"할 수 있는 유혹이 없으니 이렇게 아부라도 떨어서 네 환심을 사야 하지 않겠나? 같잖은 놈들에게 너를 뺏기지 않으려면."

루프스가 찬바람에 붉게 달아오른 유채의 뺨을 따뜻한 손으로 감쌌다.

"안 춥나?"

"당신 몸이 따뜻해서 안 추워. 평생 이런 난로를 끼고 살면 겨울에 걱정 없을 텐데."

"난 평생 네 난로가 되어줄 수 있다."

"아부 좀 그만 떨어. 여신의 미모네, 뭐든 해주겠네, 이런 입에 발린 소리도 하지 말고."

쪽. 루프스는 유채의 입술에 또 다시 입을 맞췄다. 유채는 인상을 찌푸리며 그의 어깨를 툭 쳤다. 하지만 루프스는 아랑곳 않고 그녀를 안은 채 볼과 관자놀이에도 입을 맞췄다.

"다시 말하지만, 이것도 저것도 안 된다고 하니 방법이 있나. 아부라도 떨어야지. 그래야 네가 내게 넘어올 것 아닌가?"

"흐음. 그건 그렇네."

루프스는 이런 관계만으로 만족했다. 유채는 저쪽 세상에서 학교를 다니기에 이곳에 오래 머무르지는 않았다. 유채가 돌아오지 않을까 봐 불안한 마음도 들었지만, 결국은 믿고 기다렸다.

"그러고 보니 곧 블루벨 출산일이네."

블루벨은 이제 스무 살이었다. 블루벨이 열아홉 살일 때 그녀와 결혼한 케릭스는 첫날밤을 미루고 미루다가 블루벨이 스무 살이 되자마자 드디어 첫날밤을 보냈고 단박에 아이가 생긴 것이었다.

"여자 손모가지 제대로 잡아본 적이 없는 놈이 첫날밤 전날에 내게 와서 조언을 구하는 것이 얼마나 웃겼는지."

"그러고 보니, 당신 나 없는 동안 다른 여자 만난 것 아니야?"

웃자고 한 말에 유채가 정색하고 물어오자 루프스는 당황하여 얼른 변명을 늘어놓았다.

"절대 아니다! 늑대는 사랑하는 암컷이 생기면 그 암컷에게만 반응한다. 내겐 너뿐인데 누굴 들였겠나. 너는 그런 나를 몇 년째 독수공방시키고 있는 거고. ……그러고 보니 케릭스 놈이 아니라 내가 더 불쌍하군."

루프스의 한탄에 유채는 키득거리며 웃었다. 유채는 루프스의 가슴을 짚고 몸을 반쯤 일으켜 세웠다. 웃음기를 머금은 그의 눈이 진지했다.

"라이칸 씨, 내 이름은 한유채예요."

루프스의 심장이 두근두근 뛰는 것이 손바닥 아래로 느껴졌다. 유채는 그의 심장박동을 느끼면서 천천히 입을 열었다.

"내 하인 노릇 그만하고 내 남자친구 돼서, 나랑 연애 한번 해볼래요?"

대답을 듣기도 전에 순식간에 시야가 바뀌었다. 유채는 어느새 눈 위에 누워 그를 올려다보게 되었다. 루프스는 유채의 뒷목을 끌어안고 입을 맞췄다. 유채는 고개를 살짝 젖히고 루프스의 목을 끌어안았다. 한참 유채의 입술을 탐하던 루프스의 입술이 이내 그녀의 목선을 타고 내려갔다. 그러자 유채가 그를 저지했다.

"뭐 하는 거야? 난 연애하자고 했어. 키스가 아니라."

"키스도 연애에 포함되는 것 아닌가?"

유채가 어깨를 밀어내자 루프스는 순순히 밀려나 주었다. 일어나 앉은 유채는 부끄러운지 약간 달아오른 얼굴을 하고선 따지듯이 말을 했다.

"우리도 좀 풋풋하게 해보자고. 손도 허락 맡고 잡고 키스할 때도 머뭇거리고 부끄러워하고. 이런 것 저런 것 다…… 좀 서툰 것처럼 풋풋하게, 그게 연애잖아."

루프스는 약간 토라진 표정의 그녀를 보자 웃음이 실실 흘러나왔다. 이렇게 귀여울 수가 없었다. 루프스는 유채의 손을 깍지를 껴서 잡고 그녀의 입술에 가볍게 입을 맞췄다.

"뭐 하는……."

쪽. 쪽. 연달아 이어지는 가벼운 부딪침에 유채의 얼굴이 화악 달아올랐다.

루프스는 유채의 눈, 코 입, 모두에 가볍게 입을 맞춘 후 그녀와 눈을 맞추었다. 그녀는 제게 온 가장 큰 선물이고 진흙탕 같던 제 인생에 찾아온 유일한 빛이었다.

"이 정도면 풋풋한 연애는 다 한 것 같은데. 우리도 나름 할 건 다 해본 사이가 아닌가? 침대 위에서 하는 것 제외하고."

유채는 뭐라 반박할 말이 없어 얼굴을 붉혔다. 루프스는 제 목에 걸고 있던 블랑카의 반지를 풀어 유채에게 반지 안쪽을 보여주었다. 로보가 새긴 문구 옆으로 한글로 유채의 이름이 새겨져 있었다. 루프스가 직접 새긴 글자는 꽤나 엉성했다. 유채는 그가 이 작은 반지를 가지고 낑낑거렸을 모습을 생각하며 웃음을 흘렸다.

"네가 그리워 미칠 때마다 조금씩 새겨봤다. 이게 다 새겨질 쯤에는 네가 오지 않을까 하는 기대를 했어."

유채는 웃음기를 지우고 진지한 얼굴로 그를 바라보았다. 루프스 역시 더할 나위 없이 진지한 표정이었다. 뚫어져라 바라보는 청회색의 눈동자가 부담스러워 유채는 살짝 고개를 돌렸다. 루프스는 유채의 손에 반지를 끼워주고 그 위에 입을 맞췄다.

"네 용서를 바라며, 네 사랑을 바라며, 내 마음을 담아 새겼다."

루프스는 유채의 손을 꼭 붙든 채로 물었다.

"나를 용서했다고 생각해도 되나?"

루프스는 그렇게 물어놓고 자신이 없는지 시선을 아래로 던졌다. 청회색 눈동자 아래로 그림자가 드리워지자 유채는 그의 손을 마주 잡으며 입을 열었다.

"처음에는 용서할 수 없었어. 나를 그렇게 다룬 당신이 너무 미워서 용서하기 싫었어."

도저히 용서할 수 없을 거라고 생각했다. 그러나 그의 진심 어린 사과가, 그의 진심 어린 마음이 그녀의 마음을 바꾸어놓았다.

유채는 제 왼쪽 가슴 위로 루프스의 손을 올렸다.

"그런데 당신의 진심이, 당신의 정성이, 당신의 절절함이 나를 움직였어. 잊어보려고도 했고 무시하려고도 했는데 당신이 계속 생각났어. 어느새 당신 말 한마디에 가슴이 떨리더라."

밤중에 갑자기 선물이랍시고 들꽃을 꺾어 창문 너머로 건네주던 루프스가 보이지 않으면 기분이 싱숭생숭했다. 그에게는 아부 떨지 말라고 타박했지만 그가 무심코 건네는 칭찬 한마디에 가슴이 쿵쾅쿵쾅 뛰기도 했다. 어느새 그는 그녀의 일상에 자연스럽게 녹아들어 왔다. 유채가 제 마음을 확실하게 깨닫게 된 것은 지난여름의 일이었다.

지난여름에 유채는 친선을 위해 대륙으로 떠나는 루프스를 따라갔었다. 전쟁이 끝난 지 얼마 되지 않아 혼란스러운 대륙에서 유채는 산적패에 납치를 당했었다. 그때 유채는 루프스가 찾으러 올 것이라 믿고 기다렸었다. 그리고 그 믿음대로, 그는 새장 같은 철창 안에 갇혀 있는 자신을 찾아냈다. 그를 다시 보자마자 눈물이 펑펑 터져 나왔다. 미안하다고 속삭이는 그의 단단한 품에 안겨서 한참을 울었었다.

그때부터 마음이 싱숭생숭했다. 평생 의지하지 않을 것이라 생각했던 사람이었다. 그런데 그가 제 뒤에 서 있다는 사실을 인지하게 된 후로 유채는 그가 부담스러워졌다.

유채는 대륙에서 돌아오자마자 짐을 꾸렸다. 예정보다 일찍 집에 돌아갈 생각이었다. 루프스는 당연히 붙잡았다. 하지만 유채는 고집을 꺾지 않았고 루프스도 결국은 그녀를 더 붙잡지 못했다.

미안하다. 더 일찍 찾지 못해서 미안하다. 너를 놓쳐서 미안하다. 귀찮게 해서 미안하다. 그는 내내 사과만 했다.

그에게 괜히 짜증을 부리고 스티폴로르를 떠난 유채는 남은 여름방학을 한국에서 보냈다. 눈에서 보이지 않으면 이 혼란스러움도 잊힐 것 같았다. 하지만 아니었다. 더 혼란스러웠다.

애써 혼란스러운 마음을 다잡고 추석 연휴에 다시 토스 호무스로 왔다. 예정에 없던, 다소 충동적인 결정이었다. 토스 호무스도 추수제로 바쁜 때였다. 돌아온 유채를 보자마자 루프스는 버선발로 달려 나왔다. 그리고 그때 유채는 그동안 알지 못했던 사실을 하나 알아차렸다.

웃는 낯과 달리 그의 손은 가늘게 떨리고 있었다.

유채는 그때 깨달았다. 이 남자는 돌아갈 때든 다시 만날 때든 웃는 낯으로 저를 보지만 속은 그렇지 않다는 것을. 혹 영영 돌아오지 않는 건 아닐까, 하는 불안감에 사로잡혀 하루하루를 보낸다는 것을. 그제야 유채는 자신이 무시하고 있던 심장의 떨림을 깨달았다. 왜 그가 제 일상에 스며들었던 것을 자연스럽게 여겼는지를 깨달았다. 왜 갑자기 이곳에 오려고 했는지 이유를 깨달았다.

루프스를 만나고 싶었다. 그가 그리웠다.

다시 지구로 돌아와 그가 없는 시간을 보내면서 유채는 그게 사랑임을 깨달았다. 가랑비에 옷이 젖는 것처럼 루프스도 따뜻한 봄바람처럼 유채의 마음을 따뜻하게 만들었다. 유채는 자신이 루프스를 용서했음을 알았다.

유채는 루프스의 손을 놓았다. 유채의 손이 약간은 따스한 루프스의 뺨에 닿았다. 유채는 스스로 눈물 흘리고 있다는 것을 모르고 있는 루프스의 눈물을 손으로 닦아주었다.

"그래서 당신을 용서했어. 당신은 삼 년에 걸쳐 용서받은 거야."

작은 물방울이라도 끊임없이 떨어져 마침내 바위를 부수는 것처럼 루프스의 진심 어린 사과와 사랑은 유채의 마음을 녹였다.

루프스는 이 모든 것이 꿈이라면 깨지 않기를 바랐다.

"난 내년에 내 꿈을 위해서 학교를 쉬면서 공부를 해야 해. 그래서, 당신이 또 기다려야 할지도 몰라서 미리 말하는 거야."

그때까지 기다리게 하는 것은 너무 가혹한 것 같아서 일찍 말해주는 거라며 종알거리던 유채는 잠깐 입을 꾹 다물고 루프스를 내려다보다가 먼저 그에게 입을 맞췄다. 깃털과도 같은 부드러운 입맞춤이었다. 짧은 입맞춤 후 유채는 붉어진 얼굴로 고백했다.

"사랑해. 먼 길을 돌아와서 이제야 말할 수 있게 되었네. 사랑해, 라이."

"사랑한다. 이 세상 그 누구보다 너를. 내 영혼을 다 바쳐서 너를 사랑한다."

유채의 뺨을 감싼 루프스의 손이 바들바들 떨렸다.

"유채 양."

루프스의 숨결이 바로 앞으로 다가왔다. 유채는 가슴이 두근두근 뛰는 것을 느꼈다.

"이 가련한 추종자를 위해 그대의 입술을 허락해 주겠습니까?"

"예. 기꺼이."

루프스의 팔이 유채의 허리를 휘감았다. 유채는 루프스의 목에 팔을 감았다. 부드러운 입맞춤을 받으며 유채는 눈을 감았다.

수없이 고민하고 괴로워했다. 애초에 유채는 자신의 행복만을 위해서 살아왔다. 지금 이렇게 행복한데, 이 사람의 옆에 있어야 행복할 것 같아서 감정에 자신을 맡기로 한 것이다. 먼 길을 돌아온 유채의 선택이었다.

둘의 입술이 떨어지고 더운 숨결이 오갔다. 유채의 속눈썹이 파르르 떨렸다. 루프스는 유채의 귓가에 속삭였다.

"고맙다."

유채는 낮게 가라앉은 그의 목소리에 몸을 떨었다. 루프스는 유채가 추울까 봐 제 품으로 꼭 끌어안았다.

"나를 용서해 줘서, 나를 사랑해 줘서……."

빛이라곤 존재하지 않을 것 같던 긴 어둠을 지나왔다. 도저히 끝이 보이지 않는 그곳에 주저앉아 세상을 향해 떼를 쓰던 자신을 다시 일으켜 세워준 빛이었다. 저만의 여신님이다. 루프스는 유채의 몸을 꼭 끌어안았다.

바보처럼 웃음이 실실 새어나왔다. 이제 그는 두려울 것이 없었다. 유채만 곁에 있다면 그 어떤 어려움도 다 이겨낼 수 있을 것 같았다.

"사랑한다, 유채."

행복이 그의 품에 안겼다.

늑대왕, 루프스 完

외전

외전 1

당신이 나를 사랑한 이유

루프스는 제 옆에 누워 자고 있는 유채를 바라보았다. 누가 엎어가도 모를 정도로 깊게 잠드는지라, 웅크리고 있는 모습이 마치 아기처럼 보였다. 루프스 유채의 콧날을 가볍게 건드렸다.

황홀한 고백을 받은 지 벌써 한 달이 넘어갔다. 루프스는 유채의 입술에 입을 맞췄다. 유채는 작게 신음 소리를 내면서 바르작거리더니 몸을 살짝 움직였다. 루프스는 유채의 등을 쓸어주면서 다시 편하게 잠들도록 다독였다. 뒤척이던 유채가 그의 품으로 파고들었다.

"……당신이 여기 왜…… 있어?"

잠에서 깬 유채가 눈을 힘겹게 깜박거리면서 물었다.

"네가 어제 나를 찾았다. 잊었나?"

"내가…… 그랬나……?"

졸린지 웅얼거리던 유채는 그제야 제가 왜 루프스를 불렀는지를 기억해 내었다. 유채는 덜컥 몸을 굳혔다.

"아, 내가……."

"쉬잇. 기억하지 않아도 된다."

루프스는 떨리는 그녀의 몸을 부드럽게 감싸 안았다. 그가 유채의 방에 온 것은 비명 소리를 들었기 때문이었다. 놀라서 달려와 악몽을 꾸고 겁을 먹은 유채를 달래주다가 지금까지 곁에 있던 것이었다.

지난여름 이후 그녀는 이렇게 종종 밤마다 악몽을 꾸고 비명을 지르며 깨곤 했다. 유채를 놓친 것은 정말 찰나였다. 대륙의 남부 국가 라그랑주가 제 세상의 유럽이라는 곳과 비슷하게 생겼다면서 밝은 얼굴로 구경하는 것에 데리고 온 것을 잘했다고 흐뭇해하고 있었다. 유채가 사라진 것은 라그랑주의 왕이 보낸 수행원들의 안내를 받아 수도로 가기 위해서 산을 타는 중이었다.

엘제베른과 라그랑주, 뤼벤까지 세 나라의 군대가 모여 있는데 유채를 찾은 곳은 산적들의 본거지 안이었다. 설마 고작 산적들이 세 나라의 군대를 농락하는 대담한 짓을 했다는 게 믿어지지 않아 조사해 보니, 뤼벤의 프란츠 1세의 수행원으로 따라온 그의 이복동생, 바덴 대공작이 유채의 납치를 사주했다는 것을 알게 되었다. 대공작의 수하가 산적들이 유채를 납치하는 것을 도운 것이었다.

유채는 주먹을 꽉 쥐었다 폈다.

"그리고 걱정은 하지 않아도 된다. 손만 잡고 잤다."

루프스는 긴장을 풀어주려는 의도인지 농담조로 유채의 손을 잡아 올렸다. 루프스는 괜찮다는 듯 억지로 웃어 보이는 그녀의 하얗게 질린 볼을 손으로 감쌌다.

"대륙 사람들을 만나기 싫으면 오찬에는 나오지 않아도 된다."

"아니야…… 상관없어……."

유채는 고개를 저었다. 루프스는 무어라 더 말을 하려다가 입을 다물었다. 괜히 그녀의 기억을 더 건들고 싶지 않았다. 유채는 이번 겨울에는 한 번도 토스 호무스 밖으로 나가지 않았다. 고백과 동시에 연인과 같이 있고 싶어서라는 로맨틱한 이유가 아니라 바깥이 무서워져서였다. 말로는 괜찮다고 하지만 지난여름 있었던 일로 유채는 잔뜩 겁을 먹은 상태였다.

루프스는 그녀에게 지난여름 그녀가 겪은 일이 얼마 전 난파선 사고로 죽었다고 알려진 바덴 대공작이 저지른 것이란 사실을 밝히지 않았다. 범인이 누구인지, 왜 그런 일을 저질렀는지 알게 된다면 그녀가 또 괴로워할 것 같아서 루프스는 진실은 숨기고 조용히 일을 처리했다.

"……피곤해. 더 자도 되지?"

"내가 옆에 있어서 불편한가? 그럼 나가주겠다."

루프스가 일어나려고 하자 유채는 얼른 그의 손을 잡았다. 그 손이 가늘게 떨리고 있어서 루프스는 유채를 품에 안고 달랬다.

"자라. 내가 지켜주겠다."

유채를 다시 똑바로 눕힌 후 루프스는 제 의지를 보여주려는 것인지 그녀의 손만 잡고 모로 누웠다.

"당신은……? 안 졸려?"

"난 괜찮다. 낮잠도 잠깐 잤었고."

루프스가 정수리를 쓰다듬어 주자 유채는 졸린 것인지 눈을 느리게 깜빡였다. 등까지 토닥여 주는 손길에 유채는 눈을 감고 나른하게 중얼거렸다.

"나…… 여기서는…… 안전한 거지?"

"안전하다. 내가 지켜주겠다."

유채는 안심한 듯 살짝 웃고는 다시 잠이 들었다. 루프스는 잠든 그녀의 얼굴을 바라보며 생각에 잠겼다. 유채는 다 극복한 것처럼 아무렇지 않게 지내다가도 가끔 이렇게 한없이 연약해질 때가 있었다.

"꼭 지켜주겠다. 그러니 편히 자라."

⚜

"이보시오."

코르테스의 대사 알버트가 아르망드의 대사 이자벨과 라그랑주의 대사 니콜라스를 불렀다. 대륙의 동쪽에 있는 코르테스는 엘제베른과 교류를 하기 시작한 지 얼마 되지 않아 처음으로 여기 스티폴로르에 온 그는 어수룩해 보였다. 알버트는 같은 대륙민을 보고 반갑게 웃으며 손을 내밀었다.

"여기서 대륙 사람을 보게 되니 반갑습니다."

"그러게요. 적국 사람을 만났는데도 반가운 것은 처음입니다."

라그랑주 대사 니콜라스가 이자벨을 힐끔 바라보며 농담조로 말을 던졌다. 그에 되레 알버트가 민망해졌다. 최근 아르망드가 라그랑주의 북부를 빼앗았다는 것을 잠깐 잊어버렸다. 라그랑주와 아르망드는 코르테스의 정반대편에 있는 나라인지라, 깜빡한 것이다. 그 이전에 저 사이좋지 않은 나라의 대사들은 왜 붙어 있는 것이란 말인가?

"적의 적은 친구라지요. 당연히 반가울 수밖에요."

아르망드 대사 이자벨이 미소를 띠우며 하는 말에 코르테스 대사 알버트는 고개를 끄덕였다. 아르망드와 라그랑주는 뤼벤이라는 공동의 적을 두고 있었다. 현재 아르젠을 제외하고 대륙의 최강국은 뤼벤이고 뤼벤과 국경을 마주하고 있는 아르망드와 라그랑주는 뤼벤을 견제하기 위해 엘제베른의 협조를 구하려 이곳에 온 것이었다. 그 기세등등한 뤼벤을 막을 수 있는 것은 현재로서는 이 섬의 야만인들뿐이었다.

"그나저나 두 분은 혹시 그 유명한 성녀를 보셨습니까?"

알버트는 본론을 꺼냈다. 엘제베른의 성녀는 대륙에서도 유명했다. 스티폴로르를 침략하려다가 실패한 베르나도테 공작의 이야기와 더불어 스티폴로르를 구원한 여인의 이야기가 대륙 동쪽 끝까지 퍼진 것이다. 그 이야기 중에는 그녀의 이 세상의 것 같지 않은 미모에 대한 부분도 있었다. 실제로 이곳에 와 그녀의 초상화를 본 알버트는 잔뜩 감탄했던 터였다.

알버트의 반짝이는 눈을 본 이자벨과 니콜라스는 박장대소를 했다.

"먼저 이곳에 온 선배로서 충고하건대, 그런 관심 접어두는 게 좋을 겁니다."

"나도 그렇게 생각합니다. 뤼벤의 그 망나니의 꼴을 보고 통쾌하기는 했지만, 알버트 경이 그렇게 되기는 바라지 않아요."

알버트는 고개를 갸웃거렸다.

"무슨 일이 있었습니까?"

"있었죠. 아주 큰 일이."

지난여름, 중립국인 라그랑주는 복잡한 주변 상황을 정리하고자 아르망드, 뤼벤, 엘제베른 사이의 회담을 주최하였다. 바로 여기에서 문제가 발생했다. 뤼벤의 바텐 대공작이 루프스와 함께 온 유채에게 눈독을 들이고 그녀의 납치를 사주한 것이었다. 루프스는 당연히 분노했지만 중립국인 라그랑주에서 일을 벌일 수는 없어 조용히 사건을 덮는 듯했다. 하지만 그게 끝이 아니었다.

"설마, 바텐 대공작의 난파 사건……."

"뭐, 그런 셈이죠."

이자벨이 쿡쿡 웃으며 니콜라스의 말을 긍정했다.

프레눔 독점 거래 건으로 라그랑주에서 회담이 있은 지 꼬박 두 달 만이었다. 루프스는 프란츠를 치기 위한 프레눔을 제공하겠다는 말로 바텐 대공작을 은밀히 불러내었고, 바텐 대공작은 자신의 권력을 공고히 하기 위해 엘제베른과의 교류가 필요했기에 가벼운 마음으로 방문했다. 최소한의 호위를 갖추고 온 대공작을 시카리우스가 암살했고 그의 시신은 날씨가 좋지 않은 날 뱃놀이를 나섰다 사고가 난 것으로 위장되었다. 루프스는 애도를 표하며 대공작의 시신을 수습해 뤼벤으로 보냈다. 프란츠도 멍청이가 아니라 이게 사고가 아닌 살인이라는 것을 짐작했지만 그는 루프스의 말대로 난파 사고라는 주장을 받아들였다.

대외적으로는 프란츠 1세는 아버지의 죽음을 슬퍼하는 효자였지만, 실상은 아버지를 증오하는 아들이었다. 베르나도테 공작이 그의 부인에게 했던 학대와 프란츠 1세에게 했던 학대를 생각하면 프란츠 1세가 아버지를 증오했다는 표현은 오히려 굉장히 순화된 표현에 속했다. 그리고 애초에 그가 권력을 얻은 것은 증오하는 아버지의 뒤를 쳤기 때문이었다. 프란츠 1세는 이복형제들을 제거하고 싶어 했다. 그중에서도 형제 중 나이가 많다는 이유로 황제 다음의 작위를 차지한 바텐 대공작을 죽이고 싶어 했다. 루프스는 프란츠 1세의 심중을 정확히 읽고 제 계획을 말했고 프란츠 1세는 루프스의 계획에 방해되지 않을 사람을 보내서 그의 계획을 도왔다.

"그러니까, 그 성녀를 노렸다는 이유로 대공작이 죽었다 그 말입니까?"

"뭐, 그런 셈이지요. 뤼벤의 프란츠 황제가 즉위할 수 있는 데에 가장 큰 도움을 준 것이 바로 엘제베른 아닙니까."

"그래도 그깟 미희 하나 때문에 이런 큰일을……."

알버트가 말끝을 흐리자 니콜라스가 파안대소했다.

"소문은 듣지 않으셨습니까? 루프스의 펠릭스 다우스, 그러니까 쉽게 말하면 노예에서 그의 총애를 받아 그 자리까지 올라간 여자입니다. 늑대 수인은 사랑에 미치면 앞뒤 분간을 못 한다고 하더이다. 못 할 것이 뭐가 있습니까?"

니콜라스는 입꼬리를 올리더니 잠시 주위를 살피고 알버트의 귓가에 속삭였다.

"그리고 실물을 보게 되면 알겠지만, 그럴 만한 가치가 있는 계집입니다. 바덴 대공작이 왜 사고를 쳤는지 이해가 가더란 말입니다. 저기 있는 꼬장꼬장한 노처녀와 다르게……."

"다 들립니다, 니콜라스 경."

이자벨이 불쾌한 얼굴로 화를 내려던 그때, 그들 사이로 다른 이의 목소리가 끼어들었다.

"이 이야기의 주제가 저인 것 같네요."

셋은 화들짝 놀라서 뒷걸음질을 쳤다. 알버트는 침을 꿀꺽 삼켰다.

"성녀님을 뵙습니다."

이자벨이 가장 먼저 무릎을 꿇었다. 알버트와 니콜라스도 뒤늦게 무릎을 꿇었다. 출신이 어떠하든 간에 그녀는 신의 선택을 받은, 진짜 성흔(聖痕)을 갖고 성력(聖力)을 쓸 수 있는 성녀였다. 대륙에는 이미 성력을 쓸 수 있는 신관이나 신녀들의 수가 급격히 줄어가고 있는 중에 그녀는 존재만으로도 귀족들을 무릎 꿇릴 수 있었다.

"그만 일어나세요."

유채는 그들의 이런 행동들이 부담스러웠다. 저들이 어떤 마음을 품고 있든 무시하면 그만이지만 이렇게 보여주기 식의 예법은 하는 것도 받는 것도 탐탁지 않았다. 허리를 펴고 일어나는 그들에게 유채가 물었다.

"세 분 하시는 말씀을 잠시 들었습니다. 먼저 사과드리지요."

"아, 아닙니다."

"그와 관련하여 묻고 싶은 게 있습니다만……."

"무엇을 물어보고 싶으신가요?"

유채는 심호흡을 크게 한 후 이자벨을 똑바로 바라보며 물었다.

"저와 바덴 대공작이 무슨 관련이 있다고 그의 이름이 저와 함께 오르내리는 건가요?"

지난여름의 그 일은 돈을 노린 산적들 때문이라고 했다. 그 일에 바덴 대공작이 연루되어 있다는 말은 누구에게서도 듣지 못했다. 그런데 이들의 이야기를 듣자하니, 그 일의 배후가 기분 나쁘게 저를 쳐다보던 그 남자라는 것이다.

"그리고 바덴 대공작이 어떻게 죽은 것인지 자세히 말씀해 주실 수 있나요?"

알버트는 유채의 서늘한 표정에 겁을 먹었다. 위압감이 엄청났던 황제의 연인답게 눈앞의 미희도 결코 만만하지 않은 분위기를 풍겼다. 그들은 결국 저들이 아는 것을 모두 털어놓을 수밖에 없으리라 예감했다.

"유채는 어디 있나?"

루프스가 묻자 유채의 호위를 맡고 있는 돼지 수인 궁녀는 그녀가 정원에 나가 있음을 알려주었다. 루프스는 고개를 끄덕이곤 정원으로 나갔다. 겨울이 한창인지라 정원에는 눈이 소복이 쌓여 있었다.

유채는 나무 그루터기에 앉아서 멍하니 어딘가를 바라보고 있었다. 얼굴과 목 등 밖으로 드러난 피부가 붉게 변한 것으로 보아 밖에 오래 있었던 듯싶었다. 루프스는 겉옷을 벗어서 유채의 어깨에 걸쳐 주었다.

"춥다."

루프스는 유채의 옆에 앉아 그녀와 시선을 맞추었다.

"날도 추운데 이렇게 가볍게 옷을 입고 나오면 감기 걸린다."

"바쁘지 않아? 아르망드, 라그랑주, 코르테스의 대사들을 한꺼번에 맞았다고 들었는데."

루프스는 유채의 머리 위에 떨어진 눈을 털어주며, 괜찮다는 듯 고개를 저었다.

"벌써 해결했다. 내 아름다운 연인과 보낼 시간도 없을 것 같은가?"

루프스는 소년 같은 미소를 지었다. 유채는 무심코 그로부터 멀어지기 위해서 엉덩이를 약간 뒤로 뺐다. 유채의 행동을 못 본 것인지 못 본 척하는 것인지는 모르겠지만, 루프스는 그녀의 치마를 살짝 걷고 발을 살폈다. 새빨갛게 언 발이 안쓰러웠다.

"정원에 나오면서 실내용 신발을 신고 있으면 어떡하나? 가져온 짐들 중에 좋은 신발들도 많으면서."

유채는 시선을 아래로 내렸다. 추운 줄도 모르고 있어서 뭘 신고 있었는지도 몰랐다. 루프스는 꽁꽁 언 유채의 발을 들어 올려 제 손으로 녹여주었다. 그러다 시선을 들어 유채를 보는데, 그녀는 왠지 심각한 표정을 짓고 있었다.

루프스는 주위를 둘러보았다. 주위를 지키고 있는 궁녀도 있고 해서 비밀스럽게 이야기를 나눌 상황은 아니었다. 루프스는 유채의 무릎 밑에 팔을 넣었다.

"라, 라이?"

갑자기 몸이 들어 올려지자 유채는 루프스의 목에 팔을 둘렀다. 유채의 맨발이 허공에 달랑거렸다.

"추우니 안에 들어가서 이야기하자. 내게 할 이야기가 있는 것 같은데 아닌가?"

그 말이 맞는지 유채는 루프스의 어깨에 머리를 기대곤 잠자코 있었다. 루프스는 유채를 안고 그녀의 방으로 향했다. 복도에서 마주치는 궁녀와 궁관들이 얼굴을 붉히며 고개를 숙였다. 정식으로 연인이 된 후, 루프스는 유채를 시도 때도 없이 끌어안거나 저렇게 안아서 돌아다니곤 했다. 그러자 눈 둘 곳을 찾지 못하고 매번 당황하는 것은 궁녀와 궁관들이었다.

방으로 들어온 루프스는 유채를 침대 위에 내려놓고 발을 조물조물 만져 주었다. 얼음장같이 차갑던 발에 조금씩 온기가 돌기 시작했다.

"아프지 않나? 오르페를 불러오마."

"괜찮아."

유채는 아예 침대 헤드에 기대어 앉아서 이불을 허리까지 덮었다. 유채의 옆에 앉은 루프스가 물었다.

"무슨 고민이 있나?"

"응?"

"대륙에서 온 자들이 너에게 무례하게 대했나? 말해라. 내가 해결해 주겠다."

"나한테 무례하게 대한 사람은 없어."

"그럼 왜 그러는 거냐. 걱정이 있으면 내게 말해라. 고민은 나누면 절반이 된다."

유채는 입술을 잠깐 씹더니 고민 끝에 입을 열었다.

" ……바덴 대공작이란 사람 알아?"

"뤼벤 황제의 이복형으로 얼마 전에 죽었다."

"다른 건 더 말해줄 것 없어?"

"……없다."

루프스는 턱을 굳혔다. 유채가 저 이름을 어디서 어떻게 들었는지는 모르겠지만 일단은 감출 수 있는 한은 감추고 싶었다.

"오늘 대사들이 나에 대한 이야기를 하는 것을 들었어."

유채는 그들이 제 얘기를 하는 것을 들었을 때 얼마나 놀랐는지 모른다. 그들을 추궁해 모르고 있던 이야기를 들은 후에는 기분이 싱숭생숭했다. 화가 나는 건지, 아니면 무서운 건지 스스로의 감정을 잘 알 수가 없었다.

"그들이 재미있는 이야기를 하더라고. 라이, 당신이 나와 관련된 일에선 얼마나 과격해질 수 있는지 말이야."

"……너에게 거짓말을 하려고 했던 것은 아니다."

루프스는 속으로 이를 갈았다. 이 궁에 드나드는 이들의 입은 철저히 막았다고 생각했는데 설마 하니 다른 나라의 대사들이 그 일을 함부로 떠벌릴 줄은 몰랐다.

"……그 산적 놈들이 돈을 위해 너를 납치한 건 맞아."

"맞아. 당신은 나에게 거짓말을 하진 않았어. 하지만 그 일의 배후가 누구이고 당신이 그걸 알고 무슨 일을 했는지 나에게 감춘 것도 사실이지."

"단순히 너 하나 때문에 바덴 대공작을 처리한 것은 아니다. 그는 뤼벤과 우리 쪽 모두에 해가 되고 있었다. 지하조직과 적극적으로 연을 맺어서 마약을 유통하거나 스티폴로르의 수인들을 납치해서 불법 시장에 팔아넘기고 있었다. 또한 프란츠 1세에 대한 반란도 준비 중이었으며, 후일 스티폴로르에 대한 정벌도 준비 중인 마레 위르였다."

루프스도 그동안 처리하기 위해서 벼르고 있던 마레 위르가 바로 바덴 대공작이었다. 워낙 뤼벤에서 위세가 대단한 이라, 함부로 건들 수가 없었다. 그건 프란츠 1세도 마찬가지였다. 잘못 건드렸다가는 자신이 덤터기를 쓸 수도 있다. 그러던 와중에 바덴 대공작이 유채를 납치해 갈 계획을 세운 것이었다.

루프스는 유채가 원래의 세상으로 돌아간 뒤에 그를 끝장낼 방법을 찾았다. 뤼벤의 황제는 곤란해하던 문제를 대신 처리해 주겠다는 루프스의 제안에 제 손에 피를 묻히지 않을 수 있다는 생각으로 흔쾌히 응했다. 루프스는 바덴 대공작을 잔혹하게 죽였다. 사지를 찢고 머리를 잘랐다. 그리고 그의 시신을 실은 배를 암초가 많은 곳으로 보내 난파한 것처럼 위장했다. 그리고 그것을 공식적으로 뤼벤에 알렸다. 대륙 어느 나라도 루프스가 대공작을 죽였음을 모르는 이가 없었으나 증거가 없었다. 그리고 바로 그것이 루프스가 바라는 바였다.

유채에게 해를 입히거나 스티폴로르를 건드리면 저렇게 될 것이라는 경고였다.

“그럼, 왜 나에게 비밀로 한 거야?”

“네가 힘들어할 것 같아서 그랬다.”

루프스는 한숨을 쉬었다.

“이 일로 계속 악몽을 꾸지 않았나. 범인을 알고, 그가 왜 그랬는지 알게 되면…… 네가 더 힘들어할 것 같아서 말할 수 없었다.”

루프스의 눈에는 죄책감이 어렸다.

“있잖아, 라이. 나는 당신을 믿어도 되는 거야?”

유채가 묻는 말에 루프스는 크게 충격을 받은 듯한 얼굴이 되었다.

“날 납치한 놈들의 배후에 누가 있고 없고는 중요한 것이 아니야. 그냥, 나는 내가 겪은 일이 무서웠을 뿐이야. 그걸 왜 당신 마음대로 판단해?”

“그건…….”

“당신 마음대로 나를 위한 것이라 말하면서 나를 속이고 그러면…… 나는 당신을 어떻게 믿어? 당신이 나를 위한 것이라고 스스로를 납득시키면서 나를 붙잡아두기 위해서 속이지 않을 것이라고 어떻게 믿어?”

“그렇지 않아. 이번 일은 정말 그냥 너를 걱정해서…….”

유채는 루프스의 손을 차갑게 떨쳐 내었다.

“나는 약해. 알아. 하지만 바람만 불어도 죽을 정도로 약하진 않아!”

유채는 지금 제가 루프스에게 화를 내는 것이 부당하다는 것을 스스로 알고 있었다. 그는 자신이 할 수 있는 한 최대한 배려한 것이었다. 그런 그에게 화를 내는 것은 잘못된 일이다. 하지만, 화를 참을 수가 없었다.

"당신은 나를 아직도 펠릭스 다우스로 보고 있어. 나를 당신과 동등하게 보지 않아. 나는 언제까지 당신에게 보호만 받아야 해?"

"내가 너를 보호하는 게 옳지 않다는 건가?"

유채의 말에 참을 수 없어진 루프스는 버럭 소리 질렀다. 그의 말에 유채는 냉큼 입을 다물었다.

"그래, 그 일을 비밀로 한 건 미안하다. 네게 사실대로 말하지 않은 내 잘못이다. 하지만 나는 불안해. 네가 그 일로 힘들어 하는 것이 싫고, 아파하는 것이 싫다. 누군가 또 너를 해칠까 봐 무서워."

루프스는 얼굴을 쓸어내렸다. 잇새로 '젠장'이라는 말에 나왔다가 금세 사라졌다.

"화내서 미안하다. 잘못한 것은 나야. 미안하다."

루프스는 고개를 숙였다. 그는 피곤한 기색이 역력한 얼굴로 자리에서 일어났다.

"미안하다. 오늘은 편히 쉬어라. 앞으로는 이런 일이 없도록 주의하겠다."

어깨가 축 처진 그가 방을 나갔다. 유채는 답답한 마음에 베개를 세게 내려쳤다.

⚜

"유채님, 무슨 일 있으세요?"

블루벨이 근심이 가득한 유채의 표정을 보고 넌지시 물었다. 오늘은 유채가 직접 블루벨을 만나러 케릭스의 집으로 왔다. 함께 온 바실리사도 유채의 기분이 좋지 않아 보이는 것을 알았는지 물었다.

"그래, 너 무슨 일 있니? 요즘 왜 그렇게 우울해? 너랑 라이랑 쌍으로 우울해하니까 나까지 우울해지려 그러잖니."

"유채님, 혹시 루프스님이랑 싸우셨어요?"

"엄밀히 말하면 내가 일방적으로 화를 냈지."

유채가 떨떠름한 표정으로 대꾸했다. 유채는 무슨 일이냐며 닦달하는 바실리사와 블루벨에게 고민하던 것을 다 털어놓았다. 바실리사와 블루벨은 유채의 이야기가 길어질수록 표정이 변해갔다.

"저, 제가 루프스님을 변호하려는 것은 아니지만, 루프스님은 유채님이 없으실 동안 정말로 죄책감을 많이 느끼셨어요."

블루벨은 전적으로 유채의 편이었다. 하지만 이번 일만큼은 온전히 그녀의 편을 들 수 없을 것 같았다. 유채가 없는 동안 블루벨은 루프스를 자주 보았다. 유채에 대한 이야기를 들려달라고 그가 자주 불러냈기 때문이었다. 또 그 덕분에 그를 가까이에서 지켜보면서 그의 마음을 헤아리게도 되었다.

루프스는 유채에 대한 제 죄책감 때문에 많이 힘들어 했었다. 그녀를 지켜주지 못한 것을, 괴롭게만 한 것을 후회하고 다시 기회가 생긴다면 절대 그러지 않을 거라고 다짐하는 그를, 블루벨은 바로 옆에서 보았다.

"루프스님은 유채님을 정말로 걱정해서 한 행동일 거예요."

"맞아. 라이 걔가 원래 한 가지에 빠지면 두 번째는 생각하지 못하는 애라. 그게 너를 위하는 거라고 생각하고 일을 저지른 걸 거야. 한 번만 봐줘."

유채는 더 마음이 불편해졌다. 블루벨과 바실리사가 말하는 것처럼 저 역시 그가 저를 위하여 그런 거라는 걸 머리로는 이해하고 있었다. 그런데 왜 그렇게 화를 낸 건지 아직도 이해가 되지 않았다.

"유채님, 왜 그러세요?"

"그냥…… 내가 왜 화를 냈는지 모르겠어."

"아마 예전 일이 생각나서 그랬을지도 모르지."

바실리사가 유채의 앞에 설탕에 절인 딸기 접시를 밀어주었다.

"라이가 너를 붙잡아놓았을 때 말이야. 그 생각이 나서 무서웠던 것 아냐? 네가 그 애를 용서했다고 해도 옛 기억까지 완전히 지워지는 건 아니잖아. 걘 제가 저지른 죄에 대한 대가를 받고 있는 거니까 너무 신경 쓰지 마. 너는 그럴 자격이 있어."

유채가 고민이 깊어지는 만큼 블루벨도 금세 울상이 되어서 귀를 배배 꼬기 시작했다. 유채는 저러다 아플까 봐 배배 꼬인 귀를 풀어주기 위해서 손을 댔다가 블루벨이 놀라서 펄쩍 뛰자 금세 아차 싶었다. 블루벨이 붉어진 얼굴로 귀를 내려서 눈을 가렸다.

"아시면서, 갑자기 왜 그러세요."

바실리사가 박장대소를 하였다. 바실리사는 블루벨을 향해 몸을 기울이면서 은근히 물었다.

"왜? 요즘 남편이 열심히 귀를 만져 주든?"

"바실리사님!"

"왜 그렇게 민감하게 반응해. 부부 사이에 당연한 일이잖아. 부끄러울 것이 뭐가 있어?"

"그래도……."

"바실리사 언니, 그만 놀려요. 블루벨 얼굴 터지겠어요."

유채는 바실리사를 말리면서도 화제가 돌아간 게 내심 다행이라 생각했다. 얼굴이 새빨개진 블루벨이 쿠션을 들어서는 유채의 팔을 때렸다.

"뭐야? 왜 나만 때려, 블루벨. 바실리사는?"

"이게 바로 권력의 차이- 윽."

블루벨이 휘두른 쿠션에 등을 얻어맞은 바실리사는 신음 소리와 함께 테이블 위로 넘어졌다. 바실리사가 테이블 위에서 꿈틀거리는 것을 본 유채는 입을 떡 벌렸다.

"바실리사님은 세게 때리기 위해서 예열 좀 했어요."

"블루벨!"

"풉."

유채가 웃음을 터뜨린 것을 시작으로 맞은 바실리사도 때린 블루벨도 같이 웃었다. 유채는 간만에 우울한 기분을 잊을 수 있었다.

유채와 바실리사는 케릭스가 돌아오자 그에게 인사를 하곤 집을 나섰다.

"잠깐 걸을래?"

"예."

유채는 바실리사와 나란히 걸었다. 차가운 밤공기에 금세 하얀 입김이 뿜어져 나왔다.

"라이에게 아직도 앙금이 남아 있으면 지금이라도 당장 용서한 것 철회해도 돼."

"예?"

"음…… 나는 라이가 잘 살기를 원해."

바실리사는 루프스가 유채에게 얼마나 미안해하는지, 그녀가 없는 동안 죄인처럼 살았는지를 보았다. 그만큼 유채를 사랑함을 알기 때문에 유채가 루프스에게 온전히 마음을 주기를 원했다.

"그러니까, 그 아이의 마음에 진심으로 대답해 줘. 그렇지 못할 것 같다면, 차라리 그 애를 내쳐 줘."

유채가 빤히 바라보자 바실리사는 씩 웃으며 그녀의 머리카락을 헤집었다.

"나는 네가 무슨 선택을 하든 너를 지지할게."

바실리사는 이만 가보겠다고 인사하곤 수행원들을 데리고 떠났다. 유채는 루프스가 제게 호위로 붙여준 이들을 기다렸다. 바실리사가 한 말을 곰곰이 되씹느라 유채는 호위들이 나타나지 않는 게 이상하다는 생각도 하지 못했다.

"어엇-!"

갑자기 누군가 뒤에서 끌어안자 유채의 눈이 커다래졌다. 호위들에게 위험을 알리기 위해 소리를 지르려고 입을 벌리는데 곧 익숙한 체향에 유채는 뒤를 돌아보았다.

"라이?"

뒤에 서 있는 것은 바로 루프스였다. 그는 유채의 목에 목도리를 꼼꼼히 둘러주었다. 지난번에 말다툼을 한 후로 이렇게 단둘이 보는 것은 오랜만이라 유채는 더 민망했다. 목도리를 둘러준 루프스는 유채의 찬 볼을 감쌌다.

"무슨 생각을 하기에 부르는 소리도 듣지 못한 거냐."

"어, 좀……. 호위들은?"

“돌려보냈다. 오늘은 내가 옆에 있어주겠다. 가볼 곳이 있어.”

이내 루프스는 동물형으로 변해 유채를 등에 태우고 달렸다. 유채는 어디를 가는 것인가 싶어서 주위를 살폈지만, 보이는 것은 그저 숲뿐이었다. 한참을 달리던 루프스는 멈춰 섰고, 유채는 주위를 돌아보았다. 아무것도 없이 눈이 가득 쌓인 들판이었다.

“여긴 어디야?”

“봄에는 아름다운 꽃밭이 되는 곳이지. 그리고 내가 어린 시절에 자주 놀던 곳.”

다시 위르형으로 돌아온 루프스는 겉옷을 벗어서 유채의 어깨에 걸쳐 주었다.

“춥지 않나?”

“별로. 당신은?”

“늑대는 원래 추위에 강하다. 그러니 걱정 마라.”

루프스는 잠시 머뭇거리더니 그녀를 똑바로 보며 사과했다.

“미안하다. 너에게 비밀을 만들어서.”

루프스는 유채를 만나지 않는 동안 내내 생각하고 고민했다. 그리고 결론을 내렸다. 다 제 잘못이었다.

“미안하다. 나는 이번 일로 네가 예전에 내가 저지른 잘못들을 다시 떠올릴게 될까 봐 무서웠다. 그래서 네게 말하지 못한 거야. 네가 그와 나를 다시 똑같이 볼까 봐…….”

그것은 절대 유채를 향한 배려가 아니었다. 루프스는 서글픈 미소를 지었다.

“나를 용서하지 마라. 그냥, 계속 미워해라. 나는 네게 용서받을 자격이 없어.”

유채는 그동안의 정체를 알 수 없던 감정이 무엇이었는지 지금 깨달았다. 유채가 루프스를 향해 한 걸음 다가가며 물었다.

"당신은 나를 왜 좋아해?"

"말해주지 않았나?"

"말해줘. 그래야 내가 하고 싶은 이야기를 할 수 있을 것 같아."

루프스는 한숨을 쉬었다.

"너는 나와 달랐으니까. 나와 다르게 어려운 상황에서 도망가지 않았고 계속해서 바른길을 찾았으니까. 나는 내가 힘들다고 그 자리에 멈춰 서서 뒤틀리기만 했는데 너는 아니었지. 그래서 동경했다. 그래서 좋아했다."

"나 그렇게 올곧은 사람 아니야. 비겁하고 겁 많고 위선적이지."

유채는 저를 다정한 눈길로 바라보는 루프스의 눈을 마주하였다.

"내가 당신을 용서하기로 한 것은 당신이 저지른 죄를 뉘우치고 진심으로 그것에 용서를 빌었기 때문이야. 그 마음이 진심이라고 생각했기 때문에 당신을 용서하고 당신을 사랑하게 된 거야."

그는 분명 유채의 사랑보다 용서를 더 구했다. 그것을 확신했기에 유채는 그를 받아들인 것이었다.

"그런데 이번 일로 혼란스러웠어. 당신이 내게 거짓말을 했잖아. 나를 속였잖아. 당신이 정말로 나에게 사과한 게 맞는지 알 수 없어졌어. 내가 또 속은 것이 아닐까 싶었어. 그래서 화가 난 거야."

유채는 씩 웃었다.

"미안해."

"아니다. 내 잘못이 맞다. 네가 화를 내는 건 당연해. 그러니 나에게 사과할 필요 없다. 다 내 잘못이다."

루프스는 진심으로 그렇게 생각했다.

"미안하다."

유채의 손이 루프스의 볼에 닿았다.

"나를 위해서 당신 손에 피를 묻히지 않았으면 좋겠어."

유채는 자신의 무력감이 싫었다. 제가 약하기 때문에 그가 더 잔인해지는 것을 보고 싶지 않았다.

"나도 피를 흘리는 일을 하고 싶지는 않다."

루프스는 유채를 끌어안고 그녀의 귓가에 속삭였다.

"하지만 완전히 피를 보지 않고 일을 해결하는 건 불가능해. 물론 대화로 해결할 수 있는 일들도 많겠지. 하지만 아직은 무력이 필요할 때가 있다."

루프스는 유채를 위하여 스스로 변하기로 결심하고 변하고 있었다. 그리고 내일의 그는 또 오늘과 다를 것이다.

"대화가 필요한 곳에서는 대화로 해결할 것이다. 하지만 때에 따라 무력이 필요한 일도 생길 거야. 그럴 때에도 나는 대화를 우선하겠다. 너를 위해."

"그게……."

"너를 위해 변하겠다고 하지 않았나."

루프스는 유채의 뒷머리를 쓰다듬으며 말을 이었다.

"그러나, 나는 너를, 그리고 나의 사람들을 지키기 위해서는 무력을 쓸 것이다. 너를 위해서만큼은 나는 내 힘을 아끼지 않을 거야. 나와 내 땅을 건드리지만 않는다면 나는 언제고 평화를 유지할 것이다."

"……응."

"내가 말한 것처럼, 약자도 안전하게 살 수 있는 사회를 만들기 위해서 노력할 거다."

루프스는 유채를 바위 위에 앉히고 그녀의 앞에 무릎을 꿇었다. 그녀의 손등에 입 맞추고 평생 이 손을 지켜주겠다고 맹세했다.

"나는 당신과 함께 걷고 싶어."

유채는 루프스의 얼굴을 끌어당겼다.

"나만 당신에게 기대고 당신의 보호를 받는 건 불공평해. 나도 당신이 기댈 수 있는 버팀목이 되고 싶다고. 왜냐하면 우리는 서로 사랑을 하는 거잖아?"

유채는 루프스의 목을 끌어안았다. 루프스가 제 등을 쓸어내리는 것을 느끼며 유채는 살짝 웃었다.

루프스는 이미 유채에게 충분히 기대고 있었다. 그녀가 있기에 과거의 어둠에서 벗어날 수 있었다. 유채가 있기에 그는 살아갈 수 있었다. 루프스는 유채에게 부담을 주기 싫어서 그저 웃었다.

"네가 원한다면, 기꺼이."

루프스는 아직도 그녀가 말하는 '사랑'에 관해서는 잘 모르겠지만 이번만큼은, 아니, 언제고 유채의 말이 다 옳았다. 그도 그녀와 함께 걷고 싶었다.

외전 2

토스 호무스 귀신 소동

–유채 22세 9월

"너희 그 소문 들었어?"

"무슨 소문?"

내궁의 복도를 지나던 다람쥐 수인 궁녀가 소름이 돋는다는 듯이 팔을 쓸어내리면서 입을 열었다.

"왜, 내궁의 정원에서 웬 곡소리가 난대."

"곡소리?"

"응. 그걸 들은 궁녀들이 한둘이 아니야. 애들이 무섭다고 난리도 아니더라."

"맞아. 내 옆방 애도 그 소리를 듣고 밤잠을 설치더니 궁을 나가겠다고 했어. 무서워서 못 버티겠대."

"그럼…… 유채님도 아시지 않을까? 그럼 루프스님이 당장 뒤집어놓으실 텐데."

"몰라. 아무튼 무섭다니까."

갑자기 스산한 바람이 불었다. 지금은 아직 초가을이라 밤에도 약간 후덥지근한 편인데 팔에 서늘한 기운이 닿자 궁녀들은 서로를 돌아보았다.

"바, 방금 뭐……."

"그, 고, 곡소릴 들은 애들도, 꼭, 이, 이랬다고 하던데……."

아아아아아—.

바로 그때 기괴한 울음소리가 들렸다.

"꺄악!"

궁녀들은 손에 들고 있던 등불을 내던지고 복도를 미친 듯이 달려갔다.

⚜

똑똑.

루프스는 뒤쪽에서 들리는 소리에 고개를 돌렸다. 창밖에 유채가 서서 손을 흔들고 있었다. 루프스는 만면에 미소를 띠운 채 창문을 열었다.

유채가 손을 뻗자 루프스는 그녀를 들어 올려서 창가에 앉혔다. 그리고 유채가 앉은 자리 양옆을 손으로 짚고 그녀의 목덜미에 얼굴을 비볐다.

"무슨 일로 오셨습니까, 여제 폐하?"

"여제 폐하?"

"요즘 네 별명이다. 엘제베른의 여제. 네가 나보다 더 높다는 거지."

"그거 빈정대는 별명인 건 알아?"

유채는 금세 불퉁한 표정을 지었다. 루프스는 키득이면서 그녀의 흐트러진 머리카락을 정리해 주었다. 그녀의 말대로 저 별명이 좋은 의미로 붙은 건 아니었다. 유채가 루프스를 도와 정치에 참여하니 보수적인 몇몇 인사들이 여자가 감히 나랏일에 이래라 저래라 한다며 비꼬기 위해 붙인 것이었다.

"신경 쓰지 마라. 능력도 안 되는 것들이 하는 소리에 귀를 기울여서 득 될 게 없다. 의미야 어떻든 개인적으로는 마음에 드는 별명인데."

"잘났어, 정말."

유채가 루프스의 어깨를 툭 쳤다. 유채는 약대 입시를 위해서 겨울방학에 한 달 정도만 지내고 일찍 돌아가고 여름방학 동안에도 돌아오지 않았다. 학기 중에도 주말에 시간이 나면 찾아오곤 했는데, 이번에는 그런 것도 거의 없었다. 시험이 끝나고 대강의 일정을 짜놓은 뒤에 유채는 이 주 전에야 돌아왔다. 이번의 헤어짐은 너무 길었기에 루프스는 유채와 오래 붙어 있고 싶었지만, 그도 황제의 일로 바쁘고 유채도 오랜만에 와서 할 일이 많았기 때문에 이렇게 단둘이 있는 건 정말 오랜만이었다.

"그래서 무슨 일로 왔나?"

"선물 주려고."

유채는 손가락으로 자신의 코를 가리켰다. 루프스는 금세 의미를 알아차리고 한 팔로 그녀의 허리를 끌어안았다. 둘은 곧 틈 하나 없이 바짝 가까워졌다.

"내 마음대로 해도 되는 건가?"

"내가 허락하는 선에서만."

루프스의 입술이 유채의 입술로 내려왔다. 유채는 한 손은 그의 허리를, 다른 한 손은 창틀을 잡고 중심을 잡았다. 입맞춤이 끝이 나고 루프스 유채의 볼에 짧은 입맞춤을 남겼다.

"여기서 더 하고 싶지만."

루프스의 입술은 유채의 귓가로 향했다. 그는 낮은 목소리로 달콤하게 속삭였다.

"자칫했다간 오늘 일정을 모두 뒤로 미루게 될 것 같아서 말야."

"많이 바빠?"

"항상 바쁘다. 이럴 줄 알았으면, 이런 거 하지 않을 걸 그랬다."

루프스는 무릎을 살짝 굽혀서 유채와 시선을 맞췄다.

"그나저나. 이제는 물어도 되지? 시험은 잘 봤나?"

"음…… 그럭저럭? 그래도 나름 합격권에는 들었어. 내가 가고 싶은 학교에 입학할 수 있을지는 장담할 수 없지만."

"다행이군. 그럼 나도 더 이상 외롭게 방치되지 않을 수 있는 건가?"

"약대 붙으면 더 바빠질 거거든. 공부할 게 얼마나 많은데."

"……나한텐 안 좋은 일투성이군."

루프스는 유채의 장밋빛 뺨에 손을 올린 채 한참을 바라보았다. 유채는 그의 은근한 시선에 부끄러워졌다. 루프스는 유채의 이마에 입술을 맞추고 그녀를 안아 방 안쪽으로 옮겼다. 의자에 앉힌 후엔 장난스런 어조로 그녀를 놀리기도 했다.

"선물이라고 했으니까. 잠깐 두었다가 포장은 나중에 뜯어봐도 되겠지?"

"당신, 은근 엉큼한 것 알아?"

"원래 늑대가 그렇다."

루프스는 유채의 말에 능글맞게 맞받아치고 다시 자리에 앉아 펜을 움직였다. 그의 손에는 볼펜이 들려 있었는데 깃펜을 쓰는 게 불편하다고 그녀가 가지고 온 것이었다.

유채는 가만히 앉아 있기만 하니 좀이 쑤시는지 그의 집무실을 돌아다녔다. 루프스가 힐끔 시선을 던지더니 웃음기 섞인 목소리로 말했다.

"선물이 발도 달렸군."

"자유의지도 있어. 무슨 일로 바쁜 거야?"

유채는 루프스가 앉은 쪽으로 돌아가 책상 위를 내려다보았다.

"프레눔 관련 내용이다. 네 말대로 한꺼번에 너무 많은 양이 풀리지 않도록 채굴량을 엄격하게 제한하고 있다."

프레눔 일 외에도 루프스는 대륙과의 관계를 조절하느라 골머리를 썩고 있었다. 뤼벤과는 암묵적으로 도움을 주고받는 관계이고 라그랑주와 아르망드는 뤼벤을 견제해 주는 관계에 있었다. 복잡한 정세 사이에서 적당한 균형을 잡는 것은 쉬운 일이 아니었다. 유채가 그를 위해서 대학에서 정치외교학과 관련된 교양수업을 듣고 배운 것을 알려주기도 했기 때문에 루프스는 경험이 별로 없는 것치고는 현명하게 대처하고 있었다.

함께 서류를 보던 중 루프스는 뭔가 생각난 것인지 유채에게 물었다.

"최근 궁에 이상한 소문이 돌던데 알고 있나?"

"소문?"

"그래, 내궁의 궁녀들에게서 시작된 소문이라던데. 모르나?"

"글쎄. 난 들은 게 없는데. 무슨 소문인데?"

"내궁의 정원에서 밤마다 기괴한 소리가 들린다고 하더군."

"기, 괴한 소리?"

"그래, 마치 손톱으로 유리를 긁는 듯한 소리라고 하더군. 들어본 적 없나?"

"음? 난 못 들었는데?"

"흠. 나도 들은 적이 있는데 말야. 바람 소리인가 싶어서 그냥 무시했었는데 소문이 점점 더 커지는 것 같아서 말이다."

유채가 의아한 얼굴로 그를 돌아보았다.

"이상하네? 당신은 왜 가만히 있는데?"

"무슨 소린가?"

"잠깐, 말 돌리지 마. 내궁에서 일어난 일인데 당신이 그걸 무시했다고? 내궁의 작은 일 하나에도 득달같이 달려오는 당신이?"

"피곤해서 안 갔다."

"피곤? 무서워서가 아니라?"

"내, 내가 뭘 무서워한단 건가!"

루프스의 반응이 격양되자 유채는 킥킥 웃었다. 그러곤 의자를 끌어와 그의 옆에 바짝 붙어 앉았다. 루프스의 목덜미가 시뻘겋게 달아올라 있었다. 유채는 책상에 팔을 올려 턱을 비스듬히 괴면서 물었다.

"설마, 귀신을 무서워하는 거야?"

"무슨……! 내가 그런 허깨비 같은 것을 왜, 왜 무서워하나?"

"아닌데? 무서워하는 것 같은데."

루프스는 등에서 식은땀이 흘러내리는 것 같았다. 유채는 더 장난스러운 미소를 지으면서 그의 어깨를 툭툭 쳤다.

"당신도 무서워하는 것 하나쯤은 있겠지. 말해봐. 비밀로 할게."

"없다."

루프스는 아무렇지 않은 척했지만 손에 저도 모르게 힘이 들어가 쥐고 있던 볼펜이 부러지고 말았다.

"윽. 진짜. 네 세상의 물건은 사용하기에는 편한데 내구성이 약하다. 미치겠군."

유채는 루프스의 손을 닦아주며 조심하라며 타박을 놓았다.

"볼펜이 약한 게 아니라 당신 힘이 센 거야. 그러니까 힘 조절 좀 해."

"항상 한다. 그래도 이 모양이니."

루프스는 저도 노력하고 있다며 어쩔 수 없다는 표정을 짓고는 서랍을 열어서 유채가 잔뜩 사다준 펜을 꺼냈다.

"망가진 펜은 내가 가져갈게. 셀레네 말이 내 세계의 물건은 이곳에 흔적도 남으면 안 된다고 하더라고."

"알겠다. 조심히 가져가라."

유채는 부서진 펜을 챙겨서 주머니에 넣고는 빙글빙글 웃는 얼굴로 다시 물었다.

"정말 귀신 무서워하는 것 아니야?"

"내가 펜 하나 더 부러뜨리는 것을 보고 싶나?"

"지금 화내는 거야?"

"그게 아니라 돌려 말한 것이다. 돌려서."

루프스는 바로 꼬리를 내렸다. 유채는 키득이며 한참을 웃었다. 루프스는 뚱한 표정을 짓다가 이내 이러면 어떻고 저러면 어떠냐 싶었다. 저를 조금 놀려서 그녀가 이렇게 웃는데, 그에게 있어 그것보다 중요한 것은 없었다.

"그러니까, 당신도 무서워하는 것이 있는 거네."

유채가 팔짱을 끼고 턱을 치켜들며 의기양양한 표정을 짓자 루프스는 민망한 얼굴로 헛기침을 했다.

"세상에 이렇게 덩치도 큰 남자가 귀신을 무서워하다니."

"수, 아니 남자는 뭐, 무서워할 수도 없나? 그거 편견이다."

루프스는 수컷이라 말하려다가 바로 단어로 바꿔 말했다. 언젠가 유채가 자신의 세상에서는 '수컷'이란 단어를 사람을 지칭할 때는 쓰지 않는다고 한 것이다. 그것은 포트리스, 즉 마레 위르들도 마찬가지라 루프스는 이왕 이렇게 된 것, '암컷'과 '수컷'이란 단어를 '여성'과 '여자', '남성'과 '남자'로 바꾸어 말하는 정책을 시행했다. 당연히 수인들 사이에 반발이 있었지만 대륙과 교류를 위해서라는 루프스의 주장에 곧 힘을 잃었다.

"알아. 장난이야, 장난. 당신은 무서울 거 하나 없는 사람인 줄 알았거든."

"재미있어 했으면 됐다."

루프스는 웃음기 가득한 그녀의 얼굴을 쓰다듬으며 빙긋 미소 지었다. 그녀의 얼굴에 미소가 그려지는 만큼 그녀가 행복하다는 뜻인 것 같아서 마음이 따뜻해지는 듯했다. 루프스는 유채의 손등에 가볍게 입을 맞췄다.

"선물은 계속 여기 있을 건가? 선물이 계속 옆에 있으니 일에 집중할 수가 없는데."

"음……. 그럼 갈까?"

유채가 냉큼 일어나자 루프스는 그녀의 손목을 잡아끌어 제 무릎 위에 앉혔다. 팔로 그녀의 허리를 감고 끌어안으니 유채는 얌전히 그에게 안겨주었다. 유채의 목덜미에 얼굴을 묻은 루프스의 목에서 가르랑거리는 소리가 울렸다.

"이럴 때 보면 진짜 늑대 같아."

"진짜 늑대를 보고 싶다면 오늘 저녁은 나와 같이 먹을 생각 없나?"

유채는 강아지를 다루듯 루프스의 턱을 간지럽히며 대답했다.

"블루벨이랑 먹기로 했는데."

"……네 연인은 블루벨인지 나인지 모르겠군. 나보다 블루벨이랑 같이 있는 시간이 더 길다는 건 알고 있는 건가?"

"그럼 점심 같이 먹을까?"

"나도 그러고 싶지만, 마레 위르들을 만나야 한다. 왜 그들은 다 점심때 만나자는 건지 모르겠다."

"당신이 무서워서 그래. 여기도 밥 먹을 땐 개도 안 건드린다는 말이 있나?"

"내가 개란 말인가?"

"개 맞잖아. 회색 늑대의 아종이 개인데. 그리고 당신은 내 개가 되기로 한 거 아니었어?"

"이거 참, 졸지에 늑대가 개가 되었군."

유채는 루프스가 투덜거리는 소리에 작게 웃었다.

유채는 고개를 살짝 돌려서 루프스를 마주하였다. 이제 삼십대에 들어선 그는 여전히 이십대 중반으로 보일 정도로 젊고 아름다웠다. 시선을 느낀 루프스가 눈을 뜨자 청회색 눈동자와 검은 눈동자가 마주쳤다.

"으음……. 이렇게 지내다가는 어느새 내가 누나가 되어 있겠어. 당신이 나보다 노화가 느려서."

"난 상관없다. 네가 어떤 모습이든 너를 사랑할 거니까."

"치잇. 그래놓고 나중에 딴소리하면 가만두지 않을 거야."

"네가 늙어서 지금의 미모를 잃어도, 그럴 일은 없겠지만 혹시라도 사고로 네가 얼굴을 다치게 되어도 너를 사랑하는 내 마음은 변하지 않을 거다. 내가 사랑한 것은 네 외관이 아니었으니까."

"당신 은근 여자 마음을 잘 아는 것 같아."

"이걸 또 아부라고 할 건가? 내 말을 믿지 않아?"

루프스가 사랑한 것은 자신의 사람을 지키려고 했던 그녀의 신념과 곧은 정신이었다.

"정말이다. 나는 네가 추녀였더라도 너를 사랑했을 것이다."

"음……. 그래, 이번 건 아부라도 기분이 좋네."

유채는 너털웃음을 지었다. 루프스는 자세를 바꿔 유채의 정수리에 턱을 대었다.

"추수제 준비는 잘 되가나? 다들 성녀님이 처음으로 참여하는 추수제라고 기대가 많은데."

"알아서 할 거니까 신경 쓰지 마."

그 어조에 담긴 신경질을 알아챈 루프스는 유채의 허리를 끌어안으면서 낮게 웃었다.

"네가 노래하는 걸 처음으로 볼 수 있는 자리이지 않나. 그래서 기대 중이다."

"기대하지 마."

유채는 골치 아픈 표정을 하고 팔꿈치로 루프스의 배를 찔렀다. 루프스는 아프다며 엄살을 피웠다.

"이렇게 고운 목소리로 부르는 노래는 얼마나 아름다울까?"

똑똑. 한껏 인상을 찌푸린 채 뭐라고 하려던 유채는 문을 두드리는 소리에 고개를 돌렸다. 알렉스가 질린다는 표정으로 문에 기대서 서 있었다.

"공과 사는 구분하시는 것이 좋을 듯싶습니다, 루프스님. 유채 양도 외로운 독거남 염장 좀 그만 지르고요."

루프스는 낮게 웃으면서 유채의 귓가에 속삭였다.

"오늘은 이쯤 하자. 대신 내일은 나와 함께 시간을 보내는 걸로 하지."

유채는 고개를 끄덕이고 루프스의 무릎에서 일어나서 그의 이마에 입을 맞추곤 문 쪽으로 걸어갔다. 루프스는 알렉스에게 유채의 호위를 부탁했다. 알렉스는 고개를 끄덕이고 방으로 향하는 유채의 옆에 서서 함께 걸었다.

"유채 양이 다시 돌아올 걸 알았다면, 나도 열심히 유채 양에게 구애해 볼 걸 그랬네요."

"에이, 농담도."

"농담 아니에요."

"농담 맞아요."

유채는 알렉스를 올려다보았다. 알렉스의 손수건은 루프스가 그에게 다시 돌려주었다고 했었다. 유채는 알렉스가 제게 품은 감정이 무엇인지 알고 있었다.

"알렉스 씨는 제게서 아이린 양의 모습을 겹쳐 본 것뿐이에요."

유채는 알렉스의 뺨을 감쌌다. 그가 제가 지키지 못한 이들을 저에게서 찾고 있다는 것은 진작 알고 있었다. 알렉스에게 유채는 여동생 이상이 아니었다.

"아직도 못 잊으셨잖아요."

"유채 양 앞에서는 거짓말도 못하겠네요."

알렉스는 정말로 여동생 대하듯이 유채의 머리를 쓰다듬었다.

"유채 양은 지금 행복해요?"

"음…… 글쎄요. 행복한지는 모르겠지만 적어도 불행하지는 않은 것 같아요. 그럼 된 거 아닐까요? 내 마음이 편하고 이 상태가 지속되길 바란다면요."

알렉스는 유채의 말에 동의한다는 듯 고개를 끄덕였다. 그는 문득 손뼉을 치더니 요즘 궁에 도는 소문에 대해 말을 꺼냈다.

"내궁의 귀신 소리에 대해 알아요?"

"안 그래도 아까 라이가 말해주더라고요. 알렉스 씨도 들은 적 있어요? 난 한 번도 들은 적이 없는데 말예요."

"전 들었어요."

알렉스가 소름끼친다는 표정을 지으며 양팔을 쓸었다.

"밤늦게 잠깐 순찰을 도느라 내궁 근처를 지나갔는데 오싹한 소리가 들리더라고요. 그렇게 무서운 소리는 생전 처음이었어요."

"알렉스 씨도 귀신을 무서워해요?"

"나도 무서워하는 것은 있습니다, 유채 양!"

"아니, 무시하는 게 아니었어요. 왠지 알렉스 씨는 귀신이 여자라면 말을 건넬 것 같거든요."

"음…… 아무리 강심장이라도 그런 짓은 못 할 것 같은데요."

유채는 턱 아래에 손을 대면서 고개를 기울였다.

"대체 무슨 소리인지 궁금하네요. 나는 왜 한 번도 못 들었을까요? 이렇게 된 거 한번 찾아볼까요?"

"뭘요? 귀신을?"

"네. 어떤 소리인지 궁금해졌어요."

"유채 양은 정말 강심장이네요."

"어차피 오늘도 정원에 나갈 거니까요. 그때 들을 수 있으면 좋을 텐데."

"예?"

유채는 한숨을 쉬면서 요 며칠 동안 저를 괴롭히는 가장 큰 문제에 대해 설명했다. 그녀의 설명에 알렉스는 배를 잡고 웃기 시작했다. 유채는 이유를 알 수가 없다는 얼굴로 고개를 갸웃거렸다. 한참을 웃은 알렉스는 유채를 보고 의미심장한 미소를 지었다.

"방금 귀신의 정체를 알아낸 것 같아요."

"예?"

알렉스는 쿡쿡 웃기만 할 뿐 더 이상은 설명해 주지 않았다.

"벌써 이 시간인가?"

루프스는 시계를 보고 한숨을 내쉬었다. 대륙과 교류가 많아지면서 그가 해야 하는 일도 많아졌다. 하루 종일 서류와 씨름하느라 빼근해진 어깨를 주무르면서 루프스는 자리에서 일어났다. 그의 표정에는 피곤이 가득했다.

"지금이면 유채도 잠이 들었겠군."

오늘은 유채와 좋은 꿈 꾸라는 인사를 주고받고 싶었지만 시간이 너무 늦었다. 헤나를 비롯해 궁녀들까지 모두 물린 후라 루프스는 혼자 내궁으로 향했다. 완연한 가을을 향해가는 것을 선선해진 밤공기로 알 수 있었다.

아아아아아.

루프스의 예민한 귀에 소름끼치는 소리가 들렸다. 루프스는 반사적으로 그 자리에 멈춰 섰다. 지난번에 들은 적이 있는 그 소리가 분명했다. 루프스의 등에서 식은땀이 흘러내렸다. 유채와의 대화에서도 들통났듯이, 그는 정체를 알 수 없는 무언가에 대해 공포를 가지고 있었다. 절대로, 귀신이 무서운 게 아니었다.

루프스는 마른침을 꿀꺽 삼켰다. 이대로 모른 척 지나가고 싶지만 그 순간 유채의 얼굴이 머릿속을 스쳐 지나갔다. 지금은 소리뿐이지만 저걸 지금 무시했다가 나중에 유채가 위험해질 수도 있다. 그러니 정체를 확실히 알고 미리 처리해 두는 게 나을 것이다.

루프스는 적당한 크기의 늑대로 변해서 조용히 움직였다. 소리가 점점 가까워졌다. 루프스는 사냥감을 사냥하는 늑대처럼 몸을 낮추고 정원 안을 살폈다. 유리벽을 긁는 듯한 소름끼치는 소리가 커졌다. 풀숲 사이로 뭔가가 보였다. 루프스는 심호흡을 크게 하고 그것을 향해 달려들었다.

"꺄악!"

너무나도 익숙한 목소리에 루프스는 황급히 발톱을 숨겼다.

"라이?"

[유채?]

루프스는 제 아래에 깔린 것이 유채라는 것을 알고 화들짝 놀라서 위르형으로 돌아왔다. 유채의 손에는 온도를 조절하는 사파이어가 들려 있었다. 루프스는 궁녀들이나 궁관들이 떠들던 서늘함의 정체를 알 수 있었다. 날이 더워지자 유채가 몸을 식히기 위해서 저 물건을 들고 나온 것이었다.

"여기 왜 있는 것이냐?"

얼른 유채를 붙잡아 일으켜 세운 루프스가 그녀의 머리카락과 옷에 붙은 잔디를 떼어주며 물었다.

"음…… 비웃지 않을 거야?"

유채가 머뭇거리면서 입을 열었다.

"노, 래…… 연습하고 있었어."

"노래 연습?"

루프스는 그제야 유채가 손에 악보를 들고 있다는 것을 알아챘다. 살펴보니 추수제에서 그녀가 불러야 할 노래였다. 얼굴이 새빨개진 유채는 우물쭈물했다.

"나, 사실…… 음치야……."

"응?"

"음치라고, 음치! 노래 못 부른다고!"

유채는 부끄러워서 두 손에 얼굴을 묻었다. 유채는 노래를 끔찍할 정도로 못했다. 어느 정도냐 하면, 딸바보인 아빠가 못 듣겠으니 그만하라고 할 정도였다. 말할 때랑은 달리 노래만 부르면 손톱으로 칠판을 긁는 것과 같은 소리를 내서 유채는 학교 음악 시간 외에는 노래를 부른 적이 없었다.

루프스는 두 손에 얼굴을 묻은 채 고개를 들지 못하는 유채를 보곤 박장대소를 했다.

"그래서, 여기서 노래 연습을 한 건가? 추수제 때문에? 그냥 못 하겠다고 말을 하지."

"거절하지 못하는 분위기였단 말이야. 다들 눈을 초롱초롱하게 뜨고 나만 보고 있는데 그걸 어떻게 거절해."

"이번 추수제는 재미 하나는 확실하게 보장하겠군."

"내 편이나 들어줘, 좀!"

유채가 루프스의 가슴을 세게 내려쳤다. 루프스는 아프다고 엄살을 떨었지만 유채는 콧방귀를 뀌곤 토라진 티를 숨기지 않았다.

루프스는 유채를 번쩍 들어 안았다. 유채가 당황해서 버둥거리자 루프스는 얌전히 있으라는 듯 그녀의 이마를 제 이마로 콩 때렸다. 유채가 왜 이러냐는 듯 올려다보자 루프스는 싱긋 웃으면서 입을 열었다.

"자. 궁의 사람들을 괴롭혔던 귀신을 잡았으니 어떻게 할까? 일단 포박은 했고."

"한 번만 봐주면 안 될까?"

루프스의 장난기 가득한 말에 유채는 눈을 초롱초롱하게 뜨고 그의 장단에 맞춰주었다.

"귀신이 이렇게 미인이라는 소문은 없었는데 말이야. 어렵게 얻은 연인인데 쉽게 놔줄 수는 없지."

"연인?"

"그렇지. 그대는 내 연인이지 않나?"

루프스는 유채를 품에 안고 방으로 향했다. 루프스의 시중을 들기 위해서 방문 앞에서 기다리고 있던 궁녀는 화들짝 놀라서 고개를 숙였다. 궁녀의 얼굴이 붉어졌다. 궁녀가 열어주는 문을 지나 방으로 들어간 루프스는 유채를 침대 위에 내려놓았다.

"가만히 있어. 어디 가지 말고."

루프스가 침대의 휘장을 내리자 유채는 두근거리는 가슴을 꾹 눌렀다. 휘장 사이로 궁녀가 그의 옷시중을 드는 것이 보였다. 시선을 눈치챘는지 루프스가 뒤를 돌아보았다. 유채는 괜히 놀라서는 이불을 머리끝까지 끌어올리고 누웠다.

잠시 후 루프스가 휘장을 젖히고 침대 위로 올라왔다. 유채가 머리끝까지 뒤집어쓰고 있는 이불을 끌어내린 루프스는 그녀의 옆에 누우며 같이 이불을 덮었다.

"여러 사람들의 잠을 설치게 한 것치고 참 부끄러움이 많은 귀신이군."

유채는 침을 삼켰다. 이 상황, 이 분위기, 유채는 지금이 바로 그때인가 싶어서 눈을 살짝 감았다. 하지만 아무리 기다려도 아무 일도 일어나지 않자 유채는 슬쩍 눈을 뜨곤 그를 보았다.

루프스는 유채의 옆에 누워 귀엽다는 듯이 보고만 있었다. 유채는 이유를 알 수 없는 섭섭함에 입술을 삐죽였다.

"연인이라며?"

"연인이니까 이러는 거다."

유채의 볼을 쓰다듬던 손이 그녀의 턱을 붙잡아 들어 올렸고, 그는 유채의 입술을 찾아 제 것을 맞댔다. 유채가 수줍게 벌린 틈으로 루프스는 제 것이라는 인장을 찍는 것처럼 그녀를 탐했다. 길고 자극적인 입맞춤 끝에 루프스는 유채에게 팔베개를 해준 채로 나란히 누웠다. 유채가 붉어진 얼굴을 하고선 물었다.

"이게 끝이야?"

"내일은 하루 종일 내 곁에 붙어 있어. 심심하다고 어디 도망가지 말고. 강아지처럼 나만 졸졸 따라다녀라."

"그것뿐?"

"그래."

유채는 동그랗게 뜬 눈을 굴리며 생각에 잠겼다. 루프스는 그녀의 머리카락을 만지작거렸다.

"너의 첫 밤을 가져가는 이는 너와 혼인한 사람이 되었으면 한다."

유채는 그가 제 생각을 읽은 것 같아 얼굴이 붉어졌다.

"네가 평생의 반려로 선택한 사내가 너의 밤을 가져가는 것이 옳다. 나는 자격이 없어."

"지금 우리 연인인 것 아니었어?"

"그렇지만 부부는 아니지. 그러니까, 나는 너의 밤을 갖지 않을 것이다."

유채는 설마 하는 마음에 넌지시 물었다.

"설마, 당신……. 나중에 내가 당신과 헤어질 수도 있다고 생각하는 거야?"

"그렇다."

루프스의 대답은 담백했다. 그녀의 말대로 지금은 그녀와 제가 연인이라지만 훗날 유채가 저를 평생의 반려로 삼을 것인지는 모르는 일이었다. 그녀가 자신을 선택해 준다면 정말 기쁘고 평생 감사해할 일이지만 그렇지 않더라도 그는 그녀를 원망하지 않기로 했다. 루프스는 언제나 불안해했지만, 그 불안함을 그녀에게 내보이지 않으려 했다.

"그러니, 너 편한 대로 해라. 나는 네가 행복해지는 것을 바라니, 그러니까 너는 네가 행복할 수 있는 길을 찾아라. 나는 언제나 너를 도와주겠다."

유채는 입을 꾹 다물었다. 그리고 그가 안는 대로 얌전히 그의 품에 안겼다. 루프스의 가슴에 머리를 대고 있던 유채는 그의 왼쪽 어깨 위, 제가 예전에 단검을 꽂아 넣었던 자리를 쓰다듬었다. 그 상처는 이제 없었지만 그래도 유채는 제가 그를 상처 입혔던 것을 잊지 않고 있었다.

"……당신 행복은 생각 안 해?"

"네가 행복하면 나도 행복하다."

"내가 내 세상에 사랑하는 남자가 생겨서 이젠 여기에 오지 않겠다고 해도 그냥 보내줄 거야?"

"……기꺼이."

유채와 함께하는 요 몇 년 동안 그는 충분히 행복했다. 그녀가 돌아오지 않더라도, 차원이 그들을 갈라놓더라도 그는 영원히 유채를 사랑할 것이니 상관없었다.

"언젠가 돌아오겠다는 말만 해주겠나? 그러면 된다. 난 그 한마디면 된다. 나는 지금까지 너무나 행복했다. 그러니 네 행복이 네 세상에 있다면 그쪽으로 가도 좋아. 네가 행복해지는 것이 곧 내가 행복해지는 것이다."

"늑대는 집착이 심하다면서 나를 잡을 생각은 안 해?"

"사랑에 집착하는 늑대 수인의 이야기 때문에 모든 늑대가 다 똑같을 거라 생각하는데 그렇지 않다. 개체차인 것이지. 나는 너를 사랑하면서 변했으니 너의 행복을 우선으로 삼을 것이다."

루프스는 유채를 품에 안고 그녀의 체온을 느꼈다.

그게 그의 사랑이었다. 유채는 그의 품에 고개를 묻은 채로 생각에 잠겼다. 이런 면 때문에 그를 용서할 수 있었던 것이다. 유채는 지금 이 순간 무엇보다 만족스러운 그의 사랑을 느꼈다.

잠시 눈을 감고 있던 유채는 갑자기 실실 웃으면서 고개를 들곤 물었다.

"당신은 노래 잘 불러?"

"……듣고 싶나?"

"응."

루프스는 헛기침을 하더니 제가 알고 있는 스티폴로르의 노래를 불렀다. 낮고 풍부한 목소리가 귓가를 간질이자 유채는 웃었다.

전에 바실리사가 말했던 대로 루프스는 예술 쪽에 재능이 더 많았다. 평범하게 자랐다면 그는 다방면에 뛰어난 예술가가 되지 않았을까?

유채는 잔잔한 노랫소리와 함께 찾아오는 수마에 몸을 맡겼다. 루프스는 잠이 든 유채를 편하게 눕혀주었다. 고른 숨소리를 내며 잠이 든 유채를 바라보는 그의 눈빛에는 다정함이 가득했다.

"으으음……."

유채는 너무 오래 자서 찌뿌듯한 몸을 일으켜 세웠다. 휘장 너머로 루프스가 옷시중을 받고 있는 모습이 보였다.

유채가 일어난 걸 알아챈 루프스는 궁녀들과 궁관들을 물렸다. 유채는 휘장을 걷었다.

"더 자지, 왜 일어났나."

"몸이 뻐근해서."

루프스는 헝클어진 유채의 머리를 정돈해 주고 이마에 입을 맞췄다.

"오늘은 무슨 일이 있어?"

"코르테스의 대공작이 온다. 제국의 건국 공신이라더군."

"그리고 다른 일은?"

"오늘은 교육 정책들에 관해서 논의해야 한다. 네 말대로 교육이 얼마나 중요한지 알았으니 어린아이들을 교육시킬 수 있는 제도와 환경을 만들어야지. 그게 우리 스티폴로르의 자산이 될 테니까. 그러기 위해서는 또 교육자의 육성도 중요한 일이라 고민하고 상의해야 할 일이 많다."

"……어제보다 오늘이 더 바쁜 것 아니야? 내가 따라다녀도 돼?"

"어제 한 말은 장난이었으니까 신경 쓰지 말고 편히 쉬어라. 날도 좋으니 근처로 나들이를 다녀오는 건 어떤가? 궁에만 있으면 심심하지 않나?"

"음…… 생각해 보고."

루프스는 싱긋 웃으면서 유채의 이마에 입술을 붙였다.
“대신 저녁에는 나와 함께 식사…… 읍.”
유채는 루프스의 목에 팔을 두르고 그에게 키스했다. 그의 입술을 살짝 깨물어 벌리고 적극적으로 움직이는 것에 루프스는 당황하여 그대로 유채의 리드를 따랐다.
“사랑해.”
진한 키스 후에 유채는 루프스의 청회색의 눈동자를 보면서 고백했다.
“진짜야. 사랑한다고. 당신 속이려고 하는 소리가 아니라.”
“…….”
“이렇게 된 이상, 추수제에서 부를 노래를 바꿔야겠다. 사실 아무 노래나 불러도 된다고 해서 그나마 쉬운 걸로 연습하고 있었는데 이렇게 된 것 다른 노래를 부를게. 당신 그거 잘 들어야 해.”
유채는 이곳의 노래가 아니라 제 세상의 노래를 부르기로 결정했다. 유채는 넋이 나간 것 같은 그를 향해 고개를 기울이면서 웃었다.
“당신을 위한 노래니까.”

⚜

추수제까지 내궁의 귀신에 대한 소문은 계속되었다. 루프스와 알렉스는 진실을 알고 있었지만 함구했다. 그 편이 재미있기 때문이었다. 그리고 추수제 날, 귀신 소동의 진실이 밝혀졌다. 그리고 유채의 최악의 노래 실력도.
추수제를 위해서 에클레시아에 모인 모든 이들은 엄중한 행사

임에도 유채의 노래에 웃음을 터뜨렸다. 신관과 신녀들도 이마를 치면서 유채의 노래 실력에 통탄을 금치 못했다. 알렉스와 프레드릭은 루프스의 옆에 앉아서 한참을 웃었다. 케릭스와 블루벨은 웃지 않으려고 노력했지만 상상을 초월하는 노래 솜씨에 결국엔 웃음을 참지 못했다.

블루벨은 너무 웃어서 눈물까지 훔치면서 루프스를 바라보았다. 이 자리에 모인 사람들 중 유일하게 루프스만이 웃지 않고 있었다. 블루벨은 고개를 그에게 물었다.

"루프스님은 왜 웃지 않으세요?"

"난 그냥…… 좋군. 유채의 노래가."

블루벨은 이해할 수 없는 말에 고개를 갸웃했다. 유채가 자신의 나라의 언어로 노래를 부르고 있기 때문에 노래의 내용을 아는 것은 루프스 혼자뿐이었다. 약속대로 자신을 위한 노래였다.

에클레시아의 가장 높은 단에서 노래를 부르고 있는 유채와 루프스의 시선이 닿았다. 유채는 싱긋 웃어 보였다. 루프스도 마주 웃어 보였다. 유채의 마음이 무엇인지 알기에 루프스는 지금 그 누구보다도 행복했다.

스티폴로르 사람에게 있어서는 가장 웃긴 추수제가 될 것이지만, 그에게는 가장 소중하고 사랑스러운 추수제가 될 터였다.

외전 3
프러포즈 대작전

-유채 23세 6월

에릭은 손에 든 작은 상자를 한 번 보고 한숨 쉬고, 다시 한 번 보고 한숨 쉬고를 반복했다. 유쾌하고 쾌활하다고 알려진 에릭의 얼굴에는 근심 걱정이 가득했다. 에릭은 한참을 바라보던 작은 상자를 품으로 집어넣으려고 했다.

"왁!"

"으어어억!"

에릭은 뒤에서 갑작스럽게 들려온 소리와 등을 치는 손길에 기겁해서는 상자를 바닥으로 떨어뜨렸다. 에릭은 놀란 가슴을 손으로 쓸어내렸다.

"이거 뭐예요? 에릭 씨?"

에릭은 머리카락이 쭈뼛 서는 기분이었다. 유채의 목소리였다.

“별, 별거 아닙니다. 유, 유채 양!”

에릭은 상자를 뺏으려 했지만 유채가 상자를 여는 게 빨랐다. 상자 안을 본 유채의 눈이 휘둥그레지자 에릭은 두 손으로 얼굴을 가렸다. 유채는 음흉한 미소를 지었다.

상자 안에 든 것은 다이아몬드가 박힌 반지였다. 유채는 반지를 꺼내서 살폈다. 안쪽에 바실리사의 이름이 적혀 있었다. 에릭은 민망한지 얼굴을 들지 못했다.

“바실리사에게 청혼하려고요?”

“청혼이요? 제 마음도 모르시는 분께 어떻게 청혼을 합니까?”

유채는 의자를 끌어다가 에릭 앞에 앉았다. 그녀의 얼굴에 걸린 장난기 가득한 미소에 에릭은 팔에 소름이 오소소 돋았다. 유채가 저런 표정을 지을 때면 뭔가 일이 터지곤 했다. 예전에는 몰랐지만 유채는 상당히 짓궂은 구석이 있었다. 에릭은 엉덩이를 뒤로 빼었다.

“그래도 도전은 해봐야 아는 것 아니겠어요? 스티폴로르의 절반이 에릭 씨가 바실리사 언니를 좋아하는 것을 아는데요?”

“다 아는 걸 왜 그분만 모르실까요?”

“생각보다 둔하더라고요, 언니가.”

“그건 저도 잘 압니다. 이상한 곳에서 둔하신 분이죠.”

“그러니까 알아듣도록 직접 알려줘야죠.”

유채는 반지를 다시 상자에 집어넣고 에릭의 손에 쥐여주었다. 장난기 가득한 미소를 지은 유채가 불쑥 말했다.

“내가 도와줄게요.”

“예?”

“바실리사 언니에게 청혼하는 것 도와주겠다고요. 이왕 나한테 들킨 것 화끈하게 고백해요."

"싫, 싫습니다. 그냥 비밀로……."

"에이. 내가 싫은데?"

에릭은 유채의 이마와 엉덩이에 뿔과 꼬리 같은 것이 달린 것 같은 환상을 보았다. 지금 그에게 유채의 미소는 마치 악마의 미소처럼 보였다.

"도와줄게요."

지옥불로 이끄는 악마의 목소리가 들렸다.

⚜

케릭스는 제 앞에서 우물쭈물하며 쥐구멍이 있으면 기어들어가고 싶다는 태도로 앉아 있는 루프스를 바라보았다. 그의 얼굴이 실룩거렸다. 그는 억지로 웃음을 참고 있는 중이었다. 마치 엄마에게 혼나는 아이 같은 꼴을 하고 있는 루프스를 보니 웃음이 나올 수밖에 없었다.

"웃고 싶으면 웃어라."

"그래도……. 푸흡."

케릭스는 마침내 탁자를 치면서 박장대소를 했다. 루프스는 눈썹을 약간 좁힐 뿐 별말을 하지 않았다. 루프스는 짜증을 내면서 탁자에 올려놓은 물건을 치우려고 했다. 케릭스가 황급히 정신을 차리고 그를 막았다.

"푸흡…… 도와드리겠습니다."

케릭스는 작은 상자 안에 들어 있는 투박한 반지를 보았다. 유채가 끼고 있는 블랑카의 반지와 겹쳐 낄 수 있게 만든 얇은 반지였다. 하지만 아무런 세공 없이 그냥 투박하기만 한 실반지에 작은 다이아몬드가 하나 박혀 있는 그것은 빈말로도 예쁘다 할 수는 없는 수준이었다.

루프스의 손은 온통 상처 투성이었다. 저 반지 하나를 만들기 위해 그는 손 하나를 갈아 넣었다고 해도 과언이 아니었다. 그의 회복력이면 금방 나을 상처이지만 희미하게 흉터는 남을 것이었다. 아버지의 손재주를 반만 닮았어도 괜찮은 반지가 나왔을 것이지만, 불행히도 그는 아버지로부터 그런 쪽의 재능은 전혀 물려받질 못했다.

"청혼하시는 것 도와드리겠습니다."

루프스가 케릭스에게 반지를 보이면서 한 부탁은 유채에게 청혼하는 것을 도와달라는 것이었다. 유채와 연인 말고 평생을 같이 걸어가는 부부가 되고 싶었다. 케릭스는 경험이 있으니 저를 도와줄 수 있을 거라는 생각을 한 것이다.

"유채가 감동해서 평생을 기억할 수 있는 청혼이 하고 싶다."

"꿈도 크십니다."

케릭스는 사춘기 어린애처럼 구는 루프스의 태도에 속으로 낄낄 웃었다.

"친구로서 도와줄 수 있지 않나?"

"이럴 때만 제가 친구입니까?"

"그럼 부하로 도와주든지."

"친구로 도와드리죠."

"네 경험이 도움이 될까?"

"글쎄요. 블루벨과 유채님은 조금 다르지 않습니까?"

둘은 동시에 한숨을 쉬었다.

⚜

"음…… 그러니까 에릭님이 바실리사님께 청혼하신다는 거죠?"

블루벨이 유채의 말을 정리했다.

"그런 셈이지요, 블루벨 양. 재밌는 상황이 되겠는데요."

"당연히 여러 모로 재미있겠지. 프레드릭. 원래 남 청혼 구경하는 게 제일 재미있거든."

"저도 그 말에는 동의해요, 레이라."

에릭을 둘러싸고 프레드릭, 레이라, 알렉스가 한마디씩 했다. 에릭은 쥐구멍에 숨고 싶은 심정이었다.

"잡담은 그만 떨고 에릭 씨를 도울 방법을 찾아요!"

유채가 탁자를 탕탕 두드렸다. 이 상황을 가장 재미있어 하는 레이라가 입을 열었다.

"보아하니 지금 바실리사의 상황이 나랑 비슷하니 내 경우를 예로 들어야 하지 않겠어?"

"어땠는데요, 레이라 씨?"

에릭이 초롱초롱한 눈으로 레이라를 바라보았다. 레이라는 큰 개를 보는 기분이 들었다. 에릭은 정말로 개 수인이지만 말이다.

"프레드릭이 내게 청혼했지만 난 계속 거절했거든요."

"그거랑 제 상황이랑 뭐가 같습니까?"

"여자 쪽이 남자 쪽 마음을 몰라주는 것?"

모두가 수긍했다.

"그럼, 이제 형의 의견을 들어봐야겠네."

"음, 나야……. 그냥 진심이 최고라고 생각해서 계속 부딪친 거지. 계속 부딪치다 보면 언젠가는 내 진심을 알아줄 거라고 생각하고."

"우리 세상에는 이런 말도 있어요. 열 번 찍어서 안 넘어가는 나무 없다."

유채가 덧붙였다.

"그럼, 뭐부터 하나요?"

에릭이 머뭇거리며 물었다. 유채가 씩 웃었다.

"일단 고백부터 하죠!"

"그건 해결책이 아니잖아요! 고백부터 하라니, 그건 저도 떠올릴 수 있는 거라고요!"

에릭이 자리에서 벌떡 일어났다.

"그런데 실행은 못 하셨잖아요."

"맞는 말이에요. 에릭님은 생각만 하고 움직이지 않으셨잖아요. 그러니까 유채님 말대로 고백을 하는 게 해결책 맞아요."

블루벨이 유채의 의견에 격하게 동조하자 에릭은 한숨을 푹푹 쉬면서 물었다.

"그럼…… 어떻게 고백합니까?"

"음…… 내 아를 낳아도?"

유채는 옛날 옛적 개그프로그램에서 보았던 유머를 해봤다. 당연히 그 개그를 알아듣는 사람은 없었고, 에릭은 시뻘게진 얼굴로 버럭 소리를 질렀다.

"그랬다가는 바실리사님께 죽을 겁니다!"

"장난이에요, 장난."

유채는 잠시 고민을 하더니 이내 다시 입을 열었다.

"시 어때요? 연애시. 감동적이고 괜찮지 않을까요?"

"괜찮은 것 같아. 나도 프레드릭이 시를 읊는 거에 감동해서 청혼을 받아들였으니까."

"어떤 시가 좋을까요? 바실리사님도 나름 책을 많이 읽으시더라고요. 그럼 웬만한 시는 다 알고 계시지 않을까요?"

유채가 손뼉을 쳤다. 저쪽 세상의 친구에게 물어볼 생각이었다.

"내가 사는 세계에도 예쁜 시가 많거든요. 찾으면 알려줄게요."

"감사합니다, 유채 양."

"그럼 우리는 바실리사의 취향을 알아볼까요?"

레이라는 유채와 블루벨에게 어깨동무를 하면서 에릭에게 윙크했다. 에릭은 왠지 모를 불안감이 스멀스멀 피어오르자 등줄기에 소름이 쫙 돋는 것 같았다. 그리고 그런 그의 어깨 위에 팔을 걸치는 것은 알렉스였다.

"자, 그럼 우리는 청혼을 어떻게 해야 할지 고민해 보죠."

에릭은 저 말에 두 배로 불안해졌다.

⚜

"어, 유채. 오랜만이야."

"오랜만이에요, 바실리사 언니."

바실리사는 카날리스 호무스의 일로 바쁜 것인지 팔을 쭉 늘이면서 기지개를 켰다. 카날리스 호무스와 토스 호무스가 가까운 관계로 바실리사는 가끔 토스 호무스에서 일을 처리했다.

바실리사는 유채를 보면서 은근한 미소를 지었다. 그녀는 루프스에게, 유채에게 청혼을 할 것이니 그것을 도와달란 말을 들은 참이었다. 새빨개진 얼굴로 부탁을 하는 그를 보고 얼마나 웃었는지. 바실리사는 먹잇감이 제 그물에 들어온 것을 깨닫고 조용히 작전을 펼치기 시작했다.

"오늘은 무슨 일이야?"

"그냥 놀러왔어요."

"그래, 잘됐네. 나도 심심해서 말이야."

유채는 바실리사의 앞에 앉았다. 우선 바실리사가 에릭에게 어떤 감정을 품고 있는지부터 알아봐야 했다. 유채는 바실리사와 일상적인 이야기를 나누다가 능숙하게 에릭에 대한 화제를 꺼냈다.

"언니, 언니는 에릭 씨를 어떻게 생각하세요? 매번 티격태격 싸우는 것만 봐서 사이가 안 좋은 것 같기도 하고, 또 매일 붙어 다니는 것 보면 사이가 좋은 것도 같고. 잘 모르겠어요."

"음? 아니야. 나랑 걔랑 사이 좋아. 나름 소꿉친구인데. 뭐, 걔네 집이 워낙 에릭을 싸고돌아서 어렸을 때 토스 호무스는 같이 못 왔지만."

"그럼 왜 그렇게 싸우세요. 사이좋게 지내도 모자랄 판에."

"사이가 좋아서 싸우는 거야."

바실리사는 우아하게 찻잔을 기울이며 대수롭지 않게 대꾸했다. 유채는 기회를 보다가 냉큼 폭탄을 투하했다.

"있잖아요, 언니. 언니는 에릭 씨가 남자로…… 우왓!"

"푸흡!"

유채의 질문이 끝나기도 전에 바실리사는 입안에 머금었던 찻물을 냅다 뿜어냈다. 졸지에 찻물을 뒤집어쓴 유채는 벌떡 일어났다. 바실리사는 컥컥거리며 유채에게 미안하다고 했다.

"남자?"

겨우 진정한 바실리사는 기도 차지 않는다는 표정으로 그녀를 보았다. 유채는 제가 뭔가 잘못했나 싶어서 얼른 밑밥을 깔았다.

"왜…… 언니랑 에릭 씨에 대한 소문은 들어본 적 없어요?"

"아. 그 소문 알지. 에릭이 날 좋아한다고?"

바실리사는 씁쓸한 미소를 지었다. 유채는 영문을 알 수가 없어서 고개를 갸웃거렸다.

"넌 그 말을 믿니? 어디서 말도 안 되는 소리를 하고 있어."

"음…… 왜요? 왜 말이 안 돼요?"

"아니야. 나랑 에릭은 그냥 친구고 주종 사이일 뿐이야. 그리고 걔가 왜 나를 좋아하니?"

바실리사는 보기 드물게 풀이 죽은 듯했다. 바실리사는 약간은 기어들어 가는 목소리로 중얼거렸다.

"걘 잘생겼잖니."

"예?"

유채는 황당했다. 유채는 바실리사만큼 자존감이 높은 사람을 본 적이 없었다. 그래도 딱 하나 바실리사가 자신감이 없어 하는 것이 바로 외모였다. 겉으로는 당당한 척을 했지만, 사실 그녀는 자신의 외모에 굉장히 자격지심을 갖고 있었다. 솔직히 말해서 바실리사는 유채가 제일 부러웠다.

"솔직히 말해서 내 얼굴이 어떤지는 나도 알아. 어, 그렇다고 내가 내 얼굴을 싫어한다는 건 아니야. 하지만 에릭은 예쁜 암, 아니 여자 좋아하거든. 야, 이거 너무 힘들다. 우리가 왜 마레 위르를 따라서 쓰는 단어까지 바꿔야 해?"

"예전에 말씀드렸잖아요. 인간들이 수인 기준에 많이 맞추어주었으니, 수인들도 하나 정도는 인간들의 기준에 맞춰야 해요. 아주 작은 것이잖아요. 그리고 말 돌리지 마세요."

"핏. 들켰나."

바실리사는 작게 구시렁대고는 이내 한숨을 쉬었다. 루프스와 마찬가지로 바실리사도 내전으로 고아가 되었다. 하지만 빅터가 보호자가 되어주어서 루프스보다는 사정이 나은 편이었다. 그전까지는 부모님에게 공주처럼 떠받들어지며 살다가 환경이 바뀐 후에 바실리사는 그제야 제 눈에 씌어져 있는 콩깍지를 벗을 수 있었다. 그러면서 바실리사는 외모에 대한 자신감을 잃어버렸다.

"아무튼 난 별로 안 예쁘잖아. 내가 너의 반만큼이라도 예뻤으면 좋았을 텐데. 그랬다면 내 첫사랑한테 그렇게까지 심한 소리를 들으면서 거절당하지는 않았을 텐데."

"예?"

"사실 난 네가 너무 부러워. 어떻게 하면 그렇게 예쁠 수 있어?"

유채는 그제야 바실리사가 사랑에 있어 소극적으로 나왔던 이유를 알 수 있었다. 그리고 왜 에릭과 거리를 두었는지도.

⚜

루프스는 화단의 작은 돌담 위를 걷고 있는 유채를 발견하였다. 그는 며칠째 괜찮은 청혼 방법을 찾느라 고심 중이었다. 케릭스에 이어 바실리사에게도 도움을 청했지만 셋이 머리를 맞대도 그냥 대놓고 말하라는, 멋없는 방법만 나오는 중이었다. 유채가 안다면 한심해할 것이 분명했다.

"유채."

"응? 언제 왔어?"

"좀 전에 왔다. 뭘 그리 생각하고 있나?"

"음. 에릭 씨가 바실리사 언니 좋아하는 건 알지?"
"이 궁 안에 그걸 모르는 이도 있던가?"
"응, 그렇긴 하지. 암튼, 에릭 씨가 고백을 준비 중인데 내가 도와주기로 했거든. 근데 둘 사이에 뭐가 문제인지 분명하게 알아버려서 그걸 생각하고 있었어. 이건 고백을 한다고 해결될 문제가 아니더라고."
"바실리사는 원래 수, 아니, 남자를 만나는 것에 별 관심 없다. 정확히는 한 남자에게 정착할 생각이 없지. 매번 하는 소리가 곱상하게 생긴 젊은 남자들을 모아다가 호강하고 싶다는 건데."
"아닐걸?"
유채가 돌담에서 툭 뛰어내렸다.
"라이, 당신은 사람을 볼 때 얼굴을 얼마나 봐?"
"인식할 수 있을 정도로만 본다."
"아니, 그런 것 말고. 이성을 볼 때 외모를 얼마나 따지냐고."
"글쎄다. 그게 수치화가 가능하던가?"
루프스는 말을 잘못했다가는 유채에게 한 소리를 들을까 봐 두루뭉술하게 말했다. 하지만 유채는 다른 생각을 하는 중이라 루프스의 답은 그리 중요하지 않았다.
"바실리사 언니한테 들었는데, 첫사랑에게 되게 심하게 차인 적이 있었대. 얘기만 들었는데도 정말 심하다 싶을 정도라니까. 싫으면 싫다고 하면 되지 왜 사람의 자존심까지 깎아내리는 말을 한대. 자긴 뭐 얼마나 잘났다고."
"나는 모르는 때의 일인가 보군. 하긴, 어릴 적 바실리사는 꽤나 자신감 가득한 아이였는데, 다시 만났을 때는 그런 점이 보이지 않아서 나도 이상하게 생각했었다."

"외모에 관해서 폭언을 들었더라고. 그때 일로 언니는 사랑에 관해서는 자신감을 잃은 것 같아."

돌담 뒤에 웅크려 앉은 유채의 옆에 루프스도 쪼그려 앉았다.

"그래서 어떻게 할 생각인가?"

"음. 에릭 씨에게 말해줘야 하나 고민 중이야. 둘 사이를 진전시킬 중요한 정보이긴 한데, 이건 언니에겐 감추고 싶은 비밀이기도 한 거잖아."

"일단 나도 바실리사에게 비밀로 해주겠다."

루프스는 바실리사를 걱정하는 척하며 은근슬쩍 물었다.

"너는 어떤 청혼을 받고 싶나? 그것을 에릭에게 알려주면 되지 않나?"

"나? 난 딱히 그런 것 생각해 본 적이 없는데. 애초에 결혼 같은 것 생각도 해본 적이 없어서."

"결혼을 생각해 본 적이 없다고?"

"내 세계는 결혼이 필수인 곳은 아니거든. 하기 싫으면 안 해도 상관없어. 그래서 별 생각이 없었지."

그 말에 얼굴이 하얗게 질린 루프스와는 달리 유채는 제가 한 말을 되씹다가 박수를 치면서 벌떡 일어났다.

"아, 맞다! 그게 있었지!"

"응? 뭐가 말이냐?"

"내 세상에선 스케치북을 이용해 고백을 한 어떤 남자의 이야기가 엄청 유명하거든."

"스케치북? 그게 뭔가."

"설명하자면…… 어떤 남자가 있어. 그가 오랫동안 짝사랑하던 여자가 어느 날 결혼을 해. 그때까지 아무런 고백도 못 했던 남자는 스케치북에 여자에게 하고 싶은 말을 하나씩 적어서 그녀를 찾아가. 그리고 여자의 앞에서 스케치북을 한 장씩 넘겨서 자기 마음을 보여줘. 그거 보고 진짜 로맨틱하다고 생각했었거든."

루프스는 잘 상상이 되질 않았지만 유채가 좋다고 하니 그 방법을 머릿속에 단단히 새겨 넣었다. 그러나 그것보다 더 큰 문제는 유채가 결혼 생각이 없다고 한 것이었다. 루프스는 유채 몰래 깊은 한숨을 쉬었다.

⚜

"그러니까, 이 종이에 말을 채워야 한다는 말입니까?"

케릭스와 루프스는 탁자에 한가득 쌓아놓은 종이를 보면서 한숨을 쉬었다. 유채에게 물어 스케치북이 대체 뭔지 알아낸 후에 루프스가 준비한 것이었다.

"뭘 쓸까요?"

"……모르겠어. 대체 무슨 말을 써야 하는 거지?"

"저도 마찬가지입니다."

둘은 종이에 채워야 할 말이 아무것도 떠오르지 않아서 막막해했다. 루프스는 쓸 말이 너무 많아서 그것을 추려내는 게 힘들었고 케릭스는 그 반대로 아무것도 떠오르는 게 없어서 힘들었다.

"한데 유채님이 결혼에 별 생각이 없다고 했다지 않았습니까? 이게 통할까요?"

"나도 그게 문제다."

"휴. 이왕 시작하시는 거. 결혼에 관한 격언들로 시작하는 게 어떨까요?"

"그건 왜?"

"결혼에 대해 긍정적인 생각을 심어주자는 거죠."

제삼자가 들으면 제정신이냐고 묻겠지만 둘은 정말로 진지했다. 루프스는 쓸 만한 말을 찾기 위해서 책을 뒤적였다.

"이거 괜찮네요."

"이거도 나쁘지 않지?"

둘은 각자 고른 말들을 따로 옮겨 적고는 다시 머리를 맞댔다.

"이걸 다 적을 수 있을까요?"

"이것보다 더 큰 종이는 가지고 나가기 불편할 것 같다. 글씨 크기를 줄여서 써보자."

"한눈에 보이긴 할까요?"

"적당히 조절하면 보이지 않을까?"

건장한 남자 둘이 머리를 맞대고 종이에 글을 쓰느라 끙끙대는 모습은 꽤나 우스웠다. 차를 가져다주러 온 궁녀 하나는 그 모습을 보고 웃음을 억누르랴 고생했다.

"잠깐, 거기 혹시 혼인을 했는가?"

케릭스가 차를 가져다준 궁녀를 돌려세웠다. 궁녀는 고개를 숙이고 대답했다.

"예. 지난달에 혼인을 했습니다."

"그럼 좀 도와줄 수 있나?"

궁녀는 도대체 루프스와 케릭스가 무엇을 하고 있는지 궁금했기 때문에 냉큼 다가갔다. 탁자에는 글씨가 잔뜩 적힌 종이들이 가득했다. 궁녀는 종이에 적힌 내용을 보고 눈살을 찌푸렸다.

"조언을 듣고 싶은데, 자네는 남편에게 어떤 고백을 받고 결혼했나?"

"전 제가 고백했습니다. 남편이 워낙 소심해서 그런 말을 못하는지라. 답답해서 제가 했습니다."

"그럼 더 도움이 되겠군. 와서 도와줄 수 있는가?"

"예. 힘닿는 대로 도와드리겠습니다."

궁녀는 케릭스의 옆에 앉았다. 루프스는 글씨를 쓰는 일에 집중하고 있는지라 케릭스가 궁녀를 붙잡은 것도 모르고 있었다. 묘한 조합이 된 셋은 루프스의 청혼을 위한 문구들을 하나하나 써 내려갔다.

⚜

"일단 시를 암송하고 그 다음에 이걸 넘기면 되는 건가요?"

"예. 맞아요."

"근데 저 기억력 좋지 않습니다. 시를 잊어버리면 어떡하죠?"

"그건 제가 도와드릴게요. 제가 바실리사님 뒤에서 종이 들고 서 있을게요."

블루벨이 제안하자 프레드릭도 고개를 끄덕였다.

"난 블루벨양이 바실리사의 눈에 보이지 않게 해드리겠습니다."

"오. 형. 왜 이렇게 후하게 나와?"

"동병상련이랄까. 그나저나 너도 요새 연애사업이 잘 되는 건 아니지 않아? 그 아르젠계 아가씨랑 어떻게 되가는 건데?"

"입 닥쳐, 형."

"아! 그 바다에서 떠밀려 온 기억 잃은 아가씨요? 알렉스 씨랑 그분이랑 뭔가 있어요?"

유채가 알렉스의 옆구리를 찔렀다. 알렉스는 얼굴을 붉히며 손사래를 쳤다.

에릭은 졸지에 관심에서 벗어나게 되자 탁자를 탕탕 쳤다.

"저기요! 저 도와주시려고 모인 분들이 아니셨나요?"

"아! 미안해요, 에릭 씨. 근데 스케치북에 문구를 쓰는 것은 에릭 씨 몫이에요. 에릭 씨의 마음을 전하는 것이잖아요. 그러니까 쓸 말을 생각해 봐요."

에릭은 머리를 싸매고 한참을 고민하더니 입을 열었다.

"사랑합니다?"

"기껏 생각한 게 그거예요?"

"모릅니다! 제가 무슨 말재주가 있다고……. 그리고 이런 간질간질한 것은 저도 못합니다."

"말은 잘 하면서 왜 이런 말은 못 써요?"

"하고 싶은 말은 가슴에 가득 차 있는데 그게 정리가 되지 않아요. 그리고 이게 맞는 말인지도 모르겠고. 어떻게 해야 내 마음을 잘 전달할 수 있을지……."

프레드릭이 고개를 끄덕였다.

"원래 진심을 전하는 것만큼 힘든 것도 없죠. 하지만 때로는 가식 없이 거친 진심이 좋을 때도 많습니다."

"그건 맞는 것 같아요."

유채는 블랑카의 반지를 만지작거리며 고개를 끄덕였다.

⚜

에릭은 크게 심호흡을 했다. 준비는 완벽했다. 유채는 바실리사를 이곳으로 불러주기로 했고 블루벨과 프레드릭도 준비 완료 상태였다.

곧 바실리사가 나타났다.

"어? 에릭, 여기서 뭐해? 유채가 보자고 했는데?"

"바, 바실리사님께 할 이야기가 있어서 기다리고 있었습니다."

"할 말? 뭔데? 맨날 얼굴 보는 사이에 갑자기 무슨 할 말이 있다고 불러내?"

"만나는 날이 많아도 전 그 날들의 의미를 바꾸고 싶습니다."

귀찮아하는 바실리사의 태도에 에릭은 겁이 났지만, 주먹을 움켜쥐었다. 블루벨이 종이를 넘겼다.

"내게 금빛과 은빛으로 짠 하늘의 천이 있다면(하늘의 천 – 윌리엄 버틀러 예이츠作), 메말라 해골……?"

에릭은 눈을 크게 떴다. 블루벨도 당황해서는 급하게 들고 있는 종이를 살폈다. 에릭이 워낙 고민을 많이 한 탓에 글이 적힌 종이가 시를 적어놓은 종이와 섞인 것이었다. 블루벨은 미안하다고 손을 흔들고 순서를 맞추기 위해서 허둥거렸다.

"해골이 뭐? 하늘의 천하고 해골하고 무슨 관계가 있어?"

바실리사는 영문을 알 수 없는 말에 고개를 갸웃거렸다. 에릭은 간절한 눈으로 블루벨을 바라보았다. 그때 허둥지둥하던 블루벨이 종이를 바닥에 떨어뜨리는 대형 사고를 쳤다. 에릭은 제 얼굴을 감싸 쥐었다.

"망했어."

"뭐가?"

"고백이요."

"무슨 고백?"

이제 이판사판이었다. 에릭은 침을 꿀꺽 삼키곤 크게 외쳤다.

할 말은 오직 이것뿐이었다.

"좋아합니다, 바실리사님."

바실리사의 눈이 커졌다.

"어느 순간부터 제 눈에 바실리사님 외엔 보이지 않았습니다."

에릭이 바실리사를 처음으로 만난 것은 그녀의 놀이친구가 되던 때였다. 처음에는 귀찮은 여자애라고 생각했다. 못생긴 주제에 세상에서 제가 제일 잘난 줄 아는 여자애였다. 하지만 바실리사는 제 축축한 세상을 말려주는 따스한 햇빛이 되었다. 그녀는 우울해하는 저를 위해서 항상 장난을 걸고 말을 걸어주었다. 내전으로 부모를 잃은 에릭이 슬픔에 매몰되기 전에 꺼내준 것이 바실리사였다. 그때부터 그는 바실리사를 좋아했다. 그러나 친구로 지내온 세월이 길기에 겁이 나 감히 고백하지 못했다.

"친구로서가 아닙니다. 남자로서 바실리사님을 좋아합니다. 바실리사님이 어떤 모습이든 상관없습니다."

멋있는 말을 할 줄 아는 재주는 없었다. 솔직한 날것 그대로의 말을 하며 에릭은 점점 속이 후련해지는 것을 느꼈다. 거절당하더라도 고백을 하기로 한 것을 후회하진 않을 것 같았다.

"왜…… 갑자기 그런 소리를 해? 혹시 뭐, 벌칙이라도 돼?"

바실리사는 일단 부정했다. 여기에 넘어가서 들떴다가 또다시 처참해질까 봐 겁이 났다. 바실리사는 뒷걸음질을 쳤다. 그녀 역시 에릭을 좋아하고 있었다. 하지만 예전처럼 다시 상처를 입을까 봐 그 마음을 외면하고 있던 것이었다.

"제 마음입니다. 좋아합니다, 바실리사님."

더운 바람이 그들을 스치고 지나갔다. 에릭은 초초해져서 바실리사의 답을 기다렸다.

"나 별로 안 예뻐. 넌 예쁜 걸 좋아하잖아?"

"그건 칭찬이지요. 그리고 누군가를 좋아하는 데에 외모가 필수적인 요소는 아닙니다. 물론 제가 바실리사님의 외모로 장난을 친 적은 있지만 그게 다 진심은 아니에요."

"……알아."

다시 침묵이 머물렀다. 에릭은 용기를 내기로 결정했다. 주먹을 움켜쥐고 에릭은 한 걸음 앞으로 걸어갔다. 둘의 거리는 항상 이 정도의 사이를 두고 있었다. 무서워서 다가가지 못한다면 영원히 이렇게 떨어져 있어야 할 것이다. 그건 싫었다. 용기를 내야 하는 때였다. 에릭은 손을 내밀었다.

"저와 남은 생을 같이 손을 잡고 걸어가 주셨으면 합니다."

바실리사는 이게 장난이 아니라는 것을 확실하게 깨달았다. 지금 제가 꿈을 꾸는 건 아닌가 싶었다. 에릭이 좋았다. 장난을 치고 제 심기를 건드는 말을 해도 언제나 제 편을 들어주는 유일한 수인이었다. 내전에서 부모님을 잃고 의지할 곳 하나 없었을 때 유일하게 어깨를 내어준 이였다. 바실리사는 더 이상 제 마음을 부정할 수 없었다. 이게 장난이라고 할지라도 제 마음을 한 번쯤은 표현해 보는 것이 후회가 없을 것 같았다.

"그럴 거면, '님' 자부터 빼는 건 어때, 에릭?"

말이 끝나자마자 에릭이 바실리사를 와락 끌어안았다. 바실리사도 에릭을 마주 안았다. 뒤에서 상황을 살펴보던 이들은 소리 없는 환호성을 지르며 기뻐했다.

"과정이야 어쨌든 해피엔딩이면 그만 아니에요?"

유채가 결론지었다.

⚜

"여기로는 왜 불렀어?"

유채는 별이 쏟아져 내리는 바닷가의 모래사장에 앉아 있었다. 루프스가 불러내기에 나오기는 했지만 이유를 알 수가 없었다. 루프스는 전에 유채가 말했던 대로 그녀의 앞에 서서 종이들을 꺼내어 하나씩 넘겼다. 그러나 예상했던 것과 달리 유채는 심각한 표정을 지었다.

"음…… 논문이야?"

유채는 웬만하면 가만히 있을 생각이었다. 하지만 이건 정도가 심했다. 검은 건 글씨요, 하얀 것은 종이라고 할 정도로 하얀 종이 가득 작은 글씨가 가득했다. 게다가 내용은 어디에 발표라도 할 생각인지 결혼이 왜 중요한가, 라는 주제로 줄줄 나열되고 있었다.

유채의 반응에 루프스는 뭔가 잘못됐다는 것을 깨닫고는 종이를 바닥에 떨어뜨리고 손에 얼굴을 묻었다. 유채는 헛기침을 하곤 자신의 옆을 두드렸다. 루프스는 종이를 주섬주섬 챙겨서 유채의 옆에 앉았다.

"결혼을 해야 하는 당위성에 관한 논문이라도 쓰려던 거야?"

"그런 것 아니다."

"그래?"

유채는 무슨 생각인지 키득키득 웃었다. 루프스는 유채의 입술에 가볍게 입을 맞췄다. 이렇게 된 거 정공법이 최고였다.

"세상이 모두 너에게 등을 돌려도 영원히 너의 옆에 남아 있는 사람이 되고 싶다."

루프스의 낮은 목소리가 단둘뿐인 모래사장을 울렸다.

"내 남은 생을 너의 손을 잡고 계속 걸어가고 싶다."

유채가 말한 어떤 남자처럼 세련되게 말할 재주는 없었다. 투박한 말이라도 그 속에 있는 진심은 전달될 수 있으리라고 믿었다.

"네 곁에 내가 있게 해줄 수 있나? 내 세상이 너이기에 나는 네 곁에 영원히 같이 있고 싶다."

루프스는 품에서 반지를 꺼내었다. 손이 만신창이가 되도록 고생해서 만든 그 반지였다.

"나와 결혼해 주겠나?"

이 한마디 꺼내는 게 이렇게 힘든 일일 줄은 몰랐다. 그는 바싹바싹 마르는 입술을 침으로 적셨다.

"상처투성이가 되어도 좋다. 마지막까지 네 옆을 지키는 남자가 되고 싶다."

반지를 든 루프스의 손이 초조하게 떨렸다. 심장이 밖으로 튀어나올 것처럼 무섭게 쿵쾅거렸다. 루프스는 크게 심호흡을 하고 입을 열었다.

"그러니, 내 손을 잡아……."

유채의 입술이 루프스의 입술에 닿았다. 꽤나 오랜 시간을 닿아 있었다. 유채는 반지를 쥐고 있는 루프스의 손을 감쌌다. 서로 맞댄 입술은 빙그레 미소를 짓고 있었다.

유채의 마음을 움직였던 루프스의 행동이나 말은 거창한 것이 아니었다. 그는 스스로의 진심을 보여주려 했다. 누군가에게 고백을 한다는 것은 사실 거창한 것이 아니었다. 화려할 필요도 없었다. 조잡해도 상관없고 투박해도 상관없고 서툴러도 상관없었다.

"같이 갈게."

유채는 루프스의 볼을 감쌌다.

"당신과 이 길이 끝이 날 때까지 같이 걸어가 줄게. 당신이 피투성이가 되지 않게 만들어줄게. 그러니, 나와 같이 갈래?"

"기꺼이."

유채는 왼손을 내밀었다. 루프스는 유채의 왼손 약지에 반지를 끼워주었다.

유채는 루프스의 정성이 들어간 반지를 매만지다가 갑자기 풋, 웃음을 터뜨렸다.

"왜 웃지?"

"당신이랑 결혼하면 나는 황후가 되는 거네. 그렇지? 근데 내가 전에 황정을 폐지하는 것이 어떠냐고 제안한 적이 있었잖아. 그렇게 말해놓고 결국 그 자리에 내가 앉게 되는 거네?"

유채는 제 가치관 상에서 황정의 안 좋은 점을 말하며 민주주의에 대해 설명을 했다. 받아들여지지 않을 것이라고 생각했지만, 그래도 주장을 해보았다. 루프스는 유채의 말을 이해하지는 못해도 일리 있다고 생각했지만, 확고한 황정 지지자들을 이길 수 없었다. 심지어 프레드릭과 알렉스까지 유채의 의견에 반대하고 나서는 상황이었다.

대신 루프스는 유채가 말한 폐해를 막기 위해서 그녀의 의견들을 적극적으로 반영했다. 예를 들어 신분제는 있되 능력만 있으면 신분 간 이동을 자유롭게 한다거나 시험을 봐서 관료를 뽑아 출신에 구애받지 않는 인재 등용을 추구했다. 기존 일족의 수장들은 원로원이라는 기구를 만들어 중앙이 아닌 지방의 의견까지 듣는 보다 폭 넓은 의견을 수렴하도록 했다.

"그럼. 나와 결혼 안 할 건가?"

"하지 말까?"

"그냥, 해주면 안 되나?"

루프스는 볼멘소리로 중얼거렸다. 유채는 소리 없이 웃으면서 그의 볼에 가볍게 입을 맞췄다.

"알았어. 당신 옆에 있을게."

유채는 루프스의 어깨에 머리를 기대었다. 예측할 수 없는 방향으로 흘러가는 게 인생이라고 했다. 원하지 않는 방향으로 굴러간다고 해서 행복해지지 못하는 건 아니었다. 유채는 하늘을 바라보았다.

루프스는 어설픈 제 청혼을 유채가 흔쾌히 받아준 것이 이상하여 다시 한 번 확인을 했다.

"정말…… 나와 결혼하는 것이…… 좋은가?"

"내 세상에 이런 말이 있어. 매디슨 카운티의 다리라는 영화에서 나오는 말이야. 애매함으로 둘러싸인 우주에서 이런 확실한 감정은 단 한 번만 오는 거라고."(출처 : 영화 매디슨 카운티의 다리)

유채는 루프스를 돌아보았다.

"나한테는 당신이 바로 그 확실한 감정이야."

환해진 루프스의 고개가 유채 쪽으로 숙여졌다. 유채는 눈을 감았다.

모든 것이 애매한 세상에서 확실한 감정이 있다는 것은, 확실한 사람이 있다는 것은 축복이었다. 눈앞의 사람이라면 그 앞에 어떤 가시밭길이 있더라도 같이 걸어갈 수 있을 것 같았다. 이 잡은 두 손을 놓지 않고 걸어갈 수 있을 것 같았다.

외전 4
우리 궁에 유하가 왔다

-유채 24세 2월

"유하야, 물건은 다 챙겼어?"

엄마는 유하가 캐리어를 싸는 것을 지켜보았다. 유하는 손가락을 하나하나 꼽으면서 제가 물건을 다 챙겼는지를 살폈다. 갈아입을 옷, 속옷, 칫솔 등등을 다 센 후에 유하는 고개를 끄덕였다.

유채가 루프스와 결혼하겠다고 하자 집안은 말 그대로 뒤집혔다. 부모님이 유채가 저쪽 세상으로 가는 것을 마지못해 허락한 것은 유채가 입은 피해의 보상을 받아야 한다고 생각했기 때문이었다. 그러나 유채가 결국은 결혼까지 하겠다고 하니 가족 입장에서는 억장이 무너지는 일이 된 것이다.

하지만 자식 이기는 부모 없다고, 일단 부모님은 무조건적인 반대는 접었다. 이는 루프스가 그들의 허락 없이는 혼례를 올리지 않겠다고 말했던 것이 주요했다. 엄마와 아빠도 종국에는 유채의 말에 따르게 될 것이라는 것은 알았지만, 그래도 쉽게 허락할 수는 없었다. 그 고얀 놈을 괴롭힐 만큼 괴롭힌 다음에야 허락을 할 생각이었다. 지금 유하를 보내는 것도 그 일의 일환이었다.

"다 챙긴 것 같아."

"확인했어?"

아빠가 재차 물었다. 유하는 고개를 끄덕였다. 아빠가 유하의 손을 꼭 잡았다. 엄마도 유하와 눈을 맞추면서 고개를 끄덕였다.

"일단은 NO야. 알았지? 유채는 이런 면에서 오히려 유한 면이 있으니까 네가 꼭 복수해 주고."

"맞아, 유하야. 엄마는 유채가 연희를 친구라고 데리고 왔을 때 기절초풍했다. 저를 초등학교 육 년 내내 못살게 굴었던 애를 용서했다고 친구라고 데리고 와서 그렇게 친하게 지내는 걸 보면 난 걔 진짜 이런 면에서는 똑 부러지지 못한다고 생각해."

"맞는 말이야, 여보. 이런 면에서는 네가 나으니까 네가 한소리 해주고 와. 알았지."

엄마는 한숨을 내쉬었다. 제가 갈 수 있었다면 야구방망이를 들고 가 복날에 개 패듯 패주었을 것이다. 그녀는 외국인이라는 차별 때문에 조금 위축된 면이 있어서 그렇지 사실 상당히 건장한 체구에 운동도 좋아했다. 유하는 엄마의 건강함을 물려받지 못하고 조금 유한 성격이었지만, 의외로 자신이 결심한 것은 밀고 나가는 쇠고집을 가졌다. 어떤 면에서는 유채보다도 똑 부러졌다.

"알았어. 걱정 마."

"진짜…… 내가 갈 수 있었다면 좋았을 텐데……."

엄마는 아쉬운지 입맛을 다셨다. 원칙적으로 유채를 제외한 유채의 가족들은 루프스가 있는 차원으로 넘어갈 수 없었다. 하지만 셀레네의 배려로 혈연을 예외로 두게 되었고 유하는 유채의 골수를 이식받은 상태였기에 이번에 처음으로 넘어가기로 된 것이다.

유하는 마지막으로 짐을 정리한 뒤에 비장한 표정을 짓고 일어섰다. 유채가 알려준 대로 작은 종이쪽지를 쭉 찢었다.

유하의 세상이 뒤집어졌다.

"너구나."

온통 검은 공간에서 유하는 웬 여자의 목소리에 고개를 돌렸다. 초췌해진 얼굴의 여자가 유하를 맞이했다.

세계의 오류를 수정하는 건 꽤 어려운 일이었다. 그 일을 위해, 셀레네는 엄청난 힘을 쏟고 있었다. 셀레네는 가뜩이나 많은 일에 또 다른 일까지 추가하게 되어서 과로로 죽을 것만 같았다.

"그쪽이 셀레네인가요?"

"맞단다, 얘야."

셀레네를 만나면 한바탕 퍼부어주려던 유하는 그녀의 처참한 꼴에 입만 벙긋거리다가 그냥 아무 말 없이 입을 다물었다. 셀레네는 한숨을 쉬었다.

"네 동생은 정말로 머리가 잘 돌아가는 것 같아."

"걔가 원래 잔머리가 좀 좋았어요."

"길게 이야기 할 시간 없으니 짧게 말하마."

셀레네는 손가락으로 빛을 가리켰다.

"저길 통과하면 에클레시아로 향하게 된단다. 신관들과 신녀들이 기다리고 있을 테니 아무 걱정 마렴. 그리고 돌아갈 때는 그 종이를 찢으면 된단다. 그래도 이 주는 넘지 말렴. 그 이상을 넘기면 돌아가는 것에 문제가 생길 수 있단다."

"알았어요."

"그럼, 부디 좋은 시간이 되기를 바란다."

셀레네는 흔적도 없이 사라졌다. 유하는 그녀가 가리킨 쪽으로 천천히 걸어갔다. 빛을 통과하자 유하는 하얀 대리석이 사방을 둘러싼 공간에 서 있었다. 신관과 신녀들이 고개를 숙였다.

"유하 양?"

유하는 고개를 돌렸다. 그녀를 마중 나온 것은 케릭스였다.

"토스 호무스의 레지아 카푸트까지 모시겠습니다."

유하가 스티폴로르에 도착했다.

⚜

엘제베른의 수도 레지아 카푸트에 있는 토스 호무스의 궁이 번잡스러웠다. 프레눔 때문에 외국 사절단으로 문정성시를 이루는 것도 아닌데 궁은 분주했다. 그리고 그 가운데, 안절부절못하는 이가 한 명 있었다.

루프스는 알현실에 앉아서 의자의 팔걸이를 움켜쥐는 것으로 초조함을 억누르고 있었다. 뤼벤에서 온 외무총관이 무어라 말을 하고 있었으나, 루프스의 귀에는 그의 말이 온전히 닿지 않았다.

홀슈타인 백작은 엘제베른의 야만인 황제가 제 말을 제대로 듣고 있지 않다는 것을 눈치채고선 헛기침을 하면서 말을 마쳤다.

"이것이 저희 뤼벤의 입장입니다, 폐하."

"……알겠다."

루프스는 여전히 '폐하'라는 존칭에 익숙해지지 않았다. 루프스라는 호칭이 가지는 가치를 모르는 마레 위르들의 영향으로 어쩔 수 없이 대륙 이주민들의 건의를 받아들여 폐하라는 경칭을 허락했지만 언제쯤 저 소리에 익숙해질지 모를 일이었다.

홀슈타인 백은 루프스의 다음 말을 기다리면서 고개를 숙였다. 하지만 루프스는 이런 상태로 결정을 내렸다가는 큰일이 생길 것 같아서 결정을 보류했다.

"다시 한 번 더 검토해 보고 답을 해주지. 아무래도 사안이 사안이지 않은가?"

루프스는 적당히 말을 둘러대었다. 홀슈타인 백은 겉으로는 웃으면서 속으로 이를 갈았다. 역시 야만인은 야만인이었다. 일정이 촉박한데 언제 결정을 내린다는 말인가?

뤼벤은 아르젠을 제외하곤 대륙 최강국으로서 대륙의 패자로 군림하고 있었다. 그런 자신들을 홀대한다는 것에 뤼벤의 외무총관으로서 홀슈타인 백작은 기분이 상했다.

"그럼 제가 자료를 두고 가겠습니다. 참고 부탁드립니다."

백작은 궁관에게 자신들의 입장을 정리한 서류를 넘겼다. 홀슈타인 백은 자리에서 일어나서 예를 취하고 알현실을 나왔다. 그러나 몇 걸음 걷기도 전에 그는 다시 허리를 숙여야 했다.

"아. 안녕하십니까?"

이마에 있는 세 장의 꽃잎 같은 성흔은 성녀의 상징이었다. 유채와 마주친 홀슈타인 백은 정중하게 고개를 숙여 인사했다.

"지고하신 성녀님을 뵙습니다."

귀찮은 신전 놈들을 피하려면 이래야 했다. 성녀라니, 가당치도 않은 이야기였다. 백작은 유채를 위아래로 훑어보았다.

홀슈타인은 대원로원 소속 가문이 아니더라도 그에 못지않은 유서 깊은 명문가였다. 귀족으로 태어나 귀족으로 산 홀슈타인 백작의 눈에 유채는 그저 천박한 노예 출신의 계집일 뿐이었다. 대륙에서도 천한 신분의 계집을 제 옆에 앉히려고 높은 놈들이 성녀라고 꾸며내는 것은 여러 번 보았었다. 뭐, 눈앞의 계집은 빼도 박도 못하게 진짜 증거까지 있어서 함부로 대할 수가 없지만 말이다.

참 잘 어울리는 한 쌍이었다. 야만인 황제와 노예 계집이라. 천생연분이었다.

유채는 홀슈타인 백작의 눈에서 경멸을 읽었다. 하지만 내색하지 않고 웃는 낯으로 그를 대했다. 이곳에서 저런 시선을 한두 번 받는 것이 아니었다.

"셀레네님의 은총이 함께하시기를."

홀슈타인 백작이 먼저 물러나고 궁녀가 알현실 문을 열었다. 루프스는 유채가 들어오자 서류를 내려놓고 그녀에게 손짓했다.

"왜 여기까지 왔나? 불편하게."

"공부하다가 지루해서 왔어."

약대에서 방학을 맞아 쉬고 있었지만 노는 것도 한계가 있는지라 평소라면 거들떠도 보지 않을 책을 다시 보고 있었다.

루프스는 유채를 제 무릎에 앉혔다. 알현실은 루프스의 권위를 높이기 위해서 그의 것 외에는 의자가 없기 때문이었다. 유채는 그의 어깨에 머리를 기대었다. 루프스의 손이 불안하게 떨리는 것으로 보아서 초조한 모양이었다.

"왜? 우리 언니 때문에 불안해?"

"나를 싫어한다고 하지 않았나? 그분들에게 나는 철천지원수나 마찬가지……."

"음, 듣고 보니 그렇네. 당신 우리 언니에게 엄청 잘해야겠다."

루프스는 유채의 손을 잡아서 손등에 입 맞췄다. 유채의 왼손 약지에는 블랑카의 반지와 함께 루프스가 엉성하게 만든 반지가 함께 끼워져 있었다. 루프스는 유채의 볼을 감싸곤 인상을 썼다.

"날도 추운데 왜 이렇게 돌아다니나?"

"심심하단 말이야. 블루벨도 바쁘고 바실리사 언니도 바쁘고 연희는 유학 중이고."

"연희라면 지난번 말한 네 친구 맞나?"

"응. 지난번에 영상통화로 봤던 애. 미국으로 유학 갔어. 솔직히 공부도 나보다 못했는데, 집에 돈이 많으니까 유학도 가고……."

"외국에 공부하러 가는 것이 힘든가?"

"언어도 다르고 생활비도 필요하고 애초에 물가도 높은 나라니까. 당연히 돈이 수천은 깨지지."

"내가 준 패물을 팔아도 비용이 나오지 않나?"

유채는 루프스의 말에 한참을 웃었다. 루프스는 또 제가 바보 같은 말을 한 줄 알고 유채를 따라서 웃었다. 그의 입술이 유채의 장밋빛 볼에 닿았다. 팔은 유채의 허리를 감고 얼굴은 그녀의 목덜미를 파고들었다. 유채는 간지럽다는 듯이 꼼지락거렸지만, 루프스는 그녀의 약한 반항을 무시하고 품으로 꼭 끌어당겼다.

"내가 바보 같은 말은 한 것은 알지만, 설명부터 해라."

"음…… 당신이 준 패물을 유학 비용으로 쓰겠다고 팔면, 오해받을 수도 있어서 그래. 그리고 우리 집이 그렇게 못사는 건 아니거든? 연희는 도피성 유학이야. 난 내가 가기 싫어서 안 간 것뿐이고. 갈 이유가 있어야 가지. 우리 언니는 잘하면 갈 수도?"

"그나저나, 음……."

루프스는 유하의 호칭을 무어라 해야 하나 한참을 고민하는 중이었다. 유채는 웃으면서 가볍게 말했다.

“그냥. 유하 양이라고 해. 우리 언닌 아마 당신이 처형이라고 부르면 내가 왜 당신 처형이냐면서 길길이 날뛸걸?”

“그래도 괜찮은 건가? 무례하게 보이지는 않는가?”

“딱히. 말만 많이 딱딱하게 안 하면 별 상관없을 것 같아.”

유채는 이런 세세한 것까지 신경 쓰는 루프스가 대견했다. 머리카락을 쓰다듬어 주는 손길에 루프스는 기분 좋은 소리를 내면서 유채에게 파고들었다.

“당신 늑대 같아.”

“늑대 맞다.”

루프스는 유채의 입술에 가볍게 입을 맞추곤 속삭였다. 그의 입술이 다시 안으로 파고들자 유채는 루프스의 볼을 감쌌다. 한참 후 둘의 코끝이 닿는 거리에서 서로를 마주보았다.

“안 바빠?”

“음…… 뤼벤과 프레눔 거래 건도 있고, 아르망드와 약초 관련 협상도 있고, 군대 재편 문제도 있고, 항구 개방 문제도 있고…….”

루프스가 해야 할 일을 끊임없이 나열하자 유채는 질린다는 표정을 지으면서 고개를 절레절레 흔들었다.

“그렇게 바쁘면서.”

“심심하다고 하지 않았나?”

루프스의 손가락이 유채의 머리카락을 헤집었다. 심심하면 돌아가서 놀다 와도 될 테지만 유채는 언니를 이곳으로 데려오기 위해서 꽤나 오랜 기간을 머물러야만 했다. 유채는 지금도 이 세상의 이물질이자 지속적으로 수정되어야 하는 오류인데, 그것을 역이용하여 유하를 유채로 속여 이곳으로 넘어올 수 있게 한 것이다. 혈연에다가 유채의 골수까지 이식받은 유하는 유채와 일치점이 많아서 그 둘을 동일 오류로 세계가 착각하기 쉽다는 것이다. 검은 옷에 먹물이 튀어도 티가 안 나는 것처럼 유채가 이곳에 오래 머무르며 오류를 키워놓으면 유하는 보다 쉽게 넘어올 수 있었다.

"괜찮다. 일은 나중에 하면 된다."

"힘들잖아."

"별로?"

루프스는 유채를 품에 꼭 끌어안았다.

"이렇게 네가 충전해 주는데 이 정도는 버틸 수 있지."

"내가 충전기야?"

"내가 내 고유속성으로 네 휴대폰과 노트북을 충전해 주는데, 우리 서로의 충전기라고 하자."

"음…… 맞는 말이네."

루프스는 유채의 등을 쓰다듬으며 이 옷 아래 있을 상처들을 안타까워했다. 이따금 이 상처를 떠올릴 때마다 루프스는 유채에게 미안했다. 루프스는 유채의 얼굴을 어루만지며 한숨을 쉬었다.

"걱정돼?"

"많이."

"나에게 하는 것처럼 하면 돼. 당신은 당신의 진심으로 내 마음까지 돌렸잖아."

"내 사과가 네 언니를 불편하게 할 것 같아 불안하다. 나 때문에 힘들어하지 않을까 해서……."

"잘될 거야. 난 당신 믿어."

"네가 너무 착해서 그런다."

루프스는 유채의 이마에 입술을 붙였다.

"어떻게 네가 내 곁에 왔을까?"

유채는 루프스의 다정한 청회색 눈동자를 응시했다. 그는 유채의 뒷머리를 감싸 안으면서 이 빛을 잃지 않을 거라고 다짐했다.

"노력해 보겠다."

"잘 될 거야."

유채는 루프스의 목을 끌어안았다.

⚜

"언니!"

유채는 유하를 보자마자 두 팔을 벌리고 뛰어가 안겼다. 궁녀들이 넘어진다고 조심하라고 만류할 정도였다. 유채보다 키가 큰 유하는 동생을 꼭 안아주었다.

"잘 지냈어?"

"응. 언니는?"

"나야, 뭐. 잘 지냈지. 학과 공부로 바쁘지만."

"하긴, 의대 공부가 힘들지."

유하는 유채가 입은 옷을 바라보았다. 질이 좋은 비단으로 풍성하게 내려오는 치맛자락부터 길고 넓게 퍼지는 소매까지 화려하기 그지없었고 머리카락을 장식하고 있는 장신구까지 값비싸 보였다. 얼굴 표정이 좋은 것으로 보아서 잘 지내기도 한 모양이었다.

"머리 많이 길렀네."

"응. 요즘 관리하기 싫어서 길렀어. 언니도 머리 많이 길렀다."

"그나저나, 여기 주인은 안 나오는 거니? 예의 없게?"

"죄송합니다. 일이 있어서 늦었습니다, 유하 양."

급하게 왔는지 깔끔하게 정돈되어 있던 머리카락이 흐트러진 루프스가 나타났다. 유하는 그를 실제로 보고 눈을 크게 떴다. 화면으로 보는 것과 직접 보는 것은 차이가 컸다. 엄청난 존재감을 가진 커다란 덩치의 남자를 앞에 두고 유하는 잠시 멈칫했다.

루프스는 정중하게 허리를 숙였다. 주변에 있던 궁녀들과 궁관 그리고 케릭스마저 깜짝 놀랐지만 유하는 팔짱을 끼고 고개만 까딱였다.

"피곤해서 그런데 짐 풀 곳은 어디인가요, 라이칸 씨?"

다들 더 크게 경악을 하는데 루프스는 별말 하지 않고 그녀를 안내했다. 유채는 만나자마자 날을 드러내는 언니를 말릴 수가 없어서 대신에 그녀의 옆에 붙어서 심기를 진정시키는 역할을 했다.

유하가 머물 방은 유채의 방 근처였다.

"바로 식사하실 수 있도록 준비를 해뒀습니다."

"나랑 유채만 먹어도 되나요?"

"언니!"

루프스가 유채의 말을 참고해서 유하의 식성에 맞추라고 일부러 명한 것이었다. 함께 식사를 하기로 했었는데 손님이 주인을 내치는 것이나 다름없는 무례한 일이었다.

"아직 라이칸 씨와 웃으면서 밥을 같이 먹을 자신이 없어서요."

"제가 배려가 부족했습니다. 유하 양이 편하신 대로 하십시오."

"라이!"

유채가 그의 팔을 붙잡았다. 그녀의 안타까운 표정에 루프스는 괜찮다는 듯 고개를 젓고는 유채의 뺨에 가볍게 입을 맞췄다.

유하는 그 모습을 팔짱을 낀 채 바라보고만 있었다. 꼭 인어공주에 나오는 문어 마녀가 된 기분이었지만, 그녀는 마음을 다잡았다. 아무리 유채가 행복하면 그만이라지만, 그래도 언니로서 루프스를 인정하는 건 힘든 일이었다.

"그럼, 유하 양. 이 궁에서 편히 쉬시길 바랍니다. 필요한 것이 있으시면 제게 말씀하십시오."

"예, 알겠어요."

루프스는 자매의 해후를 위해서 자리를 먼저 피했다. 유채는 유하를 돌아보았다.

"언니, 목적이 뭐야?"

"엄마, 아빠 대리."

"하. 엄마, 아빠 대리라면서 지금 행동은 뭔데? 지금 라이에게 밥 먹지 말라고 한 소리잖아."

"유채야, 솔직하게 말해도 돼?"

유하가 침대에 앉아서 유채의 손을 잡았다.

"난 저 사람 받아들이기 힘들어. 어차피 엄마나 아빠도 네가 행복하다고 우기면 마지못해서 허락은 하실 테지만, 절대로 저 사람을 가족으로 받아들이지는 않을 거야. 나도 마찬가지고."

"나도 언니가 왜 그러는지 알아. 하지만 그는 진심으로 사과했어. 미안해하고 용서를 구했기 때문에 나도 그를 받아들인 거야."

"네가 뭐라든 나랑 엄마 아빠는 그 인간을 쉽게 용서 못 해."

"나도 안다니까."

"나도 여기까지 온 이상 저 사람을 자세히 살피고 돌아가서 엄마 아빠에게 전해 드릴 거야. 걱정은 안 해도 돼."

유하는 유채의 머리카락을 쓰다듬으며 동생이 잘 지낸다는 것을 봐서 다행이라고 생각했다. 한눈에 봐도 여기서 귀인(貴人) 대접을 받고 있다는 것을 알 수 있었다.

"배고프니까 밥이나 먹자. 여기 음식은 먹을 만한지 모르겠다."

"언니 입맛 까다로워서 나도 장담을 못하겠네."

유채는 루프스가 마음이 걸렸지만 유하의 기분이 좋아야 뭐든 될 것이라는 생각에 일단은 그녀에게 맞춰주기로 했다. 가운데에서 중재하는 일이 이렇게 어려울 줄은 몰랐다.

루프스가 준비해 놓은 음식은 두 사람의 입맛을 고려하여 기름기 없이 담백한 것들이었다. 다행히 음식이 마음에 들었는지 유하도 불만 없이 맛있게 먹었다. 유채는 안도의 한숨을 쉬었다. 유하는 그렇게 모나지 않은 성격이니, 분명히 배가 부르면 너그러워질 거라고 기대했다.

그러나 그 예상은 불행히도 모두 엇나가고 말았다.

⚜

"괜찮아?"

루프스의 방으로 찾아온 유채는 걱정스런 얼굴로 물었다. 늑대 일족 특유의 빠른 치유력 덕택에 찢어진 이마는 벌써 아물고 있었다. 하지만 멍이 빠지려면 시간이 좀 더 걸릴 것 같았다.

"괜찮다."

유채는 침대에 앉아 있는 루프스의 상처를 손으로 감쌌다. 밝은 빛과 함께 푸르스름하게 퍼져 있던 멍이 흔적도 없이 사라졌다. 유채는 그의 이마에 입을 맞췄다.

"괜히 이런 사소한 데에 성력을 쓰지 마라."

루프스가 유채를 제 무릎 위에 앉혔다. 셀레네가 유채에게 성력을 준 것은 유채의 입지를 위해서만이 아니었다. 이 세계의 눈을 속이기 위한 목적과 함께 셀레네의 힘으로 셀레네에게 속해 이 세계의 배척을 받지 않게 하려는 목적이었다. 문제는 성력은 신의 힘이고 마력과 다르게 일생 동안 쓸 양이 한정된 힘이기에 자주 사용할수록 몸에 무리가 간다는 것이다. 루프스는 어릴 적 라일라를 통해 과하게 성력을 쓰면 어떤 문제가 생기는지 똑똑히 봐두었다.

"상관없어. 셀레네가 엄청 많이 줬거든."

"양이 문제가 아니라 애초에 그 힘은 신의 것이 아닌가. 인간의 몸으로 신의 힘을 사용하면 네 몸에 무리가 갈 게 뻔하다. 이런 상처는 금방 나으니까 제발 네 몸부터 생각해라."

"알았어."

유채는 루프스의 청회색 눈동자를 마주보면서 슬쩍 물었다.

"언니가 발을 거는 거 봤으면서 왜 안 피했어?"

처음 온 날 함께 식사하는 것을 거부한 것부터 시작해 유하는 내내 루프스를 괴롭혔다. 옆에서 보는 유채가 생각하기에도 심하다 싶을 정도였다. 공적인 상황에서 망신 주기, 대놓고 욕하기, 똥개 훈련시키는 것도 아니고 바쁜 사람이 간신히 시간 내서 오면 꼴 보기 싫다고 돌려보내기 등. 만약 저였다면 일찌감치 유하의 머리채를 붙잡고 싸우고 싶었을 정도였다.

유채는 언니가 이런 쪽 재능이 있다는 사실에 굉장히 놀랐다. 생각해 보면 유채는 초등학교 내내 왕따를 당했지만 유하는 괴롭힘을 당했더라도 잠깐이었다. 유하는 갖가지 방법으로 그를 내쳤다. 유채가 보기에 너무 지나친 것 같아서 말리려고 하면 그때마다 루프스가 괜찮다고 하는 바람에 유하의 콧대만 더 높아졌다. 루프스는 유하가 어떠한 태도를 보이든 웃는 낯으로 공손하게 대했다.

오늘 유하와 정원에서 이야기를 나누고 있을 때였다. 루프스는 바쁜 중에도 찾아와 혹시나 불편한 것은 없냐고 물었고, 유채는 긴장을 했다. 항상 유하는 괴상한 것을 요구했고 루프스는 힘들어도 그녀의 요구를 다 들어주려 노력했다. 그런 루프스를 앞에 두고 유하는 싱긋 웃었다.

"그쪽이 불편해요. 난 내 동생하고만 이야기 나누고 싶어요. 당신 얼굴 보고 싶지 않으니까 그만 가주세요."

놀란 유채가 소리를 버럭 질렀지만 루프스는 그녀를 잡고 고개를 저었다. 항상 이랬다. 유채가 유하의 심한 행동에 화를 내려고 하면 항상 루프스가 그녀를 말렸다.

루프스는 이번에도 제가 잘못했다고 하며 자리를 뜨려고 했다. 그리고 유채에게 눈인사를 하고 돌아서는 루프스에게 유하가 발을 건 것이다. 아예 대놓고 하는 그 대담한 몸짓은 유채가 보기에는 절대로 고의였다. 당연히 루프스는 앞으로 넘어졌다.

루프스는 화단 돌부리에 이마를 찍혀 피를 철철 흘렸다. 눈 바로 위였다. 조금만 잘못 넘어졌어도 눈을 크게 다칠 수도 있었던 위험한 순간이었다. 게다가 루프스의 키가 워낙 크기에 애초에 넘어지면 크게 다치는 것이 당연한 상황이었다. 그때만큼은 유하도 크게 놀랐는지 깜짝 놀란 얼굴로 벌떡 일어났었다.

유채는 이번만큼은 참을 수가 없어 유하를 향해 돌아섰다. 뭐라 하려는데 루프스가 그녀를 잡아 저를 보게 했다. 놀란 궁녀가 얼른 가지고 온 수건으로 피를 닦으며 루프스는 이번에도 괜찮다고 했다. 제가 잘못하여 넘어진 거라고 유하를 두둔했다.

유채는 입술만 짓씹었다. 그러곤 유하를 돌아보지 않은 채 그를 쫓아 여기까지 왔다.

"봤나?"

루프스는 겸연쩍은 표정으로 물었다. 유채는 고개를 끄덕였다. 그렇게 대놓고 발을 거는 걸 못 본 게 더 이상한 상황이었다. 루프스는 일부러 걸려 넘어져 준 것이다.

"위험할 거 알면서 왜 그래? 피했어야지. 그리고 내가 언니 말리려고 할 때마다 왜 나를 막아?"

"나는 적합한 벌을 받는 것뿐이다."

그의 말에 유채는 다시 입술을 깨물면서 그의 이마를 만지작거렸다. 이젠 상처는 없지만 방금 전까지 흘린 핏자국이 남아 있어서 마음이 아팠다.

"네 용서는 받았으나 네 가족의 용서를 받은 것은 아니지 않나? 나는 너희 가족에게 해를 끼친 수인이다. 그러니 나는 계속 용서를 구해야지."

"그래도, 당사자인 내가 용서했잖아. 그러니까……."

"이건 조금 다른 문제야. 내가 괜찮다."

"그래도 힘들잖아."

유채가 루프스의 목을 끌어안고 매달렸다.

"네가 있으니 괜찮다."

유채가 없을 때는 어떻게 살았는지 생각도 나지 않았다. 그러니 유채가 제 곁에 있는 지금 이 정도는 기꺼이 감내할 수 있었다.

"나는 네 가족도 너처럼 편해지기를 바란다. 내 사과와 사죄가 그들의 마음에 진 응어리를 풀어줄 수 있기를 원해."

"허락받고 싶은 것 아니었어?"

"아니. 그건 그 다음 문제다. 네 언니가 나를 그렇게 대함으로써 나를 보는 것이 괜찮아진다면 나는 기꺼이 감내할 생각이다.

허락은 그 뒤에 받아도 된다. 그게 옳아."

유채는 루프스를 위로하고 싶어 그를 꼭 안아주었다. 루프스는 유채의 목덜미에 얼굴을 묻었다.

"그러니 지금은 언니 편을 들어라. 지금 너 때문에 복장이 터지는 것은 유하 양일 테니까. 나는 괜찮으니 언니를 위로해 줘."

"시어머니와 며느리 사이에 낀 남편이 된 것 같아."

루프스는 유채의 말이 무슨 뜻인지는 이해하지 못했지만 그녀가 곤란해하는 것은 알았다. 유채는 다정한 청회색 눈동자를 응시하면서 물었다.

"그럼, 당신이 힘들 때는 어떻게 해?"

루프스는 유채의 질문에 말 대신 행동으로 대답했다. 그녀와 눈을 맞추며 유채를 꼭 끌어안았다. 유채는 루프스의 가슴에 머리를 기대고 그의 심장 소리를 들었다.

"이렇게 안겨주면 된다. 이 정도의 위로면 돼."

"참 소박하네."

"상으로 입을 맞춰줘도 좋고."

그가 덧붙이는 말에 유채는 키득거리며 웃었다.

"기특한 말을 했으니까 상을 줄까?"

유채는 고개를 들어서 제일 먼저 상처가 났었던 이마에 입술을 가져다 댔다. 루프스는 살짝 눈을 감았다. 이어서 유채의 입술이 그의 감은 눈에 닿았다. 콧대를 타고 내려온 입술이 콧잔등에서 떨어지더니 마침내 그의 입술에 닿았다. 가볍게 쪼는 듯한 입맞춤을 한 후에 유채는 떨어졌다. 천천히 눈을 뜬 루프스는 얼굴을 새빨갛게 물들인 유채를 보고 한참을 웃었다.

"말랑하고 간질간질한 연애를 하고 싶다면서 이게 부끄럽나?"

"몰라. 나랑 이런 건 안 맞아."

루프스는 유채가 너무 귀여웠다. 할 수만 있다면 주머니에 넣고 어디든 데리고 다니고 싶을 정도였다.

"조금만 작았다면, 어디든 데리고 다닐 텐데."

"여기서 더 작아지면…… 무슨 엄지공주라도 되라고?"

"그것도 나쁘지는 않네. 그만큼 작아져서 주머니에 넣고 다닐 수 있다면 정말 좋을 텐데 말이야."

"진짜!"

유채가 루프스의 어깨를 세게 때렸다. 루프스는 아프다고 엄살을 부렸다.

"별로 아프지도 않으면서."

유채가 볼멘소리로 중얼거렸다. 루프스는 그것마저 귀엽다며 흐뭇하게 웃었다.

⚜

"유채야!"

유하는 밤중에 갑자기 들린 유채의 비명소리에 급하게 달려왔다. 열린 방문으로 다급하게 들어간 유하는 그 자리에 멈춰 섰다.

유채가 발작이라도 일어난 것처럼 몸부림을 치는 것을 루프스가 꼭 끌어안아 붙잡고 있었다. 온몸으로 그녀를 단단히 붙들고 귓가에 연신 속삭이고 있었다.

"나다. 유채, 이제 괜찮아. 내가 옆에 있다."

"라…… 이?"

"그래, 나다. 여기는 안전해. 안전하다."

루프스의 속삭임 끝에 유채는 갑자기 눈물을 뚝뚝 흘렸다. 루프스의 옷자락을 붙잡고 소리 없이 울부짖었다.

"괜찮아. 괜찮다. 내가 있으니 괜찮다."

루프스는 이런 일이 익숙한 것인지 능숙하게 달래며 유채의 등을 부드럽게 쓸어주었다.

"내가 미안하다. 내가 미안해."

그의 가슴팍은 유채의 눈물로 축축하게 젖어 있었다. 뒤늦게 유하도 곁으로 와서 유채를 달랬다. 루프스와 유하는 겨우 다시 잠든 유채를 잠시 살펴보다가 같이 방을 나섰다.

"그러고 보니 1월이었지."

유하가 작게 중얼거렸다.

유채의 몸은 그 누구보다 1월이 온다는 것을 가장 잘 알았다. 베노르 콩레수스가 있었던 것은 1월이었고 유채는 불행히도 1월이 되면 벌벌 떨었다. 셀레네가 정신적 상처를 치료해 주었으나 토모스와 헥터에 의해서 다시 납치를 당하고 죽을 뻔하여 그 상처가 다시 들쑤셔졌기 때문이었다.

"잠시 이야기 좀 할까요, 라이칸 씨?"

어두운 표정의 루프스는 유하의 말에 고개를 끄덕이고 다른 방으로 그녀를 안내했다. 유하가 먼저 자리에 앉고 루프스는 앉아도 되냐는 허락을 구하는 듯이 일어서 있었다. 유하는 고갯짓으로 앉으라는 신호를 보냈다.

"알고 있나요?"

"네. 이맘때면 유독 심해져서 알고 있었습니다. 오르페에게 부탁도 해봤지만, 수면제 외에는 방법이 없다고 해서 일단 제가 진정만 시켜주고 있었습니다."

유하는 루프스의 얼굴과 팔을 보았다. 유채가 손톱으로 긁어서 생긴 상처가 가득했다. 얼굴에는 붉은 실금이 그어져 피가 흘러내렸다. 유채가 거의 잡아 뜯듯이 긁은 모양이었다.

"작년인가? 유채랑 잠깐 같이 나갔던 적이 있어요."

옷을 사러 번화가로 나갔었다. 외국인들도 많이 돌아다니는 사람 많은 곳이라 오랜만에 사람들 구경도 하고 자매끼리 오붓한 시간을 보내던 중이었다.

"그러다 어떤 외국인이 우리에게 길을 물어봤는데, 그를 보자마자 유채가 주저앉더니 눈물을 쏟으면서 벌벌 떨더라고요."

유하도 당황했고 길을 물은 외국인도 당황했다. 연신 괜찮으냐고 물었는데 유채는 외국인의 손이 다가오자 더 기겁을 하며 울어댔다. 아예 경기를 일으키는 정도였었다.

"그날 겨우 집에 와서 유채는 하루 종일 우울해했어요. 나중에 말하길 그 외국인이 헥터라는 사람인 줄 알았다고 하더라고요. 그날 밤엔 잠도 못 잤어요. 악몽을 꿀 것 같다면서."

"죄송합니다."

루프스는 그 말밖에 할 말이 없었다.

"……죄송합니다."

루프스의 거듭된 사과에 유하는 고개를 기울이고 약간 삐딱하게 물었다.

"왜요? 왜 그쪽이 미안해요?"

유하는 루프스를 싫어하지만 적어도 이 문제에 있어서만은 그에게 책임을 전가할 생각이 없었다. 헥터의 사건에서 그는 잘못한 것이 없었다.

"유채가 저렇게 괴로워하는 건 모두 제 잘못이기 때문입니다."

유하는 루프스의 표정을 살폈다. 자책과 죄책감이 그의 얼굴에 어려 있었다.

"애초에 제가 유채를 펠릭스 다우스로 들이지 않았다면 헥터 놈이 유채에게 관심을 갖고 그런 짓을 벌이지 않았을 겁니다. 하다 못해서 유채에게 돌던 나쁜 소문만 막았어도 헥터의 관심은 덜 끌었을 것이고……."

루프스가 말끝을 흐렸다.

"그러니 모두 제 잘못입니다. 죄송합니다. 유하 양의 소중한 동생에게 상처를 입혀서 정말로 죄송합니다. 이곳에서 벌어진 모든 일은 제 책임입니다. 정말 죄송합니다."

유하는 오늘 낮에 있었던 일을 떠올렸다. 궁을 산책하던 중 뤼벤에서 왔다는 사신과 마주쳤다. 그는 씩씩거리고 있었는데 유채가 알려주길 루프스가 뤼벤의 요구를 거절했기 때문일 거라고 하였다. 그가 제시한 거래 조건은 엘제베른이 너무 손해 보는 것이라 홀슈타인 백작을 곧 돌려보낼 거라고 했단 것이었다.

홀슈타인 백작은 유채를 보자마자 얼굴이 시뻘게져서는 차마 입에 담기도 힘든 악담을 퍼부었다. 그런데 그것도 모자라 유채가 아직도 힘들어하는 헥터의 일까지 꺼냈다.

"행실이 난잡한 천박한 노예 계집의 농간에 말려들어 죽은 소수인이 불쌍할 지경이군!"

유하는 그 말을 듣자마자 머리끝까지 화가 차올랐다. 그 일에 있어서 유채는 분명한 피해자였다. 그런데 피해자에게 책임을 전가하는 저 남자의 수준 낮음에 화가 났다. 그래서 그녀가 나서려던 때 유채가 먼저 그에게 달려들었다.

짝! 날카로운 마찰음이 들리는 것과 동시에 백작은 뒤로 넘어갔다. 어안이 벙벙해서는 코에서 피가 흐르는 것도 모른 채 올려다보는 백작을 향해 유채는 분을 쏟아냈다. 그리고 방으로 돌아가는 길 내내 눈물을 뚝뚝 흘렸다. 유하는 유채를 한참 달랬다.

방으로 돌아와 기분을 풀기 위해 쉬고 있는데 루프스가 홀슈타인 백작의 머리채를 붙잡고 끌고 왔다. 백작을 당장에라도 죽이겠다며 살기등등하던 루프스는 유채가 말리고 나서야 간신히 진정했고, 홀슈타인 백작은 유채 앞에 무릎을 꿇고 머리를 조아리며 사과했다. 나이든 노인이 벌벌 떨면서 비는 모습이 보기에 좋지 않았는지 유채는 한숨과 함께 사과를 받고 그를 내보냈다. 그런데 그 일이 결국 유채의 트라우마를 자극한 모양이었다.

"지난번에 정원에서 발을 건 건 미안해요."

"그러셨습니까?"

"유채가 말해줬으니까 시치미 떼지 말아요. 알면서도 당신이 넘어져 준 거라고 유채가 화를 내더라고요. 그리고 당신은 오히려 내가 잘못한 게 아니라며 화내지 말라고 했다고요."

유하는 이해할 수 없다는 듯 그를 보았다.

"왜 그런 거예요?"

"제가 유채의 가족에게 받아야 하는 정당한 벌이잖습니까. 유하 양의 입장에서 생각해 보니, 만약 제 동생이 유채와 같은 일을 겪었다면 저도 피가 거꾸로 솟을 것 같더군요. 그래서 유채와 유하 양이 힘들었던 것만큼 제가 참아야 한다고 생각했습니다."

"결혼 허락 받고 싶은 것 아니었어요?"

"허락보다 용서를 먼저 빌고 싶었고 유채의 가족들이 저로 인해 받은 고통에 대한 보상을 해드릴 수 있기를 원했습니다. 저는 이렇게 유채가 곁에 있는 것으로 족합니다.”

유하는 잠시 그의 진심을 엿본 것 같아 기분이 이상해졌다.

“내일 점심은 나랑 유채랑 같이 먹어요.”

“예?”

“두 번 말하진 않을 거예요.”

유하는 먼저 일어나서 방을 나갔고 루프스는 뒤늦게 유하의 말이 무슨 의미인지 깨닫고는 얼굴이 환해졌다. 루프스는 곧장 일어나서 허리를 숙였다.

“감사합니다.”

유하는 등 뒤에서 들리는 목소리에 쓴웃음을 흘렸다.

⚜

유채는 누군가 머리카락을 만지작거리는 손길에 눈을 떴다.

“……라이?”

“좀 더 자지 그러나? 얼마 못 잔 것 같은데.”

“잠이 안 와.”

루프스는 침대 머리맡에 걸터앉아서 그녀를 내려다보고 있었다.

“당신은 안 자?”

“난 괜찮다. 불안해하지 말고 자라.”

루프스는 유채에게 넌지시 물었다.

“그쪽 세상 갔을 때 무슨 문제가 없었나?”

“언니한테 이야기 들었구나.”

유채는 루프스가 왜 그러는 것인지 대강 눈치를 챘다. 지난 번거리에서 외국인과의 일을 들은 것 같았다. 유채는 손을 뻗어서 손끝으로 루프스의 볼을 가만히 쓸었다.

"왜 말을 안 했지?"

"걱정할까 봐."

"걱정하면…… 안 되나?"

침대에 걸터앉은 루프스는 유채의 얼굴을 쓸었다. 그의 음영진 눈에는 죄책감이 어려 있었다.

"해도 되는데…… 내가 당신에게 너무 부담을 주는 것 같아서."

유채가 루프스의 머리카락을 쓸었다.

"나 때문에 또 잠을 못 자는 거잖아."

"걱정마라 너 자는 것 보고 나도 잔다."

"당신도 나 걱정시키지 마. 나도 나 때문에 당신 조는 건 보기 싫어. 잠도 푹 자고. 편하게 쉬고 그랬으면 좋겠어."

"알았다. 걱정 마라."

루프스는 유채의 손가락에 입을 맞추곤 기쁜 소식을 전했다.

"유하 양에게 점심식사 초대받았다."

"뭐?"

유채가 눈을 크게 떴다. 고집이 쇠심줄보다 더 질긴 유하가 집에 돌아갈 때까지 마음을 열지 않을까 봐 걱정하던 중이었다. 그런 유하가 루프스를 식사에 초대했다니 놀라지 않을 수가 없었다.

루프스가 유채 쪽으로 고개를 기울이며 물었다.

"내가…… 잘한 것이 맞을까?"

"언니가 결국 고집을 꺾게 했으니까 잘한 것 아닐까?"

유채는 두 팔을 벌렸다.

"잘했어. 칭찬해 줄게."

유채가 제 옆자리를 두드리자 루프스는 그녀가 내어준 공간에 누웠다. 유채는 옆으로 누워서 루프스의 청회색의 눈을 마주했다.

"나는 아직도 헥터 일로 괴로운데, 당신은…… 과거 일 괜찮아? 어떻게 극복했어?"

"솔직히 말하는 것이 좋나?"

"응. 솔직한 것."

"그런 두려움이 들 때마다 예전, 너를 만나기 전 내 멋대로 살던 때가 떠오른다. 그때가 편했던 것 같거든. 하지만, 이제는 그게 아닌 것을 안다. 힘들지만, 다르게 사는 것이 필요한 때라는 것이 명확하니까."

"칭찬해 줘야겠네."

유채는 고개를 쑥 내밀어서 루프스에게 뽀뽀했다.

"잘했어. 라이도 힘든 일 있으면 나에게 말해. 혼자 고민하지 말고. 말했잖아. 한쪽에게만 기대고 부담을 지우는 건 사랑이 아니야. 당신도 내게 기대. 난 언제든 당신을 도와줄 거야."

"알겠다. 힘든 일이 있으면 너에게 말하겠다."

유채는 루프스의 품으로 파고들었다. 루프스의 입술이 유채의 정수리에 닿았다.

"맘 편히 자라. 악몽 같은 꾸지 말고."

"당신도."

유채는 눈을 감았다. 연인은 서로를 끌어안고 잠을 청했다. 그날만큼은 그 어떤 악몽도 그들을 괴롭힐 수 없었다.

⚜

그날 이후로 루프스와 유채 자매는 계속 같이 점심을 먹었다.

"요즘 살이 좀 쪘다 했더니만 이유가 있었구나."

유하의 말에 유채는 움찔하더니 집었던 음식을 내려놓았다. 루프스는 순간 저도 모르게 유하를 노려보았다. 루프스가 보기엔 유채는 너무 말라서 살 좀 찌웠으면 했는데, 그녀는 살이 찌는 것에 굉장히 민감해 또 굶겠다고 할지도 몰랐다.

유하는 제가 뭘 잘못했냐는 투로 어깨를 으쓱였다. 그동안은 둘이 같이 있는 것을 보려고도 하지 않아서 몰랐던 건데 루프스는 유채를 무슨 아이 다루듯이 했다. 매번 안아서 이동하는 건 물론이고 밥을 먹을 때도 옆에 앉아서 이것저것 먹을 것을 계속 권했다. 입가에 음식이 조금이라도 묻을라치면 바로 닦아주지 못해 안달이었고 저는 밥을 먹는 둥 마는 둥 계속 유채만 더 먹이려고 하는 것이 꼭 어미새 같았다.

"언니, 내가 그렇게 살이 쪘어? 여기서는 몸무게를 제대로 알 수가 없어서."

"음…… 먹는 것에 비해서 운동량이 적으면 살이 찌는 건 당연한 거 아니겠어? 네가 먹는 것들과 활동하는 걸 생각해 봐."

"내 눈엔 아직도 말랐다. 좀 더 먹어라."

"라이는 입 다물고. 난 객관적인 분석을 해줄 사람이 필요해. 언니?"

"글쎄다. 뭐, 확실히 조금 살이 붙은 것 같기는 한데?"

"유채, 다시 말하지만, 내 눈에는……."

"입 다물어."

유채는 살이 잘 찌는 체질이었기에 걱정을 많이 했다. 유하는 턱을 괴고 장난을 섞어서 말했다.

"굴러다니던 시절의 너를 오랜만에 볼 수 있는 거니?"
"굴러다니던 시절?"
루프스가 되묻는 것에 유채는 입술을 깨물었다. 중학교 때 성적이 노력한 만큼 안 나와서 먹는 걸로 스트레스를 푼 적이 있었다. 당연히 살이 엄청나게 쪘었고, 유하는 그때의 사진을 자신의 휴대폰에 보관하고 있었다.
"언니, 이번엔 언니가 입 다물어."
유하는 유채의 반응에 쿡쿡 웃더니 루프스에게 사진을 보여주겠다며 휴대폰을 뒤졌다. 유채는 화들짝 놀라서 그녀를 막기 위해서 식탁 너머로 손을 뻗었다.
"그거 내놔!"
"내가 왜?"
"그거 초상권 침해야!"
"왜? 찔리는 거라도 있니?"
유하는 사진을 찾은 다음에 루프스 쪽으로 휴대폰을 던졌다. 중간에서 유채가 버둥거리며 휴대폰을 빼앗으려고 했지만 운동신경 좋은 루프스는 유하가 아무렇게나 던진 휴대폰도 쉽게 받았다. 화면을 본 루프스는 바람 빠지는 소리를 내었다. 사진 속 유채는 꽤 통통해서 더 귀여웠다. 루프스는 부끄러워하는 유채와 시선을 맞추곤 빙긋 웃었다.
"귀엽기만 한데 뭐가 그리 부끄럽나?"
"줘. 내 흑역사니까. 저 사진을 지워 버려야 했는데."
"라이칸 씨, 내 도움이 언젠가는 필요할 텐데 이쪽으로 휴대폰 고이 넘겨요."
루프스는 유하에게 휴대폰을 던졌고 유채는 그를 쏘아보았다.

"언니 편이야, 내 편이야?"

루프스는 유채의 불만이 가득한 삐죽이 튀어나온 입술에 가볍게 입을 맞추곤 그녀의 몸을 들어 제 무릎 위에 앉혔다. 루프스는 유채의 허리에 팔을 감고 그녀의 관자놀이에 입을 맞췄다.

"당연히 네 편이다."

유하는 이곳에 와서 가장 마음에 들어 하는 독특한 과일 주스를 홀짝이면서 상황을 지켜보았다.

"난 네가 이렇게 마른 것보다 조금 살집 있는 것이 좋다. 지금은 너무 말라서 픽 쓰러질 것 같아. 아까 그 사진 정도로 살이 쪄도 귀여울 것 같은데."

"그게 귀엽다고?"

"귀엽다."

루프스의 입술이 가까워지자 유채는 자연스럽게 그의 뺨을 감쌌다. 그 순간 유하의 헛기침 소리가 들렸다. 유채는 깜짝 놀라서 루프스의 얼굴을 밀어내었다.

"내 앞에서 쪽쪽대지 좀 말아줄래?"

"언니? 내가 애야?"

"당연히 내 눈에는 아직 애지. 나보다 작은 게."

"내 키가 작은 것은 유전자 탓이지 어려서가 아니거든."

"거기 라이칸 씨? 내 동생의 허리에 감은 팔 풀죠? 난 좀 보수적이라 그런 것 용납 못 하겠는데?"

"풀지 마. 이번에도 언니 말 들으면 진짜 나 화낼 거야."

"흐음…… 글쎄다. 삐친 연인은 기분을 풀어주면 되지만, 연인의 언니가 화가 난 건 어떻게 해결해야 할까? 평생 인정받지 못할 수도 있는데?"

루프스는 자매 사이에서 일생일대의 고민에 빠졌다. 다행히 루프스가 더 궁지에 몰리기 전에 사건은 종료되었다. 신전에서 유채를 찾은 것이다.

"유채님, 동물화 환자가 찾아왔다고 신전에서 알려왔습니다."

"아, 금방 갈게요."

유채가 루프스의 무릎에서 일어났다. 루프스는 잘 다녀오라고 한 후 안도의 한숨을 내쉬었다. 유하는 급하게 나가는 유채를 보면서 혀를 쯧쯧 찼다.

"걘 쓸데없이 의무감이 투철하다고 해야 하나? 이득도 없는 일에 이상하게 오지랖 부리는 걸 답답해했는데 여기서도 저러네요."

"그래서 좋아했습니다."

루프스의 대꾸에 유하는 곰곰이 생각을 했다.

"어릴 때, 같은 반에 있던 여자애 몇에게 괴롭힘을 당한 적이 있어요. 유채가 그 이야기를 듣고 와서 저 대신 싸워주더라고요. 자기도 힘들면서. 몸에 긁힌 자국이 한가득인데 엄마 걱정할까 봐 계단에서 굴렀다고 거짓말하고요."

결국 그 아이는 제 엄마를 대동하고 학교에 왔다. 나름 치맛바람 강한 엄마여서 학교가 발칵 뒤집히고, 결국 자매의 엄마도 학교로 불려왔다. 상대 아이의 엄마는 자매의 엄마가 외국인이라는 것을 걸고넘어지면서 인격 모욕적인 말을 했다. 그때 가장 먼저 흥분해서 나선 것은 유채였다.

"유채가 바락바락 대들면서 엄마에게 사과하라고 소리쳤어요. 우리 집에서 유채는 그런 애예요. 나이도 어리면서 이방인인 엄마랑 몸이 약한 나를 챙기느라 너무 일찍 철이 들어버린 막내. 어리광 한번 안 부리고 조금은 안쓰러울 정도로 어른스러웠던, 너무

나도 대견한 동생."

"……."

"그러니까. 잘 부탁해요."

루프스는 유하의 마지막 말에 눈을 크게 떴다.

"내 동생 눈에서 눈물 한 방울이라도 떨어지면 당장에 집으로 데리고 갈 거예요."

"……감사합니다."

"엄마나 아빠는 내가 알아서 설득할게요."

"한데…… 왜 이런 결정을 내린 건지 물어도 됩니까?"

"당신이 유채에게 진심이라는 걸 봐서요. 난 사람이 쉽게 바뀌지 않는다고 믿는 편이지만, 당신은 진심으로 자기 잘못을 뉘우치고 변한 것 같아서 허락하는 거예요."

유하가 자리에서 일어났다.

"모레 집으로 돌아갈 생각이에요. 그때까지 잘 지내봐요, 우리."

유하는 웃는 얼굴로 루프스에게 악수를 청했다. 루프스는 유하의 손을 잡았다.

⚜

루프스는 유하가 떠난 다음에야, 유채에게 자신이 허락받았음을 알렸다. 유채는 루프스의 목에 팔을 감고 좋아했다.

"잘됐다. 잘될 거라고 했잖아."

"그래, 잘됐지."

루프스가 유채의 몸을 안아 올렸다. 유채는 작게 비명을 지르면서 루프스의 목에 팔을 감았다.

"잠깐 갈 곳이 있다."

"어딘데?"

"가보면 안다."

루프스는 늑대로 변해 유채를 업고 달렸다. 겨울바람이 볼을 스치고 지나갔다. 잠시 후 루프스가 멈춰 서자 유채는 주위를 살폈다. 위르형으로 변한 루프스는 유채의 손을 붙잡았다.

"가자. 갈 곳이 있다."

"여기가 목적지가 아니야?"

"여기서 조금 걸어가야 한다."

유채는 고개를 끄덕였다.

루프스와 숲을 헤치는 동안 입에서 하얀 입김이 뿜어져 나왔다. 잠시 후 페트라 같이 생긴 거대한 건축물이 나왔다. 입구를 지키던 병사들은 루프스에게 고개를 숙이고 문을 열었다. 유채는 그에게 이끌려 어두컴컴한 동굴 같은 곳을 걸어 내려갔다.

길의 끝에는 문이 하나 있었다. 그 문이 열리자 안에서 차가운 바람이 새어나왔다.

"오랜만입니다, 어머니, 아버지."

유채는 눈을 동그랗게 떴다. 그 안은 무덤이었다. 로보와 블랑카, 그리고 에리카의 무덤이었다.

"오랜만이야, 에리카."

결국 루프스는 에리카의 죽음에 대해 밝히지 못했다. 그녀의 마지막을 욕보이는 일은 도저히 할 수가 없었다. 그래서 진실을 묻은 채 에리카의 시신을 찾아서 이장하는 일만 했다. 유채가 떠나고 한 일이었다. 어머니와 아버지, 에리카까지 한곳에 모인 그날 밤, 그는 밤새 이곳에 있었다.

유채는 무어라 말을 해야 할지 몰라서 그저 가만히 서 있었다.

"좋아하는 사람이 생겼습니다."

루프스는 앞에 로보와 블랑카 그리고 에리카가 있는 것처럼 말을 했다. 루프스가 손을 뻗자 유채는 그의 손을 잡았다.

"못난 아들이 못난 짓을 하는 걸 보셨을 겁니다. 평생 그렇게 살까 봐 걱정 많이 하실 것 같아서 이렇게 인사드리러 왔습니다."

루프스는 유채의 어깨를 끌어안았다. 유채는 그의 얼굴을 힐끗 훔쳐보았다. 슬픈 것인지 아닌지 표정을 읽을 수가 없었다.

"한유채라고 합니다. 마레 위르고. 이곳과 다른 세상에서 왔습니다. 예쁘고 착하고 머리도 좋습니다."

루프스는 입술을 깨물었다.

"제게 어떤 말을 하실 생각이십니까? 잘됐다고 하실 겁니까? 아니면……."

"당연히 아들이 대견하다고 말하겠지. 나처럼 예쁘고 똑똑하고 착하고 성격 좋고 뭐 하나 못난 구석 없는 여자를 데려왔는데, 아들이 얼마나 대견하겠어. 생각해 보니까 내가 너무 아깝네."

"뭐?"

유채는 손을 뻗어 루프스의 고개를 잡아 제 쪽으로 돌렸다.

"당신 가족들은 당신이 행복하기를 바란다고 했어."

"……."

"그러니 당신이 나를 선택해서 행복해한다면 당연히 좋아하실 거야. 내가 만나봐서 알아."

유채는 12월부터 주머니 속에서 줄곧 가지고 있었던 남성용 반지를 꺼냈다. 학교 다니면서 과외 알바를 해서 산 반지였다. 루프스에게 청혼을 받은 유채는 저도 가만히 있을 수만은 없다고 생각했다. 그러나 여자는 청혼을 어떻게 해야 하나 몰라서 한참을 고민을 했었는데 지금이 아니면 기회가 없을 것 같았다.

"라이칸."

유채는 한쪽 무릎을 꿇었다. 그러자 루프스는 놀라서 저도 한쪽 무릎을 꿇고 유채와 눈높이를 맞췄다. 유채는 이 상황이 재미있어 킥킥 웃었다,

"나랑 당신은 악연으로 얽혀서 여기까지 왔어요. 당신의 진심이 내 마음을 움직였어요. 그래서 물을게요."

유채는 루프스의 왼손을 잡아 약지에 반지를 끼워주었다.

"나랑 결혼해 줄래요? 평생을 나하고 같이 살아볼래요? 난 좀 많이 이기적이어서 내 공부, 내 일을 위해서 당신을 조금 외롭게 만들 수도 있어요. 그래도 괜찮으면 나랑 결혼해 줄래요?"

"내 대답은 이미 알지 않나?"

루프스는 유채의 턱을 살짝 잡고 입술을 맞췄다. 중심을 잃고 휘청이는 유채의 허리를 단단히 붙들어 제게 끌어당긴 루프스 덕에 입맞춤은 더 깊어졌다. 입맞춤 후 둘은 손깍지를 끼고 서로 이마를 맞대고 있었다.

"꽤 열정적인 대답이네."

"반지는 언제 준비한 건가?"

"음…… 학교 다닐 때 알바하면서. 비싼 거니까 잃어버리기만 해봐. 나 그냥 집으로 돌아가 버릴 거야."

"절대 안 잃어버린다. 무덤까지 가지고 가겠다."

"당신 부모님은 나 분명히 좋아하실 거야."

"당연하지 않겠나? 네가 얼마나 사랑스러운데."

루프스는 다시 유채의 입술을 찾았다. 유채는 슬며시 눈을 감

았다. 이게 바로 행복인 것 같았다.

Behind Story

"난 저놈이 정말 싫어."

아빠가 중얼거렸다. 유하는 한숨을 쉬었다. 유채가 루프스와 신방으로 들어가는 것으로 결혼식이 끝났는데도 아빠는 그때까지 이를 갈고 있었다. 유하는 자꾸만 신혼부부의 침실로 쳐들어가려고 하는 아빠를 막기 위해서 온갖 노력을 기울였다.

아빠는 부부의 첫날밤을 방해할 의도는 없고 단지 새신랑에게 충고를 해주려 한다고 우기고 있으나 아무리 보아도 합방을 방해하려 하는 것이 분명했다. 엄마는 아빠의 행동에 질린 것인지 이제 그만 좀 하라고 짜증까지 냈다.

"작작 좀 해. 이미 허락도 했으면서 왜 이렇게 미련을 떨어?"

"당신도 저놈에게 넘어간 거야. 저놈은 우리 유채를 잡아먹는 늑대라고, 늑대."

"아빠, 라이칸은 늑대 맞아. 늑대로 변하는 것도 봤잖아. 아, 그때 아빠는 기절해서 놓쳤던가?"

아빠는 정말로 루프스가 늑대 수인인지 궁금하다는 이유로 증거를 보여달라고 했고 루프스는 장인어른의 말을 충실히 듣는 사위가 되겠다고 다짐한지라 단박에 그 자리에서 변해주었다. 아빠는 갑자기 나타난 늑대에 기겁을 하고 그 자리에서 기절했다. 아빠는 그때의 상황이 민망한지 헛기침을 하면서 엄마에게 물었다.

"당신은 왜 안 놀래? 그러고 보니 오르페인가? 그 뱀 수인을 보고도 안 놀라는 것 같더니만."

"음. 늑대를 봤다고 새삼 놀랍지는 않아서. 어릴 때부터 늑대는 숱하게 봤으니까."

유하는 이럴 때 엄마가 외국 출신이란 것을 새삼 깨달았다.

"그건 그렇고, 당신 이제 그만해. 유채에게 절절매고 우리한테도 납작 엎드리는 사람한테 뭘 더 화풀이를 하려고? 첫날밤은 방해하지 마, 절대."

"맞아요, 아빠. 유채는 내일 보면 되잖아요."

엄마와 유하의 말에 아빠는 결국 바닥에 털썩 주저앉았다. 이대로 딸을 뺏겨야 한다니 분하고 원통했다. 엄마는 아빠의 어깨를 짚으면서 그를 위로했다.

"당신하고 나도 저런 일을 해서 유하랑 유채 낳았어. 그러니까 당신도 이제 다 큰 딸 그만 끌어안아."

아빠는 울상을 지었다. 유하도 아빠를 위로했다. 그는 이제 결혼 절차가 마음에 들지 않는다고 구시렁거렸다. 도망 못 가게 붙잡는 것도 아니고, 왜 손목을 묶고 난리냐고 투덜거리고 있는데 문 두드리는 소리와 함께 헤나가 들어왔다.

"루프스님께서 혹시 불편한 것은 없으신지 물으셨습니다."

루프스는 장인과 장모, 그리고 유하에게 잘 보이기 위해서 갖은 노력을 기울이고 있었다. 아빠는 버럭 소리를 질렀다.

"그놈이 불편해!"

유하와 엄마는 못 말린다는 듯이 이마에 손을 얹고 고개를 설레설레 저었다.

"그놈 내일 아침에 나오라고 해. 나 운동 좀 도와달라고."

아빠는 바리바리 챙겨 온 킥복싱 도구들을 바라보았다. 이미 처음 만났을 때 한 번 당했던 루프스는 첫날밤을 치르자마자 분노한 장인어른에게 다시 한 번 당하게 될 예정이었다.

⚜

루프스와 유채는 예법대로 서로의 손목에 묶인 천을 풀어주었다. 유채는 손이 자유로워지자마자 궁녀들이 단단하게 묶어놓은 머리카락을 풀기 위해서 낑낑대었다.

"뒤 돌아봐라."

유채는 순순히 뒤를 돌았다. 하지만 머리카락이 워낙에 가닥가닥 묶여 있고 끈도 어찌나 세게 묶어놓았는지 일일이 매듭을 푸는 것도 일이었다. 매듭이 잘 풀리지 않는지 루프스는 넌지시 유채에게 물었다.

"끈을 그냥 끊어버려도 되나?"

"응. 안 풀리면 끊어버려."

말이 끝나자마자 루프스는 손톱을 세워 끈을 끊어냈다. 하루종일 묶여 있느라 구불구불해진 머리카락이 등을 덮었다.

루프스는 유채의 허리를 끌어안았다. 유채는 솔개에게 잡힌 병아리처럼 루프스의 품으로 끌려갔다. 루프스는 제 가슴팍에 머리를 기댄 유채의 검은 머리카락에 코를 묻었다.

유채가 입은 옷의 매듭도 결국은 루프스의 손에 의해서 끊겼다. 무슨 혼례복의 매듭을 이렇게 세게 묶어놓았는지 모를 일이었다. 유채의 얼굴이 붉어졌다.

"계속할까?"

루프스는 유채에게 허락을 구하며 낮게 속삭였다. 그 목소리가 묘하게 유혹적이라 생각하며 유채는 고개를 끄덕였다. 루프스의 손에 의해 유채가 입고 있던 예복이 벗겨졌다. 마침내 얇은 속옷

한 장만 남게 되자 루프스는 그녀를 안아서 침대에 눕혔다.

루프스의 아래에 갇힌 유채의 얼굴은 홍당무처럼 붉었다.

"오늘은 그냥 자면 안 돼?"

"정말 그렇게 하고 싶나?"

루프스는 유채의 목덜미를 살짝 물었다. 유채는 급하게 숨을 들이마셨다. 루프스의 손이 하나 남은 얇은 끈에 닿았다.

유채는 루프스의 목을 끌어안고 옷 속으로 손을 집어넣었다. 손바닥에 단단한 근육이 만져졌다. 유채는 제 목덜미를 애무하는 루프스의 상의를 벗겼다. 벌어진 셔츠 틈으로 단단한 상체가 드러났다. 유채의 손이 그의 왼쪽 어깨 언저리를 배회하자 루프스가 고개를 들었다. 그는 유채의 손을 잡아채 그 손끝에 입술을 맞췄다.

"미안해할 필요 없다."

루프스는 유채가 미안해할 이유가 없다고 생각했다. 루프스의 입술이 유채의 눈꺼풀에 내려앉았다.

"나 한 번도 원망한 적 없어?"

"없다. 나를 원망했으면 했지, 내가 어떻게 너를 원망하나."

루프스는 지금 이 순간이 꿈만 같았다.

"내가 그럴 수 있을지 모르겠지만, 그동안 당신의 고통 내가 다 위로해 줄게. 그러니까 당신도 이젠 나에게 미안해하지 마."

"기꺼이."

두 사람의 몸이 맞닿고 연인들의 밤이 시작되었다.

⚜

루프스는 제 옆에 나신으로 누워 있는 유채를 보니 새삼 결혼한 것이 실감이 났다. 이제 평생 유채의 옆자리는 제가 차지할 것이라는 사실에 행복해졌다. 루프스는 밤새 제게 시달리느라 끙끙거리는 유채를 끌어안았다. 말랑하고 푹신한 몸을 다시 안으려니 불쑥 욕심이 치미는데 그를 방해하는 이가 있었다.

"황후폐하의 아버지께서 루프스님을 찾으십니다."

문 밖에서 저를 찾는 목소리에 루프스는 겨우 유채를 다시 편히 눕혀준 뒤 자리에서 일어났다. 아직도 저를 마음에 들어 하지 않는 분이기에 유채를 위해서라도 그에게는 잘 보이고 싶었다.

유채의 아빠는 권투 글러브를 끼고 루프스를 기다리고 있었다. 루프스는 직감적으로 또 장인어른의 상대를 해줘야 한다는 것을 알아챘다. 루프스는 담담하게 유채의 아빠에게 고개를 숙였다.

"부르셨습니까?"

"잘 잤나? 잘 잤겠지. 크흠! 아무튼, 내가 요새 운동 중인데 자네가 좀 도와줘야겠네."

"당연히 해드리겠습니다."

유하의 예상대로 루프스는 유채의 아빠가 힘들어서 그만하자고 할 때까지 그의 주먹을 맞아주어야 했다.

루프스는 왼쪽 어깨를 돌리면서 신방으로 향했다. 아무리 생각해도 유채의 아빠가 낀 장갑 안에 돌이 들어 있는 것 같았다. 그렇지 않고서야 마법을 쓰는 것도 아니고 전문적으로 훈련을 받은 것도 아닌 이의 주먹을 맞았다고 이렇게 아플 리가 없었다. 물론 그렇다고 그를 원망하는 것은 아니었다. 다시 한 번 스스로의 죄를 떠올리며 반성하는 것이었다. 루프스는 유채가 일어났다는 이야기를 듣고 얼른 방으로 들어갔다.

"어디 갔다 왔어?"

유채는 설탕에 절인 블루베리를 먹고 있었다.

"잠시 보자고 하는 사람이 있어서 갔다 왔다."

유채는 일어나자마자 옆에 없는 루프스에 조금 화가 났지만, 곧 이어 아침을 내온 궁녀가 루프스가 아빠를 만나러 갔다는 것을 알려주자 화가 누그러졌다. 궁녀는 일이 있어 늦고 같이 밥을 먹지 못해서 미안하다는 루프스의 말을 전해주었다. 유채는 루프스랑 같이 먹을 생각에 후식으로 나온 것만 깨작깨작 먹었다. 유채는 아는 척을 할까 하다가 그가 말을 하지 않는 데는 이유가 있으리라 생각하곤 그냥 고개만 끄덕였다. 그 대신 루프스가 후식으로 가장 좋아하는 설탕에 절인 블루베리를 그의 앞에 건네었다.

"먹을래?"

루프스는 설탕에 절인 블루베리를 오물거리는 유채를 바라보다가 그녀의 턱을 잡고 입을 맞췄다. 두 사람의 입술 사이로 블루베리 과즙이 흘러내렸다. 루프스는 그 상태 그대로 유채를 번쩍 들어 안아 침대로 이동했다.

"안 바빠?"

"신혼은 뭐든 핑계가 될 수 있지."

"약았어."

루프스는 유채를 향해 고개를 숙였다. 유채는 키득키득 웃으면서 그의 머리를 끌어안았다. 곧 방 안은 누구도 방해하지 못할 열기로 가득 찼다.

외전 5
유채 임신하다

–유채 25세 2월

아침이 밝고 루프스는 잠에서 깼다. 그는 습관처럼 고개를 돌렸다. 유채가 제 쪽으로 고개를 돌린 채 엎드려 자고 있었다. 하얗게 드러난 맨 등에 그가 남겨놓은 붉은 자욱이 가득이라 루프스는 그 위를 부드럽게 쓸었다.

유채가 웅 하는 소리를 내면서 몸을 뒤척였다. 루프스는 어젯밤에 실컷 물고 빨아서 발갛게 부어 오른 유채의 입술을 손가락으로 살살 쓸었다. 어젯밤의 그녀를 생각하니 몸이 다시 달아오르려고 하였다.

여차했다가는 아침부터 또 유채를 괴롭힐 것 같아서 루프스는 차라리 안 보겠다고 생각하곤 자리에서 일어났다. 가운을 걸친 루프스는 침대의 휘장을 살짝 걷고 궁녀를 불렀다.

"부르셨습니까?"

"목욕물을 준비해라."

"황후폐하의 것도 함께 준비할까요?"

"깨우지 말고 일어날 때까지 놔두어라."

약학대학인가 하는 곳에 들어간 지 이제 이 년, 공부가 정말로 힘든지 유채는 이곳으로 올 때마다 푸념을 늘어놓았다. 매일매일 피곤하다면서 잠만 자려고 해서 어젯밤은 벼르고 벼르다가 쟁취해 낸 밤이기도 했다.

"황후는 오래 잘 것 같으니 방해하지 말고."

"알겠습니다."

나이가 좀 있는 궁녀는 고개를 갸웃거렸다. 아무리 피곤하다고 해도 요새 황후는 틈만 나면 잠을 자려고 했었다. 혹시나 하는 생각에 궁녀는 휘장에 가려진 침대 쪽을 힐끔 보았다. 갑자기 잠이 느는 것은 임신 징후 중 하나이기도 했다. 이렇게 사랑받는 황후인데 슬슬 임신 소식이 들리는 것은 아닐까, 궁녀는 그렇게 생각하다가 이내 고개를 저었다.

유채는 누군가 방에 들어오는 소리에 잠에서 깼다. 유채는 상체만 일으켜 앉은 채 눈을 깜박거렸다. 휘장이 걷히고 루프스가 안으로 들어왔다.

"……일어났나?"

루프스는 순간 말을 잃을 뻔했다. 이불이 허리 아래만 아슬아슬하게 가리고 상체는 고스란히 드러난 채였다. 유채의 긴 머리카락이 등과 가슴을 가렸지만 오히려 더 그렇기 때문에 전설에 나오는 인어를 보는 듯했다.

잠에서 막 깨어난 것인지 멍한 얼굴로 유채는 고개를 끄덕였다. 루프스는 침대에 걸터앉았다. 유채는 아직도 졸린지 연신 눈을 깜박였다. 유채는 몸을 가누지 못하고 루프스의 어깨에 이마를 기대었다.

"아름다운 인어 아가씨."

루프스는 유채의 턱을 가볍게 잡고 입술을 맞췄다.

"밤이라면 기꺼이 유혹에 넘어가 줄 텐데. 일어나야지."

"아, 몇 시야?"

"아직 오전이다."

루프스는 유채에게 가운을 입혀주었다. 유채는 아직도 정신이 제대로 돌아오지 않았는지 관자놀이를 눌렀다. 가운을 단단히 여며준 후에야 유채는 양손으로 볼을 문지르며 중얼거렸다.

"요즘 왜 이렇게 잠이 많아졌지."

"피곤하다고 하지 않았나. 학교 일로 힘들면 그냥 쉬지, 왜 여기까지 와서 일을 하려고 하나."

루프스가 유채의 허리를 끌어안고 볼에 입을 맞췄다.

"말했잖아. 도와주겠다고. 이럴 줄 알았으면 정치외교과에나 갈걸."

"네가 알려주는 것들이 많은 도움이 되고 있다. 그리고 그 과학이라는 것도, 그동안 마법에만 의지하던 것들을 다른 것으로……."

"띄워주려고 하지 마. 나도 교양으로 배운 것뿐이라 절대 전문가가 아니거든? 방해나 안 되면 그만이지."

"자학은 그만. 진짜 도움이 되고 있다. 그것보다 요즘 너무 힘들어 보이는데 당분간은 아무것도 하지 말고 쉬는 것이 어떤가?"

"생각해 볼게."

루프스가 고개를 숙이고, 그와 키스를 나누다가 유채는 얼굴을 찌푸리면서 그를 밀어냈다. 루프스는 순순히 물러나 주었다.

"어디 아픈가?"

"아니야."

유채는 요즘 민감해진 가슴 앞으로 팔짱을 꼈다. 잠도 많아지고 쉽게 피곤해지고, 이유는 모르겠지만 피로가 상당히 쌓인 것 같았다. 유채는 걱정하는 루프스를 진정시키고 내보냈다.

"그래서요? 왜 관료를 뽑는 시험이 부당하다는 건지 이유를 말씀해 주실 수 있으신가요?"

"천한 길거리의 부랑자의 아들이 뽑힌다면, 문제가 생길 수가 있습니다."

"왜요? 좋은 집안의 아이들만 뽑히면 아무런 문제가 생기지 않나요?"

"그것은…… 거기다 여인들의 진출을 허용하다니요?"

"왜요? 여자들이 남자들보다 못할 이유라도 있나요?"

유채는 앞뒤 꽉꽉 막힌 베에른을 상대하며 열을 올렸다. 그는 베르나도테 공작의 가신 출신으로 루프스에게 투항한 후 새로운 제도를 만들고 나라의 기틀을 세우는 데 도움을 주고 있었다.

시험을 봐서 관료를 뽑겠다는 것과 여성들의 사회 진출 문제는 수인들 사이에서는 아무런 문제없이 받아들여졌는데 오히려 대륙 이주민들은 그것을 인정하지 못하고 이렇게 반발하고 나섰다. 그들은 여자인 유채가 정치에 참여하는 것도 정말 싫어했다. 유채는 저런 반응 때문에 오기가 생겨서 오히려 적극적으로 황후라는 신분을 이용해서 목소리를 내었다.

"왜 대답을 못 하세요? 제가 뭐라 할까요? 기득권을 유지하려고 시험도 안 된다, 여자도 안 된다, 무조건 반대하시는 것 아닌가요, 베에른 경?"

"분명히 문제가 생길 것입니다."

"문제가 생기지 않는 정책은 없어요. 하지만 기회를 공평하게 주지 않는 것처럼 문제가 많은 정책은 없지요. 제 얘기에 반대하시려거든 기회를 공평하게 주지 말아야 하는 이유에 대한 근거를 대세요."

베에른은 입술을 짓씹었다. 여자 주제에 따박따박 말대답이나 하는 건방진 계집이었다. 노예 출신이라 하여 고분고분할 줄 알았더니 정반대였다. 더 이상 할 말이 없어서 베에른은 고개를 숙이고 방을 나갔다.

유채는 베에른이 나가는 것을 확인하고 다시 공부를 위해 책을 뒤적였다. 유채는 속으로 한숨을 내쉬며 스스로의 모순에 자조했다. 황정 폐지를 주장한 자신이 황후라는 신분을 가지고 있다니. 그러나 지금 시대상에선 어쩔 수가 없었다. 유채는 왜 시대의 한계라는 말이 나올 수 있는지를 이제야 진심으로 이해할 수 있었다.

"우욱……."

갑자기 속이 매슥거려서 유채는 입을 막고 가슴을 두드렸다. 그때 궁녀가 들어와 유채를 찾았다.

"폐하. 루프스님께서 점심식사를 같이하자고 찾으십니다."

"알았어요. 금방 간다고 전해요."

유채는 자리에서 일어났다.

루프스는 이미 식당에서 기다리고 있었다. 점심은 가볍게 먹을 요량인지 음식 가짓수는 그렇게 많지 않았고 주로 담백한 요리 위주였다. 유채는 음식 냄새를 맡자 갑자기 그 냄새가 역하게 느껴졌다. 유채는 순간적으로 인상을 확 찌푸렸다.

"왜 그런가? 어디 좋지 않나? 유채?"

"그냥……. 아니, 괜찮아."

유채는 아무렇지 않은 척을 하고 자리에 앉았다. 제가 조금만 이상해도 심하게 호들갑을 떠는 루프스 때문에 혹시나 음식을 만든 요리사가 화를 당할까 싶어 유채는 되도록 티를 내지 않기 위해서 노력했다.

"공부는 잘되나?"

"으응? 응. 그럭저럭."

"전에 네가 제안했던 교육제도에 대해서도 윤곽이 잡혀가고 있다. 한번 볼 생각 있나?"

스티폴로르에 넘치는 프레늄은 대륙과의 교류를 통해 좋은 수입원이 되어주었다. 루프스는 계속 설명을 했지만 유채는 냄새 때문에 그의 말에 집중을 할 수가 없었다. 유채의 표정이 심상치 않자 루프스는 말을 끊고 그녀 가까이로 다가왔다.

"어디 좋지 않나? 오르페를 불러올까?"

"아니, 괜찮아."

유채는 애써 웃으면서 루프스를 진정시켰다. 하지만 바로 그 순간이었다.

"우웁."

유채는 더 이상 참을 수가 없어서 자리에서 벌떡 일어나서 화장실로 달려갔다. 유채는 먹은 것을 모두 토해내었다. 루프스는 파랗게 질려서 안절부절못하다가 다급하게 궁녀에게 오르페를 불러오라고 시켰다.

루프스의 부축을 받아 다시 식당으로 돌아온 유채는 여전히 음식 냄새가 너무 역해 코를 막았다. 루프스는 유채의 몸에 문제가 생긴 건 아닐까 싶어 걱정이 태산이었다.

"대체 어디가 아픈 거냐."

"속이 메스껍고…… 음식 냄새가 너무 역해…… 토할 것 같아."

유채가 헛구역질까지 하자 루프스는 당장 그녀를 들어 안았다.

"알았다. 일단 방으로 가서 오르페를 기다리자."

루프스는 유채를 방으로 데려가 곧장 침대에 눕혔다. 창백하게 질린 그녀의 얼굴에 애써 아무 일도 아닐 것이라고 스스로에게 속삭이면서 오르페를 기다렸다.

한달음에 달려온 오르페가 유채를 진료하는 중에도 루프스는 그의 뒤를 이리저리 서성이고 있었다. 진맥을 마친 오르페가 미간을 좁히고 물었다.

"요즘 잠이 많아지셨습니까?"

"예. 그런 편이에요."

"축하드립니다, 폐하."

"그게 무슨 소리인가?"

루프스는 영문을 알 수 없는 말에 오르페를 채근했다. 속이 좋지 않다고 다 토해내기까지 했는데 그게 뭐가 좋은 일이라는지 알 수가 없었다. 오르페는 만면에 미소를 띠고 루프스에게 답했다.

"황후폐하께서 회임하셨습니다."

순간 방에는 침묵이 감돌았다. 루프스는 입을 떡 벌렸고 유채는 제가 무슨 말을 들은 것인지조차 이해하지 못했다.

"짐작도 하지 못하셨습니까?"

"예. 주기가 불규칙한 편이라 한 번 건너뛴 줄만 알았어요."

"이젠 홑몸이 아니니 무리하지 말고 좋은 생각만 하십시오. 임신 초기는 위험하니 각별히 조심하시고요."

"임, 임신이라고?"

루프스는 그제야 상황을 파악하고 되물었다. 그의 얼굴에도 기쁜 기색이 가득했다.

"구역질을 한 건? 몸은 괜찮은 건가?"

"임신 초기의 입덧 증상 중 하나입니다. 당분간은 특정 음식이 역하게 느껴지실 수도 있으니 먹는 걸 각별히 조심하셔야 합니다."

"다른 것은 뭐, 또 조심해야 할 건?"

"아직은 없습니다. 술 같은 해로운 것을 피하는 것이 좋고 무엇보다 잘 드셔야 합니다."

"유채와 아이는 모두 건강한 건가?"

"예. 안심하셔도 됩니다."

유채는 자신이 임신을 했다는 사실에 충격에 빠졌다. 기쁘지 않은 것은 아니지만 앞으로의 일을 생각하니 머리가 복잡했다. 3월에 새 학기가 시작될 텐데 그럼 휴학을 해야 하나? 애를 낳고 나면 복학을 할 수 있을까? 그리고 또 이 아이는 어느 차원에 속해야 하는 거지? 그리고 무엇보다…….

유채는 임신을 계획한 적이 없었다.

머리가 복잡한 유채와 달리 기쁘기만 한 루프스는 그녀를 와락 끌어안았다. 이 작은 몸에 아이가 생겼다니. 루프스는 자신의 기쁨에 취해 있다가 뒤늦게 분위기가 이상한 것을 느끼곤 유채의 심각한 얼굴을 들여다보았다.

"무슨 문제라도 있나?"

유채는 등 뒤의 베개를 꺼내서 그를 향해 휘둘렀다. 영문을 모른 채 베개를 맞아준 루프스는 혹여나 몸에 무리가 갈까 봐 유채의 손목을 조심스럽게 잡아 말렸다. 베개를 내팽개치는 유채의 눈에는 막막함이 어려 있었다.

"……내 아이를 가진 것이 싫은가?"

유채는 고개를 저었다. 그의 아이를 가진 것이 싫은 것은 아니었다. 루프스는 유채의 어깨를 부드럽게 잡고 타이르듯이 물었다.

"그럼 이유를 말해라. 그래야 내가 해결을 해줄 수 있지 않나."

"내가…… 예상한 일이 아니야. 나, 어떻게 해야 할지 모르겠어."

아이가 싫은 것도 아니고 그렇다고 기쁘지 않은 것도 아니었다. 그냥, 막막했다.

"학교는 휴학을 한다고 쳐도 아이를 낳으면 언제 복학을 해야 하고 학교는 어떻게 다녀야 하지? 여기에 대해선 하나도 계획해 놓은 게 없다고! 어떻게 해야 할지 모르겠어."

루프스는 대답할 말이 없어 입을 다물었다. 미안하다고 해야 하는 것일까? 사실 루프스도 유채가 임신을 피하려고 하는 것쯤은 알고 있었다. 아무리 졸라도 절대로 안 하겠다고 하는 날도 있고 함께 밤을 보낼 때도 마지막까지 가는 것을 꺼리는 적도 있었는데 그걸 눈치채지 못할 리가 없었다. 그래서 주변에서 후사에 관해서 재촉해도 무시했고 유채에게 임신의 '임'자도 말하지 않았다.

"내가…… 미안하다."

유채는 갑작스럽게 사과하는 루프스를 멍하니 바라보았다. 이건 그가 사과할 일이 아니었다. 유채가 계산하기에, 생물학에서 말하는 수정이 이루어졌을 것이라고 추정되는 날은 갑작스럽게 앞당겨진 카를리티오에 괴로워하던 루프스의 침실로 스스로 들어갔던 그때였다. 루프스는 관계를 피하려고 숨어 있었는데 유채가 스스로 그를 찾아서 밤을 보낸 것이었다. 그러니 루프스가 사과할 일은 아니었다.

"당신이 사과할 일이 아니야. 왜 사과를 해?"

"이럴 줄 알았으면 좀 더 조심할 것을 그랬다."

유채는 아차 싶었다. 자신의 감정에 취해 그를 배려하지 못한 것이다. 그의 입장에서는 제 행동이 아이를 가진 것을 싫어하는 것처럼 보일 수도 있었다. 유채는 얼른 루프스의 목을 끌어안았다.

"나도 좋아. 당신의 아이를 가진 것."

다 큰 아이를 달래듯이 유채는 루프스의 등을 쓸었다.

"나도 기뻐. 정말이야. 말했잖아. 당신을 사랑하기 때문에 이곳에 남을 생각을 했다고. 미안해. 내가 잘못했어. 이건 당신 잘못도 아니고 그 누구의 잘못도 아니야."

루프스도 유채의 몸을 꼭 끌어안았다. 이 작고 여린 몸 안에 새 생명이 있다는 것이 믿기지가 않았다. 유채는 루프스에게 계속 속삭였다.

"난 아직 어리고, 그래서 계획에 없던 이 상황이 너무 당황스러웠을 뿐이야. 곧 생각이 정리되면 괜찮아질 거야. 당신이 나에게 미안해할 필요 없어."

유채와 루프스는 서로를 마주보았다.

"내가 좋은 엄마가 될 수 있을까?"

"그럴 거다. 너는 나도 길들였는데, 네가 못할 것이 뭐 있겠나."

"당신도 좋은 아빠가 될 거야, 라이."

유채는 루프스의 콧잔등에 가볍게 입을 맞췄다. 그래, 어찌되었든 그와 제게 온 이 소중한 생명은 분명 축복받아 마땅할 존재였다. 그렇게 마음을 정리하니 유채의 얼굴에 미소가 피어났다. 그의 아이가 기쁘지 않을 리가 없었다.

루프스는 환하게 웃는 유채가 사랑스러워 품에 꼭 끌어안았다. 제가 영원히 사랑하고 지킬 사람이었다.

“사랑해.”

루프스가 낮고 부드러운 목소리로 속삭였다. 유채도 웃으면서 그의 귓가에 입술을 가져갔다.

“나도.”

곧 스티폴로르 전역에 유채의 회임 사실이 알려졌다. 이 경사스러운 사실에 엘제베른이 들썩였다.

⚜

“다시 한 번 말하지만 라이칸 씨, 입덧에는 약이 없어요. 나도 지금 상황이 막막한 건 아는데. 이건 정말이에요.”

유하는 휴대폰 너머로 안절부절못하는 루프스에게 차분하게 설명을 했다. 유채가 휴대폰 사용법을 알려준 것인지 루프스는 종종 이렇게 유채 몰래 전화를 걸곤 했다. 그 덕에 유하는 유채의 상태에 관해서 소상히 알 수 있었으나 워낙 유채 팔불출인 루프스가 사소한 것으로도 전화하는 통에 잠을 잘 수가 없었다. 유하는 새벽 두 시를 가리키는 시계를 보면서 한숨을 쉬었다.

[그래도 물만 마셔도 토하니 아무것도 먹으려 하질 않습니다. 눈에 띄게 말라가는 것이 보이는데 괜찮은 겁니까?]

"라이칸 씨, 난 의대생이지 의사가 아니에요. 그리고 약이 있었으면 아빠가 먼저 알려줬을 거예요. 엄마의 말에 따르면 입덧에는 딱히 방법이 없대요. 그러니까 일단 유채가 먹을 수 있는 음식을 찾아서 그걸 먹이는 수밖에 없어요. 입덧에 좋은 음식이 있다니까 찾아서 알려줄게요. 그러니까 안심해요. 아이 아빠가 불안해하면 유채에게도 좋지 않아요."

유하도 유채가 입덧이 심해서 아무것도 먹지 못한다는 것이 걱정되어서 이것저것 찾아본 참이었다.

루프스는 유하와의 전화 통화를 끝내고 다시 방으로 들어갔다. 방에는 오르페가 있었는데 그는 시도 때도 없이 불려 와서 유채를 살피고 있었다. 임신 초기에는 유산의 위험이 크고 유산은 몸에 위험하다는 말을 들은 뒤로 루프스의 유난은 더 심해져서 유채가 침대 밖으로 나가는 것조차도 궁녀를 붙여서 부축하게 했다.

다들 유난이라고 했지만 말들은 그렇게 하면서도 모두가 유채의 일로 긴장을 놓지 않고 있었다. 아직까지도 마레 위르와 수인 사이엔 갈등이 존재했고 대륙은 땅 자체가 프레눔 덩어리인 스티폴로르를 호시탐탐 노렸다. 루프스라는 강자가 있기에 지금은 아무도 함부로 나서지 못하는 상황인데, 스티폴로르와 엘제베른을 노리는 이들에게 유채는 너무나도 먹음직스러운 먹잇감이었다.

제 반려에 목을 매는 루프스이니 유채의 신변에 위험이 생기면 곧 엘제베른이, 이 스티폴로르 자체가 흔들릴 수 있기 때문이었다. 언제 어디서 임신으로 약해진 유채를 노리는 세력이 나타날지 모르기에 루프스는 그 어느 때보다 신경을 바짝 곤두세우고 다녔다.

"오르페, 유채는 괜찮나?"

루프스는 성마른 얼굴로 물었다. 오르페는 매일 같은 대답을 하는 것도 지겨웠지만 저렇게 불안해하는 루프스도 안쓰러웠기 때문에 그를 진정시키기 위해 입을 열었다.

"아무런 이상 없으십니다. 그저 기력이 조금 떨어졌을 뿐입니다."

"나 괜찮으니까 너무 불안해하지 마."

유채는 루프스가 불안해하는 것이 너무 지나치고 유난스럽게 느껴졌다. 그가 무엇을 걱정하는 건지는 알지만 이건 심해도 너무 심했다. 방 안에만 있기 답답해서 정원이라도 좀 걸을라 치면 어떻게 알았는지 곧장 와서 침대 위로 되돌려 놓고, 입덧 때문에 음식을 잘 먹지 못하니 매일같이 요리사들을 닦달해 그들로부터 원성이 자자했다. 그리고 그나마 과일이라도 먹을 수 있게 되자마자 이 겨울에 구하기 힘든 과일들을 몽땅 쓸어 모으려고까지 했다. 지금 루프스의 상태로 국정이 정상적으로 돌아간다는 것이 신기할 정도였다.

"기력을 보충하거나 원기를 회복하는 약은 없나?"

"거듭 말씀드립니다만, 그런 약은 아기씨에게 그리 좋지 않을 수 있습니다."

"라이. 괜찮다니까. 오르페님 좀 그만 잡아."

루프스는 제 기준에서는 너무나 심각한 상황인데 이렇게 태연한 유채가 원망스러웠다. 루프스는 성큼성큼 유채의 앞으로 다가갔다.

"작은 위험이라도 없어야 해. 난 너와 아이가 건강하기를 원해."

"지금도 건강해. 봐봐, 나 아무런 문제도 없잖아."

루프스는 유채의 마른 손목을 가볍게 쥐었다.

"몸은 점점 마르고 있는데 이게 괜찮은 것은 아니지 않나. 그러니까 내 말은 조금만 더 조심하자는 거다. 난 아직도 불안해."

루프스는 유채의 작은 몸을 품으로 끌어안았다. 토모스 때문에 독을 마시고 피를 토한 유채를 생각하면 지금도 아찔했고 헤임달의 화살에 맞아서 싸늘하게 식어가던 그녀를 생각하면 식은땀이 흘러내렸다. 유채를 안은 루프스의 손이 가늘게 떨렸다. 그녀를 잃을 수는 없었다. 루프스는 만에 하나라도 유채가 위험해질 상황은 애초에 막고 싶었다.

"답답해. 산책 좀 하고 싶어."

"조금만 참자. 네 입덧이 나아지고 움직여도 안전하다고 하면 내가 어디든 데려다주마. 그러니까, 지금은 조금만 참아다오."

루프스는 입을 달싹이더니 작은 목소리로 덧붙였다.

"내가 불안해서 그런다."

루프스는 유채의 마른 얼굴을 애잔하게 쓸었다. 유채의 임신 사실을 안 후 루프스는 닥치는 대로 책을 찾아서 읽었다. 머릿속에 남은 것은 이래도 위험, 저래도 위험, 온통 위험하다는 이야기뿐이라 그는 유채가 잘못될까 싶어서 잠시도 마음을 놓을 수가 없었다. 유채는 더 이상의 유리인형 취급은 사양이었으나 그를 이해하지 못하는 것은 아니기에 그냥 한숨만 쉬었다.

"……알았어."

"미안하고 고맙다. 정말 고마워."

루프스는 유채를 꼭 끌어안았다. 지금 하는 짓이 호들갑이라는 것은 스스로도 인식하고 있었다. 루프스는 유채와 눈을 맞추며 물었다.

"먹고 싶은 것은 없나?"

"아니. 아직 생각나는 건 없어."

유채는 사실 먹고 싶은 게 있었지만, 여기엔 없는 음식이었고 잘못 말했다가 루프스가 요리사들을 잡을까 봐 지금은 참고 초음파 검사하러 지구에 갔을 때 실컷 먹고 올 생각이었다.

루프스는 먹고 싶은 것이 없다니 더 걱정이 되었지만, 여기서 더 안달복달하면 유채가 더 불안해할까 봐 그만하기로 결정했다.

"알겠다. 생각나면 말해라."

루프스의 손이 유채의 배로 향했다. 아직 납작하기만 한 배 안에 생명이 있다는 것이 믿기지가 않아서 틈만 나면 그녀의 배에 손을 대게 되었다. 유채는 간지러운지 키득거렸다.

"아이가 움직이는 것도 느껴진다고 책에서 그러던데, 아직은 아무 것도 안 느껴진다."

"아직 일러. 당신 너무 욕심이 과한 거 아니야?"

그때 둘만의 시간을 방해한 것은 다른 사람의 헛기침 소리였다. 고개를 돌리니 문가에 프레드릭과 루크레치아가 있었다.

"루프스님. 부탁하신 대로 모시러 왔습니다."

루프스는 자신이 유채 일에 너무 신경을 써서 국정을 돌보는 데 소홀해질까 봐 프레드릭과 루크레치아에게 자신이 너무 오래 방을 비우면 찾으러 오라는 명령을 내렸다. 둘은 충실하게 루프스의 명을 따랐다. 또 둘은 요즘 정신이 나간 루프스의 공백을 메우기 위해서 이리저리 뛰어다니고 있었다. 유채는 루프스에게 빨리 가 보라고 눈짓을 줬다. 루프스는 아쉬운 듯한 표정을 하며 떨어지지 않는 걸음으로 방을 나갔다. 프레드릭과 루크레치아는 루프스를 따라가지 않고 방으로 들어왔다. 무슨 할 말이 있는 모양이었다.

"입덧이 심하다고 들었습니다."

"예. 이제 차차 나아지겠죠."

"저도 아리아를 가졌을 때 입덧이 좀 심했던 편이라 어떤지 압니다."

"레이라도 심한 편이었죠."

옆에서 프레드릭이 맞장구를 쳤다. 프레드릭과 루크레치아는 생각보다 합이 잘 맞는 편이었는데 프레드릭은 정중하고 예의바른 성정이기 때문이었고 루크레치아도 마레 위르에게 유한 편이었기에 가능한 일이었다. 둘은 각각 늑대 일족의 대표와 포트리스의 대표로서 루프스의 최측근으로 잘 일하고 있었다. 물론 사이가 좋은 건 그들뿐이고 아리아와 알렉스, 케릭스는 서로를 못 잡아먹어서 안달이었지만 말이다.

"괜히 나 때문에 더 바빠진 것 같아서 죄송해요."

"아닙니다. 루프스님이 옆에 붙어서라도 유채님을 지키는 것이 맞는 겁니다."

"맞는 말입니다. 왜 베니니타스가 블랑카님을……."

루크레치아는 아차 싶었는지 입을 다물었다. 프레드릭은 괜찮다는 듯 어깨를 으쓱해 보였다.

"엘제베른, 그러니까 이 스티폴로르를 위해서라도 유채님 몸만 걱정하시면 됩니다. 지금 이곳의 평화는 루프스님이 건재하시기에 비롯된 것입니다. 그러니 유채님께서 건재하셔야 루프스님도 안심하실 것이고, 그것이야말로 이 땅의 평화를 지키는 길입니다."

루크레치아의 말에 유채는 한숨을 내쉬었다.

⚜

"이게 초음파 사진이라는 거예요? 이게 배속 아기 모습이라는 거죠? 신기하다."

"그러게. 이거 되게 신기하네."

블루벨과 레이라는 유채가 가져온 초음파 사진을 보고 신기해 했다. 가장 위험한 임신 초기가 지나고 슬슬 유채도 배가 불러오고 있었다. 하지만 배가 부를수록 루프스의 걱정도 늘어갔다. 유채는 비교적 입덧을 일찍 시작하고 오래 지속된 편이라 임산부라고 보기 힘들 정도로 비쩍 마른 상태였다.

블루벨은 유채에게 몸에 좋은 과일을 잔뜩 가져다주었다.

"여자애래. 라이랑 지금 이름을 짓고 있어. 내 세상에서 쓸 수 있는 이름하고 여기서 쓸 이름 두 개를 정해서 붙이기로 했어."

"분명 유채님을 닮아서 예쁜 황녀님일 거예요."

"그렇지. 유채를 닮았으면 정말 예쁠 거야."

"에이. 비행기 태우지 마세요."

"비행기?"

레이라가 유채의 말 중 이해할 수 없는 단어를 듣고 고개를 기울였다. 유채는 비행기에 대해 설명했지만 레이라는 반도 못 알아듣고 날아다닐 수 있는 신기한 물건 정도로만 그것을 인식했다.

"그나저나, 여기 나온 거 루프스님은 모르시는 거죠?"

"응. 분명히 온갖 핑계를 대면서 방해할 것 같아서 몰래 나왔어. 레이라 언니도 비밀 지켜주셔야 해요?"

"그래, 프레드릭에게도 말 안 할게."

"그래서 저희 집이 아니라 레이라 씨 집으로 오신 거예요?"

"너희 집으로 가면 금방 들통날 것 같아서 일부러 여기로 왔지."

그때 방문을 두드리는 소리가 들렸다. 레이라는 레베카가 자신을 찾는 줄 알고 들어오라고 했다.

"아니, 오늘 같이 활 쏘러 가기로…… 에익! 황후 폐하?"

들어온 사람은 아리아였다. 유채를 보고 놀라서 눈이 휘둥그레진 그녀를 레이라가 재빨리 방 안으로 들이곤 방문을 잠갔다. 유채는 다급하게 아리아의 손을 잡고 애원했다.

"한 번만 봐줘요. 정말 답답해서 나온 거라고요. 응? 아리아 씨, 나 한 번만 봐주면 안 돼요?"

"설마, 루프스님 모르게 나오신 겁니까?"

"말하면 온갖 이유를 붙여서 방해할 게 분명한데 어떻게 말해요? 그러니까 나 한 번만 봐줘요. 들키기 전에 들어갈게요."

"알겠습니다. 비밀로 하지요. 얼른 앉으세요."

유채는 지금 잠깐 일어나 있는 걸로도 무슨 일이 생길까 봐 호들갑을 떠는 아리아의 부축을 받아서 의자에 앉았다.

"레이라 언니하고 아리아 씨는 무슨 인연이에요?"

유채는 레이라와 가까운 듯한 아리아에게 물었다. 그녀는 아리아와 자주 얼굴을 부딪치다 보니 이제 겨우 가벼운 이야기를 주고받을 수 있는 사이가 되었는데 레이라와 그녀는 언제 이렇게 친해진 건가 싶었다.

"취미가 같더라고요. 활 쏘는 거 말이야."

"예. 마레 위르들의 활이라는 것이 신기해서 배우다 보니 취미로 하게 되었습니다."

"또 같이 알렉스랑 케릭스 욕도 했고."

"솔직히 말하면 그게 가장 큰 이유죠."

아리아가 고개를 끄덕였다. 아리아와 알렉스, 케릭스는 서로 앙숙이었다. 하는 일이 겹치다 보니 부딪칠 일이 많은 탓이었다.

원래 라이벌이나 마찬가지였던 케릭스와 아리아 사이에 알렉스까지 껴서 셋은 만나기만 하면 사고를 쳤다. 루프스도 저 셋 때문에 골치 아파할 때가 많았다.

"음…… 전 빠질게요. 왠지 전 여기 끼면 안 될 것 같은 느낌이 드네요."

블루벨이 두 손을 들고 빠지겠다는 신호를 보냈다. 유채도 이건 계속 이야기해 봤자 별 소득 없을 것 같아서 화제를 돌렸다.

"그럼, 이 얘기는 그만하고, 활 쏘러 갈 거라고요? 그거 저도 가르쳐 줄 수 있어요?"

"네? 왜요?"

아리아가 고개를 갸웃거렸다.

"멋있어 보이잖아요. 그리고 활은 배워보고 싶었던 것 중 하나였어요."

"말 나온 김에 바로 가르쳐 줄까?"

레이라가 눈짓으로 마당을 가리켰다. 그녀의 집 마당에는 과녁을 설치해 놔서 활을 쏠 수 있을 만반의 준비가 되어 있었다.

"바로요?"

"응. 아리아도 우리 집 마당에 이게 있는 걸 아니까 오는 거야."

"그럼 나가요. 또 언제 나올 수 있을지 모르는데 오늘 해야겠어요!"

"음……."

아리아는 말려야 하나 싶었지만 크게 움직이는 것도 아니고 가만히 서서 상체만 움직이는데 무슨 문제가 생기랴 싶었다. 게다가 유채가 방에 갇혀 꼼짝도 하지 못하고 있단 건 아리아도 잘 알고 있기 때문에 조금 안쓰러운 부분도 있었다.

사실 이제까지 유채가 먹을 음식에서 독이 발견된 것이 여러 번 있었다. 다행히 모두 유채가 먹기 전이라 큰 문제가 생기지는 않았지만 유채가 이 사실을 알게 되면 충격을 받아 몸에 좋지 않을 것이라는 오르페의 의견에 그녀에게는 철저하게 비밀로 감춰진 일이었다. 그 이후로 루프스의 보호 조치는 더 심해졌고, 온 스티폴로르가 유채의 건강 상태에 긴장을 하고 있었다. 유채의 안전이 곧 스티폴로르의 평안이었다.

하지만 아무것도 모르는 유채의 입장에서는 답답해져서 몰래 나왔다는 게 이해가 되는 터라 아리아는 오늘만 그녀를 봐주기로 결정했다.

"와! 레이라 언니, 대단해요."

유채가 조금 부른 배를 부여잡고 의자에 앉아서 박수를 쳤다. 레이라는 쏘는 족족 과녁 정중앙을 맞췄는데 아리아는 레이라보다는 정확성이 떨어졌다. 레이라는 유채에게 활을 넘겼다.

"이제 너도 해보자. 일단 시위만 한번 당겨봐."

"이렇게요?"

유채는 힘껏 활시위를 크게 당겼다. 생각보다 힘이 많이 들어가는 동작이었다. 아리아는 유채의 자세를 고쳐 주기 위해서 그녀를 살피다가 갑자기 이상한 기운에 눈을 날카롭게 좁혔다. 레이라도 뭔가를 느꼈는지 유채의 손에서 활을 뺏어 화살을 시위에 걸었다.

아리아가 유채를 보호하기 위해서 늑대로 변해 주위를 경계했다. 블루벨도 혹시나 싶어 유채의 옆에 바짝 붙었다. 레이라는 이상한 기운이 느껴지는 쪽으로 화살을 겨누었다. 레이라의 집 지붕 위에 어떤 남자가 앉아 있었다. 그리고 눈치채지 못한 사이에 어떤 여인이 레이라 앞에 내려왔다. 아리아가 이빨을 내보였다.

"엄마?"

블루벨이 카넬리안을 보고 눈을 크게 떴다. 카넬리안은 팔짱을 끼고 레이라 뒤에 숨어 있는 유채에게 향했다.

"말괄량이 황후폐하. 환궁하실 시간입니다. 지금 황후폐하 한 분 때문에 궁이 난리가 났습니다. 각국의 대사들은 각자의 처소에서 조사를 위해서 구금 중이고 시카리우스들과 인디키움 전원은 황후폐하를 찾느라 발바닥에 땀이 나도록 뛰고 있으며, 내궁 소속의 궁녀들과 궁관들은 황후폐하를 바르게 보필하지 못한 죄로 감옥에 갇혔습니다."

"라이는 지금 코르테스의 대사와 회담 중이 아닌가요?"

유채도 루프스의 일정을 확인하고 나온 것이었다. 대사와의 회담이 끝나기 전에 돌아갈 거라고 계획하고 있었는데, 이제 겨우 한 시간째였다.

"원래는 그렇지요. 문제는 코르테스 대사가 회담 시간을 미뤘다는 겁니다. 그 바람에 황후폐하께서 사라지신 것을 안 루프스 님 덕에 지금 궁이 발칵 뒤집힌 상태입니다."

[운 한번 기가 막히군.]

아리아가 중얼거렸다. 카넬리안은 팔짱을 끼고 한숨을 푹 쉬며 중얼거렸다.

"나도 그 늑대 꼬맹이가 지나치게 걱정하고 있는 건 아는데, 일단 상황이 상황이다 보니. 가셔야 할 것 같습니다, 말괄량이 황후폐하."

"유채!"

알현실을 정신없이 왔다 갔다 하던 루프스는 카넬리안과 같이 들어오는 유채를 보자마자 달려가서 품에 끌어안았다. 유채는 배가 눌려서 조금 답답했지만 그가 걱정을 했다는 것을 알기에 가만히 있었다.

루프스는 품 안에 유채가 있다는 것을 확인한 후에야 졸아 있던 신경이 원래대로 돌아오는 것을 느꼈다. 방에 유채가 없다는 것을 알았을 때 하늘이 무너지는 줄 알았다. 별의별 생각이 다 들었다. 어떤 놈들이 유채를 납치한 것이 아닌가 하는 생각에 당장 항구를 봉쇄하고 각국의 대사들을 처소에 구금하고 조사를 시작했다. 내통자가 있을지 모르니 내궁의 궁녀와 궁관들까지도 모조리 잡아들였다. 그리고 카넬리안과 케릭스에게 유채를 찾으라 명을 내린 것이었다.

"도대체 어디를 갔다 온 건가!"

루프스는 임부 앞에서 큰 소리를 내지 말라고 했던 오르페의 말을 무시하고 버럭 소리를 질렀다. 그의 손이 덜덜 떨렸다. 유채는 미안해서 아무 말도 하지 못했고, 루프스는 더 화를 내려다가 혹시 모르니 유채를 오르페에게 보여야겠다는 생각에 그녀를 안아 올렸다. 아이를 가진 상태인데도 심한 입덧으로 오히려 그녀는 예전보다 더 가벼운 것 같기도 했다.

"내려줘. 무거워. 나 혼자 걸어갈 수 있어."

"괜찮다."

루프스는 유채의 저항은 무시하고 그녀를 방으로 데려가서 침대 위에 눕혔다. 헤나가 오르페를 데리고 올 때까지 유채는 지은 죄가 있어서 내내 입을 꾹 다물고 있었다.

오르페는 유채를 진료하고 별 이상이 없다고 했고 그사이 궁녀가 임부의 몸에 좋은 차를 들고 들어오자 루프스는 그 차를 유채에게 권했다.

"난 괜찮아. 별로 놀란 것도 없어."

유채가 일어나려고 하자 루프스가 다급하게 그녀의 어깨를 잡았다. 유채는 루프스를 쏘아보았다.

"말없이 나간 것은 내 잘못이니까, 미안해. 내가 잘못했어. 하지만 당신이 너무 나를 과보호하니까 힘들어서 그랬어. 세상에, 산책도 안 된다니 말이나……."

"위험해서 그런다, 너와 아이가. 오르페가 초산일 때는 특히 조심해야 한다고 하지 않았나. 조금만 조심하자."

"초산이 위험한 것은 아이를 낳을 때잖아. 그리고 임신 초기만 지나면 움직여도 아무 이상 없다고 한 것도 바로 오르페님이야! 왜 그 말은 무시해? 내 몸을 걱정해 주고 신경 써주는 건 정말 고마운데, 난 이렇게는 답답해서 못 살아."

유채는 저를 걱정하는 루프스에게 차마 화를 낼 수는 없어서 차분하고 조곤조곤하게 제 입장을 얘기를 했다. 이렇게 된 김에 툭 터놓고 이야기를 나누는 것이 좋을 것 같았다.

"난 바람 불면 날아가는 낙엽도 아니고 툭 건드리면 깨지는 유리인형도 아니야."

"나도 그건 안다. 하지만 만에 하나라는 것이 있지 않나."

루프스는 자꾸만 제 보호가 답답하다고 말하는 유채에게 화가 났다. 무슨 일이 생길지 모르는 상황에 자꾸만 보호에서 벗어나려고 하는 것인지 이해가 되지 않았다.

"일단 아이를 낳고 몸조리까지 끝을 내면, 그때 내가 어디든 데려다주마. 응?"

"전에도 그랬어. 입덧 나아지면 나가게 해주겠다고, 임신 초기를 지나 유산 위험만 없으면 나가게 해주겠다고 했어."

"그건……."

유채는 입술을 깨물고 루프스에게 물었다.

"지금 내 상황이 펠릭스 다우스이던 때와 다른 점이 뭐야? 방문을 잠그지 않는 것?"

임신을 하면 감정 변화가 크고 쉽게 우울해진다더니 유채의 기분도 엉망이었다. 화내지 않으려고 했는데 대신에 눈물이 떨어졌다. 유채는 눈물을 닦아주려는 루프스를 뿌리치면서 격양된 목소리로 외쳤다.

"이게 그때랑 다른 게 뭔데. 응? 당신 지금 이러는 게 난 더 불안해. 내가 낳을 아이는 당신의 차원에 속해서 내가 데리고 갈 수도 없어. 그럼 나는 어떻게 해야 해? 내 아이는 어떻게 해? 응?"

"나도 불안하다!"

루프스가 유채의 어깨를 잡고 고함을 쳤다. 유채는 깜짝 놀라서 흠칫거리면서 몸을 떨었다. 루프스는 절박한 몸짓으로 그녀에게 매달렸다.

"나는…… 너를 그때처럼 잃을 수 없다."

아직도 그때만 생각하면 식은땀이 흘렀다. 유채의 심장이 뛰지 않고 숨도 쉬지 않던 그때, 식어가는 유채를 끌어안았던 그때가 떠오르면 정말 죽을 것만 같았다.

"그깟 프레눔 때문에 너를 위협하는 자들이 날뛰고 있다. 나는 그놈들에게 다시 널 잃을 순 없어……."

낙엽도 아니고 유리인형도 아니라고 했지만 루프스의 눈에는 유채는 정말 조금만 힘을 주면 부서질 것같이 연약해 보였다. 루프스는 유채와 얼굴을 마주하고 속삭였다.

"그러니 조금만 참아줘. 지난번 독살 시도……."

"독살 시도? 그건 뭐야?"

루프스는 아차 싶었다.

"나에게 비밀로 한 게 있는 거야? 또? 도대체 나를 뭐로 보는 거야? 나는 당신에게 얼마나 못미더운 존재야?"

"네가 알면 안 좋을 거라고 오르페가 그랬다! 네가 불안해할까 봐 그랬어. 불안하면 너에게도 좋지 않고 아이에게도 좋지 않아."

"내가 불안해할지 안 할지를 누가 알아? 왜 나에게 다 감추려고 해? 도대체 날더러 당신을 어떻게 믿으라는 거야? 당신이 나에게 감추는 게 이렇게 많은데 내가 당신을 어떻게 믿냐고!"

"다 너를 위해서 그런 거야!"

루프스도 지지 않고 소리를 질렀다.

"나는 네가 잘못될까 봐 걱정된다. 몸이 아프지는 않은지, 누가 너를 노려서 다치지 않을지 하루 종일 네 생각뿐이야. 숨긴 건 미안하다. 하지만 날 이해해 줄 순 없나? 나는 네가 없으면 살 수 없다. 너를 보호하려는 내 마음을 이해해 주면 안 되나?"

"난 이런 당신 때문에 불안해. 이런저런 핑계를 대면서 다시 나를 구속하려고 하는 당신 때문에 불안해 미치겠어! 그래, 나도 당신을 이해해 보려고 해서 지금까지는 아무 말 하지 않았어. 하지만 이건 너무하잖아! 내가 새야? 왜 날 가두려고만 해? 왜 이 방 안에만 있어야 해? 정원 산책하는 것도 안 돼? 내 몸이 위험하다는 소식도 몰라야 돼? 내가 인형이야?"

유채는 결국 눈물을 뚝뚝 흘렸다.

루프스는 머리에 열이 올랐다. 위험하다는데도 그것을 이해하지 못하고 나가게 해달라고 하는 유채에게 화가 났다. 유채의 어깨를 잡은 루프스의 손에 힘이 들어갔다.

"아무리 네가 힘들어도 이건 양보할 수 없어."

"왜? 도저히 안 되면 그때처럼 발목에 족쇄를 채워서 침대 기둥에 묶어두려고?"

유채의 비아냥에 루프스는 아무 말도 없었다. 유채의 표정이 차가워졌다. 유채는 루프스의 팔을 떨쳐 내고 소리 질렀다.

"당장 나가!"

"잠깐, 유채, 진정해라."

"나가라고! 내 말 안 들려? 나가!"

유채가 손가락으로 방문을 가리켰다.

"나가."

루프스는 유채의 단호한 말에 결국은 방문 앞까지 쫓겨났다. 유채는 음산하게 중얼거렸다.

"오늘은 다른 데 가서 자. 당신 꼴도 보기 싫어."

"알았다. 편히 쉬어라."

루프스는 유채를 진정시키는 것이 우선이라 황급히 방을 빠져나갔다. 유채는 루프스가 방을 나간 것을 확인하고 침대에 주저앉아 흥분을 가라앉히려 노력했다. 그리고 배를 어루만지면서 중얼거렸다.

"아가야, 미안. 엄마가 화내서 미안해. 아빠랑 싸워서 미안해."

루프스의 마음도 이해했고 상황도 이해했다. 임신 초기에는 루프스의 과보호가 귀찮지도 않았고 싫지도 않았다. 아이에게 위험할 수도 있다는 말에 마음 편히 움직이지 못하는 것도 참았다. 그러니 이제는 그가 제 마음을 조금만 알아줬으면 하는 바람이었다. 유채는 막막한 기분에 한숨만 내쉬었다.

⚜

"유채님. 여기 나와 계셔도 돼요?"

블루벨이 불안해하며 물었다. 지난번에는 레이라의 집이라 별말을 하지 않았지만, 이번에는 인적 없는 한적한 들판이었다. 유채는 바위 위에 앉아서 눈을 감고 있었다. 지난번처럼 성력으로 블루벨과 함께 이곳까지 이동을 했다. 유채는 셀레네에게 평생 써도 될 정도로 넘치는 성력을 받았기 때문에 이렇게 성력을 써도 아무 무리가 없었다.

"루프스님이 걱정하셔요."

"알아."

루프스와 싸운 뒤에 가슴이 너무 답답했다. 그래서 신선한 공기를 쐬고자 다시 한 번 나온 참이었다. 그에게 화가 났기 때문에 일부러 말도 하지 않고 나왔다.

유채는 부른 배를 어루만지며 아이에게 속삭였다.

"너도 여기 괜찮지. 엄마가 제일 좋아하는 곳이야. 여기가 엄마가 좋아하는 꽃이 피는 곳이거든."

블루벨은 유채를 말릴 수 없다는 것을 알고 한숨을 쉬면서 옆에 앉았다.

"루프스님은 유채님을 위해서 그러신 거예요. 독을 먹을 뻔했다는데, 그것 때문에 식사를 잘 안 하시게 되거나 또 악몽을 꾸실까 봐 불안하셨을 거예요. 루프스님만큼 유채님을 걱정하는 분이 없단 거 아시잖아요."

"알아. 나를 위해서 그런 거란 건 아는데, 그건 나를 위한 배려가 아니야. 다 본인 편하자고 하는 거잖아. 난 전혀 편하지 않다고. 그러니까 라이가 신경 좀 그만 졸였으면 좋겠어."

유채는 배를 가볍게 쓸었다. 바람도 쐤고 속도 풀었으니 이제는 돌아가야 할 때였다. 유채는 블루벨의 부축을 받아서 바위에서 내려왔다. 그때였다.

"꺄악!"

유채는 누군가 뒤에서 자신을 끌어안자 비명을 질렀다. 블루벨은 혹시 몰라서 전투태세를 취하려다가 그가 누구인지 확인하고선 눈을 크게 떴다.

루프스는 유채를 끌어안은 채 거친 숨을 몰아쉬었다. 유채도 저를 안은 게 그라는 것을 알곤 몸을 돌렸다.

"블루벨, 유채는 내가 데리고 돌아갈 테니 너는 먼저 돌아가라."

"알, 알겠습니다, 루프스님."

블루벨은 부부 사이의 일에 참견할 자격이 없다는 것을 느끼고 토끼로 변해서 얼른 돌아갔다.

유채는 루프스를 마주 보았다. 루프스는 유채를 안아 다시 바위 위에 앉혔다. 루프스의 손이 유채의 배에 닿았다.

"아가야, 엄마를 닮아서 너무 무모해서는 안 된단다."

"뭐야 그게?"

"그리고 아빠를 닮아서 너무 자기 생각만 해서도 안 되고."

유채는 놀라 휘둥그레진 눈으로 그를 보았다.

"미안하다. 내가 너무 내 생각만 했다. 부부는 서로 신뢰하고 의지해야 하는데, 나는 너를 위한다는 명목으로 네 의견은 들으려 하지도 않고 내 마음대로만 하려고 했다. 미안하다. 네가 답답할 거란 생각을 하지 못했어."

루프스는 유채의 긴 머리카락을 귀 뒤로 넘겨주며 말을 이었다.

"그리고 난 절대로 그때처럼 네 발목에 족쇄를 채우지 않을 거야. 그때는 나도 흥분해서 제대로 대답을 못 했다. 미안하다."

"……나도 미안해. 당신을 고려하지 못해서. 나만 생각해서. 말하지 않고 나와서 미안해."

"이렇게 하자. 산책을 가고 싶거든 나에게 말해라. 그리고 나와 같이 가자. 레이라의 집이나 블루벨의 집에 다녀오고 싶거든 내게 말을 해. 네게 호위를 붙여줄 테니 그들을 데리고 갔다 와라."

루프스와 유채는 서로 미안하다고 사과했다. 부부가 언제나 웃으면서 살 수 있는 것은 아니다. 때로는 싸우기도 하면서 서로를 알아가고 맞춰가는 것이 부부였다.

유채는 루프스의 귓가에 속삭였다.

"그럼, 우리 화해한 거다."

"화해한 기념으로 상을 주진 않을 건가?"

"엉큼하게."

"알다시피 요새 금욕 중이라 그런다."

"알았어. 특별히 허락해 줄게."

유채가 눈을 감았다. 루프스는 유채의 배에 부담이 되지 않도록 허리를 숙이고 입을 맞췄다. 깃털같이 가벼운 키스였다.

산달이 가까워졌다. 배가 보름달처럼 크게 부른 유채는 침대에 앉아서 이름 짓는 법에 관한 책을 뒤적이고 있었다.

루프스는 유채의 옆에 앉아 그녀의 배를 신기한 듯이 만졌다. 유채의 배는 늑대 수인 임부들보다는 확실히 작았지만, 이 안에 둘의 사랑의 결실이 들어 있는 것은 분명했다.

"그렇게 신기해?"

"어떻게 이 작은 몸 안에 또 다른 몸이 들어 있을 수 있지?"

"생명의 신비지."

유채는 책에서 찾은 이름 몇 가지를 루프스에게 불러줬다. 루프스는 한참을 고민하더니 고개를 저었다. 유채는 책을 던지듯이 내려놓았다.

"아. 모르겠어. 아이 이름을 어떻게 짓지?"

"이렇게 하는 건 어떤가? 운에 맡겨서 오히려 좋은 이름이 나올 수도 있을 것 같은데."

루프스의 말에 유채는 잠시 생각을 하더니 고개를 끄덕였다. 둘은 손을 겹쳐 잡고 아무 페이지나 펼쳐서 한 곳을 짚었다.

"유지니아? 귀한 아이라는 뜻이네? 이거면 한글 이름을 유진이라고 해서 애칭 겸 쓸 수도 있겠다."

"그럼, 우리 딸 이름은 유지니아가 되는 건가?"

루프스는 유채를 무릎 위에 올려 앉혔다. 루프스는 유채의 배가 부른 뒤부터는 무릎 위에 올려 뒤에서 안고 그녀의 배를 어루만지는 것을 좋아했다.

"아이가 꼬물거리는 것이 느껴진다."

"그런 것도 느껴져?"

"수인들은 감각이 예민한 편이라."

유채는 루프스의 가슴에 머리를 기대었다. 몸이 무거워지니 짧은 거리를 이동하는 것도 루프스에게 의지하게 되는데 유채는 그

것 때문에 어리광이 늘어난 것 같아서 기분이 묘했다.

"나에게는 어리광 부려도 상관없다. 엄한 놈에게 부리지 말고."

"알았어. 당신에게만 부릴게."

유채는 루프스의 가슴에 편하게 기댔다. 그런데 루프스의 엉큼한 손이 옷 속으로 파고들어 왔다. 임신의 영향으로 크기도 커진데다 잔뜩 민감해진 가슴에 그의 손이 닿아오자 유채는 작게 신음을 흘렸다.

"진짜. 너무해."

"이 정도는 괜찮지 않나?"

루프스는 허락을 구하며 유채의 볼에 입을 맞췄다. 임신 전에는 한손에 쏙 들어왔던 유채의 가슴은 이제는 그보다 훨씬 커지고 예민해졌다. 가슴을 희롱하는 그의 손길에 유채는 그저 신음만 흘렸다.

"진짜 짐승이라니까."

"늑대는 짐승이 맞지."

산달이라 깊은 관계는 맺지 못하는 대신에 루프스는 그녀의 몸을 만지는 것으로 욕구를 충족했다. 조금은 불만족스러운, 하지만 정신적으로는 충만한 시간을 보낸 후에 루프스는 축 늘어진 유채를 보듬어 안았다.

"무슨 어리광을 부리고 싶나?"

"당신이 꼭 안아줬으면 좋겠어."

루프스는 유채를 옆으로 돌려 안아서 꼭 끌어안았다. 유채는 루프스의 팔에 머리를 기대었다. 배가 불러서 잠도 제대로 자지 못해 많이 피곤했다. 루프스도 그것을 알기에 그녀의 배를 쓰다듬으며 속삭였다.

"졸리면 내게 기대서 자라."

"일이 많잖아?"

"괜찮다. 사람 만나는 일 아니면 내일 해결해도 된다. 지금 자세가 편하지 않나? 이대로 자라."

"미안해."

"괜찮대도. 우리 유지니아도 엄마가 편한 것을 바랄 거다."

"벌써부터 그렇게 부르는 거야?"

작게 키득거리던 유채는 정말 졸렸는지 그 자세 그대로 잠이 들었다. 루프스는 유채가 편히 자도록 자세를 조금 고친 다음 그녀의 배를 부드럽게 쓰다듬었다.

아이를 가진다는 것이 이렇게 유채를 힘들게 할 줄은 몰랐다. 임신 초기엔 입덧으로 고생했고 배가 부른 뒤에는 조금만 움직여도 허리가 아프다고 했으며 만삭이 돼선 잠도 제대로 자지 못했다.

"네가 힘든 것을 내가 덜어줄 수 있으면 좋을 텐데."

루프스는 제 품에 안긴 사랑하는 아내를 애잔하게 바라보았다.

⚜

루프스는 유채와 함께 정원을 산책했다. 이제는 걷기조차 힘들 때인데도 유채는 조금이라도 제 힘으로 걷고 싶어 했다. 루프스는 유채가 넘어지지 않도록 옆에 바짝 붙어서 그녀를 부축했다. 유채는 힘든지 숨을 거칠게 내쉬었다. 보다 못한 루프스가 유채를 안아 올렸다.

"말하지 않았나? 힘들면 어리광 부리라고."

"무겁잖아."

“별로 안 무겁다. 수인의 근력을 무시하는 것도 아니고.”

루프스는 유채를 안고 정원을 천천히 걸었다. 유채는 루프스의 품으로 파고들며 눈을 감았다. 겨우 조금 움직였을 뿐인데 졸음이 쏟아졌다. 루프스는 얼른 유채를 방으로 데려갔다. 날도 추운데 오래 찬바람을 쐬면 좋지 않을 것 같았다.

루프스는 유채를 침대에 눕히고 등 뒤에 베개를 여러 개 놓아주었다. 잠든 유채의 머리맡에 앉아 그녀를 살피고 있는데 갑자기 이변이 생겼다.

“윽.”

유채가 갑자기 신음을 흘리며 몸을 웅크렸다.

“유채?”

“아, 아파. 아파.”

신음을 흘리는 유채의 다리 밑으로 물이 뚝뚝 떨어졌다. 양수가 터졌다. 루프스는 혼비백산해서 오르페를 불렀다.

진통이 시작되었다.

루프스는 유채의 비명 소리가 들리는 방 앞을 서성거렸다. 남자가 여인이 분만하는 곳에 있으면 부정을 탄다는 토스 호무스의 미신 때문에 루프스는 방에 들어가지 못하고 문 앞을 서성이고 있었다. 벌써 여섯 시간째였다. 방 안에서는 힘을 더 주라는 산파의 말과 유채의 지친 비명 소리 외에는 아무 소리도 들리지 않았다.

루프스는 뭔가 잘못 되는 건 아닌가 싶어 오르페를 붙잡았지만 그는 잘못될 일은 없다고 루프스를 안심시켰다. 경험자인 케릭스와 프레드릭도 원래 초산은 오래 걸리는 법이라며 루프스를 진정시켰다.

유채의 비명 소리가 크게 들렸다. 유채가 죽을 만큼 괴로워하는 것 같아 루프스는 너무나도 미안해졌다.

"정말 유채는 괜찮은 건가?"

"예. 괜찮습니다. 안에 들어간 여의가 아직 아무 이상도 없다고 전해왔습니다."

"아악!"

또 다시 들리는 유채의 비명 소리에 루프스는 미쳐 버릴 것 같았다. 루프스는 불안한 마음에 머리를 쥐어뜯었다. 아이를 낳다가 죽는 여인들도 있다고 했다. 게다가 유채는 골반이 좁아서 아이를 낳을 때 위험할지도 모른다고 했다. 루프스는 정말 불안해서 미칠 것 같았다.

유채의 진통이 시작된 지 여덟 시간 가까이 되어갔다. 문 앞에서 덜덜 떨고 있던 루프스의 귀에 아이 우는 소리가 들렸다. 루프스는 눈을 번쩍 떴다. 곧이어 문이 열리더니 젊은 산파 하나가 포대에 아이를 싸서 데리고 나왔다.

"황녀 전하이십니다."

산파는 루프스에게 붉은 피부의 아이를 건네주었다. 루프스는 조심스럽게 작은 아이를 받아 안았다. 유채를 닮은 얼굴에 은빛 머리카락을 가진 여자아이였다.

"이름은 지으셨습니까?"

"유지니아라고 하기로 했다."

루프스는 입을 크게 벌리며 하품을 하는 아이를 신기한 듯이 바라보았다. 산파가 웃으면서 이제 방에 들어가도 좋다고 말했다. 루프스는 아이를 안고 유채에게 달려갔다.

유채는 땀범벅이 된 채로 탈진해서 숨을 색색 내뱉고 있었다.

루프스가 유채의 손을 잡고 그 손등에 입술을 맞추었다.

"고생했다."

"우리…… 유진이 예뻐?"

"너무 예쁘다. 자, 봐라."

루프스는 유채의 품에 유지니아를 안겨주었다. 유채는 제가 낳은 작은 아이를 보니 지금까지의 고통이 눈 녹듯이 사라지는 것 같았다. 꼬물거리는 아이가 너무 사랑스러웠다.

루프스는 유채와 아이를 번갈아 바라보았다. 아이를 확인한 후 유채는 더 이상 버틸 수 없다는 듯 까무룩 잠에 들었고 루프스는 그녀의 이마에 입을 맞추고 아이를 다시 안았다. 루프스는 제가 아빠인 줄 알고 고갯짓을 하는 유지니아를 달래면서 이보다 더 행복할 수는 없다고 생각했다.

"사랑해."

항상 미안하고 미안한 사람이었다. 루프스는 땀에 젖은 유채의 머리카락을 넘겨주었다.

"너도 사랑한다, 우리 딸."

유지니아는 졸린지 크게 하품을 하더니 이내 고른 숨소리를 내기 시작했다. 루프스는 유채의 옆에 유지니아를 다시 눕히고 지켜보았다. 제가 죽을 때까지 지켜야 할 소중한 두 사람이었다. 루프스는 유채와 유지니아의 옆에 앉아서 밤새도록 눈에 넣어도 아프지 않을 둘을 지켜보며 행복한 미소를 지었다.

외전 6

한국에 온 루프스

-유채 26세 5월

"잘 먹네."

루프스는 유진의 입가를 닦아주었다. 유진은 유채에게 안겨 젖을 먹고 있었다. 한참 후에 배가 부른 유진이 얼굴을 돌렸고, 루프스는 유채에게서 아이를 건네받아 트림을 할 수 있도록 등을 두드려 주었다.

"자, 여기 옷."

유진을 유모차에 앉힌 루프스가 유채가 옷을 갈아입는 것을 도와주었다. 유채가 셔츠 단추를 반 정도 채웠을 때 루프스가 그녀의 허리를 끌어안고 목에 입을 맞췄다. 의도가 보이는 입맞춤이라 유채는 루프스의 허리를 팔꿈치로 찔렀다. 그러나 그는 아랑곳하지 않고 유채의 허리를 끌어안고 목을 지분거렸다. 유채는 간지러운 듯이 몸을 움직였다.

"그만해. 간지러워."

"한동안 유진이에게 뺏긴 너인데 이 정도도 못 하나?"

"세상에, 유진이를 질투하는 거야? 계속 그렇게 굴면 당신 좋아하는 것 안 해준다."

"음…… 내가 좋아하는 게 뭔데? 밤에 하는 것?"

유채는 루프스의 어깨를 가볍게 때렸다. 겨우 떨어져 나간 루프스는 입고 있는 옷이 불편한지 연신 소매를 잡아당겼다. 그도 그럴 것이 지금 그는 유채가 지구에서 사온 옷을 입고 있었는데 기성복 중에서는 그의 사이즈를 제대로 맞출 수가 없어 몸에 너무 딱 맞는 옷이 불편한 탓이었다. 루프스는 불편해했지만 유채는 오히려 그게 딱 핏이 산다며 그대로 입을 것을 요구했다.

"이거 그 검은 머리의 얼굴이 긴 마레 위르가 드라마에서 입었던 옷이지?"

"응. 엄청 멋있지 않아?"

"그 말처럼 얼굴 긴 마레 위르가?"

그들이 얘기하는 사람은 영국의 모 드라마에서 유명 탐정 역할로 나왔던 배우였다. 유채는 요새 그 드라마에 빠져 있어 휴대폰으로 함께 드라마를 시청한 적이 있는 루프스도 잘 알고 있었다.

루프스는 유채의 미적 감각이 심히 의심되었다. 어떻게 그렇게 생긴 남자가 잘생겨 보인다 말인가? 솔직히 루프스는 그 남자가 좋다는 유채를 이해할 수가 없었다. 언제는 다정한 남자가 좋다더니, 성격도 배배 꼬여 있는 놈…….

"그놈이 뭐가 좋나?"

"음…… 잘생겼잖아."

"그게? 대체 어디가?"

"그 사람은 잘생김을 연기하는 거야. 그리고 왜 이렇게 말이 많아. 혹시 질투해?"

루프스가 유채의 허리를 끌어안았다. 유채와 루프스 사이의 거리가 코끝이 닿을 만큼 가까워졌다.

"중요하다. 내 조건 중 네 마음에 드는 것이 그나마 이 반반한 얼굴인데, 그놈에게 질 수는 없지. 나인가? 아님 그놈인가?"

"으음…… 글쎄?"

유채는 루프스를 놀릴 요량으로 대답을 보류했다. 루프스는 얼른 대답하라는 듯 유채의 허리를 강하게 끌어안았다.

"으엥."

유모차에서 잘 놀던 유진이 울기 시작하자 루프스와 유채는 얼른 달려가 애를 달랬다. 유채는 유진을 안고 일어났다. 루프스도 더 이상 지체할 수 없단 것을 깨닫고 짐을 챙겨 유모차를 끌었다.

셀레네가 위대한 그분, 즉 자신의 창조주이자 이 세계의 창조주에게 부탁해서 얻은 기회였다. 원래 루프스는 유채의 차원으로 절대 넘어갈 수 없으나 유채가 이 차원의 사람들을 구한 공로로 위대한 그분이 딱 한 번의 예외를 허락한 것이다.

루프스는 말로만 듣던 유채의 차원으로 가는 것에 조금 들떠 있었다.

"자, 여기 선글라스. 딴 건 몰라도 눈은 그대로 보이면 의심받을 테니까 쓰고 다녀. 알겠지? 넘어가면 공항, 그러니까 엄청 복잡하고 사람 많은 곳이 나올 건데 그냥 나만 따라오면 돼. 알았지?"

"알았다."

얌전히 대답한 후 루프스는 어두운 차원의 틈으로 들어갔다.

찰나의 시간 후 갑자기 주위가 소란스러워졌다. 루프스는 눈을 떴다. 유채의 말대로 엄청나게 복잡하고 또 많은 사람들로 북적이는 곳이었다. 그들 중에는 서로 다른 얼굴 형태를 가진 사람들이 많았다. 루프스는 신기한 듯이 얼굴이 비칠 정도로 반질거리는 바닥과 밖이 훤히 내보이는 유리창, 그리고 다들 바쁘게 움직이는 사람들을 보았다.

"그렇게 굴면 누가 코 베어간다."

"저게 그 비행기라는 건가? 저렇게 커다란 게 하늘을 난다고? 어떻게 그럴 수 있지?"

루프스가 유리벽 바깥으로 보이는 비행기를 가리켰다. 유채는 고개를 끄덕였다.

"응. 그럴 수 있어. 내일 제주도에 갈 때 비행기를 탈 건데 제발 호들갑 떨지 마. 그럼 진짜 창피하단 말이야."

"알았다. 그러마. 그럼 처형이 데리러 오는 건가?"

"와. 벌써 호칭까지 공부했어? 대단한데, 난 그런 거 도덕 시험 보기 전에 잠깐 외우고 잊어먹어서."

"그 정도야 뭐. 그런데 왜 이렇게 나를 쳐다보는 사람이 많은 건가?"

"당신이 잘생겨서. 모델인 줄 아나 보지."

"내가 그 얼굴 긴 마레 위르보다 잘생겼다고 인정하는 건가?"

"글쎄?"

유채는 장난기 가득한 웃음을 짓고 공항을 나섰다. 바깥에는 유하가 기다리고 있었다. 유채는 손을 흔드는 유하를 보고선 얼른 언니에게 달려갔다. 유하는 두 팔을 벌려서 동생을 안았다. 너무 오랜만에 보는 동생이었다. 그런 후 유하는 유진을 태운 유모차를 천천히 밀며 다가오는 루프스를 보고 감탄했다.

"저렇게 입혀놓으니까 모델 같은데?"

"나도 그렇게 생각해."

이내 다가온 루프스가 유하에게 인사했고, 유하는 매제와 조카를 반가이 맞았다. 낯을 많이 가리는 유진은 이모를 보고선 칭얼거렸다. 루프스가 유진을 달래는 사이에 유채와 유하는 현대 문명에 익숙하지 않은 루프스를 대신해서 캐리어와 유모차를 트렁크에 넣었다.

"정말 신기하군. 이런 게 굴러가나?"

"굴러가긴 할 텐데, 우리 언닌 분명히 기어갈 거니까 조금이라도 빨리 도착하고 싶으면 얼른 타."

유채는 신기하다는 듯이 자동차를 바라보는 루프스의 등을 밀었다. 유진을 안은 루프스와 유채가 뒷좌석에 앉자 유하는 크게 심호흡을 한 번 하고 운전대를 잡았다.

"언니, 브레이크랑 액셀은 구분하지?"

유하는 깔깔깔 웃는 유채를 흘겨보고는 시동을 걸었다. 차는 조금 덜컹거리더니 출발했다.

"이거 안전한 건가?"

"음. 언니 실력에 달렸지."

"미리 말해두지만 난 초보운전이고, 조금 운전이 답답하고 거칠 거예요. 이해 좀 해줘요. 유채, 넌 나 그만 놀리고."

"그러니까 누가 그렇게 늦게 운전면허 따래? 진짜 내가 언니 차 타면서 답답해 미치는 줄 알았다니까."

"너는 크게 쓸 일도 없으면서 왜 땄냐?"

"언니 놀리려고."

유채의 말에 루프스가 그녀에게 작게 속삭였다.

"왜 유하 양은 운전하는 것에 집착하는 건가?"

"원래 운전을 막 배우면 운전하고 싶어서 미치거든. 언니도 운전하고 싶은데 적당한 핑계가 없던 중에 지금 딱 핑계가 생긴 거라 그래."

"다 들린다."

유하가 좌회전을 함과 동시에 차체가 불안하게 흔들렸다. 루프스가 유진을 단단히 안으면서 동시에 유채를 끌어당겼다. 놀란 유진이 울기 시작하자 루프스는 능숙하게 딸을 달랬다. 유진은 곧 진정하고 방실방실 웃었다.

"유진이가 아빠를 잘 따르네."

"나보다 제 아빠를 더 좋아해. 배신감 느껴."

불퉁한 유채의 말에 루프스는 쿡 웃었고 유진도 뭘 아는지 꺄르르 소리를 냈다. 하지만 그렇게 화기애애한 분위기도 잠시였다.

"언니, 우회전! 깜박이 켜야지!"

"알았어! 시끄러우니까 입 다물어!"

"언니가 운전을 잘하면 좀 좋아? 이건 뭐, 불안해서 놀리기도 힘들잖아."

유하의 운전 실력은 정말 최악이었다. 루프스도 창백하게 질린 얼굴로 고개를 끄덕이다가 유하의 노려보는 시선에 금세 아니라는 듯 고개를 저었다. 유채는 유하의 눈빛 한 번에 온순한 양이 되는 루프스를 보고 작게 웃었다.

"근데, 유채 말론 당신도 꽤 빠르다던데. 어느 정도 달려요?"

"여기 단위로는 저도 잘 모릅니다."

"아마 30-40km/h 정도 될걸? 정확히는 나도 몰라. 체감으론 그런 것 같아."

"오, 빠르네요."

"그렇지. 지금 기어가고 있는 언니 차보단 빠르지."

"길이 막히잖아. 그리고 빨리 가서 사고 나는 것보다 나아."

루프스는 자매의 신경전에 작게 웃었다. 유하가 장난삼아서 물었다.

"자. 자매 싸움을 관전하는 쪽에서 내 편 들 거예요? 아니면 유채 편 들 거예요?"

유채가 뭐라고 경고하기 전에 루프스가 대답했다.

"유채 편 들 겁니다. 영원히 유채 편이기로 약속했고, 지금 이렇게 대답하는 것이 종국에는 처형이 원하는 대답일 테니까요."

"한 방 먹었네. 유채가 어지간히 꽉 잡고 사나 봐요."

"그건 아닐걸?"

유채는 은근하게 웃었다. 루프스는 유채가 웃는 것은 좋았지만, 웃는 이유는 마음에 들지 않아 그녀의 입술에 가볍게 입을 맞췄다. 가족 앞에서 애정표현을 하는 것을 민망해하는 유채를 골리기 위해서였다. 유채가 불만이 가득한 표정으로 팔꿈치로 옆구리를 치자 루프스는 아프다는 듯이 엄살을 떨면서도 그녀에게서 떨어지려 하지 않았다.

유하는 거울로 다정한 부부를 바라보았다. 웃음이 나왔다. 유채만 행복하면 그만이었다.

"자, 이제 우리 집 도착이야. 당신의 궁보다는 작을 테지만 우리 쪽에선 이게 보통이니까 너무 뭐라고 하지 마."

집 앞에 도착하자 루프스는 다시 긴장하기 시작했다. 너무 경직되어 있어서 유진을 안고 있는 것이 불편해 보일 지경이었다.

엘리베이터에 오른 루프스는 다시 한 번 마주하게 된 현대문명에 당황해서 등을 벽에 붙이고 움직이지 않았다.

"안 위험하니까 유난 좀 그만 떨어. 맨몸으로 군대를 상대하던 사람이 왜 이래?"

"이것하고 그것하고는 다른 종류다."

엘리베이터가 멈췄다. 엄마가 집 밖으로 나와 복도에 서서 기다리고 있었다. 엄마는 딸 부부를 보고 만면에 미소를 띠며 그들을 맞았다. 특히 그녀가 반가워하는 것은 루프스의 품에 안긴 유진이었다.

"들어오게, 라 서방. 생각해 보니까. 라 씨는 있는데, 루 씨는 드물더라고 그냥 라 씨가 좋을 것 같아. 기분 안 나쁘지?"

"예. 편하신 대로 부르십시오."

집 안으로 들어가니 거실에 있던 아빠는 루프스를 보고 눈으로만 인사하고 말았다. 아빠는 여전히 사위에 대한 불만이 가득한 상태였다. 루프스도 그걸 아는지 장인어른께 더 공손히 인사했다. 유채가 아빠에게 애교를 부리면서 소파에 앉자 루프스는 어디 앉을까 고민하다가 바닥에 공손히 무릎을 꿇고 앉았다.

"위로 올라와서 앉아."

"됐다. 그럼 너 앉기에 좁아. 자네는 거기 앉아 있게."

"아빠!"

"괜찮다. 나는 여기 앉으면 된다."

루프스는 가지고 온 캐리어에서 선물을 꺼냈다. 장인을 위한 것으로는 좋은 술이고 장모를 위해서는 숙면에 좋다는 향낭을 골라왔다. 최근 불면증에 시달리던 엄마는 기쁘게 선물을 받았다. 하지만 아빠는 한쪽 눈썹을 치켜세우고 삐딱하게 굴었다.

"이런 좋은 술은 얼마든지 있네."

"그럼 다음에는 더 좋은 것으로 고르겠습니다. 아니면 원하시는 것이 있으면 말씀해 주십시오. 제가 찾아놓겠습니다."

아빠는 루프스의 저런 태도가 더 마음에 안 들었다. 차라리 뻔뻔하게 굴면 미워하기도 쉬울 것을, 저자세로 제 기분을 맞추려드니 자꾸 저만 화를 내는 것도 석연치 않았던 것이다. 하지만 그렇다고 제 딸 눈에서 피눈물 나게 한 천하의 나쁜 놈을 예쁘게 봐줄 생각은 추호도 없었다.

거실에 냉랭한 기류가 흘렀다. 엄마는 뭔가 생각이 났는지 박수를 쳤다.

"유채야, 배 안 고프니?"

"배고파, 엄마."

"저녁 준비 해놨으니까 이제 먹자. 라 서방? 자네도 이리 오게."

"감사합니다, 장모님."

루프스는 장인의 눈치를 보면서 자리에서 일어났다. 유채는 아빠의 눈치를 보는 루프스가 귀여워 볼에 입술을 맞추고 그의 팔에 팔짱을 꼈다. 루프스는 유채가 뽀뽀를 해준 것은 좋았지만, 장인의 눈치가 보였기에 좋은 척을 할 수 없었다.

아빠가 루프스를 노려보며 헛기침을 흘리자 루프스는 꼬리 내린 강아지처럼 눈을 내리깔았다.

"당신이 아빠 강아지야? 왜 이렇게 눈치를 봐?"

유채가 하는 말에 루프스는 장인이 보지 않는 틈을 타서 그녀의 허리를 끌어안고 속삭였다.

"난 당신의 늑대고 당신 아버지의 강아지지."

"차이가 뭐야?"

"당신에겐 남자라는 거."

작게 웃던 루프스는 장인의 강렬한 시선이 느껴지자 크게 한숨을 쉬었다. 장인의 마음에 들기는 여전히 어려울 것 같았다.

유채는 냉랭한 장인과 사위 사이를 바라보며 얼른 둘 사이가 나아지기를 바랐다.

유채는 방에서 유진을 재워놓고 루프스를 기다리고 있었다. 아빠에게 붙잡혀 술을 마신다던 그가 밤이 늦도록 들어오질 않자 유채는 인상을 썼다.

"아빠는 뭐 하는 거야."

밖으로 나가볼까 하던 순간에 문이 벌컥 열렸다. 유채는 비틀거리며 들어오는 루프스를 끌어안았다. 술 냄새가 진동을 했다.

"얼마나 마신 거야?"

루프스가 실실 웃기만 하면서 팔을 벌렸다. 중심을 잡지 못하는 루프스를 간신히 침대로 데려간 유채는 술 냄새에 눈을 찌푸리면서 그의 앞단추를 풀었다.

"도대체 술을 얼마나- 윽!"

루프스는 유채를 끌어안고는 놓아주지 않았다. 숨이 막힐 정도라 유채가 버둥거리면서 일어나려고 했지만 그는 이미 제정신이 아닌 것 같았다. 루프스는 혀 꼬인 채로 중얼거렸다.

"제가…… 장인어른의 따님을 많이 좋아합니다."

"뭐라고?"

유채는 바르작거리던 것도 멈추고 웃으면서 물었다. 그러나 그는 계속 웅얼거리기만 했다. 안 그래도 높은 체온이 술 때문에 더 높아져서 순식간에 더워진 유채는 그에게서 벗어나려 했지만 그럴수록 안고 있는 팔 힘만 더 세질 뿐이라 곧 포기했다.

"제가 유채를 많이 좋아합니다."

루프스는 술을 마시며 장인에게 했던 말을 유채에게 반복했다.

"없으면 죽을 것같이 좋아합니다."

"알았어, 알았어. 당신이 나 좋아하는 것 아니까 그만 놔줘. 나 더워."

"그러니까, 데리고 가신다는 말만 하지 않으시면 안 됩니까? 제가 정말 소중히 데리고 살겠습니다."

유채는 고개를 살짝 들었다. 감은 눈가에 눈물이 고여 있었다. 유채는 손을 뻗어서 그의 눈물을 닦아주었다.

"안 떠나. 나 안 떠나."

루프스는 유채의 말에 안심을 한 것인지 방긋 웃으며 그녀를 더 세게 끌어안았다.

유채는 루프스의 볼을 쓸었다. 아직도 아빠는 이 사람을 마음에 들어 하지 않는 모양이었다. 유채는 이번 기회에 루프스가 아빠의 마음을 돌려놓을 수 있기를 바랐다.

"당신이 내 마음을 돌렸듯이 우리 아빠 마음도 돌려봐요. 진심은 언젠가는 통하니까."

유채는 루프스의 가슴에 얼굴을 묻고 눈을 감았다.

"정말 이게 하늘을 나는구나."

루프스는 창문 밖을 바라보면서 중얼거렸다. 유채는 창문에 달라붙어 있는 루프스가 부끄러워서 그의 팔을 찰싹 쳤다. 비행기에 탈 때부터 이게 정말로 하늘을 나느냐고 연신 물어보더니 비행기가 날기 시작할 때도, 나는 중에도, 곧 비행기가 착륙할 텐데도 이렇게 구는 것이 보기 싫었다.

유채의 구박에 루프스는 겨우 창문에서 눈을 떼곤 품에 안은 유진을 살폈다. 아이는 다행히도 비행기에 타기 전부터 잠이 들어 지금껏 깨지 않았다. 루프스는 통통한 유진의 볼을 쿡 찔러보았다. 잘 자던 유진이 얼굴을 찌푸리면서 볼을 비볐다.

"안 졸려? 나 대신 유진이 보느라 피곤했을 거 아니야?"

유채는 루프스의 뺨을 쓰다듬었다. 술에 취해 제대로 자지 못했으면서 아침 일찍 유채를 대신해 유진을 보살핀 것이 루프스였다.

"이럴 땐 나에게 맡겨도 돼."

"유진이 때문에 열 달을 힘들어했으면 됐다. 나도 맡아야 하는 일이다."

"이러니까 유진이가 나보다 당신을 더 잘 따르는 거야."

"알았다. 너에게도 기회를 줄게."

선심 쓰듯이 하는 말에 유채는 픕 웃었다.

비행기가 공항에 착륙했다. 밖으로 나오자마자 제주도의 더운 바람이 느껴졌다. 루프스는 자신의 기준으로도 이국적으로 보이는 풍광을 바라보며 신기해했다. 그 옆을 아빠가 본체만체 지나가는 것을 본 유채는 절로 한숨이 나왔다. 그래도 긍정적으로 생각하기로 했다.

"거기 바퀴벌레 둘. 빨리 안 와?"

"알았어, 언니. 얼른 갈게."

유채는 루프스를 끌고 유하가 손짓하는 쪽으로 갔다. 루프스가 앞으로의 일정을 물었다.

"이제 뭐 할 건가?"
"당신이 경험하기 힘든 거."
"내가 경험하기 힘든 것?"
"잠수함 타고 바다에 들어갈 거고, 아쿠아리움도 갔다 올 거고, 당신이 진심으로 싫어하는 모습을 보기 위해서 승마도 하러 갈 거고, 유채 꽃밭에도 갈 거야. 지금이 최고로 아름다운 때거든."
루프스는 승마라는 소리에 눈을 찌푸렸다. 다른 동물 위에 타는 행위는 아무리 마레 위르 입장에서 생각해 보려 해도 이해가 되지 않았다.
"네 이름의 근원을 보러가는 건가?"
"아마도."
"눈이 부시도록 아름다울 것 같군."
루프스가 유채의 볼에 입술을 맞췄다. 장소를 가리지 않는 애정행각에 유채의 얼굴이 붉어졌다.
"너처럼."
"닭살이야."
"답례가 있어야 하는 것 아닌가?"
유채는 그의 의도가 빤히 보여서 깔깔깔 웃으면서 얼른 오라고 재촉하는 가족들 쪽으로 향했다.

루프스는 정말 신세계라도 본 것 같은 기분이었다. 바다 밑으로 들어가는 것은 스티폴로르 그 누구도 해본 적 없는 경험일 것이다. 게다가 수족관에서는 이상한 해양 생물들도 한참을 구경했다. 아이처럼 즐거워하는 루프스를 보면서 유채는 여기서 당신보다 신기한 동물은 없을 거라고 중얼거렸다.

그렇게 좋았던 경험들이 끝나고 루프스는 앞으로 어떤 상황이 닥칠지 몰라 숨을 크게 들이쉬었다.

"장인어른, 가져왔습니다."

아빠가 모래사장에서 안주거리를 사놓고 루프스를 기다리고 있었다. 루프스는 그의 명대로 소주를 사왔다. 유채 몰래 나오라는 말에 그대로 따르느라 고생을 한 루프스는 새로운 문제 앞에 당황했다. 아빠가 안주로 준비한 것은 활어회였다. 루프스는 코를 찌르는 비린내에 얼굴을 찌푸렸다.

"이거 정말 귀한 안주야. 먹게."

"예, 예? 이게요?"

고약한 냄새가 나는 것이 귀중한 안주라는 것이 믿기지가 않았다. 하지만 루프스는 장인의 기분을 상하지 않게 하기 위해서 서툰 젓가락질로 활어회를 한 점 먹었다. 당장이라도 뱉어내고 싶었지만 꾹 참고 삼켰다.

아빠는 술 한 잔에 회 한 점을 집어 먹고는 즐거워했다.

"크윽. 이 맛에 먹지. 자네도 한잔하게."

"예, 알겠습니다."

루프스는 소주를 받아 마셨다. 두 사람은 별다른 대화를 나누지도 않고 소주와 활어회만 먹었다. 루프스의 얼굴이 하얗게 질리는 것을 본 아빠는 통쾌해했다. 코가 예민하여 비린내를 못 견딘다는 말이 사실인 모양이었다. 저 모습을 보기 위해 오늘 일부러 활어회를 준비한 것이었다.

아빠는 저놈이 얼른 짜증을 내든 화를 내든 뻔뻔하게 굴기를 원했다. 그러나 루프스는 토악질하기 직전의 얼굴로 활어회가 맛있다고 마음에도 없는 소리를 하며 꾸역꾸역 먹고 있었다. 제가 바라던 대로 반응하지 않자 아빠는 술만 벌컥벌컥 들이켰다. 얼마 지나지 않아 취기가 오른 아빠는 술주정을 시작했다.

"난 자네 마음에 안 들어."

"죄송합니다."

"그것도 싫어! 차라리 뻔뻔하고 나쁜 놈처럼 굴어! 어디서 착한 척이야?"

혀가 잔뜩 꼬부라진 아빠는 제 가슴을 내려쳤다.

"내가, 우리 딸이 네놈이 좋다니까. 어떻게든…… 어떻게든 받아들여 보겠다고 노력을 엄청, 했어."

루프스는 입을 다물고 가만히 장인의 말을 들었다.

"그래, 자네 세상 기준에서는 내 딸이 탈출하려고 한 것도 잘못된 일이라는 것을 이해해 보려고도 했고, 내 딸을 몇 번이나 죽을 뻔한 위기에서 구해준 게 자네이기도 해서 그것도 이해해 보려고 했어. 그리고 내 딸에게 꽉 붙잡혀 미안해하면서 사는 자네를 나름 이해하려고 했다고. 알아? 응? 내가 네놈을 사위로 받아들여 보겠다고 정말, 정말, 노력했다고."

유채가 좋아하는 사람이라서, 그리고 유채에게 진심으로 용서를 빌고 금이야 옥이야 사랑해 주고 아껴주는 놈이라서 아빠도 받아들여 보려고 했다. 차분하게 말하려고 했지만 점차 감정이 격양되어 목소리가 커졌다. 아빠는 뜨거운 눈물을 흘렸다.

"근데, 아무리 생각해도 나는 자네가 용서가 안 돼. 내 딸이 자네 앞에서 무릎까지 꿇어가면서 빌었어. 제 언니를 살리겠다고 그 몸으로 빌기까지 한 그 가여운 아이를 그렇게까지 몰아붙여야 했어? 세상이 바뀌고 천지가 뒤집혀서 제정신도 아닌 내 딸을 죽으라고 벼랑 끝까지 몰아붙여야 했어? 자네가 사람이었다면, 그때!

그때! 유채를, 내 딸을 보내줬어야지!"

"죄송합니다. 뭐라, 드릴 말씀이 없습니다."

다 맞는 말이었다. 루프스는 장인의 앞에서 무릎을 꿇었다. 처음 만났을 때도 이렇게 무릎을 꿇고 엎드려서 죄송하다고 빌었었다. 염치가 없어서 용서도 구하지 못했었다. 분이 풀릴 때까지 저를 때려도 가만히 있었다. 그게 정당하다고 생각했기에 평생을 그렇게 살 생각이었다. 유채의 부모님이 괴로워하는 것은 원치 않았다. 저를 받아들이려다가 저렇게 괴로워하느니 그냥 평생 저를 무시하고 살아도 괜찮으니 그들의 마음이 편하기를 바랐다. 루프스는 울렁이는 속을 억누르며 고개를 숙였다.

"저를 계속 미워하시고 괴롭히셔도 상관없습니다. 저는 그런 대접 받아도 마땅한 놈입니다. 그러니, 괜히 저를 받아들이려고 하느라 괴로워하지 마시고 하고 싶은 대로 하십시오. 제가 불편하고 제가 장인어른 몫까지 괴로워하면 됩니다."

"난 자네가 이런 게 더 마음에 안 들어!"

아빠가 고함을 쳤다.

"아빠!"

놀란 유채의 목소리가 모래사장을 울렸다. 루프스가 방에 돌아오질 않아 그를 찾아다니다가 아빠와 술을 마시러 갔단 언니의 말에 헐레벌떡 뛰어나온 것이었다. 유채는 루프스를 일으켜 세우며 바닥에 깔린 것을 보곤 황당해했다.

"대체, 이 사람한테 뭘 먹인 거야? 이 사람 회 못 먹어!"

"괜찮다. 먹을 수 있었어. 나는 괜찮다."

루프스가 괜찮다며 아무렇지 않다고 했지만 유채도 더 이상은 못 참겠는지 아빠를 향해 언성을 높였다.

"나도 아빠 기분을 알아서 가만히 있으려고 했어. 하지만 이건 너무하잖아. 모처럼 가족끼리 놀러 와서 이 사람 속 다 버려놓고 아빤 좋아하려고 했어? 내가 용서했다는데 대체 왜 이러는 거야!"

"유채, 그만! 괜찮으니 이제 진정해라."

얼굴이 하얗게 질린 루프스가 유채를 끌어안고 장인을 향해 고개를 숙였다.

"전 괜찮습니다. 불쾌한 것도 불편한 것도 없습니다."

"라이칸!"

유채가 루프스의 행동이 답답해서 크게 소리 질렀지만 그는 고개를 저었다.

"먼저 일어나 보겠습니다."

루프스는 유채의 손목을 잡고 호텔로 들어갔다. 뒤에 혼자 남은 아빠는 착잡한 얼굴로 딸 부부를 바라보았다.

"우욱!"

루프스는 변기를 붙들고 먹은 것을 몽땅 토해내었다. 유채는 그의 등을 두드리며 속상한 표정을 지우지 못했다. 속을 다 게워낸 다음 루프스는 물로 입을 완전히 헹군 뒤에 유채가 주는 약을 삼켰다. 그러곤 화장실 벽에 등을 기대고 주저앉았다. 유채는 그와 마주보면서 앉았다.

"왜 이렇게 미련해?"

유채는 제 가족들 앞에서 항상 저자세이기만 하는 그가 너무나 답답했다.

"이젠 좀 뻔뻔하게 굴어도 되잖아. 나랑 결혼까지 했으면서 아직도 아빠 앞에선 무슨 말을 듣든 다 괜찮다고만 하고. 그렇다고 내가 중재하는 것도 못 하게 하고. 나도 속상하다고."

"속상해하지 마라. 내가 당연히 해야 할 일이다."

루프스가 그 잠깐 사이에 핼쑥해진 얼굴을 하고선 유채를 끌어안았다.

"유진이는?"

"엄마랑 놀고 있어."

"나는 너와 유진이를 얻었지 않나. 내가 평생을 갚아야 하는 벌인 거다. 그러니까 나는 괜찮아."

루프스는 유채의 얼굴을 바라보며 속삭였다. 평생 사랑은커녕 용서도 받지 못할 거라 생각했다. 그런데 이렇게 과한 행복까지 누리게 되었는데 이 정도는 감내해야 하는 것이다.

유채는 루프스를 안쓰럽게 바라보았다. 퀭한 눈이며 창백해진 얼굴이며, 본인은 상관없다고 말하지만 속은 그렇지 않을 것임이 분명했다.

"힘들면 말해. 난 당신 부인이잖아. 당신이 편이 되어줄게."

"이렇게 눈부신 부인을 얻었는데 뭐가 힘들겠나? 난 괜찮아. 장인어른과 장모님을 잘 위로해 드려라. 생각해 봐라. 너도 나중에 유진이 같은 일을 겪는다고 하면 용서할 수 없을 것이지 않나. 그러니 나 말고 네 가족을 위로하면 된다."

"당신은 언제 위로해 주고?"

"밤이 있지 않나?"

초췌해진 얼굴을 하고서 내뱉기엔 어울리지 않는 말이었기에 유채는 픽 웃곤 그의 목을 끌어안았다.

"우리 엉큼한 신랑은 어떻게 해야 할까?"

"왜? 그래서 싫은가?"

"아니, 좋아. 그래도 밤에는 좀만 자제해 줘. 아침에 힘들다고. 그리고 힘든 게 있으면 나에게 말해. 난 언제나 당신 편이야."

"고맙다."

"유채야, 유진이가 엄마 보고 싶다네."

유채는 엄마의 목소리가 들리자 얼른 화장실에서 나왔다. 유진이 짧은 팔을 허우적거리며 유채를 찾는 중이었다. 유채는 잠투정을 부리는 유진을 안아 달랬다.

"자네, 힘든 거 알아. 나도 유채 아빠와 같은 시기를 겪었거든."

뒤이어 세수까지 한 루프스가 화장실에서 나오자 이번엔 엄마가 그를 달래보려고 했다.

"나도 자네가 우리 환심 사려는 거라고 생각해서 자네 하는 꼴이 모두 보기 싫었거든. 하지만 자네가 내 딸을 좋아하고 진심으로 용서를 비는 거라는 게 느껴져서 좋게 보기로 한 거야. 그리고 내 딸이 저렇게 행복해하잖나. 나는 유채에게 짐만 되던 엄마거든. 그러니까, 내 딸을 최우선으로 생각해 주고 보호해 줘서…… 내가 못 했던 걸 해줘서, 그 노력이 가상해 자네를 받아들였네."

"감사합니다. 항상 부족함이 많아서 죄송합니다."

"그러니까, 내 딸을 지금처럼 아껴주고 사랑해 주게. 그러면 나도 자네를 사위로 들인 것을 후회하지 않을 것이니까."

유채가 유진이를 어르면서 루프스를 손가락으로 가리켜 딸의 주의를 돌렸다. 아빠를 본 것이 기쁜지 유진이는 꺄르르 웃었다. 유채도 유진이를 보면서 웃었다. 제가 지켜야 할 사람들이고 지켜야 할 행복이었다. 루프스도 따라 미소 지었다.

"제 목숨을 걸고 약속드리겠습니다."

평생을 지킬 맹세였다.

⚜

아빠는 답답한 기분에 끊었던 담배까지 들고 호텔 바깥으로 나왔다. 오늘 그놈이 온갖 말로 투덜대면서 승마할 때 보인 우스운 꼴들로 나름 통쾌했지만, 그래도 뭔가 싱숭생숭했다.

"아버님? 무슨 일로 나오셨습니까?"

아빠는 그리 듣고 싶지 않았던 목소리에 라이터를 껐다. 돌아보니 루프스가 유진을 안고 있었다.

"자네는 무슨 일인가?"

"유진이가 자다가 일어나서 울기에 달래러 나왔습니다."

"유채는?"

"자고 있습니다. 피곤해 보여서 그냥 자라고 했습니다."

"자네는 졸리지 않나?"

"전 괜찮습니다. 별로 힘들지 않습니다."

"자네가 밤마다 유진이를 달래나?"

"예. 임신 중에 유채가 너무 힘들어했고 체력도 많이 떨어져서요. 우울해질 수도 있다고 오르페가 말하길래 이렇게라도 제가 도울 수 있는 건 돕고 있습니다."

아빠도 아이를 둘이나 키운 부모로서 저게 얼마나 힘든 일인지 잘 알고 있었다. 그의 말대로 아이를 달래고 재우는 게 익숙한 일인지 유진은 어느새 새근새근 잠이 들어 있었다. 아빠는 담뱃갑에 담배를 다시 집어넣었다.

"자네는 속도 없나? 내가 어제 자네에게 무슨 짓을 했는지 알면서도 내 앞에서 아무렇지 않은 척할 수 있나?"

"저는 유채를 사랑합니다."

뜬금없는 대답에 아빠는 고개를 기울였다.

"유채를 사랑하기 때문에 유채와 유채가 아끼는 모든 사람들이 행복하기를 원합니다. 만일 저를 힘들게 하여 마음이 풀리고 편해지신다면 저는 장인어른께서 어찌하시든 상관없습니다. 제 잘못에 대한 대가를 치러서 유채 주변 사람들이 편안해진다면 저는 상관없습니다. 마음대로 하셔도 됩니다."

"참 미련하게 사는군."

"인생의 절반을 저 자신을 망가뜨리면서 살았습니다. 유채는 제게 다시 살아가는 방법을 알려준 사람입니다. 이렇게 사랑하고 살아가는 것이 너무나 행복해서 그녀의 옆에 있기 위해 잠깐 괴로운 거라면 상관없습니다."

아빠는 말없이 루프스를 바라보았다. 은근한 미소를 머금은 얼굴은 그 말이 한 치의 거짓 없는 진심이라는 것을 보여주었다. 그는 진심으로 유채에게 사과를 하고 아직까지도 미안해하고 있었다. 그리고 가족에게도 사과하고 벌을 받는 것이 옳은 일이라고 생각하고 있었다.

아빠는 그동안 마음에 걸리던 것이 무엇이고 왜 기분이 싱숭생숭했는지를 알 수 있었다. 저놈의 행동은 진심이라, 그것을 외면하는 게 쉽지 않은 일이기 때문이었다.

"……유진이는 그쪽에서 잘 지내나?"

"유진이도 엄마가 힘든 걸 아는지 순합니다. 조금만 달래주면 잘 자고, 잘 웃습니다."

"누굴 닮아서 이렇게 예쁘게 생겼는지."

"유채를 많이 닮았습니다."

유진이 예쁘다는 말에 루프스는 유채의 미모에 대한 칭찬을 쭉 늘어놓았다. 심지어 술주정 부리는 모습마저 귀엽다는 루프스의 말에 아빠는 고개를 절레절레 흔들었다.

"그러고 보니, 나도 자네에게 하나 마음에 든 게 있는 것 같아."

"뭡니까?"

"자네 얼굴. 잘생겼잖아. 내 딸이 어지간한 여배우 빰칠 정도로 예뻐서 내 딸이 데려올 남자는 옆에 서기 아깝지 않을 만큼 잘생겼으면 했었는데 그 조건을 자네가 만족했거든."

"감, 감사합니다."

"감사하면, 내일 일찍 나오게. 새벽 낚시를 갈 건데 자네도 같이 가세."

"예, 알겠습니다."

"그럼 가서 자. 피곤하지 않게."

"감사합니다!"

루프스는 드디어 장인어른께 인정받았다는 것에 활짝 웃었다.

"아빠가 낚시 가자고 해서 갔다 왔다고?"

유채가 놀란 얼굴로 물었다. 아빠에게 낚시를 같이 간다는 건 친한 사이라는 얘기나 마찬가지였다. 루프스는 고개를 끄덕였다. 유채는 드디어 아빠가 그를 인정하려는 것 같아서 기뻐했다. 유채가 갑자기 와락 달려들자 유모차를 밀고 있던 루프스는 휘청거리면서도 그녀를 단단히 받치며 안아주었다.

"잘됐다."

"잘된 것인가?"

유진도 제 부모에게 좋은 일이 생긴 것을 아는지 작은 손을 움직이면서 꺄르르 웃었다.

유모차를 밀면서 걷던 그들은 흐드러지게 핀 유채꽃밭에 멈춰 섰다. 마치 노란 카펫이 깔린 것처럼 꽃으로 가득한 풍경에 감탄이 나왔다.

"왜 장모님이 네 이름을 이곳에서 지었는지 알겠군."

눈이 부시도록 아름다운 풍경이었다. 사랑하는 딸의 이름으로 붙일 만큼 아름다운 꽃이었다.

"안에 들어가서 사진 찍을까?"

"그러자."

루프스가 유모차에서 딸을 들어 올리자 유진은 아빠의 품에 안겨 방긋거렸다. 루프스가 갑자기 웃으면서 말했다.

"장인어른도 내가 다 마음에 안 들어도 얼굴은 잘생겨서 좋았다고 하더군."

"그래서 하고 싶은 말이 뭐야?"

"나인가? 아님 그 얼굴 긴 놈인가?"

"당신 지금 완전 유치한 거 알아?"

유채가 깔깔 웃었다. 그러곤 까치발을 하고 루프스에게 입 맞췄다.

"당신. 내 눈에는 당신이 세상에서 제일 잘생겼어."

"너도 마찬가지다."

둘은 손을 잡고 유채꽃밭으로 들어갔다. 그들을 스치고 지나간 봄바람에 유채의 머리카락이 그림처럼 흩날렸다.

유채는 루프스의 허리를 와락 끌어안았다.

"나…… 금방 다녀올게."

"나와 유진이에게는 금방이다. 난 네가 걱정이다."

학업을 위해서 유채는 결단을 내리고 셀레네와 담판을 지었다. 유채의 몸의 시간을 멈추고 셀레네가 관리하는 차원의 시간을 조절하기로 결정했다. 유채가 몸의 시간을 멈추고 지구에서 휴학 없이 학업을 마치는 이 년 동안 루프스의 시간은 한 달이 흐르게 되는 것으로 조절하고, 그 후 유채가 루프스의 차원으로 돌아오면 몸의 시간은 다시 흐르기 시작하고 그 차원에서 이 년을 보내기로 했다. 그사이 루프스의 차원의 시간을 빠르게 흐르게 하여 이쪽과 저쪽의 시간을 맞추는 것이었다. 그러는 중엔 유채는 차원을 이동하는 것은 물론이고 전화통화도 할 수가 없었다.

지금 루프스가 유채의 차원으로 넘어올 수 있었던 이유 중 하나는 이런 시간 조절을 하기 전에 추억을 쌓기 위해서였다. 이 년은 저쪽 세상의 가족을, 또 이 년은 이쪽 세상의 가족을 만나지 못할 유채의 외로움을 고려한 추억 쌓기였다.

"나, 당신이랑 유진이가 많이 그리울 것 같아."

유채는 루프스의 얼굴선을 가만히 쓸었다.

"……당신은 어떻게 견뎠어."

유채는 자신이 없는 동안 루프스가 어떻게 견뎠는지 알 수가 없었다.

"네가 돌아온다고 했으니까."

언젠가는 만날 수 있다는 희망이 그를 살게 했다. 만날 수 있다는 희망만으로 그는 살 수 있었다.

루프스의 손이 유채의 뺨을 쓸었다.

"내가 없는 이 년 동안 네가 여기서 위험한 일을 겪지는 않을까 걱정이 된다. 애먼 놈에게 마음을 주진 않겠지?"

유채는 오히려 자신을 배려하는 그의 마음에 작게 웃었다.

"뭐야? 별걸 다 걱정하네. 이미 당신이 내 눈을 잔뜩 높여놔서 누굴 봐도 내 마음이 움직이진 않을 거야."

"그건 다행이군. 안심이 된다. 유진아, 엄마한테 잘 다녀오세요, 해야지."

루프스가 유진이의 짧은 팔을 잡고 흔들었다.

"아직 떠나려면 멀었거든? 내년 3월이야. 그때 복학할 건데."

"그러니까 아직 닥치지 않은 일에 대한 걱정은 그만하고 이 순간을 즐기는 것이 어떤가? 응?"

"그래."

루프스가 어깨를 감싸 안자 유채는 그의 가슴팍에 머리를 기대었다. 유채는 떨어져 있어도 이 마음이 변하지 않을 거라 믿었다. 어디에 있든 서로에 대한 사랑과 마음은 끊어지지 않고 이어져 있을 것이다. 차원의 장벽도 그들의 사랑을 막을 수는 없을 것이다.

"사랑해. 당신이랑 우리 유진이."

"나도 마찬가지다."

루프스가 유채의 볼에 입을 맞췄다. 그들의 사랑은 언제나 지금 불어오는 따뜻한 봄바람과 같을 것이었다.

외전 7

마지막 소원

"엄마! 아빠가 때렸어!"

유진이 유채에게 달려왔다. 유진을 쫓아온 궁녀들이 안절부절 못하는 것을 본 유채는 무슨 일인가 하여 유진을 안아 올렸다. 급하게 처리할 일이 있었지만, 그게 유진보다 더 중요하지는 않았다.

"왜? 아빠가 때찌 했어?"

"아빠가 대련하자고 해서 했는데. 아빠가 너무, 너무 세게 때렸어. 가서 아빠 혼내줘. 아빠 미워."

"얼마나 아빠가 세게 때렸어?"

"이만큼! 으캬캬."

유진이 두 팔을 벌렸다가 이상한 소리를 내었다. 어느새 다가온 루프스가 유진의 옆구리를 간질인 것이다. 유채에게서 유진을 빼앗아 안은 루프스는 면도를 제때 하지 못해서 까칠해진 턱으로 딸의 볼을 부볐다. 유진이가 간지럽다면서 키득거렸다.

"우리 공주님이 이렇게 엄살이 심해서야 쓰나? 태진이랑 시진이는 괜찮다고 하는데."

"아빠가 태진이랑 시진이는 장난처럼 하고 난 실전처럼 하잖아."

"태진이랑 시진이는 아직 어리잖아. 유진이는 누나니까 아빠가 특별히 좋은 거 해주는 거야."

"진짜?"

"아빠가 거짓말하는 거 봤어?"

유진이 눈을 반짝반짝 빛냈다. 올해 여덟 살이 된 유진, 유지니아의 밑으로는 두 살 터울의 이란성 쌍둥이 남동생들인 태진, 레너드와 시진, 에른스트가 있었다. 항상 아옹다옹하는 삼남매는 엘제베른 황궁의 귀여운 보물이었다.

"엄마. 곧 엄마 생일이지. 엄마는 뭐 갖고 싶어?"

유진이가 유채를 돌아보며 물었다.

"글쎄? 엄마는 딱히 생각나는 것이 없네. 유진이 주는 거라면 엄마는 뭐든 좋을 거야."

"음. 나 태진이랑, 시진이랑 같이 하기로 했는데?"

"엄마는 뭘 주든 좋아할 거야. 아빠가 장담하마."

루프스가 속삭이는 말에 유진은 크게 고개를 끄덕였다. 유채는 갑자기 생일에 무엇을 받게 될지 불안해지기 시작했다.

"엄마, 이거 중에 아무거나 뽑아봐."

검은 머리의 태진이 유채의 앞에 종이쪽지를 들이밀었다. 유채는 그중 하나를 뽑았다. 쪽지에는 도통 무슨 글자인지 알아볼 수 없는 글씨가 쓰여 있었다. 유채는 미간을 좁히고 종이쪽지를 살폈다. 그러자 태진이 눈을 빛내면서 손을 앞으로 쭉 내밀었다. 유채는 고사리 같은 손에 쪽지를 도로 돌려주었다.

"태진아, 이거 뭐야?"

"응, 이게 뭐냐면……."

"야, 태진! 누나가 말하면 안 된다고 했어. 비밀 선물이라고."

태진과 달리 은빛 머리카락을 가진 시진은 태진의 입을 틀어막았다. 두 아이는 쌍둥이임에도 생긴 것부터 성품까지 많이 다른 편이었다. 태진이 조용하고 책 읽는 것을 좋아하는 얌전한 아이라면 시진은 뛰어다니는 것을 좋아하는 장난꾸러기였다.

"우와, 엄마 생일 선물이야?"

"응. 누나가 태진이랑 나랑 같이 하자고 했거든. 누나가 이거 알아오래. 비밀이니까 엄마는 알면 안 돼. 그리고 엄청 대단한 거야."

"알았어. 뭔지 엄청 궁금하지만 생일까지 기다릴게. 엄청 기대되는걸?"

"응. 엄마 엄청 기대해."

태진이 아직도 제 입을 막고 있던 시진의 손을 쳐 내고 활짝 웃으면서 대답했다. 유채는 아이들을 위해서 만일 알게 되더라도 모른 척할 생각이었다.

"근데, 태진이랑 시진이 수업 있지 않아?"

"응. 시진이는 알렉스 삼촌하고 검술 수업, 나는 프레드릭 삼촌한테 마법 이론 배우고 헤르티아 이모랑 실전 수업하기로 했어."

"근데 엄마, 알렉스 삼촌은 아일라노레 외숙모가 아프다고 해서 집에 돌아가셨어. 그래서 난 오늘 수업 없어."

유진, 태진, 시진은 모두 늑대 수인으로 태어났다. 나중에 셀레네에게 듣기로 그녀가 이니투스에게 약속한 일족의 번영과 관련된 문제로, 이니투스의 자손에 한해서는 모계가 어떻게 되든 모두 늑대 수인으로 태어나게 된다는 것이었다. 유진은 체술에, 시진은 무투보다는 검술에, 태진은 마법에 흥미와 재능을 보여서 어른들에게 수업을 받고 있었다.

알렉스는 바다에서 난파해 섬으로 떠밀려 온, 기억 잃은 아가씨와 결혼을 했는데 알고 보니 그녀는 암살 위협을 받고 도망치던 아르젠의 황녀였다. 유채는 제가 겪은 일에 어찌 보면 원인을 만들어준 여자의 자손을 보게 된 것에 기분이 오묘했었다.

헤르티아는 여전히 단테와 전국 각지를 떠돌며 힘들고 어려운 이들을 돕고 있었다. 헤르티아와 단테 사이의 아들은 마법에 재능을 보여 대륙으로 유학을 떠났다. 블루벨은 포트리스의 벨라토르를 관리하는 레이라의 일을 도왔다. 블루벨은 여전히 유채의 친구였고 그녀의 가장 큰 우방이었다.

근 칠 년 간 스티폴로르, 아니, 엘제베른은 평화로웠고 유채는 행복했다.

⚜

"아. 배불러. 내 생애 이렇게 큰 케이크는 처음 먹어본 것 같아."

"그렇게 좋았나?"

"우리 꼬맹이 요리사님들이 만들어줘서 좋은 거지."

유채는 서로 머리를 맞대고 누워서 잠든 삼남매를 바라보았다. 셋 다 얼굴이 밀가루로 엉망이었다.

아이들이 유채의 생일 선물로 준비한 것은 케이크였다. 시작은 사소했으나 아이들이 하는 일이다 보니 일이 점점 커져서 주방은 밀가루로 폭탄을 맞은 꼴이 되었다. 아이들이 우여곡절 끝에 만든 케이크를 유채는 맛있게 다 먹어치웠다. 그 덕에 다른 음식은 손도 댈 수 없었다.

“걱정을 많이 한 것치곤 정말 잘 만들었던데.”

“뭐야? 당신은 알고 있었어?”

유채가 놀라서 돌아보자 루프스는 어깨를 으쓱였다.

“주방을 써도 되냐고 물어보기에 짐작을 했지. 물론 당신이 뽑았다는 종이쪽지를 보고 추측도 했고.”

“그 글자를 알아봤어?”

“유진이가 악필인 건 나를 닮은 거야. 그런데 그 글씨를 못 알아볼 리가.”

“음. 그런 재주도 있구나.”

“자. 그럼 우리 꼬마 요리사님들은 어떻게 할까?”

“오랜만에 데리고 잘까?”

“그럴까?”

루프스는 아이들의 머리 밑에 베개를 대주었다. 침대 위에 나란히 누운 아이들 옆에 누운 유채는 유진의 머리를 쓰다듬었다.

“정말 내 선물은 안 필요한가?”

“생각나는 것 있으면 말할게. 매일 선물 비슷한 것을 받고 있어서 딱히 떠오르는 게 없네.”

“아! 근데 남은 한 개의 소원은 썼나?”

유채는 아직 셀레네에게 대가로 받은 세 가지 소원 중 한 가지는 쓰지 않은 상태였다.

“아니. 나중에 힘든 일 있으면 쓸까 하고 남겨두었는데. 이왕

비는 거 소원 세 개로 늘려달라고 할까? 뭐, 또 자기 소멸하는 것 보고 싶냐는 둥 아니면 그건 세상의 법칙을 어기는 일이라는 둥 하면서 거절할지도 모르지만."

유채는 루프스를 힐끔 돌아보았다.

"그렇게 되면 내 소원으로 당신 소원을 들어줄게. 당신은 무슨 소원을 빌고 싶어?"

"너와 아이들과 다시 만나고 싶다."

루프스의 손이 유채의 얼굴에 닿았다. 루프스는 알렉스의 부인인 아일라노레가 들려주었던 환생이라는 개념을 떠올렸다.

"정말 환생이라는 것이 있다면, 나는 너와 다시 만나서 처음부터 너에게 잘해주고 싶다. 이번 생에 내가 해주지 못한 것들을 해주고 싶다."

유채는 루프스의 손을 잡았다. 세상에 이런 사랑을 받아보는 여자가 얼마나 많을까? 악연이 이렇게 될 줄 누가 알았으랴. 유채는 이 선택에 후회가 없었다. 정말로 행복했고 여자로서 받을 수 있는 모든 사랑을 받았다. 정말 환생이라는 것이 있어서 그때도 루프스를 만날 수 있다면 유채는 그를 선택할 것이다.

"나도 만일 다시 태어난다면 당신을 만나고 싶어. 그때는 우리도 처음부터 예쁘게 사랑하자."

루프스의 얼굴이 유채의 쪽으로 숙여졌다. 둘의 입술이 닿으려던 순간 유진이 일어나서는 눈을 비볐다. 둘은 화들짝 놀라면서 서로 멀어졌다.

"일어났어, 유진아?"

"응. 엄마랑 아빠랑 떠드는 소리에 일어났어."

유진은 엄마와 아빠가 이야기하는 것을 듣고 그동안 궁금해하던 것을 묻고 싶어졌다.

"아빠는 왜 항상 엄마에게 미안해해? 그리고 왜 나는 외할머니 계시는 곳에 못 가는 거야?"

"음…… 그건 설명하려면 복잡한데."

"아빠가 엄마에게 큰 잘못을 해서 그래."

루프스가 유진을 품에 안으면서 조곤조곤 설명했다.

"아빠가 엄마랑 처음 만났을 때 엄청 잘못했거든. 근데 엄마가 용서해 줬어. 그래서 아빠는 엄마한테 아주 잘해야 해."

"진짜? 근데 엄마는 왜 아빠를 용서했어?"

"음. 아빠가 진심으로 사과해서. 그리고 엄마가 아빠를 용서하지 않았으면 유진이는 태어나지 못했을 텐데?"

"그건 싫어. 유진이는 엄마 딸 할래."

유진이 얼른 유채의 목을 끌어안았다.

"아빠 딸은 안 할 거야?"

"아니. 아빠 딸도 할 거야. 유진이는 엄마 딸도 하고 아빠 딸도 할 거야."

유진이 부모 사이를 왔다 갔다 하며 움직이는 통에 쌍둥이들도 잠에서 깨어났다.

"누나, 시끄러워!"

시진이 버럭 소리를 질렀다. 동생에게 큰소리를 듣고 가만히 있을 유진이 아니었다. 유진이 시진에게 달려들려고 하기 전에 다행히 루프스가 둘 사이를 제지했다. 둘이 그러거나 말거나 태평한 성격의 태진은 멀뚱멀뚱 보고 있기만 할 뿐이었다.

"유진아, 아빠가 누나는 어떻게 해야 한다고 했어?"

"동생을 아끼고 이해해 주라고."

유진이 입술을 쭉 내밀고 중얼거렸다. 굉장히 분한 표정이었다.

"시진아, 동생은 누나한테 어떻게 해야 하지?"

"항상 고운 말 쓰고 존중하라고요."

"유진이는 연장자로서 시진이를 이해해 줘야 하고 시진이는 누나에게 공손하게 말해야겠지."

"예, 알겠어요. 엄마."

유진과 시진이 동시에 말했다. 루프스는 두 아이를 같이 품에 끌어안으며 턱으로 볼을 부볐다. 둘 다 짧은 수염이 간지러운지 키득거렸다.

"오늘은 엄마 생일 기념으로 같이 자자. 그러니까, 둘이 화해하는 거지?"

"예!"

둘은 크게 소리를 질렀다. 졸린 태진은 귀를 막고 유채의 품으로 파고들었다. 단란한 가족의 일상이었다.

⚜

"누나."

시진은 한참을 울어서 붉은 눈을 한 유진을 불렀다. 장례식 내내 유진은 한참을 울었다. 태진과 시진이 그녀를 위로했다.

"아빠는 오히려 좋아하셨을 거야. 엄마 있는 곳으로 가신다고."

"그래. 그러시겠지."

유채는 큰 병치레 없이 살다가 칠 년 전 자연스럽게 숨을 거두었다. 유채의 수명이 거기까지였다.

"아직도 나는 엄마 돌아가셨던 그날을 기억해. 아빠가 엄마를 안고 나가셨다가 알 수 없는 얼굴을 하고 돌아오셨던 그날을."

시진이 울먹였다. 유채의 죽음 후 힘들어할 것이라 생각한 주변의 예상과는 다르게 루프스는 비교적 잘 버텨냈다. 울지도 않았고 맡은 일도 똑같이 했다. 사랑을 잃은 슬픔을 잘 견뎌내고 있는 것처럼 보였다. 그러나 가족들은 알았다. 그는 그저 겉만 괜찮은 것이었다. 그는 시간이 날 때마다 유채의 초상화 앞에서 말을 걸었다. 마치 유채가 아직도 살아 있는 것처럼 행동했다. 무슨 일만 있으면 프레드릭의 마력석을 가지고 유채꽃을 피워 보고 오곤 했다. 유채의 죽음을 받아들이지 못한 것이 아니라 그렇게 슬픔을 삭이는 것이었다.

이 년 전, 건강 악화로 유진에게 양위를 한 루프스는 바닷가의 별장에서 요양을 했다. 유진이나 태진, 시진은 꼬박꼬박 병문안을 했지만 그가 이렇게 급작스럽게 떠날 것이라고 예상하지 못했다.

"두 분은 만나셨을 거야."

"그럴 거야, 누나. 두 분이 얼마나 사이가 좋으셨는데."

삼남매는 유채와 루프스의 모습을 담은 초상화 앞에서 그들을 기억했다. 그들이 좀 더 큰 후엔 엄마와 아빠 사이에 있었던 일을 모두 들을 수 있었다. 담담하게 말하던 목소리를 기억했다. 남매는 두 사람의 사랑을 무어라 정의해야 할지 알 수가 없었다. 한 가지 분명한 것은 두 사람은 서로를 진심으로 사랑했다는 것이었다.

유진은 그날 너무나도 연약해진 모습의 아빠의 손을 잡고 펑펑 울었다. 떠나지 말라고, 조금만 더 오래 있어달라고 부탁하는 그녀에게 루프스는 아주 잠깐 동안의 이별이라며, 먼저 가서 기다리고 있겠다고, 유채와 함께 그곳에서 기다리고 있겠다고 그렇게 말했다. 마지막 힘을 짜내어 사랑한다며 행복하길 바란다는 말을 끝으로 루프스는 숨을 거두었다. 그렇게 굴곡졌던 한 사내의 삶이 매듭지어졌다. 유진이는 아버지의 마지막을 지켜보며 오열했다.

"그래. 두 분은 만나서 기다리고 계실 거야. 분명히."

유진은 붉어진 눈으로 밝게 웃었다.

⚜

"아, 진짜! 이놈의 회사 때려치우든가 해야지! 아씨. 길은 왜 막히는 거야?"

세희는 정신없이 클랙슨을 울렸다. 빌어먹을 편집장이 정말 까다로운 일을 맡겼다. 은둔 작가로 유명한 세드릭의 인터뷰를 따오라는 것이었다. 그냥 은둔하기만 하는 작가였으면 차라리 일이 쉬웠을 것이다. 문제는 그 세드릭이란 인간이 이 엘제베른의 황가의 사람이라는 점이었다. 입헌군주제 국가인 엘제베른의 황족은 말만 황족이지 연예인과 다를 바가 없었다. 하지만 이 인간은 밖으로 절대 얼굴을 드러내지 않는 터라 연예인보다 더 만나기 어려운 자란 것이 지금 그녀의 최대 문제였다. 지난번 편집장이 주선한 선자리에 안 나갔다고 보복을 하는 게 틀림없다.

끼이익. 쿵.

그 순간 누가 뒤에서 차를 들이박았다. 이미 편집장에 대한 불만이 최고조에 이르러 있던 세희는 잘 걸렸다 싶어 분노를 한껏 끌어올린 채 차에서 내렸다. 뒷 차의 사람은 이미 내려서 차의 상태를 보고 있었다.

"이거 산 지 얼마 안 됐는데!"

세희가 분기탱천한 얼굴로 선글라스를 끼고 있는 키가 큰 남자를 돌아보았다.

“눈은 얻다 달고 다녀요! 젠장. 일진이 안 좋으려니까 별게 다!”

“죄송합니다. 수리비는 제가 다 지불하겠습니다.”

“수리비가 문제예요? 내가 다칠 뻔했잖아! 운전 똑바로 해요!”

“혹시 어디 이상이 있으시면 제게 전화하실 수 있게…….”

“지금 치료비가 문제예요! 내 아까운 시간은 어쩔 거야!”

세희는 편집장에게 화가 난 것을 애꿎은 남자에게 화풀이를 했다. 그 남자도 세희가 다른 이유로 화를 내고 있다는 것을 눈치채곤 입을 다물었다.

세희는 격양된 어조로 빌어먹을 편집장에 대해 한참 욕을 하다가 뒤늦게 남자가 계속 제 앞에 서 있다는 것을 깨닫고는 얼른 입을 다물었다. 그제야 그가 명함을 건네는 것을 받은 세희는 민망함에 괜히 그를 타박했다.

“당신 변태예요? 사람이 딴 얘기를 하면 말리든가, 아니면 그냥 가버리든가 하지 그걸 왜 듣고 있어요?”

“아는 사람과 닮은 것 같아서 그랬습니다. 불쾌하셨다면 죄송합니다.”

“됐고. 수리비 나오면 연락할게요.”

“그러실 필요 없을 겁니다.”

“예?”

“나중에 아실 겁니다.”

세희는 별 이상한 사람 다 봤다고 중얼거리며 차에 올랐다.

세희는 옷매무새를 살폈다. 어제 세드릭으로부터 인터뷰에 응하겠다는 연락이 왔다. 이번 일만 잘 성사되면 세드릭 작가의 최초 인터뷰가 되는 것이었다. 세희는 편집장의 콧대를 눌러줄 생각에 들뜬 마음으로 고급 빌라의 초인종을 눌렀다.

문이 열리고 빌라 안으로 들어가 세드릭 작가와 마주한 세희는 입을 떡 벌렸다. 지난주 제 차를 들이박은 남자가 눈앞에 서 있었다. 세드릭은 웃는 얼굴로 그녀에게 인사했다.

"우리 구면이죠? 세희 유스틴 씨?"

"예, 예. 그때는 제가 너무 무례했습니다. 죄송합니다."

세희는 저자세로 나갔다. 제가 왜 그때 그렇게 굴었는지 혀를 잡아서 뽑아버리고 싶은 심정이었다. 세희는 죄인처럼 앉아서 그의 눈치만 살폈다. 세드릭은 가볍게 웃으면서 분위기를 풀었다.

"차는 수리하셨나요? 아, 병원비는요?"

"안 나왔어요! 제가 통뼈에 보기보다 튼튼합니다. 쇳조각도 씹어 먹는 나이죠."

"수리비는 금방 보내 드릴게요."

"아니에요. 그런 접촉사고로 수리비는 무슨. 제가 알아서 해결하겠습니다."

세희는 생글생글 웃느라 얼굴에 경련이 일 정도였다. 그녀의 노력에 세드릭은 쿡쿡 웃었다.

"이런 일로 인터뷰를 취소할 정도로 쪼잔하지 않아요."

"감, 감사합니다."

"근데 길에서 만난 그 여자가 괘씸하긴 하더라고."

세희는 죄인이 된 것처럼 고개를 숙였다. 이대로 인터뷰에 실패할까 봐 세희는 용서를 빌기 위해서 고개를 들었다.

"왓!"

얼굴이 너무 가까웠다. 세희는 놀라서 엉덩이 뒤를 짚었다.

"내가 최근 아르젠에 관련된 소설을 하나 계획 중인데, 아르젠계 혼혈인의 이야기가 필요해요. 세희 씨는 아르젠 어머니와 엘제베른 아버지 사이에서 태어난 혼혈이잖아요. 나를 도와줄 수 있나요? 그럼 나도 인터뷰를 해줄게요."

너무나도 좋은 기회였다. 세희는 자존심 따위는 이미 개에게 던져 주고 고개를 끄덕였다.

"그럼 일어나요."

"예? 어디를 가시려고."

"점심 안 먹었죠? 점심 먹으러 가죠."

"예?"

세드릭이 까먹은 것이 있다는 듯 손가락을 튕기고 대답했다.

"아. 아까 깜박하고 말을 안 했는데 인터뷰는 항상 데이트와 함께할 거예요."

"예에?"

세드릭이 재킷을 찾으러 간 사이 세희는 멍한 얼굴로 가방을 끌어안고 서 있었다.

세희는 근 한 달간을 인터뷰라는 대어를 위하여 세드릭과 데이트를 했다. 그와의 데이트 코스는 다양했는데 황가의 후손이라는 점을 이용해서 극히 한정된 인원에게 한정된 기간에만 공개되는 엘제베른 황가의 수장고에도 올 수 있었다. 엘제베른의 수장고를 구경하던 세희는 한 전시물 앞에서 멈춰 섰다.

"이게 그 유명한 한유채 황후의 머리 장식이라는 거죠? 이걸 실물로 보게 될 줄은 몰랐는데."

"외국인은 잘 모르는 건데, 세희 씨는 잘 아네요?"

"말했잖아요. 엄마랑 아빠랑 이혼한 뒤에 아빠 따라서 엘제베른에 와서 살았다고요."

"아, 그랬지. 내가 깜박깜박 한다니까."

"근데 난 그 황후라는 여자 참 이해 안 돼요. 어떻게 자길 노예 취급한 남자를 사랑해요? 정신병에 걸린 것도 아니고."

"글쎄요. 내 선조이지만 그분이 어떤 마음으로 용서했는지는 그 누구도 모르죠."

세드릭이 팔짱을 낀 채 조근조근하게 말했다.

"라이칸 1세는 진심으로 미안해했을 겁니다. 그렇지 않고서는 황후가 그분을 용서했을 리도, 사랑했을 리도 없겠죠."

"그걸 어떻게 알아요?"

"소설가잖아요. 짐작하는 거예요. 하지만 분명한 것은 그분은 평생을 미안한 마음으로 사셨을 것이라는 겁니다."

"꼭 그 시대를 살아본 것처럼 말하시네요."

"그럴지도 모르죠."

세드릭은 장난기 담긴 웃음을 지었다.

"이니투스와 닮았구나."

루프스는 여자의 목소리에 눈을 떴다. 그는 분명 죽음을 맞이했다. 루프스는 어두운 공간을 두리번거렸다. 곧 어떤 여자가 나타났다. 화려한 금발을 늘어뜨린 셀레네였다.

"네 소원은 들었다. 그 소원을 위해서 만나자고 했다."

루프스는 꿀 먹은 벙어리가 되어 그녀의 다음 말을 기다렸다.

"환생은 말이야. 전생에 아쉬움이 남은 사람에게 신이 베푸는 자비란다. 다시 한 번 더 삶을 살아보라는. 전생을 망각한 채 한 번 더 삶을 살고 사후세계로 돌아오면 두 삶 중 어느 쪽 삶의 기억을 가지고 살아갈지 결정한 뒤 안식을 취한단다."

"그게 제 소원과 관련이 있습니까?"

"이건 내가 만든 세상에 한한 이야기고, 유채는 다른 차원에서 온 아이야. 그녀의 영혼은 그곳에 속해 있고, 이미 그 차원의 사후세계에 있단다. 너와 다른 곳에서 안식을 취할 예정이지."

루프스는 셀레네의 말뜻을 대강 파악했다.

"그럼……."

"유채를 불러올 방법은 하나란다. 그녀의 영혼의 일부를 잘라내어서 그것으로 이곳에 속하게 될 영혼을 만들어야 하고 네가 그 아이와 다시 만나야 해. 그래야 유채의 소원을 매개로 그 아이를 이 차원으로 데려올 수 있단다. 그래야 너와 다시 만날 수도 있고 네 소원도 들어줄 수 있지."

"가능합니까? 세계의 법칙은……."

"대가를 짊어질 사람이 필요하단다. 유채가 이 차원에 속하기 위해서는 그 소원을 빈 너와 다시 만나야 하지. 그러나 유채의 영혼의 조각이 언제 환생할게 될지 모른단다. 단 한 번의 기회에, 너는 네가 빈 소원대로 유채를 다시 만나 사랑해야 하지. 그 단 한 번의 기회를 놓치면 넌 영영 유채를 다시 만날 수 없을 것이다."

"제가 필요하군요."

셀레네는 고개를 끄덕였다.

"너는 망각을 하지 못하고 유채를 다시 만날 때까지 이승을 떠돌게 될 것이다. 너는 환생하더라도 후손을 남길 수 없단다. 유채와 다시 만나도 마찬가지이고. 그래도 할 것이냐?"

"하겠습니다."

"몇 번이나 반복될 삶이 두렵지 않으냐?"

"참을 수 있습니다."

태어날 때마다 유채를 그리워하며 괴로워할 것이다. 하지만 상관없었다. 다시 만날 수만 있다면 제가 괴로운 것은 상관없었다.

"수없이 긴 세월을 그리움에 떠돌아도 괜찮으냐?"

"약속했습니다. 이번에는 제가 찾아가겠다고."

유채는 제가 죽을 날을 짐작한 것 같았다. 루프스는 유채를 안고 유채꽃이 흐드러지게 피어 있는 들판으로 갔다. 그곳에서 그 역시 마지막을 직감했다.

"당신을 만나 힘든 일도 많았지만 행복한 일이 더 많았어. 당신하고 살면서 정말 행복했어. 난 당신을 사랑하게 된 거 후회 안 해. 정말이야. 다시 만나도 당신을 사랑할 거야."

담담하게 마지막을 말하는 유채의 앞에서 루프스는 어떻게든 울음을 억누르려고 했었다.

"울지 마. 우리는 다시 만날 거잖아. 셀레네가 소원을 들어준다고 했어. 잠깐의 이별일 뿐이야. 잠깐 헤어지는 것뿐이야. 난 먼저 가서 당신을 기다리고 있을게. 그러니까 당신이 나를 찾으러 와."

"꼭 널 찾으러 가겠다. 네가 나에게 왔듯이, 이번에는 내가 네게 가겠다. 약속할게."

그리고 그것이 유채의 마지막이었다.

“그러니 약속을 지켜야 합니다.”

환하게 웃는 루프스를 보며 셀레네는 아무 말도 하지 않았다. 제가 만든 피조물들은 항상 그녀의 예상을 뛰어넘는 무언가를 보여주었다. 이번에도 마찬가지였다.

⚜

세드릭이자 루프스는 세희를 바라보았다. 세희의 어깨에서 작은 빛이 반짝였다. 셀레네가 말한 유채가 환생했다는 흔적이었다. 억겁의 세월을 기다려 만났다. 셀레네가 경고한 것보다 더 힘들었다. 하지만 후회는 하지 않았다. 다시 만날 것이라 약속했기에 기다렸다. 그리고 그 기다림에 끝이 보였다.

“아무리 로맨틱한 사랑 이야기로 포장해도, 조금만 삐끗하면 막장 드라마가 될 얘기 아니에요? 소설가로서 어떻게 생각해요?”

“그렇죠. 조금 그런 면이 있죠.”

루프스는 유채가 가장 좋아했던 장신구를 바라보면서 중얼거렸다. 아무도 모르는 이야기지만 이곳에서 보관 중인 머리 장식은 가짜였다. 진짜는 그가 몰래 빼돌려서 숨겨놓은 지 오래였다.

“근데 여기는 무슨 일로 온 거예요?”

“로맨틱한 분위기를 내면서 돈지랄을 할 수 있는 곳은 여기밖에 없더라고요.”

루프스는 전시된 레플리카 앞에서 진짜 유채가 쓰던 장신구를 꺼내었다. 세희의 눈이 커졌다. 루프스는 세희의 머리카락에 나비 모양 머리 장식을 달아주었다.

"세희 유스틴 씨."

세희는 세드릭의 진중한 시선에 저도 모르게 혀로 입술을 축였다.

"우리 이만하면 데이트도 꽤 오래한 것 같은데, 이런 애매모호한 관계는 끝내고 연애해 보는 건 어때요?"

"예?"

"연애하자고요, 우리."

세희는 잠시 머뭇거렸다. 튕길까? 아님 당겨야 할 때인가? 세드릭이 싫은 건 아니었다. 근데, 여기서 바로 승낙하면 쉬운 여자로 보일까 겁이 났다.

"튕기지 말고 재지도 말고 솔직하게 대답해 줘요."

"뭐…… 한번 해보죠. 작가 남친도 나쁘지 않은 것 같으니까."

세희가 새침하게 대답했다. 루프스는 낮게 웃었다.

"당신을 기다리고 있을게. 그러니까, 당신이 찾으러 와."

"꼭 널 찾으러가겠다."

억겁의 세월을 지나 루프스는 약속을 지켰다.